Li Ang • Sichtbare Geister

Li Ang

Sichtbare Geister

Aus dem Chinesischen von
Martina Hasse

HORLEMANN

Deutsche Originalausgabe

Die Übersetzung aus dem Chinesischen wurde gefördert vom „Council for Cultural Affairs", Taiwan (www.cca.gov.tw)

Originaltitel: Kan de jian de gui (看得見的鬼) von Li Ang (李昂)
Erschienen 2004 im Verlag Unitas Publishing Co. Ltd., Taipeh

Bitte fordern Sie unser aktuelles Gesamtverzeichnis an:

Horlemann Verlag
Postfach 1307
53583 Bad Honnef
Telefax 0 22 24 / 54 29
E-Mail: info@horlemann-verlag.de
www.horlemann-verlag.de

Gedruckt in der EU

ISBN 978-3-89502-235-7

Inhalt

den ganzen Tag schon, … weh mir, warum bin ich des Kummers so übervoll?
Bleibt diese Kümmernis ewig, war ewig, wird nie vergehen?
Seit Hundert Zeitaltern, seit Tausend Generationen,
tief wurzelnd in meinem Inneren,
brodelnd, sich hin und her wälzend, sich durch Risse hindurch nach außen
pressend, aus dem Dunkel heraus, sich verzweigend, vervielfältigend
wachsend, bis sie mich einmauert, mich schließlich restlos besitzt.
Ich bin zu kraftlos, mich zu wehren, nicht einmal wegschieben mag ich.
Ach! Ich will durch mein rissiges Selbst nicht atmen,
es nicht in blauen Wölkchen auspusten,
die alles um mich herum auffüllen, die mir Druck machen.
Tief atme ich dennoch die dunkle Feuchte,
die meine Psyche auf ihrem Tiefpunkt erreicht,
die mich von allen Seiten besetzt,
netzt, sich meinem Körper aufdrängt, die wie der Schatten meinem Leib folgt.
Es gibt kein Entrinnen aus diesem Widerspruch zwischen Himmel und Erde
den ganzen Tag schon, … weh mir, warum bin ich des Kummers so übervoll?

Vorwort

Geisterland ohne Landesgrenzen, nur gespenstisches Raunen

Mitten im pazifischen Ozean, in der Tiefsee nahe dem ostchinesischen Meer findet sich die kleine Insel. Die nahen Nachbarn des chinesischen Festlands sehen in ihr ein nur unwichtiges Fleckchen Land. Die ursprünglichen Inselbewohner stammen von den Südseeinseln des pazifischen Ozeans. Anfang des 12. Jahrhunderts kamen dann Hanchinesen aus der südchinesischen Küstenregion auf die Insel, um sie urbar zu machen.

Als im Jahr 1557 portugiesische Seefahrer die Straße von Taiwan durchquerten, riefen sie beim Anblick der Insel spontan: „Ihla Formosa!" So entstand der Name der Insel. Formosa erlebte die Herrschaft der Holländer, der Spanier, des Mandschu-Kaiserreichs, der Japaner und der chinesischen Republik.

Bis zum Jahr 2000 dauerte die Fremdherrschaft an, dann beendeten die über 20 Millionen Einwohner der Insel in freier Wahl die Ein-Parteien-Herrschaft und machten sich auf den Weg in die Demokratie. Die Wirtschaft der Insel gedeiht üppig, die Demokratisierung ist erfolgreich, dies alles ist Grundlage für Glück und Zufriedenheit der einfachen Leute.

Nachdem die Regierungspartei im Jahre 2000 abgelöst wird, kommt es zu Feindseligkeiten und gegenseitigen Übergriffen der verschiedenen politischen Parteien untereinander. Es folgen unruhige politische Zeiten, die notwendige Entwicklung der Parteien gerät ins Stocken und kommt zum Stillstand.

Fehlt nur noch, dass die Insel ihre wirtschaftliche Vormachtstellung einbüßt! Wenn es dann noch an gemeinsamer kultureller Identifikation fehlt und darauf die positive Einstellung zu einer unabhängigen Selbstbestimmung zu Grabe getragen wird, dann gibt es gar keine Konzeption mehr von der eigenen Identität. Wenn man so in die Zukunft schaut, bleibt nur die Betrachtung aus dem Blickwinkel längst vergangener Zeiten, in denen man gezwungen war, sich als abhängig vom Zentrum einer Großmacht zu betrachten. So wird Formosa unweigerlich zu einer sich im Ozean verschwindend klein ausnehmenden Insel in peripherer Lage, die nur abseits gelegenes Grenzgebiet ist; sie versinkt wieder in den Zustand eines „öden, verkommenen Fleckens unter der Fremdherrschaft".

Die besonderen Qualitäten, die sie unter dem über 400 Jahre währenden Einfluss der verschiedensten Kulturen davongetragen hat, wären in Zukunft nur noch Erinnerung.

So ist es mit dem Geisterland. Es besitzt keine eigene Landesgrenze mehr, noch ist es ein eigenes Land.

Was es zu sagen hat, dringt nicht bis zum Zentrum des großen Zentralreiches vor, sondern bleibt an der Peripherie. Geräusche von Geistern, weitab, in einem fernen Gebiet, nur Stimmengewirr, halt- und formlose Geisterstimmen…

Geisterland, ohne Landesgrenze.
Nur gespenstisches Raunen.

Doch da sind die laut lärmende Masse, dunkle böse Gelüste, teuflische Absichten in maßloser Fülle, die es wert sind, in aller Einzelheit berichtet und aufgeschrieben zu werden.

Hier folgt nun der sorgfältige und getreue Bericht.

1. KAPITEL

Der Geist vom Wildweiberdach

Der Osten des Landes

Sie war der Geist einer Frau, verborgen in den unwirtlichen Schluchten am Gebirgspass beim Wildweiberdach. Als die Stadt Lu noch nicht durch den Seehandel mit Japan und China zu Reichtum und Blüte erwacht war, hatte man sie dort gesehen.

Von Osten grenzt die Hafenstadt Lu unmittelbar an das Wildweiberdach. Die Steilwand ist Teil des zentralen Gebirgsmassivs, welches die gesamte Insel der Länge nach weitläufig durchzieht. Die Hauptgebirgszüge sind 4000 m hoch, die Querausläufer zu beiden Seiten verlieren Gipfel um Gipfel an Höhe und münden in weitläufige, endlose Nebengebirge. Vor den Stadttoren von Lu fallen die Berge steil ab in die Tiefebene der Bucht. Östlich der Stadt Lu, unwegsam zwischen unzähligen Schluchten, führt der Pass ins Gebirge. Hier finden sich von Alters her die besten Abwehr- und Rückzugsorte für die Verteidigung der Stadt.

Vor der Urbanisierung durch die Hanchinesen, siedelten in Lu die Ureinwohner vom Stamm der Babuza* und der Ort hieß Majehlin. Große Herden von Damwild bevölkerten die fruchtbare Ebene. In den grünen Wiesen im Saum der Meeresbucht jagten Babuzamänner das Damwild, stellten Hirschleder und Trockenfleisch her, um es mit den neuen Machthabern, den Holländern, gegen Gebrauchsgüter zu tauschen.

Hanchinesen, die diese Gegend bereisten, hinterließen folgendes

* Die Pepo sind die Ureinwohner des Flachlandes, die so genannten pingpuren. Zu den insgesamt zehn verschiedenen Stämmen gehören auch die Babuza.

Gedicht: *Vom Gebirge umgeben liegt die Meeresbucht vom Wasser umflossen. | Nachts rudern Babuzamädchen und alte Frauen die Boote aufs Meer hinaus. | Morgens kehren die Jäger, den erlegten Hirsch auf den Schultern, frohgemut heim. | Ihre Lieder tönen weithin – bis zum Mond hinauf.*

Als die Hanchinesen die Gegend bevölkerten, verloren die Babuza schnell ihre am Meer gelegenen Fisch- und Weidegründe. Immer tiefer wurden sie in die Berge zurückgedrängt. Auf ihrem Rückzug ließen sie Schwache und Alte, Frauen und Kinder zurück. Die Hanchinesen, die folgten, nannten solche verlassenen Siedlungen „Barbarinnendorf" oder „Unter Babuzaweibern". Als die Ureinwohner diese dann auch noch verlassen mussten, flohen sie tief ins Gebirge bis hoch auf den Pass. Dieser wilde, unwegsame Ort wurde bei den Hanchinesen „Wildweiberdach" genannt.

Die Bedeutung des Wortes Wildweiberdach meint, „bis hier hoch und nicht weiter", eben ein Ort am äußersten Ende der Welt.

1

Das Mädchen trug damals noch den Stammesvornamen. Schreibt man solche Namen mit Hilfe chinesischer Schriftzeichen, werden sie so ausgesprochen: Yinla, Infala, Wanna …

Die Leute erinnerten sich, dass sie Mondjade | Mondperle hieß.

Mondjade | Mondperle erhielt diesen Namen in einem chinesischen Freudenhaus. Die Wirtin war keine der Frauen, die für gewöhnlich kamen, um das Land urbar zu machen. Sie war Chefin Rosi, die Chefin des „Turms zum zehntausendfachen Frühling".

Das war ein hochtrabender Name: „Turm zum zehntausendfachen Frühling". Dabei war der Puff nur eine Holzhütte an der Flussmündung, direkt auf dem Strand. Sie war auf Pfählen gebaut, grobe Bretter aneinander genagelt bildeten die Wände. Durch die Ritzen drang ungehindert die kühle Luft. Waren die Gäste zahlreich, dann schwankte das Pfahlhaus ächzend hin und her – in allen Betten die Paare, dazu der Seewind.

War man mit der „Sache" fertig, wurde im Pfahlhaus mitten auf dem Flussbett einfach das Fenster geöffnet und das Wasser aus der Waschschüssel nach draußen ausgekippt. Unten plätscherte neben dem „Turm zum zehntausendfachen Frühling“ ein Rinnsal vorüber und trug den Dreck davon. Es gab Männer, die einfach zum Fenster rauspinkelten. Manchmal, wenn viel zu tun und die Zeit knapp war, dann leerte man schon mal die Scheiße aus dem Pisspott direkt am Fenster auf den Strand aus. Kam die kühlere Jahreszeit, stieg einem der feuchtschwere, üble Gestank in die Nase.

„Eines Tages“, erzählten die Leute, „hat die Erschütterung den ‚Turm‘ dann wirklich einstürzen lassen.“ Keiner erlitt irgendwelche Verletzungen. Es war ja nur ein Haufen Mädels und Kerls, die da direkt auf den weichen Sand des Flussbettes hinab fielen, die Mädels etwas unsanfter, lagen sie doch meist unter den Kerlen und fielen zuerst. Dann fielen die fetten, schweren Leiber der Männer hinab. Die Frauenleiber waren für sie wie Fleischmatratzen.

Ein Gekreische! Ein Geschrei war das! Was dieser Haufen von Frauen und Männern da von sich gab! Keine Ähnlichkeit mehr mit den Tönen, die sonst so im Turm zu hören waren! Da gab es Frauen mit halb geschnürtem roten Leibchen, und den Männern, so das Gerücht, steckte ihr „Ding“ noch in den Frauen; ein Glück nur, dass da nichts abgerissen oder verdreht worden war.

Als Mondjade hinabstürzte, wurde sie weit weg geschleudert. Sie fiel auf den nassen Grund des Flussstrandes und stieß auf einen Felsen am Ufer. Als sie sich aufrichtete, sah sie ihre Kumpel. Die saßen auf dem nassen Boden in einer Lache von Pisse und Scheiße und zeigten sich gegenseitig den Finger. Sie bogen sich vor Lachen und lachten dermaßen, dass ihnen Rotz und Tränen gleichzeitig liefen.

Auf den nassen Boden und voll in die Scheiße und Pisse gefallen zu sein, sah nicht danach aus, als hätte man irgendwelche Verletzungen davongetragen. Ein Kerl zeigte auf den Kopf seines Gegenübers, da hing so ein Riesenblatt von dem Schilf drauf, was man zum Dachdecken benutzte, darauf klebte würsteweise die komplette Scheiße, ha! Das war ein Lachen, die lachten alle, bis sie fast erstickten, die konnten schon gar nicht mehr vor Lachen und lachten doch immer weiter. Aber Mondjade, die auf einen Stein gefallen war, hatte sich das Bein gebrochen.

Wie viele Mädchen aus dieser Einöde am Wildweiberdach war

auch Mondjade ein Mischling aus Hanchinese und Babuzafrau. Eine gelungene Mischung konnte man sie jedoch nicht nennen. Sie hatte die flache Nase der Hanchinesen geerbt und war, obwohl sie die tief liegenden, großen Augen mit der doppelten Lidfalte von den Babuzamädchen besaß, in den Augen der Hanchinesen wegen ihren flachen, breiten Wangen und ihren wulstigen Lippen hässlich. Dazu besaß sie einen fleischigen Körper von kurzem, gedrungenem Wuchs, gar nicht nach dem Geschmack der Han, die an einer Frau das Grazile lieben; zarte, zerbrechliche Grazien, die keinem Windchen standhalten. Zuletzt waren da noch die beiden großen Brüste der Mondjade, die niemals durch ein Brusttuch gebändigt wurden. Bei jeder Bewegung schaukelten sie wild hin und her, rauf und runter, angeblich ein öffentliches Ärgernis, fast schon ein Sittlichkeitsdelikt.

Fatal war, dass Mondjade große Füße hatte, sozusagen ihre Achillesferse, die ihr für immer den Zutritt zum Rotlichtviertel der „Halb geöffneten Tore" in den Nebenstraßen hinter der „Straße der fünf Glückseligkeiten" verwehrte.

Die Füße hatten einen hohen Spann und waren vollfleischig wie ihr gesamter Körper. Die Zehen bogen sich durch die zur Seite wachsenden Zehenwurzeln nach außen. Solche Füße wussten im Schlamm der Feldfurchen zu waten, kannten aber nichts von den gebundenen kleinen Füßen der chinesischen Mädchen, noch weniger konnten sie den Genuss der „Drei Zoll Goldlotus Füßchen" nachempfinden, wenn sie oben auf den Schultern des Mannes ruhten.

Oder aber Mondperle, in der sich bestimmt ein Holländer verewigt hatte. Ihr langes Haar war von mittelbrauner Farbe und kraus gelockt, es passte nur zu gut, wenn sie „Rotschopfbarbar" gerufen wurde. Nicht nur die fremden Holländer rief man „Rotschopfbarbaren", auch für Mischlinge war das Wort Barbar gebräuchlich: „fremde Barbaren" für die mit Ausländern gemischten und „verwandte Barbaren" für solche, bei denen eine Blutsverwandtschaft nicht auszuschließen war.

Zum Glück hatte Mondperle große Augen, einen hohen Nasenrücken und ein klar kontrastiertes Gesicht, lange ebenmäßige Gliedmaßen und eine Haut wie brauner Zucker in Milch, dabei glatt wie Seide. Allein ihre enorme Körpergröße und die großen Füße waren damals nicht nach dem Geschmack der Leute aus Lu. Sie hatte auch niemals Gelegenheit gefunden, das Rotlichtviertel unten am Pier im Hafen zu besuchen, diesen nassfeuchten Ort, wo man Matrosen aus Übersee fand, auch „Rotschopfbarbaren", die sie gewollt hätten. Aber Mondperle hatte es besser getroffen als Mondjade, zumindest war ihr das gebrochene Bein erspart geblieben.

Mondperles „Turm zum zehntausendfachen Frühling" war am westlichen Ortseingang vom Barbarinnendorf gelegen, in der Nähe lagen die Schule und die Sammelstelle für die Fäkalien der über dreißig öffentlichen Klosetts der Stadt Lu. Von Westen aus hatten die Menschen einst begonnen, sich hier am Meer anzusiedeln. Später breitete sich die Stadt in Richtung Osten zum Gebirge hin aus. Die Aufstellung der öffentlichen Klosetts der Stadt erfolgte im Verhältnis zu der Anwohnerzahl vor Ort.

Die Gruben mit den Fäkalien der öffentlichen Klosetts waren abgeschlossen, um den Diebstahl der Fäkalien zu verhindern. Üblicherweise führten die übelsten Typen aus dem Viertel die Geschäfte. Die Männer, die sich bei ihnen als Träger verdingten, liefen mit ihrem Joch und den Scheißeeimern aus allen Randbezirken der Stadt bei der „Hochschule" zusammen, wo Ochsenkarren Karren um Karren die Jauche wegtransportierten, um sie als Dünger zu verhökern.

Mondperle hatte in ihrem „Turm zum zehntausendfachen Frühling" ein eigenes Klo, selbstredend, dass die Puffmutter mit den vielen Mädchen nicht auf diese Einnahmequelle verzichtete. Wie üblich band sie sich mit dem Verkauf der Scheiße fest an einen Abnehmer. Damals wurde ein Hausklo nur von den Frauen benutzt, da sie selten das Haus verließen und drinnen pissten und schissen. Sie waren nicht wie die Männer, die im Gehen in alle vier Richtungen austeilten. Im „Turm zum zehntausendfachen Frühling" arbeiteten ausschließlich Frauen, die dazu nur das eine machten und den ganzen Tag in den Zimmern lagen. Klar, dass die Puffmutter für ihr Klosett einen guten Preis bekam. Es war, wie man damals sagte: „Die Leute von Lu kennen keine Skrupel, sie ficken und scheißen und tauschen sogar noch Klebreis dafür ein."

Hier bei Mondperle war zwar die Luft schlecht, es kamen aber täglich viele Leute vorbei, und sei es zum Jauche auskippen oder zum Jauche fahren, was doch alles in Allem etwas Menschliches, Menschennahes hatte.

Wie hatte es aber dazu kommen können, dass Mondjade und Mondperle Land von den Hanchinesen zurückforderten, das diese mit Gewalt in Besitz genommen hatten? Dazu kursierten einige Gerüchte in Lu, nicht nur, dass man erzählte: „Der tollwütige Hund will um jeden Preis die Schweineleber."

Die meisten glaubten, dass Mondjade tatsächlich mit Gewalt den Grund und Boden vom Vermittler einforderte und ihn mitsamt seiner großen Zigarre und dem vielen Schnaps verjagte. Andererseits ging die Rede, dass Mondjade dem Vermittler so gründlich einheizte, dass er verhext und willenlos sich zwischen zwei großen Brüsten und Füßen vergnügte. Wie hätte denn ein normaler Mensch, als die Barbarin plötzlich noch ihre magische Kraft nutzte, widerstehen sollen?

Mondjade, die wegen des gebrochenen Beins ihren Lebensunterhalt nicht mehr verdienen konnte, wollte nur ein Stückchen Land am Hang beim Wildweiberdach besitzen. Der alte Hanchinese hatte sich gefallen lassen, dass ihn eine Alte als Bräutigam ins Haus holte. Die Verwandtschaft war in weiter Ferne, alle aus der Familie waren weggezogen, er befand, das Land gehörte ihm ganz allein, zumal er es war, der es mit Gewalt in Besitz genommen hatte. Seine Alte verstieß er. Ganz von Sinnen und in Todesangst trug sie eine schwere Lähmung davon. Die anderen Frauen verkaufte er in den „Turm zum zehntausendfachen Frühling".

Der Stamm zog weiter nach Osten, sie sagten, dass sie über den Gebirgspass hinüber an einen Ort wollten, der sich „Dorf in der Ebene" nannte. Die Alte, hoch betagt und dazu gelähmt, ließen sie zurück. „Barbarinnendorf" und „Unter Babuzaweibern" war voll von solchen Frauen. Die Greisinnen blieben und versorgten die kleinen Kinder und jungen Mütter. Alle teilten das gleiche Schicksal, so wie Mondjade mit ihrem verkrüppelten Bein.

Mondperle verfolgte ein schwierig nachzuvollziehendes Vorhaben, sie wollte ihr ursprünglich eigenes Land pachten. Bei den ehemaligen Feldern der Sippe gab es einen bei den Babuza Unglück verheißenden Ort. Die Hanchinesen wussten von den Gebräuchen der Babuza, die auf ihren Feldern nichts Totes duldeten. Darum warfen sie einen toten Hund auf die Felder und brachen das Tabu, um den Babuza Schaden zuzufügen. Dann errichteten sie dort ihre Gräber.

Der Stamm gab auf, verließ die unsauber gewordenen Felder und zog von dem unheilvollen Ort fort.

Mondperle hatte sich in den Kopf gesetzt, gerade dieses Stück Land zurückzuverlangen, und wenn sie ihr Eigentum nicht zurückbekommen konnte, so wollte sie es zumindest pachten, damit sie das Land bebauen konnte. Die Leute aus Lu empfanden dies als unerhört, ein hungriger Mensch, der sein Gesicht nicht wahren wollte. Welch weit hergeholte Träume waren das, denen so eine nachhing. Das musste auf den Einfluss der Missionare der Rotschopfausländer zurückzuführen sein.

In der Stadt Lu wohnten hauptsächlich Leute aus Quanzhou, die alle streng an ihre vom Festland mitgebrachten Götter glaubten. Die Tempel der Mazu, des Bodhisattva Guanyin und die Prinzentempel der verschiedenen Prinzgeneräle waren überall zu sehen. Später entwickelte sich die Stadt Lu zum offenen Seehandelshafen. Die Städter brüsteten sich mit ihrer Weltoffenheit und ließen gern den Zuzug der ausländischen Götter zu. Im Grunde kümmerte es sie nicht, was für eine Art Jesu-Glauben die Missionare der Rotschopfbarbaren verbreiteten. Solange nur keiner der eigenen Leute einen Ausländerglauben annahm! Das rügten sie streng, so etwas hieß in Lu verächtlich „Glaubensfresser", einer, der zu den Missionaren ging, sich durchfutterte und deren Sprüche glaubte.

Wenn die Babuzafrauen, „fremde Barbaren" in den Augen der Han, den Ausländerglauben annahmen, war das, als würden sie doppelt barbarisch, für die Hanchinesen war das ungeheuerlich, ohne Worte. Sie unterstützten die Kopfjägerei der Ureinwohner und befürworteten ausdrücklich, wenn diese, was in verschiedenen Stämmen üblich war, die Missionare der Rotschopfausländer köpften. Die Rotschopfmissionare wagten nur nachts und in aller Heimlichkeit ihren Glauben zu predigen.

Als Mondjade | Mondperle das Land, was ihr genommen worden war, wieder zurück forderte, entstand rasch Krawall und Lärm in der Bevölkerung und rührte die Dreiecks-Beziehung zwischen Eingeborenen, Hanchinesen und Rotschopfbarbaren auf.

Bestimmt wachte auch die Wasserschutzpolizei auf. Der alte Herr der Küstenschutztruppen, Präfekt und Oberbefehlshaber der Insel, gab den Fall unverzüglich dem Kreismagistraten zur gerichtlichen

Prüfung. Man bauschte die Sache auf, bis sie in das Bild einer Rebellion hineinpasste, eröffnete die Gerichtsverhandlung und zwang die Schuldigen beim Verhör zu einem öffentlichen Geständnis, damit man ein für allemal ein politisches Beispiel für „Ruhe und Frieden unter den Barbaren" setzte. Damit konnte der alte Herr den Vorgesetzten im fernen Festland endlich einmal zeigen, wo bei ihm der Hase langlief.

Mondjade|Mondperle, die unter Folter ein falsches Geständnis ablegte, wartete nicht mehr, bis ihr Kopf über dem Marktplatz baumelte oder ihr öffentlich vor allen Augen abgeschlagen wurde, sie starb schon im Gefängnis. Um „mit dem geköpften Huhn den Affen abzuschrecken", warf man die Leiche des Mädchens in die unwirtlichen Schluchten an den Gebirgspass beim Wildweiberdach; die in den Bergen ein- und ausgehenden Jäger der Babuza sollten sich dies eine Warnung sein lassen.

Da das Mädchen keine Angehörigen hatte, kam keiner, um die Leiche bei Nacht heimlich zu verscharren. Es fand sich auch keiner, der deshalb die regierenden Stellen in Zorn gebracht hätte. Der tote Körper der Mondjade|Mondperle blieb an dem kleinen Bergpfad bei den Schluchten am Wildweiberdach liegen.

Offensichtlich zur Abschreckung war die Leiche ganz nackt ausgezogen. Den Gerichtsdiener des Yamen*, der den toten Körper dort hinschaffte, hatte der alte hohe Herr Magistrat in Kenntnis gesetzt:

Das war der abstoßende, dreckige Körper von einer, die von tausend Männern geritten worden war, auf die sich zehntausend Männer gepresst hatten. Dass die nach ihrem Tode splitternackt zur Schau gestellt wurde, sei von Nöten, um jedem mit aller Deutlichkeit vor Augen zu führen, welch außergewöhnliche und besondere Fähigkeit dieses Mädchens vor seinem Ableben seinen Lebensunterhalt gesichert hatte, damit sein Schicksal jedem umso mehr Warnung sei.

Mutige Passanten, die am Pass wirklich mit offenen Augen hinsahen, erbrachen sich auf der Stelle noch im selben Augenblick.

Schon als Mondjade|Mondperle noch in Haft war, kursierten Gerüchte in der Stadt Lu, dass der alte hohe Herr die Barbarin

* Amts-und Gerichtssitz im feudalen China.

nicht ausgepeitscht und ihr auch keine Daumenschrauben angelegt hatte, sondern er seine Hände immer nur in dem Ort ihres Broterwerbs gehabt hatte. Zwei Fleischklumpen – so als wären es ursprünglich Brüste gewesen, man weiß nicht, durch was und wie sie getreten, mit welch roher Gewalt sie gepresst wurden, dann noch eine Schicht Haut heruntergeschnitten wurde – sah man an ihrem Oberkörper. Man hätte sie, wenn am oberen Teil das Fleisch nicht noch Verbindung zum Körper gehabt hätte, wie furchtbar, für zwei blutige Fleischstränge, nur eben undeutliche Fleischlappen gehalten, die lose auf den Bauchnabel herab gefallen waren. Der Unterleib zeigte unzählige Löcher wie eingebrannt, eingesengt, gespießt, gekratzt, der Leib so zugerichtet, vollkommen geschwollen und aus der Form, aus vier Wunden drang in Rinnsalen frisches Blut. In der Tat schien es, als wären da nun unzählige Öffnungen, die sich zum Broterwerb anboten.

Dieser nackte, tote Körper, partiell schwer gepeinigt, an anderen Stellen wieder mit unversehrter Haut und unversehrtem Fleisch, wurde, obwohl er ständig Sonne wie Wind ausgesetzt war, es zeitweilig harte Winter gab und in den Schluchten am Pass eisige Winde wehten, überraschenderweise nicht faulig. Nur eben entwich ihm zeitweilig ein übler Leichengestank. Leute, die etwas davon verstanden, urteilten, dass die Eingeweide langsam ihre Funktion verloren.

Eines Tages entdeckte ein frühmorgens den Weg Kreuzender, dass die Frauenleiche mit einer dünnen Schicht groben Salzes bedeckt war. Nur die krummen Füße schauten hervor, das Salz hatte offensichtlich nicht ausgereicht, den ganzen Körper der Leiche zu bedecken.

Tags darauf bemerkten Passanten, dass die Schicht von grobem Salz dicker geworden war und auch die Füße inzwischen vollständig bedeckte. Kaum einer hatte die Leiche jemals richtig fixieren mögen, nur im Vorübergehen hatte man sie eilig mit den Augen gestreift. Jetzt, wo sie durch die Schicht groben Salzes bedeckt war, wagten die Leute den direkten Blick auf sie und gewahrten unter der körnigen, aber blütenweißen Schicht deutlich die Formen des bogenförmig gekrümmten menschlichen Körpers.

Mit Sicherheit hatte die Frau vor ihrem Tode größte Qualen ausgestanden, dass ihr ganzer Körper auf diese unnatürliche Weise gekrümmt und verrenkt war. Ober- und Unterkörper waren verdreht und wiesen in entgegengesetzte Richtungen, sich nur sporadisch zusammenfügend durch die sich in verzweifelter Anstrengung nach vorn streckenden Hände. Der Körper vermittelte den Eindruck eines an der Taille eingedrehten Stück Schnurgebäcks.

In Folge wurde immer mehr Salz aufgeschüttet, grobkörniges Meersalz, das an unterschiedlichen Orten gewonnen worden war, einmal war die Körnung gar weiß und fein, mit viel weniger Unrat als die übrigen Fuhren, wie blütenweißer Schmuck auf dem Körper der Frau.

Alle wussten, dass in diesen Nächten das Meersalz von mehr als einer Person aufgeschüttet wurde, von jedem Salzfeld vielleicht nur ein Sack; so war es dazu gekommen, dass der erste geleert wurde, aber das Salz nicht zum Bedecken der Füße reichte, und dass in der Folgenacht jemand eine zweite Ladung auffüllte.

Keiner verlor Worte darüber.

Direkt am Meer gelegen, war in Lu das Salz billig und simpel zu haben. Ein paar Säcke davon waren nicht der Rede wert, doch es weg von der Küste bis hinauf auf den Pass ins Gebirge zu schaffen, das war äußerst mühsam, ein Weg von fünfzehn bis zwanzig Kilometern.

Der Brauch in Lu, die Leichen unter grobem Meersalz und Reiskleie einzugraben, reicht weit zurück. In der Frühzeit der Stadt trugen die Leute, die aus Quanzhou und Zhangzhou* stammten, mitten in den Straßen offene Gefechte aus. Wurde jemand auf offener Straße erschlagen und blieb keine Zeit, die Leiche fortzuschaffen, wagten die Familienmitglieder nie, die Leichen öffentlich zu begraben, um den nachfolgenden Verfolgungen durch die Regierungsbehörden zu entgehen. Es war aber wegen des üblen Gestanks furchtbar und unangenehm, die Toten auf offener Straße liegen und verfaulen zu lassen. Auch fand der Geist des Toten, wenn er nicht in die Erde kam, keine Ruhe. So hatte es sich eingebürgert, dass die Familienmitglieder heimlich und bei Nacht Karren um Karren Salz

* Die zwei Hauptbevölkerungsgruppen aus Lugang, die aus zwei unterschiedlichen Kreisen in der chinesischen Provinz Fujian stammen, die auf der anderen Seite der Taiwan-Straße der Insel direkt gegenüber liegen.

und Kleie herbeischafften und ihre Toten über der Erde eingruben. Für die grausam gestorbene Frau, deren Leiche in der Schlucht am Gebirgspass lag, musste die Tatsache, dass sich nach ihrem Tode jemand fand, der ihren Leichnam unter Salz begrub, ein bedeutsamer Trost für das erlittene Unrecht sein, zumal sie nur eine Barbarenfrau war. So dachten die Leute aus Lu.

Das immer wieder Sack um Sack über die Leiche geschüttete Salz verdeckte mit der Zeit die feinen Konturen, grub den unnatürlich gekrümmten und verrenkten Frauenkörper ganz ein, bis zuletzt ein kleiner Salzhügel entstand und nichts mehr zu sehen war.

Die Zeit verging, Sandwehen, Erde und Steine gingen darauf nieder, auch Unkräuter wuchsen oben. Äußerlich betrachtet, hätte man meinen können, dass es sich um einen kleinen Erdhügel am Pass in der Schlucht beim Wildweiberdach handelte.

Allmählich vergaßen die Menschen den Vorfall. Die zu Unrecht gestorbene Barbarin hatte nichts von dem, worauf die Leute aus Lu ängstlich warteten, getan. Sie hatte sich keinen barbarischen Hexenzauber zunutze gemacht, war nicht als Rachegeist in den Schluchten am Pass aus- und eingefahren und hatte sich nicht an dem alten hohen Herrn und den Gefängniswärtern, die sie niedergemetzelt hatten, gerächt. Nichts dergleichen war geschehen.

Die Leute aus Lu waren überzeugt, dass die Barbarin, unfähig gegen das erlittene Unrecht anzugehen, längst wieder in den Kreislauf der Wiedergeburten eingetreten und in einem neuen Leib wiedergeboren war. Man betete für den ewigen Kreislauf von Wirkung und Ursache, damit alles in der Welt seine Vergeltung und Wirkung fände.

2

Mondjade | Mondperle wurde entgegen aller Mutmaßungen zum Rachegeist. Verwundert spürte sie, dass ihr Körper in einem Hügel aus Salz eingeschlossen war. Ein beklemmendes Gefühl beschlich sie, der Salzberg presste sich fest auf sie, bedeckte sie völlig und füllte jeden Ort aus; in jede Ritze rieselte, überall hin sickerte Salz, alsbald fand sie sich ohne jede Elastizität in völliger Starrheit. Ihr tragisch zu Tode gekommener Körper erduldete allergrößte Qualen, die an der Taille wie Schnurgebäck eingedrehte Frau war gefangen in einer äußerst widernatürlichen, maßlos leidvollen, peinigenden Pose.

Sie bemerke, dass die Salzkristalle, die die Haut ihres Körpers auf seiner gesamten Fläche vollkommen bedeckten, schnell in das Gewebe infiltrierten und die ursprüngliche Körperflüssigkeit austauschten. Durch das fehlende Wasser in den Muskeln und das fehlende fließende Blut in den Adern schrumpfte der Körper stetig.

Faulig war sie nicht geworden, aber eingelaufen, zusammengeschrumpft. Deutlich spürte die Frau ein Gefühl vom kleiner-, kürzerwerden in ihrem Leib. Das Schrumpfen ihres Körpers bewirkte, dass die Körperseele wie festgezurrt in dem Leib steckte und sich nirgendwohin mehr ausbreiten konnte. Oder war die Beschränkung in der Bewegung vielleicht darauf zurückzuführen, dass Salzkristalle im Knochenmark bis zur Sättigung vorhanden waren. Die Geistfrau musste hinnehmen, dass ihre Körper- und Geistseele in dem Leib gefangen war. Für sie gab es kein Entrinnen mehr.

Selbst wenn sie sich aus dem versalzten Körper hätte befreien können, so wäre da immer noch der Salzhügel gewesen, der fest und schwer auf ihrem Leib lastete. Der Hügel war mit der Zeit steinhart geworden. Die einzelnen Salzkristalle waren nicht mehr lose in Körnern, sondern bildeten, fest ineinander verhakt, einen starren, runden Deckel wie eine völlig homogene Metallwandung, ohne Nut kein Ort des Durchtritts.

Auch wenn die Geistfrau sich nicht auf Zauberei verstand, hatte sie in ihrem früheren Leben doch vom Nutzen des Salzes gehört. Wenn ein Mönch oder buddhistischer Priester Reis oder Salz aus seiner Hand streut und dazu das Mantra „Joga Jogacara Flammenmund“ murmelt, dann inkarnieren hunderttausend Millionen erlöste Hungergeister. Wenn ein Feng Shui-Meister mit großen spirituellen Kräften Salz mit seinen Fingern schnippt, hält dieses Salz Hunderttausend Millionen Hungergeister in einem magischen Bannkreis fest, aus dem sie niemals entfliehen können.

Welchen Hass schürte diese plötzliche Erkenntnis im Herz der Frau! Ihr dürstete wie wahnsinnig nach Rache. Die Wirkung des großen Gesetzes von Ursache und Wirkung setzte ihr infolge der mitleidigen Bürger von Lu diese Grenze. Und es gab kein Entrinnen mehr! Welch böse Strafe!

In der Tat hatte der ewige Kreislauf von Ursache und Wirkung in unergründlichen Tiefen alles vorherbestimmt! Die Geistseele gab den Kampf auf. Wohin mit dem Groll, mit dem Leid, eingeschlossen in einen Salzhügel, in einer nie endenden, maßlos langsam dahinsiechenden Zeit?

Es gab keine Möglichkeit, gerade zu liegen. Diese widernatürliche, diametral entgegengesetzte Positionierung ihrer Körperhälften in „Schnurgebäckform", der Kopf an einem, die Füße an einem vollkommen anderen Ort, völlig getrennt voneinander, so dass der Kopf die eigenen Füße nicht sehen konnte, musste erst wieder auseinandergedreht werden.

In ihrem vergangenen Leben hatte sie die meiste Zeit gelegen, es sei denn, die Männer hatten spezielle Vorlieben, erst dann wurden von den Mädchen verschiedene Stellungen verlangt, ansonsten lagen sie flach da und blickten starr nach oben. Weil der Kopf dabei ganz eben zu liegen kam, war der eigene Körper nur wenig zu sehen, weshalb sie von Zeit zu Zeit, in regelmäßigen Abständen, auf ihre auf dem Holzbett liegenden Füße blickte. Mit den eigenen Augen konnte sie liegend bis auf die Füße nichts von ihrem Körper erblicken, diese dafür deutlich und in Gänze, darüber hinaus bot sich ihrem Blick nur der sich auf sie pressende Mann.

Sie gewöhnte sich daran, während der Mann sich über ihr bewegte, nach Gelegenheiten zu suchen, den Blick über ihre Füße wandern zu lassen. In dem Maße, wie der Mann ihre Beine auseinander spreizte, waren auch ihre Füße voneinander entfernt; in der Tat ein Paar große Füße, jeder Fuß sicherlich zwei Handflächen groß, die Zehen weit auseinander gestellt nach außen wachsend. Das waren Füße, die Raum brauchten. Sie gingen nicht aufs Feld, deswegen war in den Zehenzwischenräumen kein Schmutz. Blitzblank reihten sich Nagel für Nagel aneinander, wie Muscheln in die Zehen hineingedrückt.

Sie besah sich die kleine Zehe, der Zehennagel war vollständig aus einem Stück gewachsen, nicht wie bei den Füßen, die man sonst sieht, wo sich der kleine Zehennagel in einen großen und einen kleinen Nagel spaltet und die Bruchstelle voll mit schwarzem Dreck ist. Wenn auch ihr Unterleib durch den Mann oben ganz taub wurde und dort kein Gefühl mehr war, konnte sie sich sicher sein, dass, wenn sie nur lag, sie zumindest ihre eigenen Füße sah und sie somit wusste, dass ihr Körper noch existierte.

Mit den Augen etwas abtasten ... war ihr der Lebensbezug.

Nur darum mühte sie sich in dem Salzhügel fortwährend um Bewegung, versuchte mit aller Kraft, den gekrümmten, verschandelten Körper zu drehen und immer anders auszurichten, so dass ihr geschrumpfter, verkürzter Leib schließlich und endlich millimeterweise Raum zurück gewann. Sie drehte den Leib rückwärts, schraubte ihn in minimalen Bewegungen auf, bis die Augen zuletzt die ihnen vertrauten Füße wieder erblickten. Um den Raum, den sie für ihre geschrumpfte Leiche mühevoll wieder errang, zu bewahren, um sich den, wenn auch nur minimalen Bewegungsspielraum zu erhalten, kämpfte die Geistfrau ohne Pause mit dem sie unaufhörlich bedrängenden, dem immer wieder und wieder eindringenden Salz.

Sie verspürte grenzenlosen Hunger, die eigenen Füße wieder und wieder zu sehen. Sie war so voller Sehsucht und mühte sich nach Kräften, immer Ausschau zu halten. Bis sie dann ihre eigenen Füße gleichwie am Horizont auftauchend und den ganzen Himmel ausfüllend endlich und wieder in Gänze sah.

Während die Zeit dahinflog ...

Um sie – für sie, existierten nur die eigenen zwei Füße.

Es verging eine Ewigkeit ...

Das sich im Liegen ihren Augen darbietende Paar Füße, anfangs noch völlig klar und deutlich zu sehen, verschwamm im grenzenlosen Raum der Zeit zusehends vor ihren Augen, wuchs an Größe um viele, viele Male,

Die Füße füllten schnell ihr gesamtes Blickfeld zur Gänze und mehrten sich zu einer Unzahl von Füßen.

Der Geistfrau war unklar, warum ihr das eigene vertraute Paar Füße nun zusehends fremd wurde, Gestalt und Form stimmten nicht mehr, die Größe schwankte ständig, mal erreichte die kleine Zehe die Größe des gesamten Gesichtsfelds, mal der ganze Fuß nur die eines Sandkorns. Es bedurfte immer größerer Anstrengung, den winzigen Fuß zu fixieren.

Die Füßen immer unähnlicher werdenden Füße waren den verschiedensten Metamorphosen unterworfen, wandelten sich nacheinander in paarige Süßkartoffeln, Rettiche, Maiskolben, Luffamelonen, Wintermelonen, bis hin zu Kallebassenkürbissen, Gurken, Auberginen.

Die Geistfrau liebte es, sich vorzustellen, wie es sei, mit diesen umherzulaufen, zumal sie ständig ein Gefühl verspürte, als emanierten aus den Süßkartoffeln, Rettichen, Luffamelonen, Auberginen wieder neue Süßkartoffeln, Rettiche, Luffagurken, Auberginen … große, kleinere, wie auf Spieße gereiht wuchsen unter dem Körper unzählige Füße, dem Geist gab es ein Gefühl von verlässlichem Getragensein.

Waren es Hirsedolden, Getreideähren, in die sich die Füße verwandelten, nahm das angenehme Gefühl ab, denn in jeder Hinsicht zu weich zum Gehen waren Getreideähren zum Gebrauch als Füße ungeeignet. Bei jedem Schritt rasselten Hirsekörner laut heraus. Der Boden lag voller Getreide.

Konnte sie ihre zwei flach liegenden Füße, die nach oben weisend, kerzengerade aufgestellt waren, auch in Augenschein nehmen, wenn sie schließlich zu Weintraubendolden, Litchi Drachenaugendolden, zu Lotustauwachsäpfeln, Ananas und Bananen wurden? Ei, wie sie nun mit den schönen Früchten einherlief! Nie im Leben hatte sie sich solch schmackhafte Früchte leisten können; ängstlich gab sie stets Acht, damit sie sich nicht unbedacht bückte und ihre Füße verspeiste.

Zu Lebzeiten hatte die Geistfrau gehört, dass bei Eintritt des Todes ein helles Licht zu sehen sei, so wie ein großer starker Lichtstrahl. Menschen, die für das nächste Leben gute Voraussetzungen schufen, erblicken ein in fünf Farben erstrahlendes Firmament, den in reinem Gold leuchtenden Buddha, der mit den Bodhisattvas auf einer Wolke herbeischwebt, um den Toten in das Nirwana, in das westliche Paradies zu geleiten, wo ihn dann ungetrübte, grenzenlose Freuden ohne Leid und ohne den ewigen Kreislauf der Wiedergeburten erwartet.

Die Geistfrau hatte, als sie grausam starb, nicht erlebt, dass sie von einem fünffarbigen Flammenmeer empfangen und geholt wurde: erst durchscheinendes, schimmernd leuchtendes, blaues Licht, dann hell strahlendes, weißes Licht, grelles, gelbes Licht, blitzendes rotes Licht und zuletzt gleißendes, grünes Licht. Jeder der Lichtstrahlen befähigte den Sterbenden zum endgültigen Ablassen von den Leiden Entsetzen, Angst, Hunger, Ärger, ... Die in dem Salzhügel gefangene Frauengeistseele hatte derartiges nie gesehen.

Sie sah nur das eigene Paar Füße, in Metamorphosen von Süßkartoffeln zu Hirseähren, von Reisähren zu Drachenaugen, Luffagurken ...

Es betraf aber nicht ausschließlich ihre Füße, was sie sah. Die Geistfrau sah mit Erschrecken, wie sich die beiden kerzengerade aufgestellten Füße (sie hatten die beachtliche Länge von zwei Handtellern Breite!) sich in das Ding der Männer verwandelten. Stück für Stück, Wurst für Wurst, gliederweise, dicke, dünne, lange, kurze, dunkelviolette, rote, braune. Wie es wohl war, mit den „wabbeligen Vögeln" der Männer als Füße umherzulaufen? So als träte sie in dick sehnige, adrige Schweinedärme. Plitsch platsch spuckten sie reflexartig klebrigen, dicken weißen Schleim aus. Sie sah die „wabbeligen Vögel" sich noch in Kot verwandeln, Stück für Stück, hintereinander gereiht würsteweise Kacke. Beides ging rein und raus aus ihrem Leib, zuerst schoben sich die wabbligen Vögel würsteweise in die Scheidenröhre, der Kot wurde Stück für Stück durch den Enddarm und After hinaus gestoßen. Danach geriet alles durcheinander, das, was würsteweise in die Scheide drang, war nun Kot und aus dem After pressten sich Glied für Glied reihenweise die wabbligen Vögel.

Sie meinte, nun käme der von ihr zeitlebens gefürchtete, Unrecht vergeltende Höllenfürst Yama, um sie in die kochendheißen Feuersbrünste der Hölle zu sperren, ihr würde der Kopf abgehackt, das Herz aus dem Leibe gerissen, die Gedärme aus dem Rumpf gezogen, mit dreckigen Zungen das Gehirn ausgeschlürft, ihr frisches Blut getrunken, ihr Fleisch verschlungen, ihre Knochen abgenagt, während zu gleicher Zeit die wabbligen Vögel und der Kot in ihrem Unterleib rein raus, rein raus gingen.

Die Geistfrau senkte den Kopf und blickte nach unten, da waren wieder die eigenen zwei Füße, voll Angst hoffte sie, die Füße wandelten sich in Tomaten, Rettiche, Hirseähren, Reisähren, Bananen, Luffagurken ... nur bloß nicht in Wabbelvögel und Kot, das wäre nicht auszuhalten.

Und die Zeit flog dahin ...

Um sie ... für sie existierten nur die eigenen zwei Füße.

Die Insel wurde wie immer von Taifunen und Erdbeben heimgesucht. Während der unzähligen Sturm- und Hochwasserkatastrophen im Gebiet des „Trüben Flusses“ und seiner Nebenflüsse, nicht wenig Geröll und Erde wurde dabei abgetragen und ausgewaschen, wurde der kleine Salzhügel am Rande des Bergpfads mehrere Mal empfindlich getroffen. Oder waren es die in Abständen wiederkehrenden großen wie kleinen Erdbeben am Pass, die ihm so stark zusetzten? Urplötzlich war da ein Widerhall in der Bergschlucht, das Auge sah nur schiefen Himmel und berstende Erde, Bäume, Felsen, Geröll und Erdreich verrutschten, starke Kräfte bewegten und schoben, so dass der Salzhügel mit dem Bergfels kollidierte.

Es brachte den Salzberg, der hart wie Stein war, zum Bersten.

Aus der Haft endlich wieder in die Freiheit!

Durch einen Spalt im geborstenen Salzgestein schwebte der Frauengeist ins Freie. Ohne nachzudenken, nur ungefähr Ort und Richtung wieder erkennend, flog sie in Windeseile gen Lu, um das ihr widerfahrene Unrecht endlich und augenblicklich zu rächen!

Da sie niemals in Lu gewohnt hatte und deswegen völlig ohne Orientierung war, verirrte sie sich sofort in den Straßen der Stadt. Dabei waren gerade Festtage in Lu, es lohnte sich, in die Stadt zu kommen und das Spektakel zu erleben, Laternenumzüge zu sehen und bei den riesigen Opferspeisungen in den Tempeln und vor allen Bürgerhäusern in der geschäftigen Stadt dabei zu sein.

Die neunwinkligen Gassen, die die Leute aus Lu, um sich vor den „Neun einfallenden Winden“ im Herbst und Winter zu schützen, angelegt hatten, waren für die nicht ortskundige „Barbarenfrau“, erwartungsgemäß ein nicht zu durchschauendes Labyrinth. Unter den vor Sonne und Regen schützenden „Himmelmarkisen“ waren nachts die kleinen, schmalen Türen zugerammelt und fest verschlossen, gleichwie solide Stadtmauern und Wallgräben, nirgends Eintritt gewährend. Die überraschte, in Zweifel geratene Geistfrau suchte sorgsam jede Straße der Stadt ab, aber es fiel ihr schwer, die gewohnte Kenntnis einer „Babuzafrau“ über Lu abzulegen.

Wenn die Dämmerung hereinbrach, flog die Geistfrau jedes Mal eiligst in den Salzhügel am Gebirgspass zurück, um dort den Tag über auszuharren. Einige Tage vergingen, bis sie das Wasserschutzpolizeiquartier fand, den Ort des Yamen der Stadt Lu, einstigen Sitz des Marinegouverneurs und Präfekten von Taiwan.

Die Geistseele traute ihren Augen nicht!

Was war aus dem ehrwürdigen, furchteinflössenden Yamen vergangener Zeiten geworden! Keine Rede davon, dass die ursprüngliche Fahnenstange fort, das Brokatbanner mit dem gestickten Emblem verschwunden war, die ganze Türfront des Yamen war eingestürzt, natürlich auch kein Amtsdiener mehr da, der den Eingang bewachte. In allernächster Nachbarschaft waren zur Linken wie zur Rechten kleine wild angelegte Gräber auf dem Kamm der Anhöhe zu sehen, die auf- und abtauchenden Totenseelen alle verschieden gekleidet, einiger Geister Aufzug anders, als sie es jemals zuvor gesehen hatte.

Die Totengeister huschten ohne Skrupel zwischen den zerfallenen Gemäuern und der mit Gras bewachsenen Gerichtshalle des Yamen hin und her.

Über die wie flirrendes Licht über die Gräber huschenden Totengespenster erschrak die Geistfrau sehr, glaubte sie doch voller Entsetzen, teuflische Halluzinationen, böse Traumgebilde des Herzens suchten sie heim oder lang gehegte, geheime Wünsche täten sich in tantrischen Geheimformeln kund, um sie endlich in die böse Falle zu locken. Sie wagte sich über viele Nächte hindurch nicht in die Nähe und nahm alles nur aus weiter Ferne in Augenschein.

Nichts geschah. Bis auf eine Nacht, es war so ein, wie es schien, „Platzhirsch", „Reiche Leute Junge" vom Ort, der zum Geist des Grundherrn betete. Ganz heimlich, gut versteckt hatte er einfache Opfergaben mitgebracht, nicht mehr als ein kleines Stück Schweinebauch, ein Ei und ein Stück Sojakäse. Nach dem Gebet deckte er noch vorsichtig die Überreste des verbrannten Opfergeldes mit neben sich gerupften Grasbüscheln zu.

In der kommenden Nacht bemerkte die Geistfrau Soldaten, die sandfarbene Uniformen trugen, die Kappen vorn mit einer roten Sonne geschmückt. Sie sprachen eine unverständliche Sprache und befahlen mittels eines Übersetzers einigen „Reiche Leute Jungen" vom Ort fortgesetzt, die Gräber zu öffnen und die Leichen auszugraben. Vor dem ehemaligen Amtssitz, dem Yamen, wurde ein alter chinesischer, geschnitzter Lehnstuhl mit einem abgebrochenen Bein aufgestellt, das fehlende ersetzte man notdürftig durch einen lose darunter gestellten Holzscheit.

In der darauf folgenden Nacht entdeckte der Frauengeist mit Schrecken, dass auf dem zerbrochenen dreibeinigen Lehnstuhl vor dem eingestürzten Eingang des Yamen eine Leiche saß, hingesetzt wie ein Lebender, ausgewühlt aus dem Grab. Die Leiche schien schief und verdreht, als hätte sie eine Lähmung.

Das Fleisch des Toten war am ganzen Körper unversehrt, selbst das Totengewand nicht verwest, auch kräftige Farbtöne sah man noch deutlich an der dunkelblauen, oder war es glänzenden, schwarzen Amtsrobe. Auf dem Brustbesatz wie auf dem Rückenteil waren Muster mit Emblemen eingestickt, die Leute aus Lu nannten dies „Brustflicken und Rückenflicken", nur Beamte trugen ein so geschmücktes Gewand.

Die Geistfrau wagte nicht, sich die Leiche aus nächster Nähe anzuschauen. In großer Entfernung drehte sie ihre Kreise, umflog sie wieder und wieder. Der Anblick der in Amtsrobe gekleideten Leiche ließ bei dem Rachegeist die entsetzliche Furcht und den unbeschreiblichen Hass gegen ihren Mörder von damals in aller Heftigkeit wieder aufflammen.

Geist, der sie war, fürchtete sie an einer nicht verwesenden Leiche im Grunde das Eingesperrtsein. Denn dies war für die Seele der Toten gleichwie der Salzhügel, der den Rachegeist so lange eingeschlossen hatte, ein Ort, von dem es für eine Seele kein Entrinnen mehr gab. Im Innern einer unversehrten, frischen Leiche dagegen konnte ein Geist ausharren, bis die Leiche verweste, um dann ins Freie zu entweichen.

War die Seele, die hier entweichen würde, der Geist des alten hohen Herrn von damals, der sie grausam zermetzelt und ermordet hatte? Zu Lebzeiten hatte sie keine Gelegenheit, Beamtentitel und Beamtenränge unterscheiden zu lernen, so dass sie jetzt, da sie tot war, nicht erkannte, um welchen Rang und welche Person es sich bei der Leiche handelte. Sie musste sich vorsichtiger verhalten, noch mehr auf der Hut sein!

Weil die Sonneneinstrahlung am Tage den Prozess der Verwesung beschleunigt, war es ein Glück, dass die jungen Platzhirsche die ausgegrabene Leiche auf den geschnitzten Lehnstuhl gesetzt hatten.

Nacht um Nacht sah der Frauengeist das grün bronzefarben angelaufene Gesicht mit der eingefallenen Haut, die notdürftig die

Knochen umspannte, und die aus dem Beamtengewand hervorragenden Hände mit der struppigen grüngrauen Behaarung. Wenn dem so war, dass die Welke, der Prozess der Zersetzung, schon begann, so geschah es doch äußerst langsam. Nur der Schädel, der aussah, als wuchsen drauf immer noch wirre, strohige Haare, hatte schließlich keine Stütze mehr und knickte ein. Die überlangen gebogenen Nägel, die wie Kreiselschnecken in Spiralen wuchsen, und die aus den abgefaulten, oder waren es geschrumpften, Fingerkuppen herauswuchsen, waren seitlich zu Boden gefallen.

Die Augäpfel, tief in die Augenhöhlen gesunken, hingen noch in den Augen. Sie entsandten mit fluoreszierendem grünem Licht bitterbösen Hass. Ein Entweichen der Seele aus der Leiche konnte die Geistfrau über die gesamte Zeit nicht bemerken. Wahrscheinlich weil die Soldaten mit dem Sonnenbanner des langsamen Verwesens der Leiche überdrüssig wurden, beschuldigten sie die Platzhirsche (der Frauengeist wusste nun, dass sich diese Männer „Japaner" nannten und sämtliche Angelegenheiten des Lebens in Lu befehligten): Die Platzhirsche hätten in üblicher Manier gebrannten Kalk auf die Leichen aufgebracht, dann Wasser aufgesprengt, und nach dem Herausziehen des Fleisches die Knochen entfernt.

In der darauf folgenden Nacht war der Lehnstuhl leer, der das abgebrochene Bein ersetzende Holzscheit fortgezogen und der Stuhl lag umgefallen schief auf dem Boden. Außer der Leiche mit dem Beamtengewand konnte der Geist keine weiteren „hohen Herren", Amtsdiener oder Bedienstete erblicken. Er umflog den zerfallenen Amtssitz wieder und wieder, verweilte in der Nähe, bis er letztlich annehmen musste, dass der gesamte Yamen aus unerfindlichen Gründen inzwischen verschwunden war, sich in nichts aufgelöst hatte.

Mondjade | Mondperle hörte später die Leute aus Lu hinter vorgehaltener Hand flüstern, der „Platzhirsch" habe nicht den Mut gehabt, etwas derart Unrechtes, Amoralisches zu tun, den Leichnam des alten hohen Herrn dort auf dem geschnitzten Lehnstuhl den Blicken der Leute preiszugeben und ihm seine Seele nicht zu retten. Deswegen sei er gestorben und habe sich an seiner Stelle wieder verkörpert. Die übernatürliche Kraft, die von der Leiche ausging, die Zerfall und Verwesen unmöglich machte, fürchtete der Junge so sehr, dass er meinte, das Unglück werde auf seine Kinder und

Kindeskinder übergehen, wagte er auch nur, etwas geringfügig Unrechtes zu tun.

Die Leute führten alles auf den Einfluss der Japaner zurück: Diese hätten die Sache um jeden Preis dazu benutzen wollen, Ansehen und Prestige zu erwerben und ihrer Macht Ausdruck zu verleihen, um sich damit die Wirkung von „ein Huhn schlachten, um den Affen zu schrecken" zunutze zu machen. Mondperle | Mondjade erfüllte es mit Schadenfreude und amüsierte sie lange. Danach kehrte sie nie mehr an diesen Ort zurück.

Der verrammelte Amtssitz aus früheren Zeiten mitsamt den wild angelegten, dorthin verlegten Gräbern wurde von den Japanern anderen Zwecken zugeführt. Sie verfügten, die riesige freie Fläche neu zu nutzen, und bauten dort eine „Volksschule".

Mondperle | Mondjade kam gewöhnlich jede Nacht in die Stadt und streifte durch die Straßen, um bei Tagesanbruch eilig wieder in den Salzhügel auf den Pass zu verschwinden. So kam es, dass sie mit ansah, wie die Japaner das Zigarettenrauchen verboten, den Männern den Zopf abschnitten, hart richteten, grausam folterten und zahllose Menschen einsperrten. Die Kunden, mit denen sie in ihrem früheren Leben zu tun gehabt hatte, waren alles Hanchinesen gewesen. Das Treiben der Japaner hätte ihr nicht eben viel ausgemacht, wäre Mondjade nicht eine chinesisch denken- und fühlende Hanchinesenbarbarin gewesen.

Dennoch fand sie etwas, was sie froh stimmte. Mit Freude sah sie, wie mehr und mehr Frauen die Bandagen von ihren eingebundenen „Goldlotusfüßchen" lösten und auch hanchinesische Frauen auf „Naturfüßen" einherliefen. Es gab junge Frauen, die so wie die Geistfrau in ihrem vergangenen Leben große Füße hatten und damit völlig frei und ohne Scham in Riesenschritten auf der Straße gingen. Manchmal fuhren sie dazu noch auf einem Ding, welches sie „Drahtesel" nannten. Beide Beine weit auseinander gespreizt, Po und Schenkel hin und her hüpfend, traten sie kräftig in die Pedale.

Bewegten sich die Knie nach oben, so wippten auch beide Brüste nach vorn. Das war doch ein ständiges Einüben und Vorzeigen eben dieser einen „Stellung"!? Fehlte nur, dass das Ding der Männer dabei drinnen steckte. Oder war es so, dass das die steif angeschwollene Stange sein sollte!

Der Geistfrau gefielen die Frauen mit „westlicher" Kleidung, die hervorlugenden Waden und der abstehende Busen ohne Brustband, genau wie sie es selbst zu Lebzeiten gewohnt war. Nur zu gern hätte sie gewusst, wie diese Frauen ihre beiden Brüste bändigten, damit sie nicht wie bei ihr damals vor der Brust hin- und herschaukelten. (Verließen sie sich dabei auf so ein kleines Ding mit Namen ブラマゼセ Buramazese „Bra"?)

Die Geistfrau schaute, mit ihren „Naturfüßen" umherwandelnd, in jeden Winkel der Stadt. Gefiel ihr etwas besonders oder stimmte sie fröhlich, öffnete sie ihren großen Mund und ihr breites Lachen tönte weithin. Sie verspürte eine niemals zuvor gekannte, zwanglose Heiterkeit.

Außer dem Abriss des Amtssitzes und des Wasserschutzpolizeiquartiers sah sie mit an, wie die Japaner damit begannen, die Straßen von Grund auf zu erneuern.

Mondperles besonderes Augenmerk galt dem einstigen Standort des „Turms zum Zehntausendfachen Frühling" und der „Hochschule", die früher in unmittelbarer Nachbarschaft zu der Sammelstelle für die Fäkalien der über dreißig öffentlichen Klosetts gelegen war.

Sie entdeckte, dass, im Zuge des Ansporns durch die Japaner, in den Familien private Klosetts einzubauen, wieder Leute gebraucht wurden, die Fäkalien zu Düngezwecken kauften und abholten. Die öffentlichen Klosetts der Stadt Lu wurden Schritt für Schritt zugeschüttet und waren nicht mehr in Gebrauch. Die Typen aus dem Viertel, die den Abtransport der Scheiße von den öffentlichen Toiletten zur Sammelstelle bei der Hochschule befehligten und von den Profiten des Wiederverkaufs lebten, waren diesen Job los. Die neben dem Puff gelegene Hochschule stank nun nicht mehr übel gen Himmel, nur ein grüner Fleck mit saftig sprießendem Gras draußen vorm Wildweiberdach war übrig geblieben.

Die Geistfrau sah bestimmt das erdbebengleiche Einreißen der Himmelmarkisen von Lu. Als im achtzehnten Jahrhundert während der kaiserlichen Regierungsperioden Qianlong und Jiaqing die Stadt Lu die wohlhabendste und erste unter allen Städten Taiwans war, breitete sich über die gesamte Hauptgeschäftsstraße „Straße der fünf Glückseligkeiten" über eine Länge von einigen Kilometern ein schützendes Dach aus Holzmarkisen, das Wind und Regen abhielt.

Mit der Versandung des Hafenzugangs verschwand der größte Handelshafen der Insel. Damit versiegte der unermessliche Reichtum in den Auslagen der Geschäfte auf der „Straße der fünf Glückseligkeiten", die Himmelmarkisen gerieten in Verfall.

Die Japaner befanden, dass die Himmelmarkisen nur das Sonnenlicht abhielten, in jedem Winkel Feuchtigkeit und übelster Schmutz steckten und dort ein Herd menschlichen Abschaums sei. In höchstem Maße seien sie unhygienisch und deswegen unverzüglich abzureißen, damit man dem erhabenen Befehl des japanischen Kommandanten der Mobilisierung zur Volksgesundheit nachkomme.

Der Geist der Mondjade|Mondperle bemerkte den Geist der Mondrot|Mondschwarz, der schon über Dreihundert Jahre lang in den Himmelmarkisen umherschweifte. Seit Mondrot|Mondschwarz dort ihre Wohnstatt nahm, bedeckte sie schützend die ganze Straße. Aber nun konnte sie nur noch darauf warten, dass sie zusammen mit dem Einreißen der Dächer unterging.

Während Lu einen Himmel und Erde erschütternden Umwälzungsprozess erlebte, der alles von zuunterst nach oben kehrte, sah Mondperle|Mondjade überall auf Schritt und Tritt flüchtende, heimstattlos gewordene Geister ziehen. Die im Abriss und Wiederaufbau befindliche Stadt Lu war eine einzige große Baustelle geworden. Ständig wurden die Straßen verbreitert, frisch abgerissene Häuser hinterließen bergeweise Bauschutt, zerbrochene Backsteine und Ziegeln und querliegende Balken lagen überall. Die Geister, jeder Möglichkeit beraubt, sich zu verbergen, streunten von Not getrieben auf offener Straße umher.

Ursprünglich behauptete in jeder Gasse, jedem alten Anwesen, jedem altertümlichen Brunnen, sogar an jeder Wegbiegung ein Geist seinen angestammten Stützpunkt. Aber nun drängten obdachlose Geister in großen Horden in jede Richtung.

Der Geist der Mondjade|Mondperle schätzte sich glücklich, dass er in seinem Unterschlupf draußen in der Wildnis keine Störung fürchten musste, der Salzhügel auf dem Wildweiberdach interessierte die Leute aus Lu und die Japaner nicht. Selbst die Geister waren nicht interessiert, dem Geist in dieser Einöde den Platz streitig zu machen.

In dieser Zeit des chaotischen Umbruchs hörte die Geistfrau

nicht auf, tagtäglich zwischen Lu und dem Pass auf dem Wildweiberdach hin- und herzufliegen.

3

Warum sie dann überraschend einen eigenen kleinen Tempel bekam, ihr dazu noch Weihrauch und Gebete dargebracht wurden, das ahnte Mondjade|Mondperle, um ehrlich zu sein, nicht einmal. War es, weil der alte hohe Herr, der sie verhaftet und zu Tode misshandelt hatte, auch vom Festland stammte? War es, weil er auch keiner von ihnen war? War es das, was die Leute aus Lu dazu trieb, ihr einen Tempel zu errichten? Denn, nachdem die Japaner den Krieg verloren hatten und abgezogen waren, folgte der Einzug vom Festland einrückender Truppen. Sie nannten sich Kuomintang (Volkspartei) und rissen gewaltsam die Macht an sich, ein Aufruhr erschien schwer vermeidbar.

Tatsächlich kam es am achtundzwanzigsten Februar zum Volksaufstand und nachfolgend zu einer großen Verhaftungswelle. In der Nacht zum Neunundzwanzigsten war eine Gruppe junger Leute unterwegs, die vom Pass auf dem Wildweiberdach ins Gebirge wollten, um über die Grenze zu flüchten. Nach geglückter Flucht, kehrten einige von ihnen nach Japan zurück. Nachdem der Aufruhr abgeebbt war, schickten sie einen Mann, der die Nachricht über ihre sichere Ankunft überbringen sollte. Fast wörtlich berichtete er, während der Flucht habe er nur schemenhaft eine Frau, bekleidet mit einem weißen Kleid, gesehen.

Wie im Nebel verschwimmend hätte sie ihnen den Weg in den dunklen Bergen gezeigt und dazu noch die sie verfolgenden Polizisten in die Irre geführt. (Waren das nur die häufig in den Bergen aufsteigenden Irrnebel, ganz dicht am Boden zwischen den Bäumen wogend, und fälschlich für eine weiß gekleidete Jungfrau gehalten? Und war es bei ihren Verfolgern schließlich nur der Nebel, der sie konfus machte?)

Egal, ob man es nun glaubte oder nicht, schon nach kürzester Zeit kam jemand zum Pass, verbrannte dort große Mengen von Opfergeld, opferte dreierlei Opfertier, Huhn, Ente und Fisch und betete zu der Geistfrau. Unklar blieb, warum die Opfergaben dagelassen und nicht wieder mit nach Haus genommen wurden.

Man hörte, dass der Betende die Nachforschungen der zuständigen Behörden vermeiden wollte. Während er eilig davonrannte, stürzte er in eine Bergspalte, wo er voll Entsetzen direkt neben sich in einem Haufen zerborstener Felsbrocken die Leiche einer Frau entdeckte.

Es ging die Rede, dass die Leiche bis auf die Größe von etwas mehr als einem Meter geschrumpft war, der gesamte Körper steinhart und von glatt glänzender Oberfläche. Man erkannte den vollständigen Leib einer nackten, erwachsenen Frau, die Brüste standen beide hervor, die Geschlechtsmerkmale waren vollständig erhalten, nur am Unterleib waren zahllose Wundnarben, an den Wundstellen gestocktes Blut, wie in Rinnen violettfarbige Bänder von den Blutergüssen, so plastisch und deutlich, als wenn noch dunkles Blut hervortrete.

In Eile war ein kleiner, vor Wind und Regen schützender Tempel aufgebaut, aus den Steinen und Holzbrettern, die man am Pass überall fand. Der winzige Tempel war nicht höher als eineinhalb Meter, nahe der Tempeltür hing ein rotes Tuch herab. Es hieß, hinter dem Tuch sei die nackte Frauenleiche aufgestellt und der Vorhang solle die Kleider, die man ihr hätte anziehen müssen, ersetzen. Es ging auch die Rede, dass man die Leiche in eine Aschekruke gestellt hätte, die nun hinter dem roten Vorhang stünde.

Es war jedenfalls so, dass keiner den Mut hatte, das rote Tuch wegzuziehen und einen Blick dahinter zu werfen. Der kleine Tempel trug keinen Namen, nur ein Räuchergefäß stand in der Mitte davor, in dem ständig Räucherwerk brannte. Ununterbrochen kamen die Leute zum Beten, man wusste nicht, ob sie einen sicheren Aufstieg in die Berge erbaten oder anderes wünschten.

Auf die große Verhaftungswelle folgte das Schreckensregime des Weißen Terrors. Die Leute aus Lu waren vorsichtig, es hieß „Ein Mann hat Ohren, aber keinen Mund“, keiner redete auch nur ein Wort über Politik. Allein die Geschichte der Frauenleiche, die dort im Gebirge am Pass schon seit dreihundert Jahren lag und nicht verwesen wollte, wurde weitererzählt.

In alten, immer wieder erzählten Geschichten finden sich für gewöhnlich immer wieder neue Details. So erzählte ein steinalter Mann, die Barbarenfrau, die so mutig die Regierung um Grund um Boden anging, hätte wohl wahren Barbarenmut besessen, dass sie, obwohl sie brutal gedemütigt und ermordet wurde, ihr Tun nicht bereut hätte. Und der Mann, der der Barbarenfrau Grund und Boden genommen hatte, war ein hündischer Mandschu vom Festland. Er ritt ein weißes Ross, wohin er auch mit seinem Pferd kam, zäunte er alles ein und nahm es in seinen Besitz. Die Leute aus Lu erzählten alles Mögliche, um den Mut und die Kühnheit dieser Barbarenfrau zu rühmen. Zu Ende einer jeden Geschichte vergaßen sie nie zu betonen: „Solch einen Barbarenmut besitzt nur eine wirklich barbarische Frau." Und kein einziges Mal war die Rede davon, welcher Art von „Broterwerb" die Barbarenfrau nachgegangen war.

Damit erhielt nach dem Volksaufstand vom achtundzwanzigsten Februar die von dem Festlandchinesen brutal gedemütigte und zu Tode misshandelte Mondjade | Mondperle auf dem Wildweiberdach ihren eigenen kleinen Tempel.

Die Zeit des weißen Terrors folgte. Während der dreißigjährigen, nie abreißenden Verhaftungswelle, wurde der Tempel jedes Mal, wenn in Lu plötzlich wieder einige Männer verschwanden oder abgeholt wurden, von dem anfangs kärglich aus Steinen und Brettern zusammengezimmerten kleinen Andachtshäuschen Schritt für Schritt umgebaut zu einem Tempel aus Ziegelsteinen mit Dachpfannen. Hoch war er immer noch nicht, er hatte gerade die Höhe, so dass ein ausgewachsener Mann dort bequem hineingehen konnte, und eine Fläche von fünf, sechs Tatami (zehn bis zwölf Quadratmeter).

Er wurde aber nie zu einem großen Tempel umgebaut. Die Leute mochten Skrupel haben, weil sie den niedrigen Rang der Geistfrau unter den Himmels- und Erdgöttern berücksichtigten und die Konvention einhalten wollten. Oder war es am Ende nur, weil sie nicht wagten, die Umstände um die Herkunft der Geistfrau offen bekannt zu machen? Dem Grund für das Unterbleiben des Baus ging keiner nach.

Einerlei, ob er nun aus dem Geröll vom Pass, aus dem Holz des Waldes oder mit Ziegeln gedeckt war, der kleine Tempel hatte, von Anfang bis Ende weder einen Namen, noch gab es auf dem Altar irgendeine heilsmächtige Statue, der man hätte opfern können.

Es blieb bei dem imaginär anmutenden, roten Gardinentuch hinter dem Altar. Von Zeit zu Zeit wechselte man das verblichene und staubig gewordene Tuch gegen ein frisches aus, eines von gleicher Farbe und gleicher Größe, nichts sonst änderte sich.

Das Räucherwerk im Räuchergefäß vor dem Tempel brannte ohne Unterlass Tag wie Nacht. Keiner wusste, ob sich bei denen, für die gebetet wurde, das Schicksal drehte, oder ob eben, weil die Leute sahen, dass sich nichts tat, sie dafür sorgten, dass vor dem kleinen Tempel das Räucherwerk ständig hoch brannte.

Die hinter dem roten Samtvorhang versteckte Geistfrau aber machte zum allerersten Mal seit fast vierhundert Jahren die Erfahrung, dass sie aufrecht stehen durfte. Da war es egal, ob sie nun nackt mit dem in dem Salzhügel konservierten Körper hinter dem bunten Stoff stand oder ob sie in der meterhohen, riesigen Totenaschekruke steckte.

Da sie während ihres Lebens die meiste Zeit flach liegend zugebracht hatte, immer ihre zwei Füße im Blick, suchte sie nach ihrem Tode angestrengt nach einem Weg, den furchtbar verdrehten Körper zurück in seine Ausgangsposition zu drehen, in die flache Horizontale, damit sie die eigenen Füße wieder im Blick hatte. Nun, da sie ganz gerade und aufrecht hingestellt war, blieb sie, obwohl sie die lange Zeit in Salz getaucht inzwischen zusammen geschrumpft war, ganz von selbst einwandfrei stehen.

Die aufrecht stehende Geistfrau begann, ihren eigenen Körper in Augenschein zu nehmen. Die Hautoberfläche war im Grunde unversehrt und ohne Makel. Was Mondperle betraf, so war ihre Hautfarbe die von einem Rotschopfbarbar gemischt mit einem Babuza-Barbaren, wie brauner Zucker in Milch, und die Haut war zart wie Seide. Am ganzen Körper geschrumpft, waren die Poren nicht mehr sichtbar, die Haut eng gespannt und spiegelglatt wie Jade.

Wenn da nicht diese schmählich anstößigen Verletzungen gewesen wären!

Vor allem für Mondjade, die der auffälligere Mischling war, von kleinem, gedrungenem Wuchs und besonders der Busen von beeindruckender Größe, war es sehr schlimm. Sie sah auf zwei gewaltige Brüste herab, die so weit nach vorn abstanden, dass sie, wenn sie an sich hinunter blickte, nur zwei rund gewölbte Fleischbälle mit zwei riesengroßen violettschwarzen Rosinen, zentral in der Mitte hervorstehend, sehen konnte.

Von den zwei mächtigen Brüsten war die Haut vollkommen abgeschnitten. Die die Haut vom Fleisch abtrennende Hand des Henkers war geübt, zu allen vier Seiten der Brustwarze blieb eine unversehrt runde Wölbung aus Fleisch stehen.

Die gehäuteten Brüste waren von frischfeucht blutiger Farbe, ganz anders als die an die Wölbung angrenzende normale Hautfarbe.

Der alte hohe Herr, der sich um den exakten Vollzug seiner Vorstellungen von der Strafe für die Barbarin kümmerte, war offensichtlich noch nicht zufriedengestellt, denn er hieß den Henker, die gehäuteten Brüste noch mit einem scharfen Messer unterhalb der Brustwarzen einzuschneiden, so wie man eine Pampelmuse zum Schälen einschneidet, nur dass er in jede Brust mehr als zehn Schnitte ritzen ließ. Die mit den Messerschnitten verstümmelte Brust hielt zwar an der Brustwarze noch zusammen, so dass die Brust nicht ganz auseinander fiel, aber die Einschnitte ließen sie wie einen geöffneten Schirm erscheinen oder wie die Spalten einer auseinander getrennten Pampelmuse, die weit auseinanderklafften.

Für die offenen Rinnen hatte der hohe alte Herr den Henker geheißen, blutiges Fleisch von den anderen Körperteilen abzunehmen und in die zehn Spaltöffnungen jeder Brust hineinzustopfen.

So wurden aus den selten üppigen Brüsten der Mondjade|Mondperle nach diesem Auffüllen zwei riesenhafte Gebilde, an Größe in keinem Verhältnis mehr zum Körper stehend, die den Oberkörper völlig bedeckten. Obwohl alles durch das Tränken im Salz eingeschrumpft war, erkannte man an den Brüsten auf den ersten Blick die Geschlechtsteile des weiblichen Körpers, zwei große Lappen blutigen Muskelfleisches eng zusammengebunden, Fleischstreifen verschiedenen Gewebes zusammengefügt, furchtbar und seltsam monströs. Ganz deutlich war, dass der alte hohe Herr durch das Auffüllen der beiden Brüste das Mädchen Mondjade|Mondperle ob ihres Gewerbes demütigen wollte. Denn zwischen ihren Beinen aus ihrem Unterleib nahm er das blutige Fleisch, um ihre Schmach noch größer zu machen.

Er wollte sichtbar für alle zur Schau stellen, dass die Brot erwerbende Scheide des Mädchens allen Männern und immerfort erlaubte, dort anzufassen und einzudringen. Eine Scheide war da gar nicht genug, da mussten viele her! Der alte hohe Herr hatte den Henker angewiesen, in den Unterleib zwischen die Beine der Mondjade | Mondperle jeweils zehn Schnitte zu machen. Aus diesen Schnittöffnungen nahm er Fleisch, das er in die Brüste füllte, nicht ohne die Schnitte in den Brüsten einer Vagina ähnlich zu machen.

Er befahl, dass der Henker solche Vulven schneiden müsse, die der viel benutzten, Brot erwerbenden Vulva ähnelten, die Schamlippen großflächig nach außen geklappt, von schwarzvioletter Farbe, und Zehn an der Zahl, damit die Männer derer genug zum Reinstecken hätten. Als das Messer des Henkers die ersten Scheidenschnitte machte, schrie Mondjade | Mondperle gellend vor Schmerz, heiser mit trockener Kehle erstarb ihr Atem. Keinen kümmerte es, keiner wusste davon. (Und war es wirklich so gewesen, wie die Rede ging, dass tatsächlich noch von außen Gegenstände genommen wurden, die auf Befehl des alten hohen Herrn, der Henker in die Scheide hinein, wieder und wieder hinein stieß?)

Am ganzen Körper war sie unversehrt, nur die Geschlechtsteile der Frau waren aufs Grausamste verwüstet.

Wegen der karmischen Wirkung aus dem großen Gesetz von Ursache und Wirkung verweste der Körper nicht. Eingelegt und konserviert im Salz waren alle Spuren der Schmach und Schande fest eingeschlossen, um nach weit über zweihundert Jahren mit der Leiche wieder ans Tageslicht zu gelangen.

Die zehn zurechtgeschnittenen Vulven, jede für sich ein tonloser Mund grauenvollen Entsetzens, waren eine deutliche Anklage gegen die schmachvolle Tat.

Endlich musste sie nicht mehr immer nur liegen! Die Frauenleiche, die nun dadurch, dass sie senkrecht aufgestellt war, frei stehen konnte, blickte an sich herunter und besah ihre Wundnarben, die schon dreihundert Jahre ihren Körper verunstalteten. Wie weinte sie, die Tränen flossen ohne Ende. Aber wie stark sie auch weinte, die Tränen vermochten nicht in ihren Körper, der unter dem Salzverschluss steinhart geworden war, einzudringen. Da, wo die Tränenströme herabrannen, war es, als wenn die Leiche von außen rein gewaschen würde. Schmutz und Staub, der sich über alle Jahre abgelagert hatte, wurde fortgespült, jede der Öffnungen an den Wundmalen war deutlicher sichtbar als jemals zuvor, die nie endende Schmach trat offen zutage.

Die Geistfrau war voller Gram. Konservierte nun der zur Härte von Stein erstarrte Körper die erniedrigenden Wundmale auf immer und in alle Ewigkeit, so wie einst das Salz zum Gefängnis der Geistseele wurde und kein Entrinnen mehr war?

Doch eins blieb dem Geist ganz und gar unverständlich. Wie und warum kam es dazu, dass diese schmachvoll für alle Zeit in den Körper eingebrannten Wundmale Grund menschlichen Strebens wurden, um dadurch einen Hinweis auf die richtige Trefferzahl zum Hauptgewinn im Lotto zu erhalten?

Keine dreißig Jahre war der Volksaufstand vom achtundzwanzigsten Februar vorüber, die Insel war inzwischen durch den Außenhandel und die weiterverarbeitende Industrie zu Wohlstand gekommen, da fielen die zehn Millionen Einwohner auf Taiwan in einen wahnsinnshaften Taumel des Glücksspiels, die „Große Freude Volkslotterie“ und das verbotene Gewinnspiel der „Supersechs“ wurden zur Volksbewegung der Insulaner.

Der Frauengeist auf dem Wildweiberdach gehörte für die Leute, die den Geister-Tempel aufsuchten, um Klarheit bei der Wahl der richtigen Lotto-Karte zu bekommen, untrennbar zu diesem Lottofieber, zu diesem verrückten Modetrend dazu.

Es begann damit, dass die Leute, und es waren nicht nur jene aus Lu, die Gegend um den Gebirgspass herum durchkämmten und dort in allen möglichen Geistertempeln beteten, dem Tempel des Herzogs Günstiges Schicksal, dem des Herzogs des Volkes, dem des Herzogs Stein, dem des Herzogs großes Grab, dem des Herzogs der Zehntausend Jahre, in dem kleinen Tempel der Zehntausend wohlwollenden Wünsche und dem Tempel des Mädchens. Alle Geister, zu denen man beten konnte, wurden besucht. Es wurde Weihrauch verbrannt und es wurden Gelübde gesprochen, immer mit dem Ziel, dass der Gott Klarheit geben möge bei der Wahl der richtigen Karte. Damit der Spieler auf die richtige Nummer tippte und den Hauptgewinn zog!

In der Folge erkoren die Leute einen regelmäßig am Gebirgspass herumstreunenden Verrückten zum Objekt ihrer Anbetung. Der Verrückte sprach höflich, hatte beste Umgangsformen, denn er stammte aus feiner Familie. Es hieß, dass er während der großen Verhaftungswelle nach dem Volksaufstand vom achtundzwanzigsten Februar, mit eigenen Augen zusah, wie sein Vater eine Gelegenheit abpasste, die Flucht zu ergreifen, dabei aber von einem Soldaten mit dem Bajonett von hinten aufgespießt und mehrere Male getroffen wurde. Darauf brachen dem Vater die Beine unter dem Körper weg und er schlug kopfüber der Länge nach zu Boden. Noch im selben Augenblick veränderte sich der Sohn abnorm.

Der Verrückte war nicht aggressiv oder gewalttätig, nur stotterte er fortwährend irgendwelche Selbstgespräche, unwissend, was er letztlich von sich gab. Ein Paar großer Augen sendeten helle, wache Blicke in einem fort und in jede Richtung mit einer, wie es schien, hochgradigen Wachsamkeit. Trotzdem versteckte er sich immer gleich wieder. Panische Angst und gespannte Wachsamkeit wechselten von Augenblick zu Augenblick. Es war ein Wechselspiel ineinander greifender Fehlhandlungen, ein Chaos des Wahnsinns.

Der Verrückte wusch sich seit Jahren nicht und wechselte auch seine Kleidung nicht. Tatsächlich stank er am ganzen Körper bestialisch. Sein ergrautes Haar wuchs ihm wirr bis über die Schultern und war voller Flöhe. Nachdem sich ein Gerücht verbreitete, dass er in der Lage sei, die richtige Zahl des Haupttreffers zu nennen, hatte er keine ruhige Minute mehr. Tags wie nachts umlagerte ihn eine Horde von Männern, die, den Gestank in Kauf nehmend, ihm ganz nah kamen, um deutlich zu hören, welche Nummern sein Mund wohl nannte, während er im Wahn vor sich hin sprach.

Als nächstes waren da Leute bei ihm, die, eigentlich war gar nicht einzusehen, warum sie darauf kamen, wissen wollten, der schon als kleiner Junge verrückt gewordene Irre hätte noch den unberührten Leib eines Knaben. Und sie behaupteten, es sei an seinem Körper der Unterleib, der wirklich und bestimmt Auskunft über die Superzahl geben könne.

Am helllichten Tage hatte man doch so seine Bedenken. Da war aber ein Grüppchen Männer, die sich spät in der Nacht mit vereinten Kräften den Irren schnappten. Einer hielt die Hände fest, einer die Füße, einer den Kopf, einer wieder machte sich an seiner Hose zu schaffen und zog sie ihm aus. Die durch ein Strohseil zusammengehaltene Hose öffnete sich beim ersten festen Zupacken sofort und gab den Blick frei auf einen völlig verdreckten, noch nie gewaschenen Unterleib, ein paar Schenkel, schwarz verkrustet, und zwischen den spindeldürren Beinen steckte ein irgendwie schwarzes, glattes, kleines Häufchen Etwas.

Ohne vor dem Brechreiz verursachenden, stechenden Gestank zurückzuweichen, der ihnen in Schüben eine Mischung scharfen Miefs von Pisse und Kot in die Nase trieb, auch ohne sich vor dem Dreck zu hüten, streckten manche von ihnen die Hand aus und spielten daran. Sodann ging ein gewaltiges, nicht mehr zu haltendes Gelächter los.

Denn obwohl der Verrückte die Körpermaße eines normal ausgewachsenen Mannes besaß, waren seine Eier winzig wie die eines Kindes. Noch schlechter stand es um sein „Werkzeug des Mannes". Nie benutzt war es verkümmert. Wusste er denn nicht einmal um den Gebrauch desselben? Denn selbst nach einigem Drehen und Reiben hatte es nur die Größe eines „Zahnstochers" … Die Männer machten sich einen gewaltigen Spaß daraus.

Nachdem sie sein Geschlecht eine Weile unter die Lupe genommen hatten und jeder so seine Ideen vorbrachte, stob die Horde auseinander. Den Irren ließen sie mit zerrissener Hose zurück. Der stapfte mit nacktem Unterkörper umher, immer noch ohne Pause vor sich hin stotternd. Es hieß, dass jemand, als sie ihm die Hose auszogen, die Eingebung hatte, dass dieses „zahnstochergroße" Glied die Bedeutung von „Nichts" meine, die Lösung müsse also die Zahl „0" sein. Zu der Zahl „0" tat er die Ziffern des durch mühsame Nachforschungen in Erfahrung gebrachten Datums und der Uhrzeit, an dem der Vater des Irren durch den Soldaten mit dem Bajonett aufgespießt und ermordet wurde. Die Zahlen fügte er in eine Reihe hintereinander zusammen und zog damit das seltene Los des „Drei Blüten Jackpots". Der Mann gewann den Hauptgewinn von einigen Zehntausend Taiwan Dollar. Nachdem die Sache bekannt wurde, kam eine ganze Flut von Leuten.

Tatsächlich war es so, dass hier oben im Gebirge am Pass die Menschenfluten nun alles restlos verstopften. Sogar Reisebusse wurden gechartert, die die Massen auf den Pass kutschierten. Es konnte passieren, dass zehn Busse auf einmal kamen. Der Ort wurde nun inselweit zum beliebtesten Panorama bei Nacht und war in aller Munde.

Man nannte diesen Ausflugsort auf dem Pass „Die Barbarin nennt die Superzahl".

Dann knackte jemand doch tatsächlich den absoluten Superjackpot, den sogenannten „Fünf Blüten Jackpot"! Das schaffte er nur, weil er bei der „Große Freude Lotterie", wo ein Tipp fünfhundert Taiwan Dollar kostete, diesen Tipp gleich mit mehreren hundert Einsätzen auf einmal gespielt hatte. Dass er sich wagte, soviel auf einen Tipp zu setzen, war, weil er zuvor im kleinen Tempel der Geistfrau um einen Traum betete. In diesem Traum sah der Gläubige klar und deutlich die Barbarin mit allen ihren Wundmalen, was bedeutete, dass das schwere Unrecht nun endlich ausgelöscht war. Die im Traum sorgsam abgezählten Wundmale an sämtlichen Körperteilen ergaben die Zahlenreihe, auf die alles gesetzt wurde, und die immer gewann.

Die Geistfrau um den Tipp der richtigen Superzahl bei hohen Lottoeinsätzen zu befragen, war dann voll im Trend. Die Großtat der „Barbarin", deren Leiche vor über dreihundert Jahren auf dem Pass ausgelegt und zurückgelassen wurde, erfuhr nun endlich gebührende Beachtung.

Nur interessierte keinen mehr, dass sie sich gegen den kaiserlichen Mandschubeamten vom Festland aufgelehnt hatte, man rügte allein die Grausigkeit der schmachvollen Tat. Es interessierte auch keinen, dass die Frau zu Lebzeiten eine Prostituierte war. Das Interesse der Nachforschungen galt einzig und allein den zehn künstlich zugefügten Vulven. Ob wohl die Zahl Zehn die ursprüngliche Vulva des Geistes mit einbezog oder ob zehn Einschnitte neu hinzugefügt wurden, so dass man mit der vorhandenen Vulva zusammen Elf als Summe annehmen durfte?

Man zählte auch die der Frauenleiche erhalten gebliebenen, damals nicht weggeschnittenen Brustwarzen. Ob sie vielleicht „Null" zählten oder ob beide von den Vulven abgezogen zusammen dann die Zahl „Acht" zählten, oder ob eine Vulva dazu gezählt werden müsse, was dann die Zahl auf „Sechs" reduzierte, oder ob man es mit der Zahl „Zehn" machte, „Achtzehn" … oder wie auch immer.

Die Leute wollten natürlich die erhalten gebliebene Leiche der „Barbarin" mit eigenen Augen sehen, damit sie selbst, Punkt für Punkt, nachzählen konnten. Da gab es Männer, die wollten mit den modernen wissenschaftlichen Untersuchungsmethoden der Röntgentechnik den Körper durchleuchten lassen, um die genaue Anzahl der Löcher in dem Körper der Frau festzustellen, da es doch schwer sei, nur dem geistigen Auge zu vertrauen. Vielleicht erschien dadurch eine andere Zahlenfolge für die Superzahl beim Lottoeinsatz. Wer konnte das wissen?

Seit aber beim letzten Mal der Superjackpot mit den über hunderttausend Dollar Hauptgewinn geknackt wurde, umzingelten die glücksspielenden Mafiosi längst, vertreten durch ihre Sicherheitsleute, den kleinen Tempel. Vierundzwanzig Stunden durchgehend bewachten sie den Tempel in Schicht, so dass sich ihm keiner mehr nähern konnte.

Die anrückenden Spieler, die einen Tipp für die Superzahl wollten, kamen in solchen Mengen, dass die Spielermafia mit der Schutzgeldmafia von der Nord-Süd-Bahnlinie an allen Zuwegen und wichtigen Verkehrsknotenpunkten auf den Eisenbahntunneln in Streit gerieten.

Es war ein ernstlicher Aufruhr zu befürchten! Da hatte irgendwer im Traum den Einfall: Besser, als alle möglichen Geistertempel zu besuchen, um sich darauf zu verlassen, dass man in der herab fallenden Asche der verbrannten Räucherkerzen den Hinweis auf die Superzahl finde, sei doch, bei der Barbarin im Eingangsbereich des kleinen Tempels, mit Meersalz einen Weg zu streuen. Weil die Barbarin, das wisse er, die feste Angewohnheit habe, jede Nacht auszufliegen, müssten doch vor dem Tempel, wo sie des Weges käme, Spuren im Salz zurück bleiben. Die aus den Spuren herauszulesenden Zeichen könnte der mit der Barbarin durch gemeinsames Karma Verbundene erkennen. So könnte er dann sicher auf die richtige Superzahl setzen.

Man weiß es nicht, war es der Wind, der nachts auf dem Pass so stark blies, so dass er das Salz durcheinander wehte, oder war es das zahlreiche Gewürm, das durch das Salz kroch und allerhand hinterließ, oder war es tatsächlich die Barbarin, die ausflog. Über Nacht waren auf dem Weg aus Salz tatsächlich jedesmal unterschiedliche Spuren zu sehen, die dann eine ganze Flut von Menschen anlockten, die den Tempel umlagerten und, in der Salzspur herumkriechend, verschiedene Zahlen zu entdecken suchten.

Den Menschenmassen folgten (wie immer) die Straßenverkäufer

und Garküchen. Es begann damit, dass das Gerücht von der „Der Irre nennt die Superzahl“ von Mund zu Mund ging. Seitdem hatten die Würstchenverkäufer ihren Standort am Pass bezogen und der Ausflugsort am Tempel der Geistfrau war geboren.

Die fahrenden Würstchenverkäufer, die immer schon einen guten Riecher für Menschenmassen haben, tauchen jedesmal dort auf, wo die Kriegsgesetze, während des Ausnahmezustands in der Zeit des weißen Terrors* sogenannte „kleine Menschenansammlungen“ befürchten ließen, bei den großen Prozessionen, beim „Großen Beten“ vor den Tempeln, bei der „Allumfassenden Speisung für die Hungergeister“, auf den Nachtmärkten, sogar bei den Versammlungen der Parteilosen für die Rekrutierung des politischen Widerstands zur Präsidentschaftswahl sind sie immer schon da, noch bevor überhaupt die Versammlung begonnen hat.

Als es dann hieß „Die Barbarin nennt die Superzahl“ kamen nicht nur die Würstchenverkäufer. Numerologische Geheimbücher für das Volksfreudelotto wurden verkauft, Wahrsageutensilien für das Buch der Wandlungen, gegrillte Süßkartoffeln und Maiskolben, dazu noch Agar Agar Granitaeis und Mesona Granitaeis, man konnte sogar Goldfische angeln und in kleinen Bassins „Unterwasserball“ schießen… Alle möglichen Stände waren hier versammelt, die immer erst in den späten Abendstunden öffneten und beim Morgengrauen wieder verschwunden waren. Die helles, milchiges Licht verströmenden Neonlampen bei den Ständen tauchten den Pass oben auf dem Wildweiberdach in silbriges, gleißendes Licht.

Auf dem stockdunklen Pass mitten im Hochgebirge war nun jede Nacht alles grell erleuchtet. Die lärmenden Menschenmassen drängten sich in tosendem Wirrwarr. Der Pass schien dämonisch monströs wie eine von Fuchsgeistern ausgelegte Chimäre. Wenn die Nacht verschied, war das himmelschreiende Stimmgewirr plötzlich vorüber, der Tempelmarkt spurlos verschwunden. War alles nur Traum gewesen oder war der Pass verzaubert? Im Morgengrauen sah man auf dem Pass an den Berghängen nur Totengräber.

Die Geistfrau erschreckte das laute, bunte Treiben und der ihr zu-

* Bis einschließlich Präsident Jiang Jingguo wurde in Taiwan mit dem Kriegsrecht des Ausnahmezustands gerichtet. Die Zeit ist dem weißen Terror mit zuzurechnen.

teil werdende „Ruhm“. Eine Zeitlang zog sie sich ganz zurück und traute sich keinen halben Schritt mehr vor ihr kleines Tempelhaus.

Obwohl die Leute sie gerade, weil sie als Prostituierte ihr Geld verdiente, und gerade wegen der sichtbaren Zeichen auf ihrem Körper laut rühmten, sie keine Schmach mehr erduldete und sich auch deswegen nicht mehr zu schämen brauchte, getraute die Geistfrau sich nicht, mit eigenen Augen ihre seit Hunderten von Jahren in ihren Körper eingebrannten und nicht verschwindenden Wundmale anzusehen.

Bis zu der Nacht, in welcher sie die Stripteasevorstellung vor dem Tempel des Herzogs Stein, mit der ein gläubiger Stifter dankend sein Gelübde einlöste, ansah. Der Mann, der einen Treffer in der Zusatzzahl im Lotto landete, dankte dem Steingott nicht wie üblich, indem er eine goldene Votivtafel stiftete und im Tempel aufhängte, auch nicht, indem er dem Gott eine großes Opfer mit den fünf Opfertieren darbrachte und auch nicht, indem er den Gott durch die Ausrichtung einer Opernvorstellung oder Stabpuppentheatervorstellung erfreute. Das, womit er sein Glück einlöste, war eine Stripteasevorstellung.

Es stimmt, dass auf der Insel bei Begräbnissen von den die Trauerfeier ausrichtenden Angehörigen auch Festwagen mit mechanischer Musik und leichtbekleideten Mädchen bestellt werden. Die Mädchen schmücken in schillernder Abendrobe und grellem Putz den Wagen, sie zeigen sich dort halbnackt, manchmal auch ganz nackt. Es heißt, dass der Tote während der Vorführung jauchzen soll, damit sich die in den Himmel aufsteigende Seele beruhigt.

Aber dass ein Gläubiger sein Gelübde mit einer Stripteasevorstellung vor dem Steingott einlöst, davon hatte die Geistfrau bisher nicht gehört.

In dieser Nacht stieg eine schon ältere Bardame auf den Pass, die, so war zu befürchten, dringend Geld brauchte, und nur deshalb in die Vorführung eingewilligt hatte. Es ist nun eigentlich nicht so, dass ein Stripteasetanz besonderer Fähigkeiten bedarf, man muss nur den Körper kreisend schwingen, dabei vor und zurück treten, während man das im allgemeinen für solche Vorführungen benutzte durchsichtige Neglige, den Büstenhalter, die Seidenstrümpfe und den Tangaslip nach und nach abstreifen muss. Damit ist schon alles getan. Die Tänzerin braucht dafür die Zeit von ein bis zwei Musikstücken.

Die Stripteasetänzerin stellte ihr mitgebrachtes Hab und Gut auf dem freien, kleinen Vorplatz des Tempels des Steingotts ab, zog sich um, stellte den tragbaren Kassettenrecorder ein, zögerte wenig und begann dann den Strip. Nur gut dass, als die Musik einsetzte, alles wie geplant verlief. Wie es sein musste, ließ sie kreisend ihren Körper schwingen, zog die zart durchscheinende Kunstseide aus und ließ ihren üppig fetten Bauch sehen.

Eigentlich hatte sie angenommen, sie könnte bei diesem Strip eine schnelle Nummer drehen, kurz ausziehen und ruckzuck verschwinden. Wer hätte gedacht, dass bei dem Musikstück „Wann kommt mein Liebster zu mir zurück", in welchem der Refrain dreimal wiederholt wird, dieser sich plötzlich wieder und wieder abspielte. Ob das Kassettentonband im Recorder kaputt war, wusste sie nicht, das Lied wollte nicht enden. Es dröhnte weiter und weiter.

Bei so einer Low-Budget „Ein-Personen-Show" musste auch die Musik selbst bedient werden. Es gab keine Helfer. Als die Musik dann an eine Stelle ziemlich am Schluss des Schlagers hinsprang, bei welcher sie ihre Vulva zu streicheln hatte, um dann das Höschen auszuziehen, fehlte der Stripperin die Zeit, dabei gleichzeitig noch den Kassettenrecorder zu bedienen. Sie dachte sich, dass die Melodie ganz schnell wieder an die ursprüngliche Stelle zurückspringen würde, und sie hätte nicht angenommen, dass die Strophe „Nicht oft hält das Leben Zeit für ein Gelage unter Freunden bereit, nutzen wir die Gelegenheit und lasst uns fröhlich sein!" wieder fest hing und sich nun in einem fort wiederholte. Der Stripperin blieb nur übrig, mit schon abgestreiftem Höschen, völlig nackt am ganzen Körper weiterzumachen. Sie tanzte und strippte so eine ganze halbe Stunde weiter, so lange dauerte es, bis die Musik von selbst stoppte.

Der seinen erfüllten Wunsch einlösende Stifter nahm an, dass die Stripperin eine „temperamentvolle Vorstellung gab" und dass sie „nicht mehr zu halten" war. Nach dem Strip fragte ihn die zwölf Zentimeter hohe Stöckelschuhe tragende Stripperin, gelähmt vor Müdigkeit und schwer atmend, wie von Sinnen und mit ängstlich, unsicherer Stimme: „Mich befiel ein Gefühl, als ob ich während der ganzen halben Stunde zwischen meinen Beinen etwas Hartem standhalten musste. Ich konnte nicht umhin, mich die ganze Zeit weiter zu bewegen, damit, so schien es mir, „dieses Ding“ nicht in mich hineinkäme. Nur gut, dass, als die Musik stoppte und plötzlich alles vorbei war, es war, wie als wäre alles gar nicht passiert.“

Dann schimpfte die Stripperin, sie hätten klar abgemacht, dass der Preis für den Strip nur gelte, wenn sie sich nur vor dem Gott und vor sonst niemandem ausziehen müsse. Er hätte nicht diesen vielen Menschen Bescheid sagen dürfen, um sie herum wären überall Augenpaare auf sie gerichtet gewesen. Überall hell blitzende Augenpaare und sie hätte kein Eintrittsgeld verlangen dürfen! Unmöglich! Dieser ganze Aufwand und dann ohne Eintritt!

Der den Gott erfreuende Stifter beschwerte sich genauso lauthals über die ungerechtfertigten Anschuldigungen. Bei so einer Sache, die sich schwer geheim halten ließe, wie hätte er da gewagt auch nur einem zum Zuschauen Bescheid zu geben! Wenn der Steingott nun wütend geworden wäre, das Glücksgeld dem dankenden Gläubigen im Nachhinein noch abgenommen hätte oder andere es ihm weggenommen hätten? Dann hätte er sich ganz umsonst bemüht!

In dieser Nacht war nur er allein dabei gewesen!

Die Geistfrau, die über dem Geschehnis schwebte, öffnete ihren großen Mund zu einem riesenhaften, weithin tönenden Lachen und stob davon.

Sogar ein derartiger Körper durfte mit einem Stripteasetanz einen Gott erfreuen? Die Geistfrau flog ungestüm in den dunklen Wäldern der Berge ein und aus. Sie lachte immerfort, der Berg hallte wider von ihrem schrillwilden Lachen. Was Frauenkörper anging, konnte sie sich weit reichender Kenntnisse rühmen. Waren doch das erste, woran während ihrer Lebensspanne im „Turm zum Zehntausendfachen Frühling“ nie Mangel herrschte, die nackten Körper von Frauen gewesen. Seitdem sie sich im Gebirge auf dem Pass versteckt hielt, hatte sie außer den Stripteasevorstellungen auf den Bühnen der mit Musik fahrenden Trauerfestwagen zu den Begräbnisfeiern auch die zu den Geburtstagen der Hauptgötter, Götterkönige und Göttergeneräle stattfindenden Stripteasevorstellungen auf den Außenbühnen vor den Tempeln angeschaut, die die Leute ausrichteten, um den Gott zu erfreuen.

Auf die Bühne geholt wurden nur jungfräuliche Mädchen, die die

Leute „Kinderzähnchen" nannten. Beim Ausziehen hatten die Mädchen alle Hände voll zu tun, wenn sie dann am ganzen Körper splitternackt waren, war es nun vorgeschrieben oder waren sie einfach ratlos, dann wussten sie nichts mit sich anzufangen. Sie standen jede für sich starr und völlig ahnungslos auf der Bühne. Da konnte es ein noch so schöner, junger Körper sein, es war nicht so, als stünde da ein Mensch aus Fleisch und Blut. Man sah nur pralles Fleisch im grellen Licht auf der Bühne, falsch platziert, wie eingefügt in einen künstlichen Raum.

Aber, erschien der Körper auch noch so abwesend und unwirklich, war es doch immer ein junger, frischer, strahlendweißer Leib, nicht vergleichbar mit der alten Bartänzerin, die einen fetten Bauch vor sich herschob, die Scham völlig ohne Haare hatte und deren beide Brustwarzen dazu Schrumpfwarzen waren. Deutlich sah man, dass sie ein Unheil verheißender „Weißer Tiger" war, von dem sich jeder Mann besser fernhielt.

Ohne Brustwarzen und ohne Schamhaare schien die ältliche Bartänzerin dem Geist, als sei ihr der Hintern vor die Brust gerutscht, der ganze Mensch vorne wie hinten falsch herum positioniert. Ein ganz monströser Anblick!

(Hätte so ein „Weißer Tiger" im „Turm des Zehntausendfachens Frühlings" angeklopft, man hätte ihn abgewiesen.)

Es wunderte sie nicht, dass der „Weiße Tiger" zum Geistertempel zum Striptease kam, war es doch das Unanständigste und Unheil Verheißendste, was man sich vorstellen kann. Es musste der Alten aus einem früheren Leben vorherbestimmt sein. Der Vorsehung ist schwer zu entgehen. Es heißt, ein „Weißer Tiger" lebt immer in Armut, wird von Zuhause vertrieben und muss in seinem Leben tief fallen.

Die Geistfrau wurde ganz still.

Plötzlich traf sie jäh der Geistesblitz: Wenn der Körper von Anfang an vorherbestimmt war, dann verbot sich jede Kritik und jeder Gedanke daran von selbst! Noch weniger hatte man sich wegen solch materieller Äußerlichkeiten zu bekümmern. Wie unnötig, gar Hunderte von Jahren derer Unwichtigkeiten ständig im Herzen zu tragen und nicht gleich zu vergessen!

Die Geistfrau wirbelte in der Luft herum, mit flatternden Kleidern stob sie davon. Es drängte sie zurückzufliegen, ihren eigenen „Goldenen Leib", die mit Gold überzogenen Reliquienstatuen zu sehen. Schnell wie das Zucken des Blitzes, wie das Aufblitzen des Funkens am Feuerstein erreichte sie ihr kleines Tempelhaus. Das grelle Licht, welches die Leute bei dem Weg aus Salz vor dem Tempel aufgestellt hatten, der in der Nacht dort aufgeschüttet worden war, war verschwunden. Wie kam es nur, dass das Salz von selbst immer noch weiter grell blinkte? Der hell blitzende Weg schien ihr eine magische Aufforderung, ihn zu betreten, Wie mechanisch setzte die Geistfrau ihre Füße auf den silbern ausgelegten Weg.

Drang Musik von einer Kapelle an ihr Ohr? Von fern hallte der Klang herüber. Hörte man genau hin, war der Ton plötzlich weg, aber ein Atemzug und schon füllte der Ton ihr wieder ihr Ohr. Die Geistfrau schwebte nach vorn, die Musik war wirklich und keine Sinnestäuschung. Intuitiv tat sie, was sie in alten Zeiten gelernt hatte. Sie machte Schafsaugen, um erotische Kontakte zu knüpfen, und versuchte, mit jedem Blick Wollust zu wecken. Sie spielte mit ihren Händen. Lotusfingerspitzen nestelten am Kleid, zierliche kleine Jadehände warf sie ihren Blicken nach, um ihre Hände dann auf ihre Jadeschenkel fallen zu lassen. Die Hände auf den Schenkeln ruhend, hob sie die Beine und öffnete sie, die Taille kreiste im freien Flug, sie brauchte nur wenige Drehungen und hatte den Eingang des Tempels erreicht.

Immer stand ihr der Sinn nach mehr. Sie kehrte um, wieder auf den mit Salz ausgelegten Silberweg zurück, gab dem Sog nach. Wogende Lebenskraft und sie mitreißender Rhythmus, der sie nicht anhalten ließ, in allen möglichen Posen zu tanzen.

Die leichte Geschmeidigkeit und Grazie ihres Geistkörpers ließ sie die wildesten Überkopfbewegungen, kreisende Drehungen und rapide Figuren vollführen.

Die Musik spielte schneller und schneller, ihre Tanzbewegungen wurden immer ungestümer. War es, dass der Salzweg und der rote Teppich die die Götter erfreuende Bühnenvorstellung bis vor diesen kleinen Tempel verlängerte? Die Geistfrau geriet während sie tanzte, in einen wahren Taumel. Sie erlebte nie gekannte, befriedigende Benommenheit.

War das silbrig glänzende Wegband der lang ersehnte Quell magischer Anziehung, der alles in sich einsog? Alles was lebte, vor oder zur gegenwärtigen Zeit, zog vor den Augen der Geistfrau vorüber, endlos an Zahl, zehntausend Bilder innerhalb eines einzigen Augenblicks, emanierend in rasender Geschwindigkeit, zeigten ihr jede vergangene Minute, jede Sekunde. Wann war und gab es einen Endpunkt und Anfang?

War die schlimme Zeit der Selbstverachtung jetzt vorüber, oder war es nur die Blickweise, eine Einstellung des Herzens, die sich, für alle Augen sichtbar, im Moment änderte? Mondjade blickte an sich herunter und bemerkte, dass sie einen in allen Farben schillernden, bestickten Brokatmantel trug. Sie ließ ihren Körper los und schwebte mit langsamem Tempo (oder war es Mondperle, dann stob sie in der Zeit eines einzigen Augenaufschlags) davon. Die den Geistertempel besuchenden Gläubigen hatten ihr auch ein Jadediadem geschenkt, flache Goldanhänger, ein goldenes Schloss, echte Perlen und Karneol-Armreifen und Fußketten, zuletzt noch ein an den Körper anliegendes Unterkleid, einen Gürtel und noch mehr...

Plötzlich erschien jäh und kerzengerade ihr nichtsnutziger, nackter Leib auf dem Tempelweg. Silbern umfloss ihn gleißendes Licht. Tränen perlten (es war das Gefühl von Tränen) aus den übervollen Augenwinkeln, aus Augen, die niemals Tränen vergossen hatten.

War es ein Augenblick, wie ein Funke so kurz, gewesen oder war die Unendlichkeit ganzer Kalpas* vorüber gezogen? Die Geistfrau war nun nackt bis auf die Haut und begann, auf dem Wegband aus Salz zu tanzen. Das Heben der Arme und Beine war anfangs noch unbeholfen und hölzern, dann lachte sie laut und breit. In zitternden Stößen begann ihr nackter Körper sich mitzubewegen. Bis sie nicht mehr zu stoppen war...! Sie spürte zu ihrem großen Erstaunen, dass die Art ihres Tanzes den Bewegungen der Stripperin glich, es schien eine Wesensverwandtschaft der Bewegungen zu sein.

(Das musste der einzige jemals nackt getanzte Strip sein.)

Vielleicht befürchtete sie, dass sie wie die „Kinderzähnchen" stocksteif würde und in schreckliche Bedrängnis geriete, wenn sie erst zum Ende des Strips ganz nackt war? Vielleicht tanzte sie des-

* Kalpa, buddhistischer Begriff. 1000 Yutas, nämlich ein Tag des Brahma, sind ein Kalpa, eine Zeitspanne, die unendlich lang ist.

wegen grober und wilder, damit sie nicht wie sie auf der Bühne in Panik geraten würde? Ihr Po kreiste im freien Flug, die Brüste wippten hin und her. Jeder Zentimeter Fleisch des nackten Körpers war in zitternder Bewegung. Die Pforte zum „geheimen Ort“ wuchs beständig. Sie öffnete sich, begierig zu empfangen oder abzuwehren. Sie verströmte grenzenlose, fleischliche Begierde. Sie war anziehend und aufreizend zugleich. Sie war voll von sinnlichem Verlangen. Durch die substanzlose Leichtigkeit des Geistkörpers war es möglich, dass sie ihre Nacktheit in den absurdesten Posen zeigte, weite Grätschen, Rückwärtsspringen, Rollen, Einknicken der Taille. Oder sie warf sich über Kopf nach hinten und ihr Leib beschrieb fast völlig das Rund eines Rades.

(Mit dem tanzenden Körper bot sie ihre Vulva an. Durch die weit zu beiden Seiten gespreizten Beine öffnete sich die Scheide. Ein unsagbares Gefühl. Spürte sie ihre Weiblichkeit, oder war da ein Gefühl von jenen zehn Öffnungen, die der hohe Herr hinein und zurechtgeschnitten hatte? Eine leichte Bewegung durch das Streicheln eines kühlen Windzugs ging darüber hinweg. War das sanfte Kräuseln nur auf einer einzigen Stelle oder gab es bei den zehn übrigen Orten ein Gefühl? Welche Scheide war es, die in höchster Anspannung nach Fleischeslust lechzend begierig war, den Tau zu empfangen und ihre Narbe mit sanftem Druck netzen zu lassen?)

Ah – …

Der Geistfrau entfuhr ein Schrei.

Alles führte sie immer zu ihren Wundmalen an ihrem Körper zurück. Darin lag die Quelle allen Übels. Wenn sie weiterhin die Ursachen außerhalb ihrer selbst suchte, den Grund ihres Kummers in die Außenwelt verlegte, so würde sie ihre Angst nie beenden!

Die Geistfrau blickte zum ersten Mal seit Hunderten von Jahren beherzt an sich herunter, um die Wundmale in Augenschein zu nehmen und um diese schmachvollen zehn Orte bewusst zu erleben.

Noch zögerte sie, dann streckte sie beide Hände aus und befühlte ihre zwei am Oberkörper steil hervorstehenden Brüste mit den furchtbaren Messereinschnitten, in die das blutige Fleisch ihres Unterleibs eingepasst worden war. Von diesen zwei beispiellos zugerichteten, mächtigen Brüsten ging ein leichtes Beben aus. Ihre zwei sich auflegenden Hände konnten das Zittern noch nicht stoppen.

Jedoch rührte sich ein Begehren. In ihr keimte Begierde, sie wollte diese Brüste nun streicheln, bewegen.

Seltsam bizarre Gedankengebilde hatte sie plötzlich im Kopf, gleich der Stripperin, der sie vormals beim Streicheln der Brüste zugesehen hatte, die ihre Brüste benutzte, um ihre Zuschauer erotisch zu erregen. Sie ließ ihren Händen freien Lauf, bei den eigenen zwei riesigen Brüsten jede der Posen zu wiederholen. Sie schwenkte und drückte, streichelte, befühlte und bewegte sie. Sie spielte mit ihnen, um sich zu grenzenloser Gier und allen möglichen, lüsternen Phantasien zu nötigen.

Deutlich konnte sie spüren, wie die Riesenbrüste in ihren Händen kleiner wurden, unter der leidenschaftlichen, liebevollen Berührung lösten sich die blutigen Fleischstreifen aus ihrem Unterleib, die ihr Peiniger in die mit dem Messer eingebrachten Schnittwunden eingefügt hatte. Sie flogen hinaus und fielen zu ihren Füßen auf den Salzweg. Die Brüste fügten sich zu ihrer ursprünglichen Form zusammen. Die sich von rechts nach links aufreihenden, zehn blutigen Schnittwunden blieben fest und in beispielloser Klarheit im Salz auf dem Weg eingeprägt.

Die Geistfrau schien nicht zu spüren, wie ihre zu Anfang die Brüste streichelnden Hände, dem Rhythmus der gleichmäßigen Bewegung folgend, weiter nach unten wanderten und zu den zehn mit dem Messer eingeschnittenen Vulven kamen. Entlang der aufgeschnittenen Wundspalten folgte die Geistfrau vorsichtig, mit unendlicher Zartheit dem Wundrand. Ihn ganz leicht anrührend, konnte sie fühlen, dass die Öffnung oberflächlich war und nicht tief ins Innere ihres Leibes führte. Nur Wundschmerz und kein anderes Gefühl ging von den Wundmalen aus. Sie gehörten nicht zu ihrem Körper, waren kein Teil ihrer selbst.

Nur ganz schemenhaft war da ein Zulassen, ein dem eigenen Instinkt Nachgeben, und ihre Hände kamen zur Öffnung der eigenen Vulva. Ah! Tief drinnen wohnte grenzenlose Lust.

Schon als sie zum ersten Mal wieder mit dem Po kreiste und dabei dem Hinein- und Hinausfahren der Bewegung nachgab, fiel eine der ihr künstlich zugefügten Vulven ohne jedes Gefühl von ihr ab. Wie die Wundmale von den Brüsten fiel sie hinab auf den Salzweg und entsprechend der Anordnung auf ihrem Körper prägte sie sich fest für alle Zeiten in die Salzkruste auf dem Weg ein. Und während ihre Schenkel begannen, wie ein Mühlrad zu kreisen, um das Innerste der blättrigen Blüte aneinander zu reiben, fiel bei jedem Kreisen die nächste der künstlichen Vulven von ihr ab…

Die Geistfrau lag nackt auf dem Salz, sich wollüstig bewegend voll blühender Weiblichkeit. In ekstatischen, zuckenden Tanzbewegungen blieb sie am Boden, die ruckartig hinausfliegenden, nur schmerzenden, aber gefühlskalten, künstlichen Vulven blieben blutrot im weißen Salz. Es war wie eine Schnur, Vulva an Vulva aufgereiht hinterließen sie eine gleichsam grausige wie wortlose Narbe der Verletzung.

Die zusammen zwanzig Wundmale des Körpers zeigten sich scharf und deutlich umrissen frisch in die weißen Salzkristalle eingebrannt. Die vernarbten Schnittspuren der Wundmale kamen auf den Rissen im Salzweg zu liegen, sie schmiegten sich hinein. Tatsächlich war es wie „Salz in die Wunde streuen", aber mit einem doppelten Effekt beängstigend. Denn das Salz auf dem Weg absorbierte die Wundmale, wenn es sie empfing, und konservierte sie in der Salzkruste auf immer und ewig. Welche Freude, welche Freiheit war das!

Die Geistfrau blickte an sich herab, Jahrhunderte lang war sie zwischen Leben und Tod schmerzhaft eingeschnürt gewesen, immer in Angst, dass die Wundnarben ihr wie Schatten durch alle Ewigkeiten hindurch anhafteten. Endlich war es nun vorbei. Auch von den Verletzungen an Muskeln und Adern durch die strammen Einschnürungen und den verdrehten Körper im Salzberg war nichts mehr zu sehen. Ein zartes Lächeln kam auf die Lippen der Geistfrau und huschte weich weiter zu den Mundwinkeln.

Nicht mehr zu stoppen war sie nun, sie begann sich ultraschnell zu drehen. Während sie immer schneller und schneller wurde, zerstob sie in einem Dunstgebilde, wie der leichte Schatten in einer Rauchwolke.

War das silbrige Licht wirklich der magische Sog, war es der große, starke, alles in sich aufnehmende Lichtstrahl? War es deswegen so, dass nun strahlendes, weißes Licht die Augen blendete, grellgelbes Licht folgte, dann blitzendes, rotes Licht gefolgt von gleißendem, grünem Licht und schließlich ein durchscheinendes, schimmerndes, himmelsgleich leuchtendes, blaues Licht kam? Bei jedem der prächtigen Lichtstrahlen spritzte die Farbe mit großer Geschwindigkeit hervor. Mit der äußersten Ruhe einer größtmöglichen Zeitlupe durchfluteten die Farben dann alles. Bis zur vollen Durchdringung durchströmten sie sie und zentrierten sich in ihrem Leib in einem leuchtenden, fünffarbigen Licht. Die Geistfrau senkte den Kopf, ihr Blick gefror. Sie verharrte atemlos, ohne Regung. Das fünffarbige Licht, das ihren Körper durchflutete, bewirkte, dass ihr substanzloser Geistkörper zu leuchtendem Licht mutierte. Dann war sie bar jeder Materie nur noch Licht.

Zuletzt sah man, wie sie als reine Lichtgestalt in langsamer Zeitlupe in alle vier Richtungen auseinanderfloss, sich weiter und weiter entfernte …

4

Dass die Leiche der „Lottogöttin" plötzlich auf mysteriöse Weise spurlos verschwanden, führte dazu, dass die Mafiosi der ganzen Insel sich bis aufs Blut gegeneinander erzürnten und ein erbitterter Kampf begann. Ein ständiger Zweifel, ob die andere Seite wohl den „goldenen Reliquienleib" versteckt hielt und diesen unrechtmäßig zu Geld machte, lehnte alle gegeneinander auf.

Ein Glück nur, dass die „zuständige Regierungsbehörde" feststellte, dass die „Große Freude Volkslotterie" eine ernste Bedrohung für die Gesellschaft der Insel darstellte. Sofort verbot sie anhand entsprechender Paragraphen und Verordnungen in dem „Ausnahmegesetz zur Regelung der öffentlichen Sicherheit in Kriegszeiten und Strafgesetzverordnung zum Vorgehen gegen Landesverräter", dass die Regierung weiterhin die Lottoscheine als Bankhalter der „Patriotischen Volkslotterie" ausgab.

Die Glücksspieler spielten, weil sie vom Staat keine glaubwürdigen, maschinell erstellten Quittungen mehr auf ihre Lottogewinnscheine bekamen, dann sparsamer Lotto. Das Spiel war nicht mehr im Trend.

Als die „Große Freude Volkslotterie" aus der Mode kam, war das neue Gewinnspiel „Spiel der Supersechs" kein guter Ersatz.

Eine kurze Zeit verging und man konnte an einem verschwiegenen Ort nahe am Pass Reliquien- und Votivstatuen verschiedener Himmelsgötter und Erdgötter dort abgestellt finden. Es waren dreißig Zentimeter, sechzig Zentimeter oder einen Meter hohe Statuen. Außer den Königen und Herzögen der Geistertempel und Erdgöttern waren auch die heimischen Götter der Oberweltseite dabei, der heilige Erdgraf, Prinz Nezha, der Gott des fünfstrahligen Reichtums, sogar der große Jadekaiser war darunter zu finden, alles in Holz geschnitzte und in Terrakotta gebrannte Reliquienstatuen, die man heimlich dort hin gebracht hatte.

Diese ehemals zum eigenen Gebrauch aus den Tempeln und kleinen Andachtshäuschen gestohlenen Götter- und Geisterstatuen waren in verschiedenen Privathaushalten versteckt gewesen. Tag wie Nacht hatten die Leute zu ihnen gebetet, ihnen geopfert und Räucherkerzen verbrannt, damit sie ihnen die Superzahl verrieten.

Als es mit dem Glücksspiel „Die Schildkröte abkupfern“ und der „Große Freude Volkslotterie“ Schwierigkeiten gab, entgingen die Götter nur schwer dem furchtbaren Schicksal des Ausgesetztwerdens.

Die Leute seufzten schwer, „Die heutige Zeit kennt keine Gnade!“ „Sogar die Götter haben es schwer, ein sicheres Auskommen zu genießen.“

Ein gutherziger Mensch konnte diese Tragödie nicht mit ansehen. Er sammelte die herumgestoßenen Götterstatuen ein. Das war, das wollte der Zufall so, gerade in den Tagen, in denen aus dem „Barbarinnen Tempel“, der immer noch keinen richtigen Namen hatte, plötzlich die goldene Reliquienstaue des Frauengeistes verschwand. Man stellte die eingesammelten, im Ganzen waren es mehr als zehn Götterstatuen, ungeachtet ihres Ranges und ihrer Größe alle zusammen in den kleinen Tempel der Barbarin. Dort waren sie zum ersten vor Wind, Sonne und Regen geschützt.

Nur selten fragte jemand forschend die Anwohner: „Was ist aus der vergoldeten Reliquienstatue der Barbarin geworden?“

2. KAPITEL

Der das Bambusrohr blasende Geist

Der Norden des Landes

1

Den chinesischen Kurpfuscher nannten die Leute „Kräuterelf". Erst vor kurzem, als einer der letzten Festlandflüchtigen, war er auf die Insel gekommen. Alle wussten das in der Stadt Lu.

Deswegen glaubten sie, dass seine Behandlungsmethoden besonders wirksam wären. Denn wenn eine Familie seit Generationen die Geheimrezepte der Vorfahren verlässlich weiterträgt, darf man von der Kunst des Arztes eine übernatürliche Wirkung und Heilkraft erwarten. Da konnten die einheimischen Kurpfuscher chinesischer Medizin nicht mithalten.

Er war gerade an der Pier in Beitou angekommen, denn er hatte sich den Anleger in Lu, der dem chinesischen Festland am nächsten lag, für seine Überfahrt ausgesucht und hatte auch gleich einen dem Wasser möglichst weit entfernten und dazu abgelegenen wie einsamen Ort gefunden, an dem er sich mit seiner Familie niederlassen konnte.

Als er auf die Insel kam, war die Blüte der Stadt Lu, die von der Mitte des achtzehnten bis zum Anfang des neunzehnten Jahrhunderts gedauert hatte, schon vorüber. Damals trat der „trübe Fluss", der größte Fluss Mitteltaiwans, ständig über seine Ufer. Er war nicht nur Ursache häufiger Hochwasserkatastrophen, sondern dadurch, dass er sich mit allen seinen Nebenflüssen in den Hafen der Stadt Lu ergoss, ermöglichte er auch den größten Dschunken, dort anzulegen.

Das Hafenbecken erreichte seinerzeit eine solche Tiefe, dass es an die hundert bis zweihundert dieser großen Schiffe aufnahm, die noch dazu alle vor Anker gehen konnten. Große Schiffe hatten eine Verdrängung von über tausend Tonnen, kleine Schiffe hatten eine von ungefähr hundert Tonnen. Lu besaß im achtzehnten Jahrhundert den bedeutendsten Hafen Mitteltaiwans. Zuletzt aber, Mitte des neunzehnten Jahrhunderts unter Kaiser Daoguang, hielt der Hafen dem Schwemmsand nicht mehr stand und verschlickte. Der Hafenzugang versandete. Im Hafenbecken verbargen sich unter der Wasseroberfläche gefährliche Riffe. Dazu wurde es durch die enge, gewundene Hafenzufahrt für die großen Schiffe schwierig, in den Hafen einzufahren und vor Anker zu gehen. Deshalb mussten die Passagiere vor der Küste in ein kleines Boot umsteigen, um in den Hafen zu kommen.

Der „chinesische Kräuterelf" kam mit Kind und Kegel. Er wählte für die Überfahrt eine der großen Personen- und Frachtdschunken, die zwischen dem Festland und dem Seehafen der Stadt Lu verkehrten, und ging an der Pier von Beitou an Land.

War die Reise nun so anstrengend gewesen oder gab es andere Gründe, die im Dunkeln blieben, jedenfalls hörte man, der „Kräuterelf" habe das Schiff fluchtartig verlassen und sei geradezu an Land gerannt. Er flüchtete an die Pier und ward nicht mehr gesehen. Keinen Blick zurück in Richtung Hafen habe er gewagt, dorthin, von wo er übers Meer aus der Heimat gekommen war.

Wenn die Leute den „Kräuterelf" und seine Familie beargwöhnten, lag das zunächst daran, dass er mitsamt seiner Frau und zwei Kindern, die ganze vierköpfige Familie, herübergekommen war, aber ohne ein einziges größeres Stück Gepäck. Nur die beiden Eheleute trugen jeder ein Bündel Sachen unter dem Arm. Das war zwar nicht klein, reichte aber wahrscheinlich gerade aus, um einmal die Wäsche wechseln zu können. Mehr war da nicht.

Die frühe Immigrationsphase Taiwans lag Jahrhunderte zurück. Zur Zeit der Politik der geschlossenen Grenzen während der Ming- und Qing-Dynastie gab es nur die Möglichkeit der heimlichen Flucht über die Grenze. Obwohl später die Sperrzone an der Küste wieder aufgehoben wurde, war es immer noch verboten, mit der gesamten Familie nach Taiwan auszuwandern. Es hieß auch immer nur „Festlandmänner“, niemals war von „Festlandfrauen“ die Rede. Der Großteil der Zuwanderer waren Arme, ausgebrochene Häftlinge, Abenteurer. Sie waren alleinstehend und so genannte „Arhatnasen“, Männer ohne festen Wohnsitz, die im Tempel bei den Mönchen übernachten.

Unter Kaiser Qianlong und Kaiser Jiaqing, ab Mitte des achtzehnten bis Anfang des neunzehnten Jahrhunderts, wurde offiziell die Fährschifffahrt zwischen dem Hafen von Quanzhou an der Mündung des Herzmuschelflusses in der Provinz Fujian auf dem Festland und der Stadt Lu aufgenommen und der Hafen dafür eingerichtet. Seitdem verkehrten zwischen den zwei Ufern der Straße von Taiwan die Handelschiffe pausenlos. Der Handelsverkehr zwischen dem Festland und Taiwan ließ in Lu die Export-Importgesellschaften zahlreich wie Bambussprossen aus dem Boden schießen. Endlos reihten sich die Handelshäuser aneinander. Das Warenangebot war überreichlich, und das Leben der Bürger florierte prächtig. Die Reisenden waren nicht nur Kaufleute, Menschen jeder Couleur strömten in die Stadt.

Warum aber wirkte der „Kräuterelf“ so unverkennbar nervös und gehetzt? Warum stand ihm die panische Angst so deutlich ins Gesicht geschrieben? Warum war sein ganzes Gesicht fahlgrün angelaufen, welche Ursache hatte das wohl?

Hatte er während der Schiffspassage das Schwanken des Schiffs im Sturm und den hohen Seegang nicht vertragen, dass er sich von Beginn bis Ende der Reise erbrochen hatte? War er deshalb grün im Gesicht und verdrehte die Augen, dass man nur noch das Weiße sah? Dabei war diese Passage nach Lu die kürzeste Verbindung vom Festland zur Insel. Das Schiff brauchte nur neun Doppelstunden, nämlich achtzehn kleine Stunden für die Überfahrt. Die übersetzenden Schiffe waren alles große chinesische Dschunken, Hochseedschunken mit zehn, zwanzig Meter hohen Masten, die mit voller Beladung fuhren, und wenn sie nicht soviel Fracht geladen hatten, dann hatte man den unteren Laderaum mit Steinplatten und Steinpfeilern vom Festland beschwert, damit das Schiff ruhig und sicher im Wasser lag.

Im Vergleich zu den kleinen Booten, die man früher benutzte, als wegen der Sperrzone an der Küste nur die heimliche Flucht über die Grenze möglich war, waren die großen Dschunken viel sicherer.

Es war keine Rede mehr von „sechs Mann tot, drei überleben, einer geht wieder zurück".

Wenn das Schiff nicht gerade während der Sommermonate das Pech hatte, in einen Taifun zu geraten oder von Seeräubern geplündert zu werden, dann bedeuteten die von den Einwanderern erster Generation so gefürchteten „Schwarzen Wasser" und „Roten Wasser"* wie auch der hohe Seegang nun keine tödliche Gefahr mehr.

Woran lag es, dass der „Kräuterelf", als er gerade eben mit seiner dreiköpfigen Familie an der Pier von Beitou in Lu an Land ging, so entsetzlich von Angst getrieben wurde? Keinen Blick wagte er zurückzutun, weder nach links noch nach rechts schaute er, es trieb ihn nur eilig immer vorwärts.

Seit der Hafenzugang versandet war, gingen an diesem Anleger viel weniger Händler ihren Geschäften nach. Jedem fiel diese ungewöhnliche Familie auf, die mit nichts als zwei Bündeln gekommen war.

2

Im Allgemeinen sagen die Leute auf Taiwan Daifu, „Doktor", zu ihrem Arzt. Diesen Chinesen vom Festland aber nannten alle nur „Kräuterelf". Er wohnte mit seiner Familie zuerst in einem Gasthof nahe bei der Pier von Beitou. Dann bezog er eine kleine Hütte in den Bergen, unmittelbar an das Barbarenland angrenzend. Wahrscheinlich wollte er dem Meer möglichst fern sein. Hier am Rande der Berge hängte er seine Praxistafel „Wundertätige Hände bringen den Frühling zurück" auf, und hier wollte er seine Patienten behandeln.

Der Volksmund nannte das Hügelland am Rande der Feuchtwiesen vor der Küste das „Kleine Dach der Welt". Die Gipfel des großen Zentralgebirgsmassivs der Insel mit seinen vielen über dreitausend Meter hohen Bergen waren noch in weiter Ferne.

Solange sich die Kunde von seiner ärztlichen Kunst in Lu noch nicht verbreitet hatte, pflegte sich die Familie ein Zubrot mit dem

* Die „Schwarzen Wasser" und die „Roten Wasser" sind gefährliche Tiefseeströmungen in der Straße von Taiwan längs der Tiefseerinne, des Ryukyu-Grabens.

Schnitzen von Essstäbchen aus Bambusrohr zu verdienen. Der „Kräuterelf" war überaus geschäftstüchtig. Er stellte Frauen und Kinder aus der Nachbarschaft als Hilfskräfte ein, denn sein Laden hatte schon bald eine ansehnliche Größe.

Wenn es nur nicht zu diesen Vorfällen gekommen wäre...

Um die Produktionskosten niedrig zu halten, musste er für seinen kleinen Handel mit geschnitzten Bambusstäbchen immer große Mengen Bambusrohr auf Vorrat einkaufen. Dadurch konnte er eine reibungslose Produktion der Ware gewährleisten. Da war es ein Glück, dass der „Kräuterelf" in dieser Einöde wohnte. Auf dem freien Platz vor dem Haus stapelte er Bund um Bund und türmte das frisch geschlagene Rohr zu einem hohen Berg. Hellgrün und hart maß jedes Rohr zwei Meter und mehr.

Natürlich war es kein Meng-Bambus, dieser berühmte Bambus, bei dem das Rohr den Durchmesser einer Reisschale hat. Aber, obwohl es nur ein, zwei Cun, also drei, vielleicht auch sechs Zentimeter Stärke hatte, war es doch immer, zumal wenn man es dünn schälte, ein wunderbar rundes Rohr von glänzendem, glattem Bambus.

Die Bambusrohre waren zu zehnt stramm gebündelt. Die zylinderförmigen Bünde waren glatt und rutschig, dabei dicht an dicht, Bund auf Bund zu einem Bambusberg aufgetürmt. Stieß man auch nur ganz leicht dagegen, fielen die einzelnen Bünde der Reihe nach mit Getöse herunter. Deswegen hatte auch keiner je gehört, dass oben auf dem Bambus mal jemand gestanden hätte.

Als die Leute zu reden anfingen, hörte man Seltsames: Nachts war jemand des Wegs gekommen und hatte eine schemenhafte Gestalt beobachtet, die hoch oben auf dem Bambusberg stand. Wer vermochte auf diesem glatten, rutschigen Bambushaufen zu stehen?

Dann wollte wieder jemand die Gestalt gesehen haben, und er hatte deutlich erkannt, dass es eine Frau war.

Eine Frau? Nachts? Hoch oben auf dem glatten Bambushaufen?

Aber es stimmte alles hundertprozentig, da brauchte auch nichts mehr bewiesen zu werden!

Keiner wusste, ob der „Kräuterelf" schon dunkle Vorahnungen hatte. Wäre dergleichen bei den Leuten geschehen, die dicht an dicht am Markt in den engen Gassen und Nebengassen mitten im Ort wohnten, so hätte keiner freiwillig, auch nicht den engsten Nachbarn, etwas erzählt. Alle bekamen es mit der Angst zu tun. Die Stimmen wurden immer lauter, man wusste ja nicht, vielleicht bedrängte dieses „Etwas" einen selbst noch. Es abzuschütteln, soviel war zu befürchten, würde sehr schwierig werden.

Der „Kräuterelf" war nicht einmal ein Ortsansässiger. Den Leuten, die nahe der Pier von Beitou wohnten, stand das Bild noch frisch, als wäre es eben erst passiert, vor Augen:

„Die ganze Familie des ‚Kräuterelfs' in unverhohlener Panik vom Schiff an Land rennend – keinen einzigen Blick zurück in Richtung des Meeres, von woher sie gekommen waren, zurückwerfend."

Hatten sie vielleicht Angst gehabt, dass ihnen etwas nachgefolgt sein könnte?

Die Leute redeten darüber hinter vorgehaltener Hand ohne Ende. Aber auch die klatschwütigen Weiber am Ort, die sich für gewöhnlich in alles einmischen und immer helfen wollen, gingen noch nicht einmal bei der Familie vorbei, um sich zu erkundigen.

Es dauerte nicht lange, dass bei Einbruch der Dunkelheit jeder, der unterwegs war, diese Gegend mied. Lieber nahm man lange Umwege in Kauf. Bald blieben die Reisenden sogar am helllichten Tage weg, keiner wählte mehr diesen Weg. Wenn jemand, weil er in Eile war, dort vorbei musste, konzentrierte er sich, die Augen auf die Nasenspitze, die Nase auf das Herz gerichtet, darauf, nur immer auf den Weg zu schauen und auf keinen Fall den Blick seitwärts wandern zu lassen. Wenn er eilig die kleine Hütte des „Kräuterelfs" hinter sich gelassen hatte, vergaß er bestimmt nicht, dort auf den Boden zu spucken, um Unglück von sich abzuwenden: Das Böse hält man fern, indem man Unheil bringende Ausdünstungen darauf spuckt.

Zuletzt blieben die Kinder und Frauen, die dort zum Stäbchenschnitzen angestellt waren, der Reihe nach unter Angabe der verschiedensten Gründe weg. Niemand wollte dort länger arbeiten. Nur die Familie des „Kräuterelfs" blieb übrig und fuhr fort, auf dem Vorplatz vor dem Haus Bambusstäbchen zu schnitzen.

Um aus mehr als zwei Meter langen Bambusstangen Essstäbchen zu schnitzen, muss man den Bambus zuerst mit der Säge in circa zweiundzwanzig Zentimeter lange Stücke zersägen. Die Abschnitte besitzen am Ende die für den Bambus typischen Bambusknoten. Die einzelnen, gesägten Bambusabschnitte sind innen hohl. Das in

Stücke gesägte Bambusrohr besitzt, Abschnitt für Abschnitt aufeinander folgend, massive Deckelscheiben. Alle Pflanzenknoten und Strünke sind aus holzigem, äußerst hartem Material. Das Knotenglied steht am Rohr rundherum dick ab, ungünstig für die Essstäbchen, die lang und ganz gerade sein müssen. Man muss deshalb die Verdickung an dem Knoten absägen und kann dann fortfahren, das Rohr zu spalten. Die Bambusknoten zu sägen ist eine kräftezehrende Arbeit, sie muss von Erwachsenen getan werden, Kinder können nur helfen. Wenn nur die Frauen und Kinder im Haus die Arbeit tun, geht sie sehr langsam voran.

Auf dem freien Vorplatz vor dem Haus des „Kräuterelfs“ passierte dennoch nichts, weiter stapelten sich dort die großen Bünde von Bambusrohr zu einem hohen Berg.

Eines Tages entdeckte man unterhalb des unberührten Bambusberges die Überreste verbrannten Opfergeldes. Das Geld war restlos verbrannt, der ganze Boden voll weißer Asche. Man sah deutlich, dass es eine große Menge gewesen sein musste.

So viel konnte nur der „Kräuterelf“ verbrannt haben. Bestimmt hatte auch er die weiß gekleidete Frau auf seinem Bambusberg gesehen.

Wie ein Lauffeuer verbreiteten sich die Gerüchte. Der Vorfall bauschte sich zum Skandal von Beitou auf, man sprach von nichts anderem mehr. Denn dass wieder und wieder an dem Bambusberg große Mengen Opfergeld verbrannt wurden, zeigte offensichtlich nicht die geringste Wirkung. Die direkten Nachbarn meinten sogar, diese „Frau“ trete aufgrund des bekommenen Opfergeldes nun auf, als sei es ihr verbrieftes Recht. Sie erschien auf dem Bambusberg und war von dort nicht mehr wegzubekommen.

Sie erschreckte bestimmt die Kinder, mitternachts riss sie sie aus dem Schlaf, sie brüllten laut vor Angst, kein Trösten half mehr. Die schmalen Gesichtchen wurden aschfahl, und immer dünner wurden die kleinen Leiber der Kinder. Wenn den Kindern nichts passierte, so starben die Küken in den Eiern der brütenden Hühner, Enten und Gänse, nesterweise, alles starb weg. Es kam zu Zwistigkeiten zwischen den Eheleuten in der Gegend von Beitou. Unter Schwiegertöchtern und Schwiegermüttern konnte von da an kein Frieden mehr sein.

Es herrschten chaotische Zustände wie auf einem Schlachtfeld nach verlorener Schlacht, wenn überall Menschen und Pferde rücklings unter- und übereinander liegen. (Wenn es in der Stadt Lu, die ihren Namen von den Damwildherden hat, denn überhaupt Pferde gab).

Die Sache betraf nun nicht mehr den „Kräuterelf" und seine Familie allein. Der „Dritte Prinz der Präfektur Wu", die bedeutendste in Beitou ansässige Schutzgottheit, wurde um Hilfe gebeten.

Im Tempel des „Dritten Prinzen" in Beitou huldigen die Gläubigen drei Götterstatuen. Alle drei thronen dort beieinander im Tempel und genießen den freien Blick auf das Meer.

Einst hatten die Leute aus der Gegend um Beitou ein Stück Holz aus dem Meer gefischt. Es handelte sich um ein taoistisches Ritualwerkzeug, das Kommandotableau. Die Fischer kannten sich damit nicht aus und warfen es wieder ins Meer zurück. Aber als die Männer es immer wieder herausfischten, brachten sie es dann doch eilig zur Polizeiwache.

In das längliche Tablett waren deutlich die Zeichen „Dritter Prinz der Präfektur Wu" eingekerbt. Es war das Kommandotableau aus dem Haupttempel vom Festland in Quanzhou. Die Tafel war von selbst über das weite Meer geschwommen und hatte erstaunlicherweise Lu erreicht. Die Leute aus Beitou errichteten an der Fundstelle einen kleinen Tempel, wo sie die Tafel fürs erste aufstellten und dem Gott huldigten.

Später, als der „Dritte Prinz" durch sein Erscheinen in Beitou der Bevölkerung half, die furchtbare Not während der Choleraepidemie zu überstehen, wurde der kleine Tempel zu einem großen Tempel umgebaut. Im Volksmund hieß es, dass es sich bei den drei Prinzen aus Wu ursprünglich um drei berühmte, große Generäle am Kaiserhof handelte, die durch einen abtrünnigen Beamten in eine Falle gelockt und grausam niedergemacht wurden. Die Intrige wurde kurz nach ihrem Tod aufgedeckt und den Prinzen vom Kaiser posthum der Titel „Helden des Vaterlands" verliehen. Wegen ihrer Verdienste für das Vaterland wurden sie in den Stand von Göttern erhoben und die Leute aus Quanzhou beteten fortan zu ihnen.

Weil der „Dritte Prinz aus Wu" schon immer die wichtigste und wirksamste Schutzgottheit am Ort war, befragten die Leute zuerst ihn zu den Vorkommnissen. Der Tempelschamane bestieg sofort das Tempelpodest und begann mit magischen Pinselstrichen zu schreiben. Die halbe Nacht sprang er ekstatisch vor dem Tempel umher, während er sich immerfort mit dem wild gezackten Haifischschwert auf den nackten Rücken schlug, bis der ganz voller blutunterlaufener Striemen war. Schon in Fetzen und wie blutiger Brei war die Haut, aber noch immer wollte er nicht aufhören, er schlug zu, schlug wieder zu und beim dritten Mal brach es brüllend und in einem fort aus ihm hervor: „Ein Unrecht! Ein Unrecht!"

Mehr sagte er nicht. Er wollte oder konnte nicht herausbringen, worin der Grund des Unrechts lag.

Der Gott hatte den Schamanen noch nicht verlassen, da blickten die Leute schon mit den schlimmsten Befürchtungen ängstlich in Richtung des „Kräuterelfs".

Der war neu hier, gerade erst vom Festland auf die Insel gekommen, mit Frau und Kindern. In Lu war er ohne sonstige Familie, es gab keinen Grund, ihm zu trauen. Wer wusste denn, welche Vergangenheit dieser Mann auf dem Festland hinter sich gelassen hatte?!

Man hatte mit niederträchtigen Demütigungen und gewalttätigen Inbesitznahmen von außen schon so seine Erfahrungen gesammelt. Die Holländer mit ihren teuflisch grünen Augen und der goldenen schillernden Behaarung kannte man schon. Bei denen musste man doch befürchten, dass sie das gesamte chinesische Kaiserreich besetzten. Zum Glück gab es noch die Sekte des weißen Lotus. Die hielten die Holländer mit ihren magischen Zauberformeln in Schach. In sie konnte kein Schwert und keine Kugel eindringen. Sie töteten die mit übermenschlichen Kräften ausgestatteten Rotschopfbarbaren und jagten sie aus dem Land…

Was mochte das gewesen sein, was der „Kräuterelf" auf dem Festland getan hatte?

Die Leute aus Lu hegten schon immer Vorurteile gegenüber jüngst Eingewanderten. „Seht nur! Die Frau des ‚Kräuterelfs', wie sie jeden Tag in sauberer schwarzer Hose und blütenweißer Bluse, der Hals steif in dem hohen Kragen, einherstolziert! Sie kann kaum stehen! Mit jedem Schritt, den sie tut, raschelt es am ganzen Körper, als wäre sie aus Papier." Auch wer gern sauber und ordentlich aussah, durfte sich doch nicht so aufführen. Schließlich waren das keine irgendwie feinen Leute, die mussten auch ihren Rücken krumm machen und Stäbchen schnitzen!

Was mochte es mit ihrer Herkunft auf sich haben?

Mit Argwohn sahen die Leute auf die Immigranten. Als wären sie etwas vollkommen Fremdes, gänzlich anderes. Obwohl die Einwanderer wie sie selbst aus der südchinesischen Provinz Fujian stammten, sprachen sie abfällig über den Akzent ihres südchinesischen Dialekts.

Dabei vergaßen sie völlig, dass ihre eigenen Vorfahren auch erst vor ein- oder zweihundert Jahren aus der nahe gelegenen Gegend vom chinesischen Festland über das Meer nach Taiwan gekommen waren.

Nachdem der „Dritte Prinz der Präfektur Wu" durch den Schamanen offen hatte verlauten lassen, dass da ein schandbares Unrecht geschehen war, die ganze Geschichte aber nicht preisgeben wollte, waren sich die Leute ihrer Sache sicher. Die, die mit eigenen Augen die „Frau" auf dem Bambusberg gesehen hatten, gingen gemeinsam zum Haus des „Kräuterelfs" und verlangten energisch eine Erklärung für diese Vorkommnisse.

Antwort gab ihnen die Frau des „Kräuterelfs", die mit ihrer sauberen schwarzen Hose und der blütenweißen Bluse, steif und gerade wie ein Pinselstiel vor ihnen stand. Ihr Haar trug sie mit nur einer einzigen Haarnadel hinten am Kopf zu einem festen Knoten gebunden, genauso fest gezurrt, wie sie am ganzen Körper wirkte.

Die Gattin des „Kräuterelfs" versuchte Fassung zu bewahren, als sie die entsetzliche Wahrheit erzählte: „Wir kommen aus dem Kreis Tongan in der Provinz Fujian, unsere Familie besitzt eine Chinesische Kräuterapotheke. Einmal geriet ich aus Gründen, die ich jetzt nicht erzählen möchte, mit meiner Nachbarin in Streit, es kam zu einem üblen Wortgefecht, wie es nur unter uns Frauen vorkommt. Überraschend kam mein Mann gerade des Wegs und sah, wie unverschämt die Nachbarin mich traktierte. Da trat er hinzu und schubste sie. Die hochschwangere Frau verlor unvermittelt das Gleichgewicht und stürzte. Der Boden war sofort voller Blut, der Fötus war getroffen, und in derselben Nacht noch starben sie und ihr Kind während der Fehlgeburt. Eine Tragödie: Aus zwei Leben war ein Leichnam geworden. Mein Mann, der das nicht gewollt hatte, geriet in Panik. In der folgenden Nacht noch packte er das Nötigste, was wir brauchten, zusammen. Sein beträchtliches Vermögen ließ er einfach zurück und flüchtete mit mir und den Kindern mit dem Schiff nach Taiwan.

Auf der Hochseedschunke spürte er, wenn auch undeutlich, die Anwesenheit der toten Frau und ihres toten Kindes. Schrecklich… zwei Tote in einem Leichnam. Wie ein Schatten folgten sie ihm. Des Nachts hielten wir Erwachsenen unsere Kinder eng umschlossen, unsere Familie schlief auf dem Massenlager im Zwischendeck eng zusammengepfercht, so dass es dem Geist nicht möglich war, sich uns und den Kindern zu nähern.

Als das Schiff bei Tagesanbruch im Hafen festmachte, ermahnte mein Mann die Kinder streng: ‚Egal was passiert, ihr schaut unter keinen Umständen zurück!'

Immer schon sagt man bei uns, dass, wenn zwei Orte durch ein Wasser voneinander getrennt sind, die Totenseelen am anderen Ufer nicht an Land gehen können. Nicht nur der Fluss der Unterwelt, der die Schattenwelt umschließt, hält die Totengeister zurück, auch normale Gewässer halten sie fern. Will man einen Zombie über das Wasser ans andere Ufer holen, muss man deutlich den Namen und Vornamen der Seele rufen und genau Richtung und Weg beschreiben. Dazu muss man ein Mantra sprechen und ein taoistischer Priester muss ein Sutra rezitieren und eine Glocke läuten.

Mein Mann glaubt auch fest, dass, wenn auf den Schultern einer Person zwei Flammen brennen und diese dann zuverlässig nicht rückwärts schaut, die Flammen nicht erlöschen und die Kraft ausreicht, nachfolgenden Geistern Einhalt zu gebieten. Wendet man aber den Kopf, so erlöschen die Flammen, die Geister ergreifen Besitz von der Person und stürzen sich auf sie.

Eigentlich ist es so, und auch mein Mann ist überzeugt davon, dass die offenen Gewässer zwischen dem Festland und Taiwan die Geister wirksamer als Flüsse und Binnengewässer zurückhalten. Auf freier See können sie einem kaum folgen. Er erwartete wirklich nicht, dass uns der Geist der Frau, obwohl wir uns, als wir an Land gingen, kein einziges Mal umwandten, trotzdem folgte."

Die Frau des „Kräuterelfs" war fertig mit ihrem Bericht.

Die Männer, die gekommen waren, weil sie eine Erklärung verlangten und Unheil und Katastrophe von ihrer Gegend abwenden wollten, sprachen darüber untereinander im Stillen, sie hielten davon nichts Gutes. Sie befürchteten das Schlimmste, ihre vielsagenden Blicke ließen keinen Zweifel an ihrem Argwohn.

Schnell hatte jeder einen Grund, seines Wegs zu gehen. Alle wussten, dass die Frau, die im Kindbett verblutet war und im Tod zwei Leichen zurückgelassen hatte, zu einem sehr gefährlichen, bösen Geist heranreifte.

Die Geschichte würde noch ein übles Nachspiel haben!

Wie erwartet blieb es nicht dabei, dass der Geist der unrechtmäßig zu Tode gekommenen Frau nur wie ein Schemen im Nebel auf dem Bambusberg auftauchte. Seit das Rätsel um ihre Herkunft gelüftet war, war es allen, als beanspruche die Geistfrau sämtliche Rechte der Hausbewohner auch für sich. Ohne jeden Skrupel bewegte sie sich überall im Haus und Hof des „Kräuterelfs".

Die Nachbarn tratschten, sie hätten gesehen, wie der lange, auf dem Boden schleifende Rock der Geistfrau hinter sich eine schmutzige Blutspur herzog. Ständig tropfte, rieselte schwarzrotes, altes Blut darunter hervor. Am Rocksaum war noch mehr klumpiges, gestocktes Blut, Fleischfetzen, gestückeltes Fleisch, Blutstücke in runden großen Trauben. Man entdeckte, dass sie den Leichnam des Säuglings, der noch halb im Geburtskanal steckte, mit sich schleifte.

Weiter erzählten die Leute, dass die Geistfrau im Schlafzimmer des Paares auftauchte, dort unter der Zimmerdecke schwebte, das Kind aus dem Leib pressen und gebären wollte. Dann übermächtigten sie starke Presswehen, dunkles Blut vermischt mit streng riechendem Gewebe kam zum Vorschein, als sie die einzelnen Zehen des Fötus, ein einzelnes Auge, Gedärm und Gewebebrei aus sich herauspresste. Es tropfte herab, ergoss sich auf die Gesichter des im Bett schlafenden Paares, als sollten sie damit gefüttert werden. Erwachten beide tags darauf, waren ihr Mund und ihr ganzes Gesicht voll geronnenem Blut und angetrocknetem Fleischbrei, fast wie nach einem übermäßig genossenen Mahl.

Die Eheleute waren geschockt. Gelähmt vor Angst konnten sie nichts dagegen ausrichten. Dem „Kräuterelf" blieb, weil der „Dritte Prinz aus Wu" diesem Vorgang offenkundig nicht nachgehen wollte, nichts anderes übrig, als zum Tempel der „Schwarzgesichtigen", die mit dem Gerichtshof der Unterwelt Kontakt hielt, zu gehen und dort um Hilfe zu bitten.

Eine Inibs war die Priesterin die dem „Klare Wasser Tempel“ der „Schwarzgesichtigen“ vorstand. Von klein auf huldigte die unverheiratete Frau mittleren Alters der „Frau bei den Wassern“, immer schon aß sie vegetarisch und hatte ihr ganzes Leben der Göttin geweiht. Die Schamanin bestand darauf, nicht zu heiraten, und blieb Jungfrau, damit sie einen vollkommen reinen Körper behielt. Sie war für alles, was die Frauen betraf, zuständig. Sie half bei Schwangerschaften, bei anhaltenden Monatsblutungen und bei Tod durch Blutsturz im Kindbett.

Gleich nachdem der „Kräuterelf“ und seine Frau der Inibs diese Angelegenheit übergeben hatten, stellte sich, noch ehe ein halbes Räucherstäbchen heruntergebrannt war, der böse Geist ein. Der Inibs stand weißer Schaum vorm Mund, und eine starke mächtige Kraft presste sich plötzlich gegen ihren Leib. Der ganze Körper wurde nach rückwärts in die Luft gehoben, dabei entstand ein Sog von hinten. Die Schamanin wurde vier, fünf Meter weit nach hinten geschleudert, sie schien nicht bei Bewusstsein zu sein, stand aber, kaum dass sie weggeschleudert worden war, sofort wieder auf den Beinen.

Die Verhandlung im Tempel wurde von den Ältesten aus Beitou einberufen und geführt, alle sahen, wie eine große Blutlache den Rock der Schamanin zur Hälfte rot färbte. Als sie sich wieder erheben wollte, stürzte sie vornüber, konnte sich aber gerade noch mit einem Fuß halten. Der Körper schlug wie ein Pendel quer zur Seite und begann sich in alle vier Richtungen zu drehen. Wie ein Kreisel drehte sich die Inibs über den ganzen Hof. Mit dem Federn der Beine spritzte das Blut nach allen Seiten unter dem Rocksaum hervor. Der Blutschwall besprengte die umstehenden Leute, so dass sie davon am ganzen Körper fleckig wurden.

Alle Anwesenden packte die Panik. Alle standen unter Hochspannung, gelähmt vor Angst wagte keiner, auch nur die Hand auszustrecken, um sich das Blut vom Gesicht zu wischen. Wie gebannt standen sie. Sie ertrugen den strengen Geruch von frischem Blut und rohem Fleisch, der ihnen in die Nase trieb und nicht weniger werden wollte. Auch die großen Mengen an brennenden Räucherstäbchen und das brennende Opfergeld konnten den Geruch nicht mildern.

Als die Schamanin sich schließlich nicht mehr über den ganzen Hof drehte und auch kein Blut mehr verspritzte, sondern endlich vor dem Altar zum Stehen kam, konnte die Menge ein schwer zu ortendes Wimmern hören: zart, aber unaufhörlich drang es ihnen ans Ohr. Der bohrende Ton ging keinem mehr aus dem Kopf und ließ die Leute keinen Augenblick in Ruhe.

Das Weinen zermarterte ihnen den Kopf, es setzte sich im Gehirn fest, dass einen jeden auch noch alle Tage wie Nächte danach das pausenlose Wimmern verfolgte. Gleichzeitig mit dem Weinen hörten sie die Schamanin im südchinesischen Hokkien-Dialekt, aber mit einem deutlich fremden Akzent, Klage erheben gegen das wüste, himmelschreiende Unrecht.

Welch monströser Dämon war aus dem Geist der Frau geworden! Die gesamte Nachbarschaft aus der Umgebung in Beitou verlangte nun ohne Umschweife vom „Kräuterelf" eine vernünftige und gerechte Erklärung für das Vorgefallene.

Die „Tempelzeremonie zur Errettung der Totenseele aus dem Fegefeuer" war noch nicht vorbereitet, da erschien die Geistfrau in der darauf folgenden Nacht schon wieder vor dem „Klare Wasser Tempel". Kein Altar war aufgebaut, nichts für eine Sitzung bereitet, die Schamanin war gerade beim Essen, da fuhr der Geist in sie. Die Inibs spürte sofort, dass es die monströse Festlandgeistfrau vom Vortag war.

Sie war nicht im Geringsten vorbereitet. Vor Schreck hielten ihre Hände die Schale mit dem Reis nicht mehr. Sie glitt zu Boden, auf dem Tempelvorplatz vor dem „Klare Wasser Tempel" lagen weiß und rund die Reiskörner verstreut.

Dieses Mal redete die Geistfrau sich nicht nur ihr Elend vom Leibe, sie begann auch, den „Kräuterelf" mit lauter Stimme zu beschimpfen. Sie berichtete von der Feindschaft der seit Generationen benachbarten Familien. Dabei sah man die Inibs springen, zwei Meter hoch schnellte sie in die Luft empor. Während sie die rechte Hand ausstreckte und mit dem Zeigefinger nach vorn wies, stemmte sie die linke Hand in die Taille. Sie nahm dabei die „Teekannen"-Pose einer auf der Straße Schmähreden führenden Ehefrau ein, nur dass sie dabei jedes Mal, wenn sie sich heiß geschimpft hatte, hoch in die Luft schnellte. Wieder und wieder sprang sie über zwei Meter in die Höhe. Sie tobte und kochte und schnaubte vor Wut.

Nun kam die monströse Geistfrau täglich und besetzte den Körper der Inibs. Ohne Vorwarnung und rücksichtslos, egal ob die Schamanin des „Klare Wasser Tempel" nun gerade die Kleidung wechselte oder sich auf dem Klo befand. Sie nahte jedes Mal mit erdbebengleichem Getöse und in einem fort schrill schimpfend. Man sah die Schamanin mal halb nackt, mal im Tiefschlaf mit fest geschlossenen Augen auf dem Vorplatz des Tempels in wild tanzendem Flug über den ganzen Platz galoppieren und dabei einen endlosen Schwall übelster Zoten ausstoßen.

Anfangs gerieten die Nachbarn aus Beitou darüber, dass es diesen monströsen Dämon nun jeden Tag aufs Neue herzwang, noch in Angst und Schrecken. Aber alle merkten mit der Zeit, dass es bei dem Geist auch nur die üblichen Schmähreden waren, wie sie alle Frauen auf der Straße zu führen pflegen, mit dem einzigen Unterschied, dass er schmutzige, obszöne Worte und pornographische Details mit skrupelloser Unverfrorenheit jederzeit deutlich aussprach. Keine drei Sätze entkamen dem Mund der Geistfrau, ohne dass sie die Geschlechtsteile von Mann und Frau beim Namen nannte.

Dieses Monster konnte sich nun endlich die Schwangerschaft, die der Frau den eigenen und den Tod des Kindes eingebracht hatte, von der Seele reden. Es verbreitete alle Details des ihm angetanen Unrechts. Weder Himmel noch Hölle hatte es mehr zu fürchten, Sitte und Anstand galten ihm nichts, als es sich endlich Genugtuung verschaffte.

Haarklein ließ es sich über die gesamte, viele Generationen währende, enge Nachbarschaft mit der Familie des „Kräuterelfs" aus. Bei denen seien die Schwiegerväter immer schon im Schlafzimmer der Schwiegertöchter ein- und ausgegangen, die älteren Schwägerinnen hätten es mit den jungen Schwagern getrieben, selbst die unverheirateten Mädchen seien bei denen schon schwanger geworden. Jede geheime Gefühlsregung, jeden plötzlichen Schrecken, alle Liebesdinge, Zerwürfnisse, Feindschaften und Freundschaften färbte dieses Monster eifrig und gründlich unsauber ein. Das tat es alle Tage ohne Pause. Bei der Überleitung von einem zum anderen Thema hielt es sich nicht auf, peinliche Umstände und Einzelheiten führte es bis ins kleinste Detail aus. Immer weiter holte es aus in seinem Bericht über die Nachbarsfamilie. Es war eine Endlosgeschichte, wie ein klassischer Roman, klar gegliedert, Kapitel folgte auf Kapitel.

Zuerst hörte die Nachbarschaft aus Beitou dem Geist nur jeder für sich und versteckt in ihren Häusern zu. Aber weil der Geist Stellung zu den wesentlichen Fragen im Leben eines jeden Menschen bezog und es solchen Spaß machte, ihn erzählen zu hören, trauten sich ein, zwei Mutige mit der Zeit aus dem Haus heraus und warteten im Rund des Tempelvorplatzes auf den Geist. Bald kamen die Leute schon, sobald es dunkel wurde, zum „Klare Wasser Tempel" und warteten, dass er wieder erschiene. Als ginge es darum, neue Opernfolgen auf der Bühne vorm Tempel zu erleben!

Nachdem die monströse Dämonin Nacht um Nacht die Inibs besessen hatte und die ganze Geschichte der beiden Sippen von Anfang bis zum Ende in allen Details noch einmal vorgetragen hatte, begann sie von neuem, Klage gegen das ihr zugefügte Unrecht zu erheben. Sie schrie böse, nun endlich könne sie das, was sie sich vor ihrem Ableben nie zu sagen getraut hätte, gerade heraus und mit Mut aussprechen: Es sei gar nicht so gewesen, dass ein Wortwechsel zwischen Frauen das Ganze ausgelöst habe und deswegen der „Kräuterelf" seiner Frau zu Hilfe gekommen sei und sie so grob geschubst habe, dass sie zu Boden gefallen sei und die tödlich endende Fehlgeburt erlitten habe. Der „Elf" hätte es vielmehr schon lange auf sie abgesehen, angezogen von ihrer verführerischen Schönheit hätte er mehrere Mal vergeblich versucht, mit ihr anzubändeln. An jenem Tag habe er sie, ohne Rücksicht auf ihren hochschwangeren Bauch, brutal zu Boden geworfen und sie mit Gewalt genommen. Das Blut sei gespritzt, sie habe das Kind verloren, die Plazenta sei aber nicht abgegangen. Deshalb seien sie und ihr kleiner Sohn zu Tode gekommen.

Und in der Tat führte die Schamanin, während der Geist durch sie sprach, mit Bewegungen vor, wie die Frau bäuchlings zu Boden geworfen wurde. Dabei machte sie im Liegen Bewegungen wie beim Sex, ihre Körpermitte begann sich hin und her zu bewegen, wobei sie den Po hob, als wolle sie etwas empfangen, ohne Ende zuckte sie vor und zurück, gerade so, als wäre ein Mann auf ihr, der von hinten in sie eindrang.

Vor den Augen der sie umringenden Männer wuchs der Leib der Schamanin im Rhythmus ihrer Bewegungen, Zug um Zug blähte sich ihr Bauch auf und erreichte im Nu den Umfang einer im achten, neunten Monat Schwangeren.

Dann plötzlich schloss die Schamanin, die doch schon die ganze Zeit mit V-förmig gespreizten Beinen ihren Unterleib dem eindringenden Mann preisgab, ihre Beine mit entschiedener Kraft und brabbelte mit einem anzüglichen, unanständigen Lachen schlimme, schmutzige Sachen: „Dein Wabbelvogel stößt in meine Gebärmutter – direkt an den Kopf meiner Leibesfrucht – ein geiles Gefühl ist das! – Sieht die Pupille deines Wabbelvogels die Pupillen der Augen meines Sohnes in mir? Schau genau hin Wabbelvogel, du – mein Sohn beobachtet dich – ! (hihi…) Du – dein Wabbelvogel – traut der sich – sieht der – das ausgestreckte Händchen – uh – es ist das Händchen meines Sohnes – kleine Fingerchen wollen ihn anfassen – wollen deinen Wabbelvogel anfassen. (hihi, haha, hihi, uh – …)"

Mit weit aufgerissenem Mund lag die Schamanin am Boden, sie grölte, dazwischen lachte sie grausiglüstern, immer wieder in ein Brüllen übergehend, das jedem auf dem Tempelvorplatz durch Mark und Bein ging. Eine volle Viertelstunde ging das so.

Eine so widernatürliche Wolllust hatte mit normaler Sinnenlust nichts zu tun. Vielmehr war es der eigenartige Beischlaf zwischen Geist und Mensch. Das männliche Glied des „Kräuterelfs" fuhr nun tatsächlich tief bis in die Gebärmutter eines Geistes hinein und sah dort drinnen den kleinen Fötus.

Die heimlich im Rund zusehenden Männer, es waren die besonders Mutigen aus Beitou, hielten ein jeder schützend beide Hände ganz dicht über ihren Penis. Sie hatten Angst, dass sie das gleiche Unglück auf sich zogen. Auf leisen Sohlen machten sich alle, einer nach dem anderen, davon.

Nach diesem Spuk hatte die monströse Geistfrau wohl fürs erste alles gegeben, schwerlich ließ sich dieser Auftritt noch überbieten. Vorerst herrschte Ruhe auf dem Schlachtfeld. Es vergingen einige Tage, an denen der Geist die Inibs nicht ritt. Die umliegende Nachbarschaft atmete auf, man konnte sich erholen.

Der „Klare Wasser Tempel" wurde wieder still und friedlich wie in alten Zeiten. Allein die Schamanin war durch die Reiterei so abgemagert, dass von ihr nur noch die Hälfte übrig war. Es musste sie nur ein ordentliches Lüftchen zu fassen bekommen! Es hätte sie leichter davongeweht, als sie von einem Gott gefasst und hoch gehoben wurde. Eines hatte sich noch verändert: Der „Klare Wasser Tempel" war nun über alle Maßen berühmt und in aller Munde. In Lu kannte nun jeder den winzigen Tempel, der einstmals unerkannt am nahen Ufer die Zeit verschlief.

Was dagegen den „Dritten Prinzen aus Wu" betraf, der sich zuerst dieser Sache nicht annehmen wollte, so hatten einige Leute ihre Einwände. Bei öffentlichen Ärgernissen solchen Ausmaßes hätte der Prinz einschreiten und den Krawall für das Volk niederschlagen müssen. So tuschelte man hinter vorgehaltener Hand. Doch keiner wagte, offen und damit respektlos beim „Dritten Prinzen" im Tempel Beschwerde zu führen, dass seine Amtmänner nicht ausreichend geholfen hätten. Gerüchte ohne Ende wurden gestreut, die besagten, dass die Amtleute des „Dritten Prinzen" in Beitou und die des Prinzentempels vom Festland irgendwelche undurchsichtigen Machenschaften untereinander hätten. Man wollte in jeder Hinsicht vorsichtig sein, damit man sich bei den Göttern des Festlands nichts zu Schulden kommen ließ, um auch weiterhin mit der anderen Seite Handel treiben zu können.

Wenn das Ärgernis um die „Monsterfrau", die vom Festland herüber gekommen war, nicht bereinigt wurde, war zu befürchten, dass sich die Leute in Lu doch noch beim Prinzen beschwerten, dass seine Kraft nicht ausreichte, Not und Unheil von seinen Bürgern abzuwenden. Wenn er aber einschritt, konnte das nur den Ärger mit dem Festland heraufbeschwören. Auf dem Festland würde man annehmen, dass die Leute auf der Insel die auftretenden Schwierigkeiten mit voller Absicht einfach wieder zurückschickten.

Alle warteten deshalb in Unruhe, wie nun die Amtmänner des „Dritten Prinzen" reagieren würden.

Der „Dritte Prinz der Präfektur Wu" aus dem kleinen Prinzentempel, dem man, nachdem er während der Choleraepidemie so gute Dienste geleistet hatte, den jetzigen großen Tempel gebaut hatte, war durch diese Vorkommnisse in große Bedrängnis geraten. Er musste befürchten, dass ein reger Betrieb wie ehemals am Räucherdreifuß nicht mehr zu erwarten war.

Die Schutzgöttin der Seefahrer, Mazu, brauchte sich dagegen um die ihr dargebrachten Rauchopfer nicht zu sorgen. Sie war genau wie alle anderen Götter den Einwanderern von weit her über den Ozean nach Taiwan gefolgt. Aber als Göttin auf dem Meer garantierte sie die Sicherheit der verkehrenden Schiffe. Schon deshalb wurde sie von den Küstenbewohnern sehr gebraucht. Dagegen hatten alle anderen vom Festland herübergekommenen Lokalgötter, auch die verschiedenen Prinzgeneräle, ein nicht immer gutes Schicksal.

Der „Dritte Prinz aus Wu" hatte sich bis dahin ebenso wenig wie Mazu um sein Rauchopfer sorgen müssen, weil er es gewesen war, der, als in Lu die Cholera grassierte und die Menschen dahinraffte, den Dämon der Krankheit in die Flucht schlug. Dafür bekam er den großen Tempel. Während der gesamten Blütezeit der Stadt Lu im achtzehnten Jahrhundert kam es zu keiner einzigen Epidemie mehr. Bis zur Versandung des Naturhafens, wodurch in Lu der Schiffsverkehr erlahmte und der rege Handel mit dem Festland zum Erliegen kam, erlebte Lu kein einziges Mal mehr eine Seuche.

Musste der nur mit „Geschäften von Wichtigkeit" betraute „Dritte Prinz von Wu" denn überhaupt abwägen, ob er bei dieser Vergeltungsgeschichte der Unterwelt eingreifen sollte? Er war inzwischen doch praktisch ohne Aufgabe. Die ihm dargebrachten Rauchopfer waren spärlicher geworden. Vor seinen eigenen Augen sah er sein gutes Feng Shui schwinden und sein Ende Schritt um Schritt näher rücken.

Noch dazu war die Hauptgottheit des „Klare Wasser Tempel", die durch den Geist und den „Kräuterelf" urplötzlich Berühmtheit erlangte, eine Frau: die „Frau an den Wassern", die Muhme Chen Jing. Obwohl sie auch zu den vom Festland auf die Insel herübergekommenen Gottheiten zählte, waren die Umstände der Muhme Chen Jing andere, weil sie eine Göttin war. Im Volk waren ihre Taten bekannt durch das geflügelte Wort: „Muhme Chen Jing holt die bösen Geister weg". Aus diesem Grund wurde diese Göttin verehrt und angebetet. In der Götterhierarchie war ihr Rang jedoch deutlich niedrigerer als der des Prinzen.

Die Inibs des „Klare Wasser Tempel" besaß, so wussten die Leute, magische Kräfte. Die Frauen kamen mit allen ihren Nöten zur Inibs, insbesondere, wenn es Probleme mit der Unterwelt gab, wenn es die

Toten, das ungeborene Leben oder Geister betraf. Sie beherrschte das Schreiben magischer Mantren und rettete insbesondere die armen Frauen, die im Augenblick des Todes Blut sahen und darum in der Hölle im Blutsee ertrinken mussten. Die Inibs konnte auch etwas ausrichten gegen den aus einem früheren Leben vorherbestimmten Ehemann. Sie half bei schlechtem Karma in einem späteren Leben, welches die Gläubige wegen eines ausschweifenden Lebenswandels auf sich lud. Sie heilte die akute Halbseitenlähmung bei den kleinen Söhnchen der Wöchnerinnen und half bei Eintreten des Todes, die Totenseelen aus dem Schattenreich wieder herauszurufen und noch einmal in den Körper zurückkehren zu lassen. Auch konnte sie jederzeit alle bösen Geister vertreiben. Das alles beherrschte sie wirkungsvoll und noch dazu hörte man hinter vorgehaltener Hand, dass die Schamanin von den Babuza-Weibern abstammte und der matriarchalen Stammesgemeinschaft der „fremden Barbaren" angehörte. Von Alters her wurden dort geheime Rezepte magisch wirkender Gifte und die Gesetze des Weiblichen von den alten Frauen an die jüngeren weitergegeben. Die Inibs beherrschte unzählige Mantren, mit denen sie Menschen verhexen konnte. Dadurch, dass sie zuließ, dass die zu Unrecht gestorbene Seele ihren Körper lieh und sich darin massiv unanständig bewegte, hatte sie den Beweis für die Wirksamkeit ihrer übernatürlichen Kraft gebracht.

Dieses Mal, so waren sich alle einig, hatte die über alle Inseln verbreitete Babuzaschamaninnenkunst eindeutig über den offiziell legitimierten Prinzenglauben, der mit dem kleinen Kommandotableau aus weiter Ferne über das Meer herübergesegelt war, gesiegt.

3

Die monströse Dämonin hatte ihrem bitteren Hass Luft gemacht und die ganze Wahrheit über das erlittene Unrecht herausgeschrieen. Die Leute aus der Gegend um Beitou fanden nun, dass man dem „Kräuterelf" ein paar Tage Ruhe gönnen müsse, damit er sich erholen könne.

Wer hätte gedacht, dass der Geist sofort wieder erschien. Dieses Mal kam die Frau unverschämt wie ein wild wucherndes Unkraut daher. Den Körper der Inibs lieh sie sich nicht mehr, sie kam direkt ohne Umweg mitten ins Haus des „Kräuterelfs". Auch hielt sie nicht mehr für nötig, sich versteckt im Hintergrund zu halten und nur zuweilen hervorzukommen, um die Leute in Angst und Schrecken zu versetzen. Sie blieb nun einfach vom Anbruch der Nacht durchgehend bis zum Anbruch des nächsten Tages. Die ganze Zeit über war sie emsig wie ein Weberschiffchen in Bewegung und fand schnell jede Menge neuer Methoden zu spuken. Bei Mitternacht, wenn alle fest schliefen, nutzte sie ihre besonderen, nur Geistern eigenen Fähigkeiten und entzog der Umgebung Energie, um sie in ihrem Inneren zu konzentrieren. Dann stob sie wie der Wind durch die im Hof umherliegenden Bambusrohre, dass es rauschte, wie wenn Sturmwind ins Bambusrohr fährt. Der Bambus fing an zu sirren, schrillen, zwitschern, juchzen… Hunderte noch nicht zu Essstäbchen geschnitzte Bambusrohrstücke lagen verstreut im Hof, alle, einer hoch, einer tief, begannen zu singen, hu…, hu…, hu…

Der Dämon der Frau saß unbeweglich fest auf dem Berg von Bambusrohrbünden. Mit beiden Händen hielt sie ein Stück langes Bambusrohr und blies mit Kraft von oben in das hohle Rohr. Dem Rohr entfuhr ein lauter Ton, er schallte weithin, ohne Pause folgte Ton um Ton …

Singend, kreischend, schluchzend… Der Endton klang wie in Spiralen lange nach, es war wie ein klagendes Weinen.

In einem Radius von einigen tausend Metern um das Wohnhaus des „Kräuterelfs" herum hallte die ganze Gegend wider von dem schrillwilden Kreischen der pfeifenden Bambusrohre.

Nachdem die Geistfrau durch den Körper der Schamanin den „Kräuterelf" derb in den Schmutz gezogen hatte, ausgesprochen hatte, was keinem je über die Lippen gekommen wäre, Wahrheit mit Lüge vermischt, alles vor die Leute gezerrt und ihn besudelt hatte, konnte dieser diesem neuen, planmäßigen Terror nicht schon wieder standhalten. Sein Gesicht hatte er ohnehin verloren! Wie mit Füßen getreten kam er sich vor. Er fühlte, dass sein Leben nur noch einen Dreck wert war. Da wollte er sich lieber doch noch zur Wehr setzen.

Gleich am nächsten Tag ging der „Kräuterelf" auf seinem Hof direkt zum Bambus hin. Es war mitten am Tag. Er fühlte sein Yang kraftvoll, dazu war der Tag auch vom Feng Shui her ein günstiges

Datum für zum Beispiel ein Richtfest, für das Setzen der Fundamente oder das Hochziehen der Mauern. Für gewöhnlich wagte er sich schon lange nicht mehr auf seinen eigenen Hof vor dem Haus, nun aber inspizierte er alles gründlich. War auch bestimmt nichts irgendwie auffällig Verdächtiges zu finden? Etwas, was sich der Frauengeist zunutze gemacht haben konnte, als er sich bei ihm einnistete?

Wenn er diesem „Verdächtigen" nur habhaft werden und es vernichten könnte, dann hätte die Geistseele kein Versteck mehr und er keine Übergriffe mehr zu fürchten.

Der „Kräuterelf" suchte fleißig den ganzen Hof ab, aber er konnte außer den Bambusrohrbünden nichts entdecken. Das Rohr war inzwischen, weil es lange Zeit dem Wind und Regen ausgesetzt worden war und es ursprünglich ohnehin von zweitklassiger Qualität war, gespalten und hatte lauter Risse. Die feinen Risse gaben, wenn der Wind in sie fuhr, wirklich einen sirrenden, heulenden Ton von sich.

Aber welch ungeheure Kraft brauchte man, um mit dem Mund das hohle Bambusrohr so gewaltig zum Klingen zu bringen!

Den „Kräuterelf" durchfuhr ein eiskaltes Zittern. Diese unbekannte mächtige Energie musste sich in den leer anmutenden Rohren verbergen. Welch Unmengen schlechten Karmas, das nun seine Wirkung zeigte, unendliche Wiedergeburten, nie endender Frevel und Hass versteckten sich wohl in dem Rohr, das immer nur zu warten schien, dass man in es eindrang und es füllte.

Der leere Raum im Bambusrohr war unterbrochen und aufgeteilt durch die stabilen Deckel der einzelnen Glieder. Die Abschnitte waren wie einzelne, aufeinanderfolgende Leben, die durch den Tod getrennt waren, niemals konnten die einander ablösenden Existenzen untereinander Kontakt aufnehmen. Jede für sich war beschränkt auf und gefangen in ihrem einzelnen Rohrabschnitt. Gegenseitiges Verständnis und Rücksichtnahme, ein wechselseitiges Ausgleichen der Versäumnisse konnte es deshalb nicht geben.

Es existierte allein die nicht abreißende Vergeltung böser Taten durch alle Wiedergeburten und alle Zeitalter hindurch. Der „Kräuterelf" stand vor den Bambusbünden, sein Herz raste. Lange brauchte er, bis er sich wieder unter Kontrolle hatte. Was war es doch für ein klarer, freundlicher Tag und noch dazu mittags! Doch ihn fröstelte am ganzen Körper. Schweißgebadet war er. Mit jedem Luftzug bekam er eine Gänsehaut. Der Wind frischte in Schüben immer wieder auf und pustete auch gleich die letzten Nebelwolken des gesamten Tages davon. Aber komisch, wie stark der Wind auch blies, sie wollten nicht vom Haus des „Kräuterelfs“ in Richtung Meer abziehen. Dagegen konnte er, wie er da immer so vor dem Bambusberg auf seinem Hof stand, in nicht allzu weiter Ferne einen himmelblauen Schimmer erblicken. Nur über seinem Haus türmten sich schwer und schwarz brodelnd unheilvolle Wolkenmassen.

Er erkannte darin die unlösbaren Konflikte, die zwischen ihm und dem Geist standen. In einer plötzlichen Unbeherrschtheit vergaß er alle Angst. Er stürzte auf den Bambus zu. Mit äußerster Kraft zog er sich an den einzelnen Bünden hinauf und kletterte auf den Berg. Das Rohr splitterte, berstend knackte es laut. Lange Zeit im Hof unnütz abgestellt und inzwischen durch Regen und Wind brüchig geworden, war es nicht mehr der glattrunde, schwer zu besteigende Bambus von früher. Im Gegenteil war es nun so, dass der im Innern hohle Bambus dem drückenden Gewicht des menschlichen Körpers nicht mehr standhielt. Er zersplitterte und wurde platt gepresst.

Die Spitze des Bambusbergs zu erklimmen, war viel einfacher, als sich der „Kräuterelf“ gedacht hatte. Zunächst konnte er in keiner Richtung irgendetwas erkennen, das größer als er selbst gewesen wäre. Auch konnte er, obwohl der geborstene Bambus des Bambusberges platt gedrückt war, nur mit Mühe oben stehen. Der aufkommende Wind machte dem hochgewachsenen „Kräuterelf“ zu schaffen, denn er blies so stark, dass dieser schwankte. Er kämpfte mit Händen und Füßen, um sein Gleichgewicht zu halten.

Aber endlich konnte er ein himmelblaues Leuchten in der Ferne erkennen. Es war tatsächlich der Horizont, das glitzernde Band, an dem Himmel und Meer sich berühren. In dieser Höhe versperrte kein Hindernis seinen Blick. Der Himmel leuchtete unvergleichlich strahlend und klar. Wie er oben von den Bergen des kleinen „Dachs der Welt“ und dazu noch von seinem Bambusberg seinen Blick schweifen ließ, konnte er den Anleger von Beitou und das weite, tiefblaue, leuchtende Meer überblicken.

Immer noch übermannte ihn angesichts des Meeres unbestimmte, dunkle Angst. Das Meer bedeutete ihm Erinnerung an erlittene Not und Qual, er wollte nicht dahin zurückschauen. Zuviel seiner Vergangenheit, zuviel, was sich nicht mehr ausradieren ließ, war mit dem Meer verknüpft. Er konnte und mochte sich dem nicht aussetzen.

Wackelig wie er jetzt auf den Bambusbünden stand, kippte er in der schwindelnden Höhe mit dem ganzen Körper mehr und mehr in die Schräge vornüber, die Füße wurden ihm steif vom Dagegenhalten, tausend Nadeln stachen ihn, während er gegen den Sog, der ihn hinab ins Meer ziehen wollte, ankämpfte.

Er bräuchte nur gerade in die Tiefe zu springen! Geradewegs hinab in das Tiefblau des Meeres! Sich in den alles verschlingenden und gebärenden Urgrund fallen lassen, in die endlose Tiefe eines blauschwarzen Meeres ohne Raum und ohne Grund.

Über der Meeresoberfläche verdampfte blauer Dunst, leuchtend blaues Licht. Obschon er aus einigem Abstand nur breit gestreutes Licht in die Augenwinkel bekam, spürte er die fluoreszierenden Lichtpunkte wie hüpfende, blinkende Lichtblitze.

In diesem Moment, gerade jetzt, spürte er ganz deutlich die Unermesslichkeit des Meeres. Er wusste schon, dass der Ozean bis an den Horizont heranreicht. Dort war dann der Endpunkt, das Ende der Welt, wo sich der Himmel und das Meer berühren. Jetzt aber flossen der Abglanz des Lichtes und das unmittelbar daneben leuchtende Blau ineinander. Die Begrenzung des Meeres verschob sich ins Unendliche und verschmolz mit dem Himmel.

Sein Auge tauchte in das Meer ein und füllte sich mit Blau. (War auch hinter ihm Meer?) Der Streifen Land an der Pier von Beitou schien dagegen in sich zusammenzuschrumpfen. Es blieb nur ein winzig kleiner Küstenstreifen in dem großen weiten Blau, ein im Himmel und Meer nicht vorkommendes plattes, schmales Stückchen Land.

Wer oder was sonst sollte den Geist vertreiben, wenn noch nicht einmal dieser riesenhafte blaue Ozean, der die kleine Insel umfloss, ihn davon abgehalten hatte, ihm wie ein Schatten zu folgen, damals, als er bei Nacht wegrannte, sein gesamtes Familienvermögen auf dem Festland zurückließ und über den Ozean nach Taiwan flüchtete?

Zuvor hatte er, weil er von jeher vermied, zum Meer in Richtung Heimat zurückzublicken, keine Gelegenheit gefunden, die grenzenlose Weite zu spüren. Der Ozean bot fürwahr einen grandiosen Anblick! Es waren nicht nur die „Roten Wasser“ und die „Schwarzen Wasser“, die in der Tiefseeströmung tief unten in den Spalten des

Ryukyu-Grabens entstanden, unvergleichlich gefährlich und sehr schwer zu umschiffen. Allein schon das allen Raum zwischen Himmel und Erde ausfüllende, riesige Meer zu überwinden, war schwierig genug.

Wenn diese grenzenlose Tiefsee tatsächlich nicht half, von diesem Geist, der in sich die zwei Leichname barg, loszukommen, wenn jede Flucht, und sei es ans Ende der Welt, aussichtslos war, so fände er schwerlich einen Ort, wo er sich seiner sicher wäre.

Wie die Lage aussah, konnte er genauso gut für immer auf der Insel bleiben! Jede Flucht war sinnlos. Es gab keinen Ort, wo die Flucht vor dem Geist ein Ende hätte.

Von Angesicht zu Angesicht mit dem weiten, blauen Himmels und dem grenzenlosen Ozean fasste er seinen Entschluss.

In der Nacht kam wie immer die spukende Geistfrau. Dem tagsüber zertretenen, völlig geborstenen Bambusrohr entfuhren die wunderlichsten Töne, schriller als je zuvor. Die Geistfrau protestierte lauthals gegen die Übergriffe auf ihr Gebiet. Neu an ihrem Spuk war, dass sie absichtlich lange Phasen der Stille einkehren ließ. Die geweckten Schläfer meinten schon, alles sei vorüber, und fanden wieder in ihre Träume zurück. Dann erst fing die Geistfrau mit doppelt lautem, erdbebengleichem Getöse wieder an, ins Rohr zu blasen. Sie lärmte nach Kräften eine volle Nacht.

Nachts darauf nahm der „Kräuterelf" Frau und Kinder bei der Hand und ging zum Tempel des „Dritten Prinzen der Präfektur Wu". Nun bat er selbst den „Dritten Prinzen" um ein Zeichen. Die Tempeldiener berieten sich kurz und waren sich dann sofort einig, den Schamanen zu holen.

Die Trommeln und Becken erschallten. Die Bürger wussten, dass sie gerufen wurden und versammelten sich augenblicklich auf dem Vorplatz des Prinzentempels. Der Schamane hatte den Altar mit allen Utensilien hergerichtet. Er hatte schon damit begonnen, seinen Körper zu reinigen. Ein Helfer entzündete ein dickes Bund mit nicht weniger als hundert Räucherstäbchen. Mit dem Bund glühender Räucherkerzen fegte er den Körper des Schamanen ab. Am Rücken, auf der Brust und dem gesamten Bauch blieben überall da, wo der Räucherbesen langgefahren war, schwarze Sprenkel zurück.

Der Schamane fiel sofort in Trance, fing an zu schreiben, der

Gott hatte sich seines Körpers bemächtigt. Der Schamane ruckte mit dem Kopf, die Füße begannen zu zittern. Der ganze Körper mit allen vier Gliedern schlotterte in schnellem Tempo. Das Haifischmesser brauchte den Rücken nicht zu ritzen, damit Blut floss. Die Mondaxt musste nicht auf die Nase einhauen, damit „das Glück im Anblick von Rot groß werden" konnte. Sofort und augenblicklich befahl der „Dritte Prinz" durch den Mund des Schamanen:

„Zwischen beiden Menschen besteht ein sieben Generationen währendes, nie gesühntes Unrecht, welches das schlechte Karma bewirkt. Diesmal war die Rache, die der ‚Kräuterelf' an der anderen Familie verübte, unverhältnismäßig schwer. Er muss in seinem jetzigen Leben dafür die Störung der Frau, die zusammen mit dem Leben ihres Kindes ein Leichnam wurde, ertragen. Deswegen griff ich das erste Mal nicht ein und wollte auch das Übel nicht bereinigen.

Die Geistfrau, mit der wir es hier zu tun haben, vergaß, weil sie weit her vom Festland kam und den langen, beschwerlichen Weg zu Wasser und zu Land machen musste, ihr vergangenes Leben ganz. Hier in der Fremde, wo nichts mehr ihrem früheren Leben gleicht, vermag sie sich nicht mehr zu erinnern. Ihr früherer Status und die feinen Umgangsformen, die sie auf dem Festland lebte, kümmern sie nicht. Sie ruiniert mit den schamlosen Einblicken in die Privatsphäre ihre Familie. Nochmehr, sie wirft ihr Elternhaus von früher, ihre gute Erziehung und die Familientradition fort, während sie sich auf vielfältige Art und Weise destruktiv und schmutzig benimmt. Das wird der Himmel nicht dulden.

Es geschehen Dinge, die niemals geschehen dürften. Den Geist kümmert es nicht und es gibt immer noch niemanden, der sich um das Schicksal des ungeborenen Kindes im Leib der Frau bemüht. Keiner spricht davon, dass das Kind den Leib der Gebärenden nicht ganz verließ. Beide gehören noch ein und demselben Leib an. Um persönliche Feindseligkeiten zu rächen, hat der Geist der Frau kein Mitleid mehr gespürt und den toten Säugling mit dem halben Körper noch im Geburtskanal stecken lassen. Sie ließ ihn mit dem halben Leib nach draußen hängen, bis die kleine Leiche nur noch aus Fetzen von schwer zu unterscheidendem Gewebe bestand. Dabei hat der Säugling nichts mit dieser Fehde zu tun. Nun kann das Kind nicht mehr zurück, um wiedergeboren zu werden. Dieses Verbrechen wird dem Geist zuzurechnen sein, und es wird die Geistfrau mit einem schlechtem Karma in einem späteren Leben noch einholen."

Sodann ließ der „Dritte Prinz" durch den Schamanen das Urteil verkünden: „Das Leben des ‚Kräuterelfs' steht im Zeichen des glücklichen Sterns ‚Wenqu', der für literarische Bildung steht. Obwohl er keine berühmte Persönlichkeit wurde, wurde er doch ein Menschenleben rettender Arzt. Darum konnte der Geist ihm, obwohl er ihn wiederholt und lange quälte, schwerlich nur ein Haar krümmen. Die Feindschaft der beiden wird in diesem Leben noch nicht zu Ende sein. Sie werden mit dem gleichen schlechten Karma wiedergeboren werden und gegenseitig aneinander begangenes Unrecht rächen. Die tödliche Verletzung, die der ‚Kräuterelf' der Geistfrau beibrachte, wird er schon in diesem Leben wieder gutmachen müssen."

Der „Dritte Prinz" verkündete nun durch den Schamanen, wie die Strafe zu vollziehen war:

„Der Leib der Gattin des ‚Kräuterelfs' wird im nächsten Monat schwanger werden, worauf sie einen Sohn gebären wird. Diesen Sohn muss der ‚Kräuterelf' der Geistfrau schenken, als ihren Sohn erziehen und wie einen Adoptivsohn großziehen. Damit wird er sein Verbrechen und seine Schuld daran, dass das Kind nie geboren wurde und den blutigen Säuglingstod starb, wieder gutmachen. Der Säugling wird dadurch wieder in den Kreislauf der Geburten eingehen und in einem neuen Leib wiedergeboren werden."

Die beim Tempel versammelten Leute, die diesen Urteilsspruch vernahmen, entzündeten Räucherwerk, knieten nieder, dankten dem Gott und machten ehrfürchtig Kotau. Sie sahen, wie der Schamane, den der Gott verließ, weißen Schaum erbrach. Er konnte sich nicht mehr aufrecht halten und stürzte zu Boden.

Darüber waren die Bewohner von Beitou nun wieder in ihrem Glauben an den Prinzen bestärkt. Der „Dritte Prinz" war erschienen, um den Streit unter den Menschen zu schlichten, die Gnade des Gottes war gewaltig!

Man glaubte nun, dass die Unglück heischende Geistseele nicht mehr spuken würde, und kehrte nach Hause zurück, um den Schlaf nachzuholen. Nur die Gattin des „Kräuterelfs" befühlte ihren flachen, noch nichts verkündenden Bauch. Plötzlich packte sie jäh die Angst, ihr Herz raste, sie war wie gelähmt vor Schreck: „Dann werde ich den toten Säugling, der im Leib meiner Nachbarin starb, im Leibe tragen und ihr totes Kind wird in mir wiedergeboren werden!?"

Die sich vom Tempelvorplatz entfernenden Leute gingen an der Frau des „Kräuterelfs" vorüber. Mit vielsagendem Blick schauten sie abschätzig auf den flachen Bauch der Frau. Die Lage im Dorf war angespannt, alle waren ihr feindlich gesonnen und aus dem Hinterhalt hatte sie schwere Belästigungen zu ertragen.

In Lu liegt der Tempel des „Dritten Prinzen der Präfektur Wu" unweit der See und des Schiffanlegers. Vom Tempelvorplatz schaut man direkt auf die Salzwiesen, die mit der Versandung des Hafenzugangs an der Küste entstanden. Das neu gewonnene Land ist noch so alkalisch, dass auf den Salzwiesen nur Kewrabäume und Silberschilfgras wachsen. Die Kewrabäume überwuchern alles, weiter in Richtung der See folgen dichte Silberschilfwiesen.

Die Kewrabäume sind ähnlich wie die taiwanischen Kakteen von grasgrüner Farbe; gefüllt mit dickem, klebrigem Saft verbreiten sie in windstillen Nächten einen strengen, parfümartigen Geruch. Der Duft ist so intensiv, dass es scheint, als überdeckten sie damit die salzig schmeckende Meeresluft.

Auf dem Tempelvorplatz konnte man in dieser Nacht den Schamanen noch lange beobachten. Rot leuchtete sein Körper auf, als er vom Gott geritten über den Scheiterhaufen mitten durchs Feuer sprang, zwischen den wie Spießruten aufgestellten, brennenden Fackeln hindurch. Dann war das Feuer erloschen, die tiefrote Glut versprühte noch blitzende Funken. Sie waren schaurig anzusehen, ohne die gelbe Spektralfarbe flackerten die roten Feuerzungen, Zünglein an Zünglein – herzzerreißend – blutrot. Als die letzte Glut endlich fast erloschen war und die Dunkelheit von überallher alles geräuschlos unter sich zudeckte, sprang der Schamane plötzlich in die Höhe. Er war, nachdem ihn der Gott verlassen hatte, mit schäumendem Mund auf dem Tempelvorplatz liegen geblieben. Nun rannte er laut grölend in Richtung der Feuchtwiesen zum Meer.

Die schon auseinandergelaufenen Leute hielten erschreckt inne und wandten die Köpfe zurück in Richtung der Schreie. Sie erblickten den über den Tempelvorplatz in den Kewradschungel rennenden Schamanen. Die erlöschende Glut des Scheiterhaufens vor dem Tempel leuchtete inzwischen zu schwach, um seine Gestalt zu erkennen. Man sah ihn in Schemen vor den wie lauernde Riesenmonster auszumachenden Kewrabäumen und Silberschilfgräsern.

Plötzlich loderte Feuer, nicht erkennbar, wodurch angefacht, in der verlöschenden Glut; zwei, drei Meter hoch schlugen riesige Flammenzungen auf. Die goldgelbe Feuersbrunst erleuchtete grell für Sekunden den sich langsam drehenden Schamanen.

Zuerst hatte man den Schamanen nur mit seinem Haifischmesser durch die Luft fahren sehen. Irgendwann hatte er auch angefangen, das Sieben Sterne Schwert zu benutzen. Jetzt nahm er den Siebenstern in beide Hände. Er zog ihn vom Körper weg und ging in Kampfpose, die Füße V-förmig auseinandergestellt. Er fixierte etwas mit starrem, wütendem Blick. Er durchmaß in sieben Schritten das Sternbild des großen Wagens und betrat alle vier Sternenhäuser. Zügellos schwenkte er seine Waffen in jeder Pose. Ein wahrlich Respekt einflößender Auftritt vor der Kulisse des dem Meer abgerungenen Landes!

Die Gesichtszüge des Schamanen waren, während der Gott ihn ritt, verzerrt und gestresst gewesen. Davon war nichts geblieben, er zeigte nun Ruhe, Ehrerbietung und Format; ein Potentat von königlicher Vornehmheit. Mit dem Sieben Sterne Schwert in der Hand oder mit zweien, jeweils eines in jeder Hand und vor sich über Kreuz als Schwerterpaar zusammenführend oder aber beide Schwerter getrennt haltend, dabei plötzlich wild nach vorn zustechend, posierte er im Feuerschein. In den aufflackernden Flammenzungen spritzte das Blut von den tanzenden Schwertern. Sein Gebaren war von so außergewöhnlicher Würde und Macht, als sei nun leibhaftig der große Prinzgeneral aus Wu vom Festland erschienen.

Die um ihn herum stehende, gaffende Menge fürchtete sich vor dem im Schamanen Fleisch gewordenen „Dritten Prinzen“. Keinem entfuhr ein Laut, alle falteten andächtig die Hände und beteten still.

Der Prinz brüllte auf. Mit dem Sieben Sterne Schwert in der Rechten stieß er nach vorn. Mit kühnen Tigerschritten stürmte er unwirsch vorwärts, gleichsam, als dränge er ein unsichtbares Wesen zurück in die Salzwiesen, ins Meer hinein. Der Prinz zwang das „Etwas“ Schritt um Schritt weiter in Richtung Meer, bis er direkt vor den grabesschwarzen Kewrabäumen stand, und schrie dort: „Meiner Anordnung ist Gehorsam zu leisten. Kehre aufs Festland zurück.“

Als das „Etwas“ dem Befehl nicht augenblicklich gehorchte und zögerte, sahen alle den Prinzen schwer auf den Boden stampfen. Mit beiden Schwertern in der Linken und in der Rechten stieß er gleichzeitig zu: „Du hast deinen Adoptivsohn bekommen, entferne dich schnell über das Meer, kehre aufs Festland zurück!“

Hieß das etwa, dass dieses „Etwas“ sich nicht entfernte und sich weiter an der Meeresküste aufhielt?!

Da plötzlich, keiner aus der gaffenden Menge hätte es für möglich gehalten, schnellte der tollkühne, in imposanter Kampfpose zum „Dritten Prinzen“ gewordene Schamane, nun aussehend wie der leibhaftige Tigerkönig, wild wie eine Bestie in die Höhe. Es war, als explodierte er. Gleichzeitig drehte er sich wie ein Wirbelwind. Er schlug mit dem Körper in die Quere aus und direkt nach vorn. Weg war er, bevor ihn überhaupt jemand bemerkte, augenblicklich war er im Dickicht der Kewrabäume und Silberschilfwiesen der Salzwiesen verschwunden.

Instinktiv folgten ihm alle. Man merkte gleich, dass die Kewrabäume und das Silberschilfgras gar nicht so dicht standen, wie es immer aussah. Im Grunde begann nach weniger als zwei Metern schon das flache Wasser, in dem die Bäume nur unregelmäßig, wenn auch noch zahlreich standen. Es verhielt sich damit so, wie wenn das gewaltige Meer dem Land sein Territorium streitig machen wollte. Die See wollte nicht weichen und haderte mit dem Strand um jeden Zentimeter.

Die hinterdrein hetzenden Leute preschten durchs flache Wasser, dass es spritzte und hochsprühte. Es klatschte und platschte dumpf. Sie brachen mit Gewalt in die Stille der Nacht ein. Vielleicht versuchten sie, das unsichtbare „Etwas“ nach vorn zu jagen, um es zu umzingeln, oder sie wollten den Geist mit vereinten Kräften niederzwingen und ihn sich gefügig machen.

Der Schamane | „Dritte Prinz“ hatte nun das kniehohe Wasser erreicht. Er suchte die Wasseroberfläche ab, schaute tiefer ins Wasser und hielt nach allen vier Seiten Ausschau. Dann zielte der Prinz, er richtete die Schwerter mit beiden Händen auf einen Punkt im Wasser und stach wild und entschlossen zu. Wenn das Schwert ihn nicht gehalten hätte, wäre mit dem ganzen Körper der Länge nach auf das Wasser aufgeschlagen.

In der hochspritzenden Wasserfontäne ertönten Geräusche, es war das Geheiß des Gottes zu hören: „Du bist über das Meer gekommen, über das Meer wirst du auf das Festland zurückkehren. Was miteinander verbunden war, geht über das Meer und muss abbrechen. Du überquerst nun die See, jede Verbindung reißt für immer ab!"

Der Geist gehorchte. Mit der Bewegung der Wellen, in Richtung der wie Schemen im Dunst verschwimmenden Bäume und Schilfwiesen verschwand der Geist und zog sich aufs Meer zurück.

Die Leute schauten unverwandt zu den Kewrabäumen und Silberschilfwiesen, dorthin, wo das Meer begann. Sie sahen irgendwann die wagenradrunde Mondscheibe über der lackschwarzen See in gleißendem Licht erstrahlen, der Mond spiegelte sich flackernd im Wasser, wie im Rhythmus der Wellen schaukelnd, als würde er dem grenzenlosen Raum entgegensegeln.

Jemand war da, der vorbrachte, dass er wirklich einen Schatten eilig über das Wasser huschen gesehen habe. Der Schatten sei dann auf das offene Meer hinaus entschwunden.

Der noch bis zu den Knien im Wasser stehende Schamane/ „Dritte Prinz" machte eine Bewegung ins Leere hinein, als würde er sich über den Bart streichen. Dann schwenkte er den unsichtbaren Bart nach links und rechts, öffnete seinen großen Mund und ließ ein breites Lachen sehen. Im nächsten Augenblick kippte der ganze Körper vornüber in die Arme der vortretenden Helfer.

Die Leute hielten sich nicht mehr zurück, sie seufzten bewundernd und alle erhoben die Hände zum Gebet in Richtung des Schamanen | „Dritten Prinzen".

Es war in dieselbe Richtung wie die lackschwarze, grenzenlos weite See…

Sie beteten.

Sie dankten dem Meer, dass es das Übel von ihnen nahm, dass es die Katastrophe und das Unheil ausmerzte.

In weiter Ferne brach der riesige Vollmond erneut durch die Wolken. Schwarze Nebel trieben in Schwaden über den sternenlosen Himmel.

4

Die Geistfrau erschien nicht wieder. Der Spuk war vorbei, und in Beitou kehrte wieder Ruhe ein. Die Einwohner waren dem „Dritten Prinzen der Präfektur Wu“ natürlich unendlich dankbar, dass er mit seiner gewaltigen, übernatürlichen Geisteskraft Unheil und Katastrophe von ihnen genommen hatte.

Alle strömten in großer Zahl zum Gebet in den Prinzentempel. Der Rauch aus dem großen Räucherdreifuß vor dem Tempel stieg höher als jemals zuvor.

In Lu streuten die Leute wieder Gerüchte. Die Inibs aus dem „Klare Wasser Tempel“ konnte zwar den Geist herausrufen und wurde von ihm geritten, während der Geist all seinen Groll ausspuckte. Aber wirklich helfen, in Vertretung des Himmels für Recht und Ordnung sorgen, ein Urteil sprechen und vollziehen, da musste man sich doch auf einen Gott wie den „Dritten Prinzen aus Wu“ verlassen.

Jeder hatte eben seine ihm angemessene Aufgabe.

Dem „Kräuterelf“ wurde im darauf folgenden Jahr, nachdem sich die Geschichte endlich beruhigt hatte, tatsächlich ein Sohn geboren. Das bestärkte die Einwohner der Stadt in ihrem Glauben an die Wirksamkeit des „Dritten Prinzen“. Sie waren sich sicher, dass dieser die göttliche Kraft besaß, eine Prophezeiung zu verfügen, und dass er den Willen des Himmels voraussagen konnte. Die Vorkommnisse zogen eine selten erlebte Blüte des Prinzenglaubens im Tempel der Stadt Lu nach sich. Die Leute kamen zum Prinzentempel, um für Reichtum, für Söhne, für eine gute Heirat, Erfolg in Beruf und Karriere, für Frieden und Sicherheit und für das Wiederauffinden von Verlorenem zu beten.

Was die Umstände betraf, unter welchen der „Kräuterelf“ es bewerkstelligte, seinen Sohn auf das Festland ans andere Ufer zu schicken, um dort dem Geist ein Adoptivsohn zu sein, und wie er es anstellte, mittels der überlieferten alten Geheimrezepturen in der Stadt Lu ein überaus geschätzter und berühmter Arzt zu werden, danach fragte später niemand mehr.

Alle Bürger aus Lu, besonders die aus Beitou, waren dankbar, dass sie in dieser Sache wieder ihre Ruhe und ihren Frieden bekamen. Sie merkten sich sehr wohl, dass auf der gegenüber liegenden Seite der

Taiwanstraße alles genau nach seinen eigenen, ganz bestimmten Regeln verlief. Man konnte nichts im Voraus wissen, insbesondere bei unheilvollen Vorkommnissen, die die Geisterwelt und die Toten betrafen. Alles verlief so, wie der „Dritte Prinz aus Wu“ es verfügt hatte: „Was auf das Festland gehört, kehrt auf das Festland zurück, was die See überquert, hat von da an keinerlei Verbindung mehr zum Festland.“

3. KAPITEL

Der Markisengeist

Die Mitte des Landes

Sie war ein Geist, der in den Himmelmarkisen wohnte. Und sie war der Geist einer Frau, die sich vor zwei-, dreihundert Jahren zur Blütezeit der Qing-Dynastie in Lu in der Markisenstraße aufhielt.

Die hölzernen Markisen heißen für gewöhnlich „Den Himmel nicht sehen“. Zu dem Namen kam es, weil dort, wo man eigentlich den Himmel sehen müsste, das Tageslicht durch Pergolen und Markisen vollständig abgeschirmt wird. Es gibt in der Straße nirgends einen Himmel.

Die geografische Lage und das subtropische Klima bescheren der Insel das ganze Jahr über andauernde Sonneneinstrahlung. Hohe Temperaturen und sengende Hitze, häufige Gewitter mit Regengüssen am Nachmittag sind üblich. Der Sommer mit seiner Hitze und den schlagartigen Regenschauern ist leichter zu ertragen als der Spätherbst und Winter, wenn ständig ein starker Wind bläst und den Sand- und Kieswehen schwierig auszuweichen ist.

Da bei den traditionellen chinesischen Häusern im Amoy-Stil die Pfetten (Querbalken) des Dachstuhls die Last tragen, während die in der Holzkonstruktion nach außen weisenden Dachbalken mit den herausragenden Dachvorsprüngen keine tragenden Elemente sind und deshalb eine Verlängerung der Balken nicht möglich ist – „Auch noch die ganze Familie mitzuschleppen, wäre zu viel verlangt, da hätte man sich zu weit hinausgelehnt!“ –, baut man, um Wind und Regen abzuhalten und der Hitze Einhalt zu gebieten, an die Dachvorsprünge Markisen, Verdecke und Kühlung spendende Pergolen. Überall auf der Insel kann man das sehen.

Die damals wie heute berühmte Markisenstraße ist aber etwas Besonderes. Die einige Kilometer lange Straße war über ihre gesamte Länge mit einem Dach von Himmelmarkisen überdeckt. Deswegen leitete man daraus die Bezeichnung „Den Himmel nicht sehen“ ab, so kam es zu dem Namen „Himmelmarkisen.“

1

Damals, als alles anfing, trug das Mädchen einen Namen wie Duftlotus, Tugendschön, Edeltraut, Schönkeusch... Gerufen wurde sie dann Mondrot oder aber Mondschwarz. Einer der Alten in der Sippe, der ein kaiserliches Staatsexamen in Peking bestanden hatte, änderte das ursprüngliche Schriftzeichen „Schwarz“ in das gleichlautende Zeichen „Jadeschön“ und machte aus Mondschwarz Mondjadeschön. Nachdem Mondjadeschön zum Geist geworden war, fanden die Leute, die sich an den Namen aus den inneren Gemächern erinnerten, dass für sie Mondschwarz passender sei. Deswegen sind die beiden Namen Mondrot und Mondschwarz richtig.

Mondrot|Mondschwarz wurde in einer Unwetternacht geboren. Der Vollmond war zu einer abnormalen Größe angeschwollen. Von blutroter Farbe, groß und rund wie ein Wagenrad, hing er bereits am helllichten Nachmittag hoch am Himmel. Zur Abenddämmerung wurde der Mond purpurrot. Als mit dem Rot der untergehenden Sonne der ganze Himmel von der einen Seite von Osten und von der anderen Seite von Westen her tief dunkelrot leuchtete, mutmaßte so mancher mit leiser Stimme: „Vielleicht handelt es sich um zwei Monde.“

Der Sonnenuntergang tauchte den Himmel in reines, ungebrochenes Rot. Wenn es auch verschiedene Farbabstufungen gab, sah man nur Rot, völlig rotes Licht.

Der viel zu früh aufgegangene rote Mond glich jenen blutigroten Salzhügeln bei Lu. Als hätte der Mond eine Wanne schmutzigen Blutes getrunken. In seinem Inneren schien er von unterschiedlicher Konsistenz, Klumpen und rote Flecken in verschiedenen Farbschattierungen konnte man entdecken. Es war ein schmutziger, besudelter Körper, innen gefüllt mit Stücken von Körperteilen. Man unterschied Muskeln und die dicken, lebendigen, pochenden Schlagadern. Ganz deutlich konnte man darinnen das Blut pulsieren sehen.

Der rote Mond war dabei, alles Lebendige, Blutige in sich aufzusaugen. Er nährte seinen riesenhaften, fetten Körper, indem er verbrauchte Energie zurückgewann, um zuletzt den ganzen Himmel bis in seine fernsten Grenzen zu besetzen.

Ein solches Phänomen hatten die Leute noch nie gesehen. Wider Erwarten reagierten sie mit Schweigen. Sie wagten nicht, laut zu sprechen und erwarteten wachend den nächsten Morgen.

Da verschwand das Mondlicht ein Stückchen. Stück für Stück, Zentimeter um Zentimeter löste es sich in Nichts auf. Alle wussten, „der Himmelshund frisst den Mond". Die Alten hatten das schon erlebt und sagten, was zu tun war. Zumindest war da ein Weg, wenn ihnen auch vor Angst das Herz gefror.

Tapfer versammelten sich die Menschen an einem weiten, freien Platz. Metallwerkzeuge, schwere Waschschüsseln, Krüge, Flaschen und andere Utensilien, die beim Draufschlagen Krach verursachen, schleppten sie herbei und lärmten damit aus Leibeskräften. Sie wollten den Himmelshund, der kam, um den Mond zu fressen, in die Flucht schlagen und ihren schönen, vollen Mond wieder bekommen.

Dann war es soweit: Der Himmelshund fraß den Mond, Bissen um Bissen. Er fraß ihn, bis nur noch eine schwarze Scheibe übrig war, die nicht einmal einen Schatten hinterließ. Nur der schwache Anschein eines fahlen Lichtes war noch zu sehen. Die Menschen brüllten in panischer Furcht. Verzweifelt lärmten sie aus voller Kraft. Ein Höllenlärm! Zuletzt wurde das Schwarz Stückchen für Stückchen, Tröpfchen für Tröpfchen wieder Licht, der Mond war wieder voll.

Einerlei, ob roter oder schwarzer Mond, so etwas ist immer Anzeichen von nahenden Katastrophen und Unglück. Die Leute fällten das Urteil über Mondrot | Mondschwarz, die in dieser unheilvollen Nacht geboren und bei ihrem Tode zum Geist wurde. Sie sprachen: „Schon von Geburt an war ihr dieses Schicksal durch die Vorsehung bestimmt."

Durch die Vorsehung war Mondrot | Mondschwarz aber auch bestimmt, dass sie, bevor sie nach ihrem Tode zum Geist wurde, zu Lebzeiten in den Genuss eines luxuriösen Lebens kam, was in jenen Zeiten Frauen nur selten zukam.

Mondrot wurde in eine angesehene Beamtenfamilie hineingeboren. Unter ihren Vorfahren waren etliche, die die kaiserlichen Prüfungen bei Hofe in Peking bestanden hatten. Auch viele Onkel und Großonkel waren Examinierte der kaiserlichen Prüfungen auf Provinzebene, ganz zu schweigen von der Unzahl von „Blühenden Talenten“, die die kaiserlichen Examina auf Kreisebene bestanden hatten.

Der im Leben sehr erfolgreiche Großvater der Mondrot wusste, dass, wenngleich er in die Hauptstadt Peking gereist war und dort die kaiserlichen Prüfungen für Regierungsbeamte bestanden hatte, er trotzdem nur einen peripheren Beamtenposten bekommen hätte. Es war ihm klar, dass es für einen aus Taiwan stammenden Beamten unmöglich war, aufzusteigen und vom Kaiser für einen Beamtenposten mit Verantwortung ausgewählt zu werden. Alle auf der Insel regierenden Zivil- und Militärbeamten wurden vom Festland auf die Insel geschickt In einem Turnus von sechs Jahren wurden die Beamten versetzt, in den ersten drei Jahren auf einem neuen Posten durften sie noch nicht einmal ihre Familie nachholen.

Mondrots Großvater bestritt auf diesem kleinen Inselchen sein Leben als ein Beamter a.D., als ein alter Gelehrter auf ländlichem Anwesen. Obschon er damit unzufrieden war, hatte er andererseits ein umso größeres Verlangen nach der Kultur des chinesischen Kaiserhauses wie nach aller Kultur überhaupt, die vom Festland auf die Insel kam. Abgesehen von seiner Hochachtung vor Sitte und Erziehung, wollte er seinen Töchtern schließlich eine Erziehung in klassischer Dichtung und Schrift zukommen lassen. Auch wenn der Kaiser viele tausend Kilometer weitab im fernen Peking weilte, sollte er darauf wohl ein Recht haben.

Mondschwarz hingegen hatte niemanden in ihrer Familie, der einen so erstklassigen Bildungsstatus besaß. Ihre Vorfahren waren arme Fischer aus der Küstenprovinz Fujian, die auf der gegenüberliegenden Seite der Taiwanstraße gelegen ist. Jedoch waren die Söhne der Familie in Lu als Kaufleute zu Geld gekommen. Sie stand an erster Stelle unter den Reichen in der Stadt und galt als die wohlhabendste Familie auf ganz Taiwan.

Der Großvater von Mondschwarz hatte als erfolgreicher Geschäftsmann, der er war, keinen Sinn dafür, Prüfungen zu absolvieren. Aber er investierte 30.200 Silberlinge, damit der Himmelssohn, der Kaiser von China, ihm fernab in Peking den Beamtentitel „Empfohlener“ Gongsheng verlieh. Er kaufte sich den offiziellen Titel, aber nur den kleinsten, weil dafür keine Hauptstadtprüfung nötig war.

Zu dem Titel kursierte in der Stadt der Witz: „Mit Geld totgeschlagen“. Das Schriftzeichen für „empfehlen“, welches „gong“ ausgesprochen wird, hat die gleiche Aussprache wie das Zeichen „(tot)schlagen“. Die üblichen „Zehn Jahre fleißiges Studium in dürftigen Verhältnissen“ waren nicht nötig, weil dieser mit Geld erkaufte Status nicht ehrlich erworben und erarbeitet wurde. Dem Grad nach handelte es sich dabei um ein „Blühendes Talent“, aber weiterführende Prüfungen auf Provinzebene und höchster Ebene am Hof in der Hauptstadt waren damit nicht möglich. Einen Beamtenposten einnehmen, um sich hochzuarbeiten, konnte man damit auch nicht. Darum scherzten die Leute in der Stadt Lu, die Lizenziaten seien die mit „Geld tot Empfohlenen, die Totgeschlagenen“. Das bedeutete, „Solche, für die nichts mehr drin ist“. Jeder wusste genau, was die Leute aus Lu von diesem Status hielten. Mit einem wirklich studierten und geprüften Beamten hatte das nichts gemein.

Von Geld zu reden war ohnehin unfein in den Kreisen der Leute aus Lu. Die Stadt war nach Öffnung des Hafens für den Außenhandel und die Handelsflotten reich geworden. Lu rühmte sich prahlerisch: „Stadteinwärts strömen die Kaufleute wie aufziehende Wolken, der Handel blüht prächtig.“ Es hieß sogar, das Gros der Immigranten seien in Lu wohlhabende Kaufleute, und nicht, wie sonst überall auf der Insel, Bauern, die das Land urbar machten, und es hieß, die Prosperität der Stadt sei auf das Kapital der zuziehenden Kaufleute zurückzuführen. Lu war im Vergleich zu den anderen Städten und Dörfern der Insel etwas Besonderes.

In ihrer über sechzigjährigen Blütezeit vom ausgehenden achtzehnten bis zur Mitte des neunzehnten Jahrhunderts unter den Kaisern Qianlong und Daoguang besaßen die Städter einen deutlich gehobenen Status. Lu durfte sich die reichste Stadt der Insel nennen. Mit ihrem Geld erwarben die Reichen kostbare Schätze. Konnten sie an Geld und Reichtum niemanden mehr überbieten, richteten sie ihr Augenmerk auf den Standesvergleich. Intensive Anstrengungen wurden unternommen, um die Familie mit den meisten Staatsbeamten zu werden. In Herrschaftlichkeit und Vornehmheit, Raffinesse und Reichtum wollte man sich gegenseitig übertrumpfen, um dann auf andere herabzuschauen.

Die Vorfahren von Mondschwarz besaßen zwar nur den gekauften Titel eines kaiserlichen Lizenziaten, aber in der Familie hatte alles nach den Regeln einer Beamten- und Literatenfamilie vonstatten zu gehen. Diese Kaufmannsfamilie, die durch ihre Handelsgeschäfte zu einem Reichtum gekommen war, der seinesgleichen suchte, rühmte sich, einen anderen Horizont zu besitzen und über Stil und Format zu verfügen. Wenn selbst die eigene Tochter zu Hause die Klassiker studierte und sicher in Dichtung und Schriftsprache war, dann durfte die Familie sich wohl mit den führenden Beamtenfamilien messen.

Mondrot aus der vornehmen Beamtenfamilie, andererseits auch Mondschwarz aus Taiwans reichstem Handelshaus, bekam die allerbeste „Erziehung höherer Töchter". Mondrot | Mondschwarz studierte sämtliche chinesischen, klassischen Werke zur Unterweisung der Frauen in den vier Tugenden und drei Gehorsamkeiten: die „Gespräche für Frauen", den „Kanon der Kindespietät", die „Regeln für die inneren Gemächer" und die „Biographiensammlung berühmter Frauen".

Für gewöhnlich lernten damals die Mädchen aus den Familien der Oberschicht nur bis zum zwölften, dreizehnten Lebensjahr. Dann beendeten sie den Unterricht, um ihre volle Aufmerksamkeit den weiblichen Tugenden zuzuwenden, um fleißig zu nähen, zu sticken und zu lernen, ein Hauswesen zu führen.

Aber, nein! … nicht so Mondrot | Mondschwarz! Sie unterschied sich von den anderen Mädchen. Denn sie stammte aus der besten Familie von Lu. Von klein auf sollte ihre Begabung in Lied- und Versdichtung gefördert werden; das Vorbild des Mädchens sollte entsprechend ihres herausragenden familiären Hintergrunds aus dem chinesischen Kaiserreich vom Festland, nicht von der Insel, stammen. Keine andere als Xie Daoyun kam dafür in Frage, die erste berühmte chinesische Dichterin aus dem sechsten Jahrhundert n. Chr. mit ihren Weidenkätzchen-Elegien. Wie diese Dichterin sollte das Mädchen sein: „Klug in Büchern, klein die Lotusfüßchen, singt die herrschaftliche Schöne beim Spiel der Zither von Weidenkätzchen. Ihr Name ist Wohlklang in aller Munde." Ein Hauslehrer wurde ins Haus gebeten, der übliche Vorhang zum Schutz vor fremden Blicken angebracht und der Ort für die Frauengelehrsamkeit eingerichtet, damit das Mädchen Poesie, Lied und Elegie erlernte.

Es blieb zwar bei Versen wie: „Der Mond sinkt ins leere Gebälk, der schöne Traum ist ausgeträumt" und „Schnell wehen erkaltete Gefühle die Blüten der Eifersucht auf", denn ihr poetisches Talent reichte nicht über die in den Frauengemächern übliche romantische Lyrik mit „Ach, der Frühling" und „Weh mir, der Herbst" hinaus. Dennoch erregte die Begabung der Mondrot|Mondschwarz auf der Insel Beachtung. Auch galt der alte chinesische Sittenspruch und Fingerzeig „Fehlende Fähigkeiten des Mädchens zeugen von seiner Tugend" noch nichts auf der Insel, diesem Tausende von Kilometern fernab der Hauptstadt und des Kaiserhofs gelegenen, durch das Meer vom Festland getrennten, kleinen Fleckchen Erde!

Ein Mädchen, das sein literarisches und poetisches Talent entwickeln sollte, musste auch die einer Frau auferlegten Beschränkungen streng und ohne wenn und aber einhalten. Es wurde keine Ausnahme gemacht.

So hatte Mondrot|Mondschwarz von klein auf ein paar eingebundene, weniger als drei Zoll messende Goldlotusfüßchen. Sie hielt sich streng an alle Regeln der Familie, sie trat nie vor das Haupttor und ging nie durch das zweite Tor des Anwesens. In strikter Forderung nach einem Verhalten gemäß der vier Tugenden und drei Gehorsamkeiten kam über mehr als zehn Jahre kein einziges leichtfertiges Lachen über ihre Lippen.

Nur Mädchen, die nicht einfach loslachen, sondern schweigsam sind, verdienen es, „aus guter Familie" und „anmutig" genannt zu werden. Nur, wenn sie den Vorteil in der Stille suchen, eine gesittete und makellose Erscheinung bieten, entsprechen sie den Vorstellungen von angenehmer Weiblichkeit.

Aber andererseits wollte man, dass sie eine „gelehrte Schöne" wurde, die in der literarischen Tradition der Dichterinnen des chinesischen Kaiserreichs die allerschmerzlichsten Liebesgedichte schrieb. Als alle Erziehung schließlich erfolgt war und man an Heirat denken konnte, wünschten sich die Eltern erwartungsgemäß einen zivilisierten, anspruchsvollen, jungen Beamten, der auch zu dichten vermochte, damit Ansehen und Ruhm der Familie durch die Verbindung vermehrt würden.

2

Wenn nur nicht jenes Missgeschick gewesen wäre! Es war Mondrot, die am späten Nachmittag eines heißen Sommertages aus ihrem Mittagsschlaf erwachte. Im Stickzimmer des oberen Stockwerks war es fürwahr so heiß, dass es kaum auszuhalten war. Wie betäubt trieb es Mondrot, sie kannte sich selbst nicht wieder, in den anderen Teil des Hauses, dahin, wo sie nie zuvor gewesen war. Sie betrat ein zur Straße liegendes Zimmer im zweiten Stock. Dort versuchte sie, durch die Holzfensterläden, die im durchbrochenen Rautenmuster geschnitzt waren, ein wenig kühle Luft zu atmen. Sie konnte einer plötzlichen Versuchung nicht widerstehen und stellte sich direkt ans Fenster. Obwohl die holzgeschnitzten Fensterläden den Blick der Leute abhielten, durfte sie doch auf keinen Fall direkt am Fenster zur Straße stehen. Sie durfte auf keinen Fall den Kopf hervorlugen lassen!

(Der zur Straße hin liegende Teil eines Hauses ist doch Auslöser gewesen für die berühmte Geschichte der anmutigen Schönen und des jungen Gelehrten, dieses unzüchtigen, ehebrechenden Paares Westtor Qing und Pan Goldlotus. Jedermann weiß, dass nur das geile Flittchen Goldlotus am offenen Fensterladen den steifen Knüppel aus der Hand gleiten lässt, der geradewegs den Westtor Qing trifft.)

Aber eigentlich ist der Grund für eine Romanze von zwei Schönen doch immer ein Liebespfand. Dass nämlich die lockende Schöne versehentlich ein solches hinunterfallen lässt, ein mit ihrem Monogramm besticktes Taschentuch, einen mit Gedichten bemalten und signierten Fächer oder ein in der Familie überliefertes Jadeschmuckstück …

Der flatterhafte Jüngling, der dieses Pfand dann findet, beginnt die Schöne zu verehren und zu umwerben, auf halber Strecke wird er natürlich noch von Betrügern überfallen, hat Not und Kummer zu erleiden, bis sich zuletzt doch noch alle bekommen und die Geschichte ein gutes Ende findet.

Aber was die Leute immer wieder erzählen und was sie mit größtem Interesse berichten, ist: Dass nämlich das geile Flittchen Goldlotus mit voller Absicht dem wollüstigen Westtor Qing den steifen Knüppel zum Aufstoßen des Fensterladens auf den Kopf geworfen habe. Die Frauengemächer in den Stadthäusern sind der eigentliche Auslöser für die berühmte Geschichte um das geile Flittchen und den ehebrechenden Lüstling! Was vom Himmel herabfällt, ist doch ganz gewiss der gestickte Seidenball, der geworfen wird, um den Liebsten zu finden!

Vom hohen Stickturm hinabgeworfen, aus den inneren Gemächern aus der Hand eines Mädchens hinuntergeworfen, trifft dieser gestickte Ball direkt und ohne Zweifel den vom Schicksal bestimmten Schwiegersohn der Familie, egal ob es nun ein Bettler oder der Kaiser höchstpersönlich ist.

Den gestickten Seidenball werfen, um den Liebsten zu finden! Wer ließ die Schöne aus den Frauengemächern so sträflich die Regeln missachten, dass sie es wagte, sich sehen zu lassen? Wer ließ es zu, dass der Hand der Schönen aus den Frauengemächern etwas hinunterfiel? Warf sie damit eigenhändig ihre Zukunft hinaus, war das wirklich ihr erhofftes Ziel?

Was die Leute wieder und wieder erzählen und was sie mit größtem Interesse berichten ist: Dass das geile Flittchen Goldlotus dem wollüstigen Westtor Qing den steifen Knüppel zum Aufstoßen des Fensterladens nämlich mit voller Absicht auf den Kopf geworfen habe! Deswegen ist klar, dass Mondrot, die an diesem glutheißen Sommernachmittag im zweiten Stock am zur Straße gelegenen Holzfenster stand, um das bisschen kühlen Luftzug, der durch das Rhombengitter des geschnitzten Fensterladens hereinkam, zu erhaschen, aber ganz bestimmt und tatsächlich etwas aus ihrer Hand hinabgleiten ließ.

Das war aber nicht der Holzknüppel zum Aufstoßen des Tores?!

Die Bauweise der Häuser auf der Insel richtet sich nach der in der südchinesischen Provinz Fujian üblichen Art der langen Straßenhäuser. Die Fensterläden der geschnitzten Holzfenster dieser Häuser werden zu beiden Seiten nach links und nach rechts außen geöffnet und wieder geschlossen und nicht von unten nach oben in der Senkrechten, es gibt keinen Holzknüppel, der außen die Läden stützt, um sie offen zu halten.

Vielleicht war das, was hinabfiel, ein Taschentuch? Ein Fächer? Mit dem Schweißtüchlein, das man stets bei sich trägt, tupft sich ein Mädchen an solch glutheißen Tagen den Schweiß ab. Den mitgeführten Fächer benutzt es zum Zufächeln von Frischluft.

Was bei Töchtern aus herrschaftlichem Hause, die schreiben und dichten konnten, anders war, ist, dass sie es liebten, ihre Schweißtüchlein zu besticken: *„Der Mond sinkt ins leere Gebälk, der schöne Traum ist ausgeträumt. | Herrin des Wolkenduftrautenturms | Mondrot.“ … oder auf ihrem Fächer in zierlichen Regelschriftzeichen gerade gedichtete Verse zu hinterlassen und in Tusche rechts unten deutlich zu vermerken: „Schnell wehen erkaltete Gefühle die Blüten der Eifersucht auf. | Herrin des Rosenpavilions | Mondjadeschön.“*

So ein klar verständliches Monogramm verrät, „Schwarz auf Weiß geschrieben“, Genaues über den Besitzer. Dazu kommt, dass ein Schweißtüchlein oder ein Fächer etwas sehr Persönliches ist, es wird immer am Körper getragen und kommt direkt aus den Frauengemächern. Das händigt kein Mädchen jemandem leichtfertig aus. So etwas schwebte nun, vom Wind hinabgetragen, in die belebte Hauptstraße der Stadt Lu hinein, schwebte die große „Straße der fünf Glückseligkeiten“ entlang, über den von Menschen überfüllten Basar, dem Einkaufzentrum der Stadt.

3

Die „Straße der fünf Glückseligkeiten“ ist vielleicht zweieinhalb Kilometer lang und besitzt die Krümmung eines Halbmonds. Von Süd nach Nord teilt sie sich in fünf Straßenabschnitte; vom nördlichen gehen die Straßen „Günstiger Aufschwung“ und „Glücklicher Aufschwung“ ab, im mittleren Straßenabschnitt findet sich die Nebenstraße „Harmonischer Aufschwung“, während vom Südabschnitt die Nebenstraßen „Sonniger Aufschwung“ und „Langwährender Aufschwung“ abzweigen. Das Warenangebot ist in allen Straßenabschnitten verschieden. Im am Hafen gelegenen nördlichen Viertel, in der Nähe der Straße „Günstiger Aufschwung“, wurden damals hauptsächlich Fischfleisch und Meeresfrüchte sowie alle Arten Trockenwaren verkauft. Kam man zum Mittelabschnitt der Straße in der Nähe der Straßen „Glücklicher Aufschwung“ und „Harmonischer Aufschwung“, sah man die Seidenweber, Tuchhändler, Färber und Arzneiverkäufer ihre Waren feilbieten. Dort befanden sich die exquisiten, teuren Geschäfte.

Der Seiden- und Tuchhandel, die Apotheke und das Juweliergeschäft des Großvaters von Mondrot|Mondschwarz waren im Mittelabschnitt zu finden; dort im geschäftigsten und lautesten Viertel bei den Straßen „Glücklicher Aufschwung“ und „Harmonischer Aufschwung“.

Wenngleich es an nämlichem Tag ein glutheißer Nachmittag war, herrschte auf der Straße trotzdem lautes und dichtes Gedränge, denn im Vergleich zu anderen Orten war dieser immer hektisch und überfüllt. Das hatte man den in Lu berühmten Himmelmarkisen zu verdanken.

Die stark böigen Winde vom Meer im Sommer und die „Neun einfallenden Winde“, die das Küstenstädtchen den Winter über plagen, führten schon früh zu zahlreichen klugen Lösungen bei der Straßen- und Stadtplanung.

So hatte die Hauptgeschäftsstraße, die „Straße der fünf Glückseligkeiten“, als sie gebaut wurde, nur sechs, sieben Meter Breite. Das war sinnvoll, damit „Dächer“ über den Geschäften eingezogen werden konnten. Über eine Länge von zweieinhalb Kilometern „sah man keinen Himmel mehr“, denn die lange Straße war von Anfang bis Ende mit „Himmelmarkisen“ überdacht und war „ohne Himmel“.

Ein Vers aus den „Bambuszweigen“, dem alten Lied über Lu, beschreibt treffend: „Von unten ist die Straße mit viereckigen Backsteinen ganz rot gepflastert, von oben mit einem „Himmel“ durch und durch bis in den letzten Winkel bedeckt.“

Die „Himmelmarkisen“ schützen vor Sturm und Regen, sind aber auch geeignet, im Sommer am Meer die glühende Sonne abzuschirmen. Auf den Dächern ist zumeist noch ein „Dachfenster“ zur Beleuchtung eingelassen. Ohne Zweifel sind die Dächer immer wieder ein guter Ort, um, vom Sommermittagsschlaf erwacht, einen kleinen Spaziergang zu starten. Zumal man von oben die Auslagen in den verschiedenen Geschäften in vollen Zügen genießen kann und einen kolossalen Überblick gewinnt.

Hier im geschäftigsten, buntesten Teil der großen „Straße der fünf

Glückseligkeiten", im Straßenabschnitt mit der Nebenstraße „Harmonischer Aufschwung", genau an dem Knotenpunkt, wo die beiden größten Einkaufsstraßen der Stadt Lu aufeinander treffen, genau vor der majestätischen Front der Seidenbrokathandlung „Überbordende Fülle" schwebte von oben aus dem zweiten Stockwerk des Hauses sich federleicht wiegend ein Schweißtüchlein herab.

Es war windstill. Die schräg abfallenden, mit Lehm verschmierten und Ziegeln eingedeckten Dächer der Himmelmarkisen blockierten den heulenden Seewind, der ständig über den Dächern wohnt.

In der brütenden Hitze des Sommernachmittags stieg die heiße Luft auf und sammelte sich oben, sich wegen der Hitze immer mehr aufblähend und ausbreitend. Scheinbar wurden dadurch für das herabsegelnde Schweißtüchlein die optimalen Luftverhältnisse für einen ausgiebigen Segelflug geschaffen.

Die Heißluft verhalf dem Tüchlein zu einer immensen Auffälligkeit. Während es langsam zu Boden schwebte, war es über seine ganze Fläche wie ein Segel ausgebreitet. Anrührend, zauberhaft romantisch, drehte es über lange Zeit in der Luft seine Kreise. Dann fiel es plötzlich und augenblicklich zu Boden.

Das Schweißtüchlein fing wie ein Netz einen jungen Mann ein. Es legte sich dem Jüngling plan über das Gesicht, nahm ihm die Sicht, nahm ihm den Atem, band sich ganz fest darum. Fast geriet er in Atemnot, der Arme! Das Tüchlein presste sich wie von Sinnen auf ihn. Wirr griff er mit beiden Händen nach oben, hielt es fest, bis er wieder sah, bis er wieder Luft bekam. Er blickte in die Höhe, oben nach dem Haus, von wo das Tüchlein herab geflogen war: Durch die Fensterläden spähte, genau wie er, tief erschrocken, ein Mädchen.

Es war Mondschwarz, die bezaubernde Kleine aus den Frauengemächern. Streng erzogen, wagte sie kaum zu entdecken, dass die sich ihr zeigende Gestalt ganz deutlich ein Mann war. Was waren das für große, grobe, schwarze Hände, die das Taschentuch fortgerissen hatten und die Mondschwarz nur flüchtig gesehen hatte! Unsere jadegleiche, kristallene Tochter aus herrschaftlichem Hause konnte sich eines plötzlichen Gedankens nicht erwehren. „Welch Schmutz, er hat mein Taschentuch beschmutzt!"

Der Jüngling, der sich das Tüchlein vom Gesicht gerissen hatte, hatte, wenngleich er völlig ärmlich und abgerissenen daherkam, doch eine feine Spur des zarten Dufts, den das herabschwebende Tüchlein an sich trug, in der Nase zurückbehalten. Mit einem nichtssagenden Seufzen wies er den Antrag leichthin zurück und verschwand.

Oder war da vielleicht Mondrot, ... die ihrem herunterfallenden Fächer nachblickte und sah, wie dieser die Stirn eines jungen Mannes traf. Ein wütendes Gesicht blickte nach oben. Ein Mann mit wunderschön schräg nach oben stehenden Phönixaugen, das Glitzern von wogenden Wellen im schwarzen Haar, öffnete leicht seinen roten, schmalen Mund und ließ zwei blitzend weiße Zahnreihen sehen. Aus seinem wütenden Blick wurde ein Lächeln, ein charmantes, leichtsinniges Lächeln.

Mondrot, dem Fräulein aus herrschaftlichem Hause, ging dieses Lächeln durch Mark und Bein, traf sie mitten ins Herz.

Die Anwohner der Straßen „Harmonischer Aufschwung" und „Glücklicher Aufschwung", die das Schweißtüchlein/den Fächer mit eigenen Augen herunterfallen sahen, sagten schon damals: „Das Hinabfallen des Tüchleins|des Fächers besiegelte bereits das tödliche Schicksal der Mondrot|Mondschwarz."

Oder war der Jüngling, den das Schweißtüchlein einfing, etwa ein Landstreicher? Der riss sich das Tüchlein vom Gesicht, glaubte aus einer plötzlichen Eingebung heraus, seines Schicksals Wende sei gekommen.

So ein Schweißtüchlein ist wie der gestickte Ball, der geworfen wird, wenn sich ein Mädchen einen Mann sucht.

Die Geschichte von Wang Schatzreif, die den gestickten Ball nach ihrem Liebsten wirft, hat man noch deutlich im Ohr. Sie traf mit dem Ball diesen Xue Pinggui, der war bettelarm. Na klar hatte sie Eltern, die einen reichen Schwiegersohn wollten und den ärmlichen verachteten. Aber sie war die Sorte tugendhafter Jungfrau, von der man behaupten kann: „Eine Frau edlen Charakters heiratet nur einen Mann, denn nur ein Sattel passt auf ein edles Pferd." Nachts trafen sie sich heimlich und flohen.

Eine vom Himmel gefügte, glückliche Verbindung! Der Landstreicher, der das Schweißtüchlein der Mondrot|Mondschwarz in Händen hielt (er las die deutlich aufgestickten Schriftzeichen des Namens und Vornamens, die auch ein nur wenig im Schreiben und

Lesen Kundiger lesen konnte), klopfte an das Haupttor mitten auf der großen Geschäftsstraße, um seine Braut heimzuholen.

Oder es war der Fächer, der hinunterfiel, und der Getroffene war der größte Schurke aus dem Ort, in aller Munde wegen seiner Freveltaten, Betrügereien, Frauensachen, Saufgelage und Schlägereien. So einer sah dann auch noch gut aus, so ein charmanter Typ. Richtig gearbeitet hatte der auch noch nie. Mit seiner zarten, hellen Haut bildete der sich noch ein, ein Verfechter der absoluten Lehre des Hinayana-Buddhismus zu sein!

Der Schurke ließ alle Nachbarn, die ganze Markisenstraße rauf und runter, wissen, dass er sich mit dem feinen Fräulein im hinteren Garten träfe. Dass er längst „die Perle in die Muschel gelegt habe". Unter den Eltern, die gegen ihre Heirat gewesen seien, habe das Fräulein so gelitten, dass sie sich gezwungen sah, den letzten Ausweg zu wählen. Nur deshalb sei sie in den Turm gestiegen und habe unter den Augen aller den Fächer als Liebespfand hinabgeworfen.

Oh weh, Mondrot aus der bedeutendsten Beamtenfamilie der Stadt! Die Sippe beklagte oft seufzend, dass in einer Einwanderergesellschaft wie der auf der Insel jeder, egal ob Barbier oder Pfeifer und Trommler, zu Geld kommen konnte! Dass die Standesunterschiede immer weniger respektiert wurden! Da sollte man doch Verantwortung übernehmen und sich wehren gegen Verfall und Lumperei, wenn man schon das kaiserliche Staatsexamen hatte und die führende Beamtenfamilie mit den meisten „Blühenden Talenten" im eigenen Haus war. Man wollte den Bürgern der Stadt schon zeigen, was sich für eine angesehene Beamten- und Adelsfamilie gehörte!

Oder erst Mondschwarz, aus dem reichsten, bedeutendsten Handelhaus der ganzen Insel. 30.200 Silbertaler hatte man für den Lizenziatengrad des Familienoberhaupts bezahlt. Darüber hinaus hatte man am Stadtrand von Lu im großen Stil prunkvoll gebaut, einen Garten angelegt, vom Stil und Ausmaß her wie die Schlösser, die der Kaiser dem Adel für Verdienste schenkt, mit einer Inschrifttafel am Haupttor, die nur der Kaiser persönlich für Verdienste verleihen darf. Da hatte man wohl den patriarchalischen, feudalen Sittenkodex ignoriert. Da war man wohl zu weit gegangen. „Ach was, macht nichts, der kaiserliche Himmelsohn ist weit entfernt."

Da man im Prunk und Luxus des Adels lebte, mussten Sitten und

Vorschriften umso strenger befolgt werden und die Richtschnur für die Erziehung der Nachkommen unübertroffen strikt sein.

So kam es, dass, was im Grunde nur eine Unachtsamkeit war, bei Mondschwarz das hinuntergefallene Schweißtüchlein | bei Mondrot der nicht minder ohne Absicht hinuntergefallene Fächer, den plötzlichen Wendepunkt des bisher glücklichen Schicksals des Mädchens herbeiführte. Dadurch, dass das Tüchlein in die Hände des Landstreichers | der Fächer in die Hände des Schurken fiel...

Vollkommen absurd die Vorstellung, dass die Familie so jemanden als „Brautwerber" auch nur anschauen würde! Peinlich! Und dieser Schurke machte nun Krach vor allen Leuten vor dem Elternhaus des Mädchens. Die jadefeine, unschuldige Schöne aus herrschaftlichem Hause erlitt schuldlos Demütigungen und musste vor das Oberhaupt der Familie treten, das den strengen Moralkodex, die lange Familientradition und den hohen Status streng und rücksichtslos verteidigte.

Die Belästigungen durch den „Brautwerber" hielten an. Er machte sich tatsächlich Hoffnungen, in die Familie einzuheiraten und Reichtum wie Braut zu bekommen. Das ganze entwickelte sich bedenklich, wurde lauter und lauter. Die „Braut" erduldete unendliche Schmach und wollte ihr Gesicht auf keinen Fall verlieren. Sie hätte sich ohnehin still allem gefügt.

Im Viertel redeten die Leute ohne Ende, schlimmste Gerüchte wurden laut.

Das Monogramm, das auf das Schweißtüchlein gestickt | auf den Fächer gemalt war, wirkte wie eine hinterlassene Unterschrift, wie ein Autogramm mit Stempel. Es gab keine Möglichkeit, sich vor der Verantwortung zu drücken oder etwas abzustreiten. Was aber alles noch schlimmer machte, war das über der Signatur vermerkte romantische Liebesgedicht mit „Ach, der Frühling" und „Weh mir, der Herbst". Wenn melancholische Seufzer aus den Inneren Gemächern so wie die Gedichte in der Art von „Der Mond sinkt ins leere Gebälk, der schöne Traum ist ausgeträumt." und „Schnell wehen erkaltete Gefühle die Blüten der Eifersucht auf" nach außen dringen und sie dann den Analphabeten, den bäurischen Leuten zwischen die Zähne kommen, dann hört sich doch jeder Vers für sie traumhaft wie ein leibhaftiges Versprechen an. Ein Hauch davon, und sie sind verzaubert und betört. Dann denken sie an Wolllust und Liebesnacht, „rote Zimtblüten, die heimlich den Hof verlassen", „wilder Wind und trommelnder Regen Spiele", und halten es nicht mehr aus.

Der schüchternen, sich schuldig fühlenden Mondrot|Mondschwarz blieb nur der Weg in den Selbstmord. Das in Worten und Versen gewandte Mädchen musste nun an seinen literarischen Fähigkeiten sterben. Denn hätte es nicht zu schreiben gewusst, so hätte es nicht sein Monogramm hinterlassen und man hätte alles vertuschen können. Hätte Mondrot nicht zu dichten gewusst, hätte sie niemals diese erotischen und als unsittlich geltenden Verse darauf geschrieben.

So weit fortgeschritten, wie die ganze Sache inzwischen war, war das einzige, was Mondrot|Mondschwarz den Vorwürfen noch entgegensetzen konnte, der eigene Tod. Durch den Tod die eigene Unschuld wiederzuerlangen, durch den Tod die eigene Geisteshaltung deutlich zu machen und dadurch den Leumund der Familie sauber zu halten, das wurde einer Tochter aus gutem Hause, die Demütigungen hinzunehmen hatte, durch Bücher und Sitten nahegelegt.

Mondschwarz|Mondrot kleidete sich ein allerletztes Mal makellos. Dann sprang sie in den Brunnen und ertrank. Es war eine Vollmondnacht, groß wie ein Wagenrad hing hoch oben am Himmel der blendendweiße Mond.

Wollte ein Mädchen aus feinem Hause sich umbringen, gab es zwei Möglichkeiten: sich aufzuhängen oder in den Brunnen zu springen. Dabei hatte der Sprung in den Brunnen die Nebenbedeutung von „Reinwaschen" des eigenen Körpers. Die in Versen und Worten gewandte „Schöne" Mondrot|Mondschwarz wählte das „unschuldig und rein Werden" und entsagte ihrem Leben zu Hause. In einem abgelegenen Teil im hinteren Garten ertränkte sie sich in einem alten Brunnen.

Die Sippenältesten, der Vater und der Großvater, hatten das schon erwartet. Doch als am nächsten Tag die Magd beim Wasserholen, wie auch die sich schnell um den Brunnen drängenden Familienmitglieder die Leiche der jungen Frau entdeckten, ergriff alle eine diffuse Angst. Das Mädchen schwamm wider Erwarten mit dem Gesicht nach oben an der Wasseroberfläche. Ganz gerade trieb sie im Wasser des alten Brunnens dahin, der Wasserspiegel blieb dabei völlig still und ohne jede Welle. Tief unten im Brunnen konnte man klar und deutlich ihre offenen Augen erkennen.

Das Rund des Brunnens umgrenzte, umso mehr als es kreisrund war, schützend die an der Wasseroberfläche treibende Frauenleiche, die durch das ständige Aufweichen im Wasser aufgedunsen aus dem Wasser hervorschaute. Die Gewänder am Körper waren noch immer hochgeschlossen in guter Ordnung geschnürt und gebunden, der Saum des Rocks wie auch der Kragen am Hals waren makellos ohne Falten und bedeckten in Gänze den gesamten Körper, keine Anzeichen von „Der Geist zieht sich nackt aus", nichts dergleichen wie sonst bei im Wasser treibenden Leichen. Die Leute flüsterten einander heimlich und hinter vorgehaltener Hand zu: „Das will nichts Gutes heißen!"

Seit jeher heißt es, dass Menschen, die sich durch Ertrinken umbringen, insoweit sie im Leben alles glücklich hinter sich gelassen haben, in der Schattenwelt auf die nächste Wiedergeburt warten. Wenn sie aus freiem Antrieb aus dem Leben gehen, dann schwimmen ihre Leichen nach dem Tod mit dem Gesicht nach unten auf dem Wasser. Der Mensch treibt glatt auf der Wasseroberfläche und überantwortet sein Schicksal dem Wasser, ob er oben treibt oder in die Schattenwelt hinabsinkt.

Die Leiche eines Selbstmörders, der über den Todeswunsch hinaus noch Groll und Rachegelüste hegt, treibt mit dem Gesicht nach oben auf dem Wasser, beide Augen blicken weit aufgerissen dem Himmel entgegen. Die Leichname solcher Selbstmörder wollen ihren Weg deutlich mit eigenen Augen sehen, die Richtung selbst entscheiden und steigen nicht in die Schattenwelt hinab, denn sie gehen den Weg der Rache. Deswegen trinken sie nicht die Suppe der Mutter Meng, die den Toten die Erinnerung an die Oberwelt nimmt, und überqueren auch nicht die Brücke des Todes. Solch eine Leiche wird von den Leuten nicht weggeräumt. Tag wie Nacht atmet das Qi der Leiche die Strahlung von Sonne und Mond. Die Resorption der Strahlung bewirkt mit der Zeit eine Wandlung des Qis und damit eine Wandlung der Leiche, es entsteht ein nach Rache dürstender, extrem bösartiger Geist.

Spirituelle Fachleute, Magier und Taoisten, haben keine Handhabe, diesen bösen Geist auszutreiben. Sie können der Unheil bringenden Wirkung nur freien Lauf lassen. Allein ein erfahrener Geomantiker mit starken spirituellen Kräften, der genau zum Zeitpunkt der Manifestation der karmischen Wirkung eingreift, kann diese Wandlung auslöschen. Die Familienangehörigen der Mondrot und Mondschwarz wussten natürlich von der Gefährlichkeit, die von den Leichen der ins Wasser gegangenen Mädchen mit den gen Himmel starrenden, weit geöffneten Augen ausging.

Sie waren in großer Angst vor der Rache ihrer Tochter, musste sie doch ihre Familie und sogar ihre Eltern, von denen keiner für sie eingetreten war, aus tiefstem Herzen hassen. Denn sie hatten ihre eigene Tochter dem Selbstmord und dem Hass überlassen. Andererseits tat ihnen die Tochter, die sie über viele Jahre in der Familie erzogen hatten, leid, hatte sie doch durch ihren Selbstmord ihre Unschuld und Unberührtheit beweisen müssen. Mit Dankbarkeit dachten sie deshalb an die vorbildliche Tugendhaftigkeit und Züchtigkeit der Tochter und bereiteten ihr schließlich ein angemessenes Begräbnis.

Mondrot | Mondschwarz bewies mit ihrem Sprung in den Brunnen ihr Festhalten an der Tugend. Ihr Tod sicherte der Sippe nach innen den sippeninternen Sittenkodex und nach außen das Ansehen der Familie. Nach dem Begräbnis atmeten die Familienoberhäupter erleichtert auf, konnten sie Ansehen und Ruhm der Familie doch endlich wieder neu begründen.

Die führende Beamtenfamilie | die reichste Kaufmannsfamilie der Insel, jede im Begriff, ihr Ansehen zu erneuern, erfuhr schon kurz nach dem Begräbnis, gleich wenige Tage nach dem Selbstmord der Mondrot | Mondschwarz vom Tod eines Schurken. Es handelte sich um den Lümmel aus dem Viertel, der das Unglück der Mondrot verschuldet hatte, und der hernach spurlos von der Bildfläche verschwunden war. Er wurde mit etlichen Messerstichen übel zugerichtet und ermordet in einem abgelegenen Kornspeicher aufgefunden. Die Leiche war in einem höchst erbärmlichen Zustand, brutal zerhackt.

Zu fast gleicher Zeit erreichte die Familie von einer abgelegenen Mautstation für Frachtschiffe, an die fünfzig Kilometer von der Stadt entfernt, die Nachricht vom Tod des Landstreichers, der dem Irrglauben anhing, den gestickten Ball der Wang Baoxun, das Liebespfand von Mondschwarz aufgefangen zu haben, und der sich als rigider Brautwerber der Tochter erwiesen hatte. An seinem ganzen Körper war nichts von irgendeiner äußeren Einwirkung zu bemerken, er schien vollkommen unversehrt, hatte aber trotzdem sein Leben ausgehaucht. Die Leute munkelten, dass ein so wundersames Gift, womit man einen Menschen eines solchen Todes sterben lassen könne, nur über die nach Übersee fahrenden Handelsschiffe vom anderen Ende der Welt zu bekommen sei.

Jeder in Lu konnte sich denken, was passiert war, keiner wurde laut, kein Lärm, kein Aufruhr, nichts. Privat und hinter verschlossener Tür sprach man darüber, das war aber auch alles. Auch von Amts wegen wurde nichts unternommen, auch nicht rasch ein Mörder aufgetan, um den Fall zumindest oberflächlich abzuschließen. Es hieß, dass sich die Staatsanwaltschaft selbst als inkorrekt erwiesen habe.

Und wirklich konnte die führende Beamtenfamilie | die reichste Kaufmannsfamilie der Insel ihren Ruhm neu begründen. Die Leute wussten nur zu gut, dass der hohe Beamte | der reiche Kaufmann schon in alltäglichen Geschäften nichts einfach auf sich beruhen ließen. Wie hätten sie da hinnehmen sollen, dass ihnen bar irgendeines Grundes ihre Tochter genommen wurde? Bei grundloser Beleidigung war selbstredend eine Reaktion zu erwarten. Sie rächten die Schmach, die ihnen widerfuhr, gründlich, zumal der Kaiser von China in weiter Ferne und ihre Insel am anderen Ende der Welt gelegen waren. Ging es doch nur um das Ausheben und Niedermachen einer ganzen Familie und sonst nichts weiter! Die sollten froh sein, dass nicht die gesamte Sippe der Schurken vernichtet und über sieben Generationen ausgelöscht wurde!

Die Leute aus Lu fürchteten sich.

Schließlich beruhigten sie sich. Mondrot | Mondschwarz, die sich im Brunnen ertränkte, um ihren guten Namen und ihre Unschuld zu schützen und die dadurch den guten Ruf der ganzen Sippe bewahrte, war nur noch Thema des Klatsches beim Essen und zum Tee. Die Leute vertraten die Ansicht, dass man bei solch einem Vorfall nie und nimmer andere Leute beschuldigen dürfe, noch viel weniger den Fehler bei den eigenen Familienangehörigen oder der ganzen Sippe suchen dürfe, denn letztendlich habe ein Mädchen immer alles der eigenen Tugend und dem eigenen Leumund zuzuschreiben.

Natürlich lobte man den Selbstmord der Mondrot | Mondschwarz, der ihre Geisteshaltung deutlich machte und ihre Unbeflecktheit für immer sicherstellte, aber man scheute sich auch nicht, deutlich auszusprechen: Wenn eine Frau ein solches Schicksal ereilt, dann ist sie des Todes.

4

Mondrot | Mondschwarz spürte, als sie im Brunnen ertrunken war, dass sie zum Geist geworden war. Ihr wurde deutlich bewusst, dass, obwohl sich in ihr quälender Rachedurst ob des ihr zugefügten Unrechts regte, sie trotz alledem schließlich und endlich tot war.

Sie wusste nicht mehr weiter, eine nie da gewesene, beunruhigende Unsicherheit befiel sie.

Bisher hatte ihre Familie ihr Leben, ihren Tagesablauf und die gesamte Zukunft bis ins kleinste Detail geregelt, vom Studium der „Biographien herausragender Frauen“ über das Einüben der traditionellen weiblichen Verhaltensregeln der „drei Gehorsamkeiten und vier Tugenden“ bis hin zu den geforderten Arbeiten im Sticken und Nähen wie im Hauswesen. Man erwartete von ihr, dass sie im Dichten und Schreiben fähig, eben eine gelehrte Schöne, war, damit sich dadurch eine günstige Hochzeit mit einer angemessenen Familie arrangieren ließ. Im Grunde waren sogar der Sprung in den Brunnen und ihr Selbstmord nur die Reaktion auf Erwartungen an sie gewesen, die sie zu erfüllen hatte.

Was sollte sie nun tun? Ihr Lebensziel und alles dazu nötige Handeln waren für sie immer bis in alle Einzelheit entschieden worden.

Das ihr zugefügte Unrecht, das der Rachegeist des Mädchens rächen wollte, war längst gerächt, die beiden üblen Schurken längst tot.

Gab es eine größere Strafe als die Untätigkeit? Zum ersten Mal in ihren Leben als Mensch wie auch als Geist wusste sie nicht mehr, wie es weitergehen sollte.

Zudem bereitete das Wasser schwere Unannehmlichkeiten. Obschon sie aus dem Wasser des Brunnens herausgestiegen war, spürte sie, dass die triefende Nässe am ganzen Leib sie nicht mehr verließ. Vom Wasser verfolgt, es im Schlepptau mit sich führend, überall, jeder Fleck am Körper vom Wasser durchtränkt, fühlte sie sich in jedem Moment, als sei sie eben erst aus dem Wasser aufgetaucht.

Wasser …

Das Wasser war wie nie versiegende Tränen, die nie trocknend ihr Gesicht bis in alle Ewigkeit nässten. Oder wie glasklares Blut, das aus allen vier Körperöffnungen Auge, Nase, Ohren und Mund fortgesetzt austrat.

Wieviel Unrecht, wie viel gärender Hass mochten dazu geführt haben, dass aus dem Innern des verletzten Körpers in solchen Maßen stetig Wasser hervorquoll!

Und doch war es nicht die triefende Nässe, die den Geist des Mädchens mit Hass erfüllte, sondern, dass er gezwungen war, weiter im alten Brunnen hinten im Garten zu wohnen, in dem er ertrunken war. Es machte ihn rasend vor Verzweiflung, dass er wie alle Geister, die hier ihr Leben im Brunnen gelassen hatten und sich nun an der Brunnenwand anklammerten und hinaufzogen, im Brunnen verschmachten sollte.

Dabei sehnte er sich nach Haus zurück, in das Heim seines vergangenen Lebens. Der Garten mit dem Brunnen lag hinter dem Haus ganz am Ende der in Lu berühmten großen „Straße der fünf Glückseligkeiten". Jedes Fleckchen Grund und Boden der Ladengeschäfte in der geschäftigen großen Straße war, so sagte man, pures Gold wert. Denn im Laufe der Entwicklung der Straße waren für jeden Laden nur fünf Meter Breite geblieben, an Tiefe aber maßen die Läden der lang gestreckten Häuser oft fünfzig Meter und mehr. Die Anwohner nutzten ein und dieselbe Hauswand als Trennwand ihrer Geschäftshäuser, kein Millimeter Platz war dazwischen. Es gab natürlich auch keine Möglichkeit, Licht durch seitliche Fenster hereinzulassen. Die langen Geschäftshäuser bekamen nur durch die einzelnen Höfe Tageslicht, jäh von oben fiel Sonnenlicht in die „Himmelsbrunnen", die kleinen Innenhöfe, um die Räume des nächsten Hausabschnitts zu erleuchten.

Die Geschäftsräume zur Straße wurden Vorhaus genannt, dort befanden sich der Laden, der buddhistische Haustempel und die Tafeln zur Verehrung der Ahnen. Die dahinter gelegenen Räume waren dem Familienoberhaupt, dem Vater und dem Großvater vorbehalten. In dem sich daran anschließenden Mittelhaus und Endhaus, beide jeweils durch einen „Himmelsbrunnen" miteinander verbunden, spielte sich das Leben der Großfamilie ab. Hier wohnte in den verschiedenen Räumen der Rest der Familie.

Der Geist überlegte krampfhaft, wie er wieder ins Haus gelangen könnte. Er erinnerte sich an den Eingangsbereich des Hauses und die „Himmelsbrunnen", an das jäh einfallende Licht in den winzigen Innenhöfen, die die einzelnen Hausteile des lang gestreckten Straßenhauses miteinander verbanden. Unter den Dächern der aneinander gebauten Geschäftshäuser lebten die großen Familien mitsamt ihrem Dienstpersonal dicht aufeinander, dort gab es kein Durchkommen für Mondrot. Nur in den Himmelsbrunnen, den kleinen Innenhöfen, die in Vollmondnächten der dunkel blinkende Mond in ein sanftes, blaues Licht tauchte, und nur nachts konnte sich der Geist wohl vorübergehend aufhalten.

Ein zügiges An- und Hindurchkommen im Gebäude war äußerst schwierig. Denn in den Häusern mit den dicht an dicht gebauten Dächern wechselten die Wohnräume mit den kleinen, nach oben den Himmel freigebenden Lichthöfen einander ab wie Yin und Yang, wie Nacht und Tag, wie Leere und Substanz, reihten sich Yin und Yang im gegenseitigen Wechsel wie auf eine Kette.

In den lang gestreckten Straßenhäusern wohnten nach Rang und Geschlechterfolge getrennt alle Familienmitglieder von den Familienoberhäuptern, den Vätern und Großvätern bis zu allen anderen Groß und Klein in verschiedenen Räumen. Die Geistfrau wusste nicht mehr, wie sie nun, nachdem sie ein Geist geworden war, innerhalb der Rangfolge von groß nach klein in die Familie hineingehörte und wie sie so noch einen passenden Platz innerhalb der Familie finden sollte.

Vom Rand des alten Brunnens im hinteren Garten sah sie durch ihre wassernassen Pupillen das lange Haus, welches sie während ihres kurzen Lebens bewohnt hatte, in weiter Ferne. Die vielen sich immer abwechselnd aneinanderreihenden Gebäudeteile und Innenhöfe erschienen der Geistfrau schließlich wie die schwierig zu passierende Straße von Leben und Tod.

Am ganzen Körper nass und vor Wasser triefend stand sie lange unbeweglich am Rand des alten Brunnens und wusste, völlig ratlos, nicht aus noch ein.

Wenn sie aber dort hinten im Garten beim alten Brunnen blieb, dann würde die Seele der Geistfrau keine Ruhe und keinen Frieden finden. Schon binnen kürzester Zeit erschreckte sie die am Brunnen Wasser schöpfenden Mägde. Die machten ein lautes Geschrei und schilderten lebendig bis in alle Einzelheiten, dass im Haus, draußen beim Brunnen ein Geist wohne.

Am alten Brunnen, wo sie ihr Leben gelassen hatte, konnte Mondrot nicht mehr bleiben, sie musste einen anderen Ort finden, an dem sie sich aufhalten konnte! Sie begann angestrengt nachzudenken und erwog auch, über das lange Straßenhaus hinweg auf die andere Seite zu fliegen. Nur zu gern wollte sie wissen, was sich draußen ihrem Auge wohl bot! Aber Mädchen aus gutem Hause traten nicht vor das Haupttor und schritten nicht durch das „zweite Tor"! Am Ende waren sie unsicher und ängstlich, wenn sie an die fremde Welt draußen vor dem Haupttor dachten.

Lieber kehrte sie in die inneren Gemächer aus der Zeit vor ihrem Tod zurück!

Aber instinktiv zögerte sie, es kamen ihr Zweifel. Da sich die Mädchen von keinem X-beliebigen Menschen, auch nicht von den männlichen Bediensteten oder jedem männlichen, erwachsenen Familienmitglied einfach sehen ließen, befanden sich die Frauengemächer des langen Straßenhauses, das die Geistfrau vor ihrem Tode bewohnt hatte, im Zwischengeschoss, tief im Mittelhaus mitten im Zentrum der Großfamilie.

Die langen Straßenhäuser sind aus Ziegeln, Steinen und Holz gebaut und erreichen im Allgemeinen eine Höhe von fünf bis sechs Metern. Zur Beleuchtung sind Dachfenster in die Vorhalle des Hauses von oben in das Dach eingelassen, um eine „helle zentrale Halle und dunkle Nebenräume" zu erhalten. Damit wird die Erhabenheit der Halle betont. Um das Dachfenster herum finden sich in allen vier Richtungen des Hauses ein Erdgeschoss und ein Obergeschoss. Das Obergeschoss ist etwas niedriger konstruiert, weshalb man es damals gern das Zwischengeschoss nannte.

Für gewöhnlich hatten Mädchen aus gutem Hause eingebundene Füße, die so genannten „Drei Zoll Lotusfüßchen". Für sie, die für jeden kleinen Gang die stützende Hilfe ihrer Zofe brauchten, spielte sich der größte Teil des Lebens innerhalb des Zwischengeschosses ab. Die schmale, kleine Treppe hinauf in das Zwischengeschoss war schon als ein gefährlicher Weg anzusehen.

Wollte Mondrot nun, da sie ein Geist war, wieder in die winzige Enge des Frauengemachs zurückkehren? Wieder zögerte sie. Aber da sie keinen anderen Ort wusste, blieb ihr als einziger Ausweg nur, sich vorerst dort einzuquartieren.

Die Geistfrau begann, sich die Frauengemächer vorzustellen, die Ordnung der Dinge, Pinsel und Tusche, Gedichte und Bücher tauchten vor ihren Augen wieder auf, unmerklich fand sie sich wie im Traum an den ihr vertrauten alten Ort geführt, mehr noch, es war ihr, als geriete sie in einen Sog, und plötzlich entdeckte sie überrascht, dass sie sich wieder in den inneren Gemächern befand.

Sie fand alles unverändert vor. Wie früher und wie immer verging die Zeit nur schleppend. Zuerst erwog sie, wie während ihres Lebens zu handarbeiten, zu nähen und zu sticken. Aber nur ein Blick auf ihren vor Wasser triefenden, völlig nassen Körper ließ sie aufseufzen. Für wen sollte sie sticken und wie sollte sie nähen?

Dann würde sie lernen und dichten!

Wie aber hätte sie wissen sollen, dass, sobald ihre Hände die Buchseiten berührten, die nasse Haut ihres Körpers die einzelnen Seiten aufweichten, die Tusche zu laufen begann und sofort in Rinnsalen wie Fäden herabrann. Die Tuschzeichen verwischten und nichts war mehr zu erkennen.

Zumindest konnte sie dichten, Verse schmieden! War sie zu Lebzeiten nicht dafür bekannt gewesen? War sie nicht eine „gelehrte Schöne" gewesen? Gab es so etwas wie „gelehrte Geister"? Verbittert lachte sie auf. Erst einmal würde sie ein wenig im Zimmer auf- und ablaufen!

Wie erstaunt war sie, dass sie die Behinderung durch ihre „Drei Zoll Lotusfüßchen" nicht mehr ertragen musste! Die Treppe, die sie Zeit ihres Lebens als so gefährlich empfunden hatte, kletterte sie nun nicht mehr mühsam hoch – sie flog. Da sie jetzt flog und schwebte, erreichte sie mit Leichtigkeit jeden beliebigen Ort. Es war ihr ein Leichtes, hinaufzuschweben und sich abwärts fallen zu lassen. Nur triefte ihr Körper noch immer vor Nässe, was das Gewicht beim Fliegen nicht unbeträchtlich erhöhte.

Eine Lust war es, in den inneren Gemächern im Stickturm, wo sie immer gehandarbeitet hatte, ihre neu gewonnene Freiheit zu erproben.

Mit der Zeit begann sie, obschon sie nach wie vor furchtsam war, in den verschiedenen Zimmern im Erdgeschoss des Mittelhauses und den dazugehörenden kleinen Höfen ein und aus zu fliegen. Sie durchlebte noch einmal ihre Kindheit und besuchte all die Plätze, an die sie später nicht mehr hingedurft hatte.

In jedem Winkel des großen langen Straßenhauses vergnügte sie sich, spielte dort verstecken, ja, sie fand sogar im Zimmer ihrer Mutter unter einem zentnerschweren Schrank ihr „Langes Leben Amulett“ wieder, das sie als kleines Mädchen dort verloren hatte.

Lange war sie nicht so fröhlich und entspannt gewesen. Gelöst und froh bereiste sie alle Zimmer in allen Stockwerken des großen Hauses. Nur die große Vorhalle, die Eingangshalle, den Ort mit den Tafeln zur Verehrung der Ahnen mied sie. An den Wänden der hohen Halle hing eine Vielzahl von Tuscheporträts der Familienahnen, die während der Mandschuzeit Beamtenpositionen bei Hofe innegehabt hatten. Dem zwingenden Blick des immer noch blitzenden Augenstrahls im Tuscheporträt des großen Familienahns war sie schon von klein auf ängstlich ausgewichen.

Wenn seine und ihre Augen sich trafen, das geschah, wenn sie doch einmal versehentlich unvorsichtig den Kopf gehoben hatte, dann schlug der finstere Blick des Ahnen jäh und voller Gewalt, wie mit der Axt von oben auf sie ein. Es war ein Gefühl wie ein Blitzschlag, der Leib und Seele zerschmettert.

Die Gegebenheiten des langen Wohnhauses kannte sie bald in- und auswendig bis in den letzten Winkel. So war es nicht verwunderlich, dass die Geistfrau die Lust, immer Neues zu suchen, alsbald verließ und sie Nacht um Nacht untätig im Stickturm sitzend verbrachte. Ratlos darüber, womit sie sich die Zeit der endlos langen Nächte vertreiben konnte, entfuhr ihr ein Seufzen. Sie seufzte unkontrolliert und stetig, lauter und lauter.

Bewohner des Hauses, die den Geist hörten, beschrieben das Geräusch als ein lang anhaltendes Rufen und schmerzvoll klagendes

Weinen in hohen Tonlagen, unterbrochen durch lautes Randalieren und Schimpfen darüber, dass die triefende Nässe ihres Körpers und des weißen Gewandes böse Vorzeichen vermuten ließen.

Von allen Seiten tönten die gellenden, schrillen Klagerufe. Alle sieben Öffnungen ihres Gesichts kehrten ihr Innerstes nach Außen. Wie farbloses Blut spritzte Wasser hervor und bot einen maßlos furchterregenden Anblick.

Die Zeit ihres Lebens zu Gewandtheit, Liebenswürdigkeit, Fleiß und Schweigsamkeit erzogene Mondrot wollte, obschon sie nun ein Geist war, ihr gewohntes Verhalten nicht ablegen, besonders, als sie erfahren durfte, dass die große Rache gestillt, das Unrecht schon vergolten war. Denn im Grunde verspürte die Geistfrau keinen besonderen Hass und war auch nicht unzufrieden mit der Situation. Aber sie brach in Tränen aus und weinte hemmungslos, als sie begriff, dass, wenn sie darauf bestand, in den Frauengemächern vergangener Tage wohnen zu bleiben, sie sich bereits den Tadel ihrer Familie zuzog.

Die Geistfrau wusste, dass die Zeit, fortzugehen, gekommen war.

Ihr Selbstmord hatte dadurch, dass sie ihren untadeligen Ruf hatte schützen können und die schweren Entehrungen reinwusch, Zuspruch und ungeteiltes Lob in der Sippe gefunden. Wenn sie sich jetzt, da sie ein Rachegeist geworden war, erwartungsgemäß verhielt, die Schmach noch einmal gründlich rächen und ihre Unschuld beweisen würde, würde sie erneut Bestätigung durch ihre Familie erfahren.

Aber wenn sie jetzt weiterhin in den Frauengemächern blieb, nicht fortging und wirklich der böse Rachegeist wurde, der aus diesem herrschaftlichen, wohlhabenden Handelshaus voll Prunk und Luxus ein Geisterhaus machte, das alle Leute meiden und keiner mehr betritt, und das zuletzt zu einer unbewohnten Ruine verkommt, dann hätte sie damit ihren untadeligen Ruf restlos zerstört.

Dann ging es um viel Geld, die Sache würde ein übles Nachspiel haben, keine Kleinigkeit, die man auch schon mal ignorieren durfte! Auch wenn die Geistfrau vor ihrem Ableben ihren Kopf nur in Bücher steckte, Gedichte schrieb und handarbeitete, entstammte sie doch einer bedeutenden, großen Familie und war sich über wichtige Gepflogenheiten im Klaren.

Die Zeit, fortzugehen, war reif!

Aber wohin konnte sie gehen?

Wenn sie von Neuem in den Kreislauf der Wiedergeburten einging und wiedergeboren würde, aber ohne Frieden im Herzen zu haben, würde sie wieder ein Geist werden, aber sie erschiene an eine anderen Ort. Sie brauchte ohnehin eine neue Umgebung! Nur erstmal aus dem langen Geschäftshaus an der Straße heraus!

Draußen würde eine ganz andere Welt auf sie warten. Die Geistfrau erinnerte sich, dass sie, als sie noch lebte, vom Zwischengeschoss von einem an der Straße gelegenen Zimmer einen Blick hinab auf die „Straße der fünf Glückseligkeiten" geworfen hatte. Was war das für ein buntes Treiben, für eine frohe Geschäftigkeit und Freiheit gewesen! Massen von Menschen schoben sich vorbei. Ein völlig unbefangenes Kommen und Gehen!

Doch wie sollte sie nach draußen auf die Straße gelangen?

Sollte sie es so machen, wie sie es einst am Rand des Brunnens gemacht hatte, in dem sie sich ertränkte, und von wo aus sie wieder in die inneren Gemächer aus der Zeit ihres Lebens zurückgefunden hatte? Wo sie nur ihre Gedanken wandern ließ und sich im Geist genau in die alte Umgebung zurückversetzte, und schon flog ihre Geistseele dorthin, und sie fand sich wirklich an dem gewünschten Ort wieder.

Aber weil sie immer nur im Stickturm gewohnt hatte, war ihre Erinnerung an die „große Geschäftsstraße der fünf Glückseligkeiten" nur schwach. Sie konnte sich nicht im Geringsten an etwas Vertrautes von früher erinnern, das gereicht hätte, ihre Erinnerung anzustoßen und damit dorthin zurückzugehen.

Die Fähigkeit, nach draußen auf die Straße zu gelangen, besaß sie nicht. Weiter im Stickturm zu bleiben und weiterhin, wenn sie von der Familie gesehen wurde, zu wüten und zu randalieren wie ein wehklagender, böser Geist, würde ihren guten Ruf einer zeitlebens keuschen, korrekten Frau restlos zerstören.

Es gab vorerst nur eine einzige Möglichkeit: Sie würde sich an einem geheimen Ort im Haus verstecken.

5

Um Bildung und Gelehrtentum einer herrschaftlichen Familie zu zeigen, hatte man natürlich eine große Bibliothek angelegt, und man konnte mit der ungeheuren Anzahl von über Zehntausend zusammengetragenen Bänden und Schriftrollen jeden auf der Insel übertrumpfen. Als die Geistfrau zu Lebzeiten in Poesie und Lied unterrichtet wurde, hatte sie sich manches Mal gewünscht, in den Schränken der Bibliothek nach Büchern zu suchen. Aber der Großteil der Bücher behandelte nicht Frauentum und Frauentugend und war daher schwierig für sie zu lesen, so dass ihr nicht in den Sinn kam, um Lesestoff zu bitten.

Eigentlich wurde die Bibliothek der Familie nie benutzt. Nur äußerst selten wurde sie betreten und so kam es, dass sich die Geistfrau auf ihrer Flucht vor den Blicken der Menschen hierher verirrte. Der Zufall wollte es, dass sie in den Räumen der Bibliothek den passenden Ort für ihren Aufenthalt fand. Hier konnte sie sich ihre grenzenlos lange Zeit ungesehen vertreiben. Ihr war, als besetzte sie eine ganze Stadt von Büchern. Völlig hemmungslos, endlich ohne irgendwelche Weisungen und Interpretationen erdulden zu müssen, begann sie zu lesen.

Wie wahr! Als sie noch lebte, hatte sie zwar Zofen, die sie bedienten, mehr aber, als Gedichte und Klassiker auswendig zu lernen und die traditionellen Regeln für Gedichte und Liedreime zu üben, gab es nicht. Nur sehr, sehr wenige Bücher hatte sie studieren dürfen, die Zeit war mit Handarbeiten überbrückt worden.

Die Pflichten des Nähens und Stickens waren, weil sie zum Geist geworden war, weggefallen, und sie wusste nicht, was sie denn eigentlich noch zu tun hatte.

Aber wie es jetzt aussah, hatte sie mit dieser großen Bibliothek voller Bücher um sich herum keine Bedenken mehr, dass ihr in endlosen Nächten die Zeit lang werden könnte. Wie sie es von ihrer Erziehung her gewohnt war, wählte sie zur Lektüre die klassischen Werke der alten Weisen, die kanonischen Werke des Konfuzianismus und Buddhismus, die Dynastiegeschichten, die alten Philosophen und die klassischen Anthologien aus. Triefend nass am ganzen Körper, wie sie immer noch war, war es nicht möglich, in den Büchern die einzelnen

Seiten mit der Hand umzublättern. Sie gewöhnte sich an, die Seiten mit dem Mund umzublasen. Sie atmete ein und atmete wieder aus, bei diesem ein und aus und aus und ein war es, als ob sie die Essenz aus den Büchern über das rhythmische Qi des Atems einsog.

Besonders nützlich daran war, dass das, was sie las, sämtlich klassische Werke der erleuchteten Weisen waren, die kanonischen Werke des Konfuzianismus und Sutren des Buddhismus, die Dynastiegeschichten, die alten Philosophen und die klassischen Anthologien. Die zwischen den Atemzügen hin- und hergehende Luft war getragen von Edelmut und Rechtschaffenheit!

Die Tage und Nächte flogen in Windeseile dahin, während der Frauengeist, versteckt in der Bibliothek, endlich von keinem mehr behelligt wurde.

Mit der Zeit verblasste bei den Leuten die Erinnerung an den Vorfall. Man glaubte, dass die gesittete und belesene „gelehrte Schöne" schließlich doch durch einen taoistischen Meister aus dem Fegefeuer erlöst und ans andere Ufer geführt worden sei, dass sie, nicht mehr von Rache getrieben, längst wieder in den Kreislauf der Geburten eingegangen und in einer neuen Existenz wiedergeboren sei.

Währendessen saß Mondrot lesend in ihrer Festung von Büchern in Besitz all dieses Reichtums. Die Lektüre führte sie in die Blütezeit der Stadt Lu zur Zeit des Kaisers Qianlong, sie erfuhr von den Straßenkriegen, in denen die Leute aus Quanzhou mit den Leuten aus Zhangzhou ihre Familienfehden austrugen, sie las über die Überfälle der Seeräuber auf die Insel, die großen Epidemien der todbringenden Seuchen Malaria und Cholera, die einige Zehntausend Opfer unter den Bewohnern der Stadt Lu forderten. Sie las auch von den wiederholten Volksaufständen, in denen Bürgertruppen mutig die Konfrontation mit den Regierungssoldaten suchten, es fehlte nicht viel, und die Stadt Lu wäre in Flammen aufgegangen.

Unter den Büchern, die sie noch zusätzlich las oder auch nur überflog, war auch Unterhaltungslektüre. Da wurden keine Staatsgeschäfte und keine Volkswirtschaft behandelt, sondern nur regionale Gebräuche und Gepflogenheiten beschrieben. Die Geistfrau entdeckte mit Erschrecken verschiedentlich Vermerke über gebildete Mädchen in den Büchern. Dort wurde wieder und wieder berichtet, dass zu Ende der Mingzeit und zu Anfang der Mandschuzeit in China, in den endlosen Weiten entfernter, nie gehörter Gegenden des chinesischen Festlandes, in führenden Familien die Mädchen nur deshalb zum Studium der Literatur und Poesie angehalten wurden, um das Ansehen der Familie zu vergrößern, insbesondere um Ruhm und Ehren der Väter und Brüder innerhalb der Großfamilie zu mehren. Nach der Einheirat in eine neue Familie konnten Fähigkeiten im Schreiben und Dichten das Ansehen des Ehemanns glanzvoll schmücken.

Die Geistfrau lachte erbittert auf. Sie hatte immer geglaubt, die ganz besondere Zuneigung ihrer Eltern zu genießen, da sie doch in ihrer Heimatstadt, wo die Mädchen zumeist Analphabetinnen waren und man selten von einem lesenden Mädchen hörte, die Chance bekommen hatte, zu einer schreibenden und dichtenden Gebildeten erzogen zu werden. Selbstmord zu verüben, war ihr leichtgefallen. Sie opferte ihr Leben ohne Zögern, als diese Sache mit dem Fächer | dem Schweißtüchlein passierte. Sie ging in den Tod, um die empfangenen Wohltaten zu erwidern, indem sie den Ruf ihrer Familie schützte und die eigene Unschuld bewahrte.

Nun musste sie erfahren, dass das, wonach ihre Familie strebte, als sie sie schreiben und dichten lehrte, einer festländischen Mode des chinesischen Kaiserhofs entsprang. Nur um das Ansehen des Vaters und der Brüder zu vermehren und nur, um nach einer Heirat ihren Gatten mit ihren Schreib- und Dichtkünsten in glanzvollem Ruhm erscheinen zu lassen, hatte man sie dies gelehrt. Als sie dann das Ansehen ihrer Vorfahren nicht mehren konnte und alles ins Gegenteil umschlug, durfte sie sich ungestraft umbringen, damit der Ruf ihrer Familie nicht beschmutzt wurde.

Die Geistseele der Mondrot, die sich schon immer mehr verflüchtigte, die leichter und leichter geworden war, spürte nun plötzlich deutlich, dass die Nässe, die im Laufe der Zeit fast gänzlich aus ihrem Körper gewichen war, wieder zurückkehrte.

Seit sie sich in die Bibliothek zurückzogen und dort gut versteckt ganz in das Studium der Klassiker versenkt hatte, hatte sie nie mehr an den eigenen Körper, an die Nässe und an ihre subjektiven Empfindungen gedacht. Ihr triefend nasser Leib, der sie so behindert hatte, begann allmählich, trockener zu werden. Mit dem heutigen Tag waren ihre weißen Kleider plötzlich wieder völlig durchweicht und durchnässt. Das Wasser kam wieder, die Pfützen zu ihren Füßen, die

Wasserlache am Boden. Als ihr Kleid durch und durch nass war, rann das Wasser in großen Tropfen an ihr herab, sie triefte wieder.

Oh, sie war beim Lesen nicht vorsichtig gewesen! Das hervorströmende Wasser benetzte die Seite des Buches, welches sie aufgeschlagen in der Hand hielt. Das gefaltete, weichhaarige Bambuspapier* öffnete sich an der Kante und ein darin verstecktes, heimlich eingeschobenes Blatt kam zum Vorschein.

Sie zog es hervor und betrachtete es. Dem Geist schlug tiefe Schamröte ins Gesicht. Wenn denn Geister überhaupt in der Lage sind, schamrot zu werden! Sie spürte, wie ihr Blut heftig in Wallung geriet. Wie eine Welle überkam es sie, einen Moment lang hatte sie sich nicht mehr im Griff. Sie las etwas, das sie während ihres ganzen Lebens nie zu Gesicht bekommen hatte: Unzüchtiges Benehmen findet gerechte Bestrafung.

Die ältere Schwägerin und der junge Schwager trafen sich für gewöhnlich im kleinen Zimmer, um dann gemeinsam mit den anderen auf den Berg Taishan zu pilgern und in dem sagenumwobenen Tempel auf dem Gipfel Räucherwerk zu verbrennen. Als sie den Anstieg auf den Berg begannen, wich der Schwager mit ihr den Leuten aus, damit keiner sah, was er vorhatte. Dann sprach er zu ihr: „Du täuschst eine Unpässlichkeit vor." Eine Zeitlang gingen sie weiter, an der Bergwand schrie die Schwägerin plötzlich laut: „Mein Leib schmerzt, ich kann es nicht mehr aushalten!" Alle glaubten ihr sofort und ließen den Schwager sie zurück nach Haus bringen. Die beiden kamen zu einer Felsenhöhle, wo sie ganz allein waren. Nach Hause zurückgekehrt bemerkte der Rest der Familie ihr Fortbleiben. Die Familie kehrte ins Gebirge zurück, um Schwager und Schwägerin zu suchen, aber keine Spur von ihnen. Alle fragten sich voller Zweifel, wo sie sein könnten. Da hörten sie ein Keuchen, sie folgten dem Geräusch und fanden beide, die Hinterteile aneinandergepresst, aufeinander liegen. Auch unter Gewalteinwirkung ließen sich beide nicht trennen. Deswegen verfrachtete man

* Es handelt sich um ein weiches Bambuspapier, das *moabianzhi*. Es ist besonders saugfähig und hebt die Tusche deutlich hervor. Die genähten Bücher in klassischer Machart bestehen aus einem in der Mitte gefalteten Bogen, die offene Seite wird in den Buchrücken geschoben und dieser dann vernäht. So entstehen bei jeder Buchseite kleine Taschen.

sie auf eine Liege, bedeckte sie und trug sie heim. Die Leute am Weg, die etwas davon bemerkten, wetteiferten miteinander, die beiden zu sehen. Schwager und Schwägerin bereuten ihr Tun und hassten sich zutiefst. Sie wollten nur noch sterben, aber sie konnten ihre Tat nicht ungeschehen machen.

Um dem Klüngel der Oberhäupter des Clans zu entgehen, der dieses Verhalten entehrend und skandalös fand, klagten die Familienmitglieder die beiden bei den Sippenältesten an und ließen Schwager und Schwägerin bei lebendigem Leibe begraben.

Das in den Klassiker eingelegte Blatt war ein noch viel weicheres Blatt Bambuspapier, als es die Buchseiten waren. Hastig, in flüchtigen, unregelmäßigen Regelschriftzeichen hatte jemand mit dichten kleinen Zeichen die Geschichte niedergeschrieben. Der in klassischer Schriftsprache verfasste Text war kurz und schlicht. Ohne Gefühl für Stil und Niveau vermittelte er nur, was sich zugetragen hatte.

Die Geistfrau hielt das eingeschobene Blatt in den Händen, unversehens schwanden ihr die Sinne, ein rätselhaftes Gefühl überkam sie. Ihr Herz war aufgewühlt, brausende Wogen in einem tosenden Meer heftig widerstreitender Gefühle.

Sie hatte damals ihre Tugendhaftigkeit bewiesen, sie hatte nicht gezögert, sich das Leben zu nehmen, um zu beweisen, dass sie es nicht...und was da geschrieben stand, war das nicht eben diese Sache! Und dann war diese Sache schließlich so Etwas? Die kristallreine, jadefeine, niemals von einem Mann berührte, unverheiratete Schöne las das in das Buch eingelegte Blatt, das sie in Händen hielt, wieder und wieder. Schwarz auf weiß, klar und verständlich, stand es dort geschrieben. Wie konnten die „Freuden glücklicher Vereinigung" eigentlich derart lustvoll und schön sein?

Der Geist nahm sich vor, nach der Antwort zu suchen. Ungeheuer leichtsinnig! In dem Klassiker steckte nicht nur das eine eingeschobene Blatt. Die Geistfrau entdeckte bei ihren gründlichen Nachforschungen, wie erwartet, eine ganze Anzahl von eingeschobenen Blättern. Verzeichnet waren darauf die verschiedensten Geschichten zu den Freuden sexueller Vereinigung.

Sie las von der Vereinigung von Frauen mit Hunden, es war sogar deutlich beschrieben, dass am Unterleib der Frau die Haare vom

Fell schwarzhaariger Hunde gefunden wurden, dass an beiden Jadeschenkeln noch die Kratzspuren der Hundepfoten zu sehen waren. Sie las auch von Männern, die sexuelle Praktiken zur Stärkung der körperlichen Konstitution einübten (die Kunst, das Yang zu stärken, indem man das Yin anzapft). Wenn so ein Mann die Lebenskraft auf sein männliches Glied konzentrierte, konnte er damit eine Flamme auspusten und einen Viertel Liter Schnaps aufsaugen. Der eingesogene Schnaps verteilte sich in allen vier Gliedern, bis sie blutrot wurden. Die blutrote Farbe blieb solange, bis der Phallus den Schnaps wieder ausspritzte.

Sie las auch von verschiedensten Aphrodisiaka, von beispielsweise „Seehundnieren", von der Flut gefälschter Mittel, dass man eine Hündin auf den getrockneten Seehundpenis setzen solle und dass nur, wenn zwischen den getrockneten Häuten der Penis des Seehunds sich dann unter der Hündin aufrichten würde, es kein gefälschtes Mittel sei. Dieses Aphrodisiakum würde in der Provinz Shandong von Seehunden aus der See im Bezirk Deng gewonnen.

Sie musste auch lesen von den „Roten Bleipillen" aus dem Regelblut junger Mädchen und dem „Herbststein Arzneipulver" aus dem Urin kleiner Jungs, das zur Stärkung der Manneskraft angewendet wird. Sie las von Sehnsuchtsglöckchen und Schafsaugenreifen, solchem die Wollust steigernden Sexspielzeug. Dann las sie vom „Bastard-Sex", den die Mönche und Nonnen untereinander hatten, und sie las von taoistischen Privatschullehrern, die die heiligen Schriften der erleuchteten Weisen unterrichteten und mitten in der Schulklasse den Schülern das „Kopfüberspiel der Phönixpärchen" vormachten.

Die Geistfrau schreckte unversehens ängstlich zusammen und beeilte sich, schnell die lose eingelegten Seiten fortzuwerfen. Wie konnte es sein, dass sie sich derart für diese Dinge interessierte? War da unter den losen Blättern nicht eine Geschichte gewesen, in der der Schwiegersohn nach dem Tod der älteren Schwester seinen Schwiegervater um die jüngere Schwester bat, damit diese seine zweite Frau werde? Die jüngere Schwester wollte lieber sterben, als diesem Wunsch Folge leisten. Als Grund ihrer Weigerung gab sie an: „Die Geheimnisse des ehelichen Schlafzimmers sind die demütigendsten, peinlichsten Dinge unter dem Himmel." Wenn sie den gleichen Mann wie die Schwester heiratete, würde sie Kenntnis über die intimen Einzelheiten im Leben ihrer Schwester erlangen. Damit würde sie ihre Schwester viel zu sehr demütigen. „Die demütigendsten und peinlichsten Dinge unter dem Himmel!"

Plötzlich lachte die Geistfrau lauthals auf. Sie erinnerte sich, dass diese unanständigen Wolllustgeschichten aus einem der Bücher herausgekugelt waren, die den Zeigefinger erhoben und sie anwiesen, einen ordentlichen Lebenswandel zu führen. Sie lachte über ihr ganzes Gesicht, dröhnend und unheimlich. Ihr entfuhren die allerlautesten Geräusche, die sie Zeit ihres Lebens und Zeit ihres Geisterdaseins jemals von sich gegeben hatte.

Schließlich fiel mit lautem Krachen ein wackeliger Bücherschrank an der inneren Schmalseite der Bibliothek, der schon zu schwanken begonnen hatte, um. Die Bücher, die zu Boden gingen, gaben den Blick auf weitere Bücher frei, die, hinter der ersten Reihe doppelt gestellt, gut versteckt waren. Die Geistfrau trat hinzu und griff sich, ohne zu überlegen, eines der Bücher. Es war „In das Dunkle vordringen", ein anderes Buch war die „Fibel für die schlichten Frauen". Auf dem Boden verstreut lagen noch „Leitpfad zum Jadegemach", „Richtlinien der Lebenskraft" und weitere Bücher über sexuelle Praktiken. Da waren auch „Goldlotus, Chin Ping Meih", „Rou pu tuan, die Gebetsmatte der fleischlichen Lüste" und andere pornografische Romane.

Dem Geist wurde nun alles klar.

Mit einer Hand nahm sie ein Buch vom Boden auf, setzte sich auf die Matte und begann aufmerksam zu lesen. Dann verschlang sie den gesamten Inhalt der geheimen Bücher in dem versteckten Bücherschrank, suchte sich immer wieder mehr und mehr Bücher, die mit Bild und Text die verschiedenen Kampfstellungen des Liebesaktes beschrieben. Manche hatten Tafeln mit den zweiunddreißig verschiedenen Stellungen der sexuellen Vereinigung. An den Rand geschrieben waren Namen wie „Sich in freiem Flug wendender Schmetterling", „Das Pferd schüttelt den Huf", „Dunkle Zikade angehängt" und andere.

Die Geistfrau bekam Lust und begann anhand der Zeichnungen und Erklärungen die Stellungen einzuüben. Da ein Geist sich in die Lüfte schwingen und dort auch unbeweglich auf der Stelle schweben kann, war das Drehen und Herumwirbeln des Körpers, den Kopf nach unten, die Füße nach oben, für sie so einfach wie das Umwenden ihrer Handflächen. Einmal versuchte sie sich in den Stellungen der Frau, dann wieder nahm sie die Angriffsstellung des männlichen Parts ein, einen Riesenspaß machte ihr dieses Spiel.

Oder so: Bei den Stellungen des Liebesakts, dem sich nach hinten und vorn Schlängeln, nach oben und unten Pendeln, musste sie, ungeachtet, ob sie nun die männliche oder weibliche Stellung ausprobierte, immer ein beträchtliches Maß an Kraft aufwenden. Diese Erfahrung war für sie vollkommen neu, hatte sie doch von klein auf, als eine Zierde der inneren Gemächer erzogen, nicht nur keine grobe und schwere Arbeit machen dürfen, ja keinerlei Anstrengungen egal welcher Art, waren erlaubt gewesen. Strikt wurde verlangt, jede etwas großrahmigere Bewegung des Körpers zu vermeiden. Sie hatte in ihrem Leben, so kann man sagen, deshalb keinerlei Gefühl für Bewegung und für den eigenen Körper entwickelt.

Anhand der Stellungen des Liebesspiels konnte die Geistfrau nun ungewohnte Bewegungen mit ihrem Körper einüben. Sie spürte dabei deutlich, dass aus dem triefend nassen weißen Kleid, welches sie trug, das Wasser herauszutropfen begann. Das Tropfen war zuerst langsam, dann schnell, erst wenig, dann stark. Das Wasser, das aus ihrem Gewand tropfte und abfloss, bildete um ihren Körper herum einen Vorhang aus Wasser, so wie die Dunstwolke eines Wasserfalls.

Sie fuhr fort, die verschiedenen Liebesspielstellungen zu üben. Schließlich fühlte sie, dass sämtliche Stellungen und Bewegungsabläufe des Wolken-Regen-Spiels vollkommen ihr eigen geworden waren. Ganz natürlich hob sie Hände und Beine nach vorn und nach hinten, oben und unten, und in jeder Art und Weise. Das Wasser auf dem triefend nassen Körper begann in dünnen Nebelwolken zu verdampfen, dann trat auf der ganzen Hautoberfläche Wasser aus, es perlte in Tropfen ab, so wie wenn der Körper Schweiß transpiriert. In dem Ausmaß, wie sie sich bewegte, tropfte und floss es ihren Leib hinab. Die lange vermisste, frischangenehme Trockenheit kehrte nun in ihren Körper zurück.

Durch die neblige Dunstwolke aus Wasserdampf, in der sich ihr Leib während der fortwährenden Wasserabsonderung befand und die die Konturen verschwimmen ließ, konnte die Geistfrau nur eben die Dinge um sich herum erkennen. Nun erkannte sie auf einen Blick die nach Fachgebieten zusammengetragenen einzelnen Sammlungen in der alten Bibliothek. Dass es so viele geheime Sammlungen an geheimen Plätzen gab, zeigte, dass zu unterschiedlichen vergangenen Zeiten die Vorfahren der Familie in ihren favorisierten Fachgebieten eigene Sammlungen angelegt hatten. So wie sie im Verein mit allen anderen Büchern zusammenstanden, war nicht zu durchschauen, wo und wie andere Leute ihre geheimen Bücher gestellt hatten. (Das waren ihre Vorfahren, die Familienoberhäupter, die in der Bibliothek die erotischen Schriften und pornografischen Schmutzromane sammelten. Sie erließen die Vorschriften zur Unbeflecktheit und strengen Moral und befehligten über die Einhaltung des Sittenkodex der Familie.)

Ein Anfall von brennender Wut überkam sie. Sie kochte vor Angriffslust. Die Geistfrau öffnete den Mund und verspritzte Unmengen dichten Nebels eiskalt feuchten Yins. Der kalte Nebel fuhr wie ein Wirbelsturm in der Bibliothek ein und aus. Es war wie das gespenstische Raunen der Geister, wie unter Tränen hervorgewürgte Anklagen.

Trotzdem las sie die Bücher. Wie unter Zwang verschlang sie die dort versteckten, geheim gehaltenen Bücher, auch die klassischen Bücher über traditionelle sexuelle Praktiken zur Stärkung des Yangs beim Mann, die sexuellen Geheimmethoden der taoistischen Schule. Je mehr sie las, umso nervöser und fahriger wurde sie.

Wenn dies wirklich alles nur „sexuelle Freuden zwischen Mann und Frau“ waren, „kein Grund zum Ummanteln vorlag und kein Hindernis zu überwinden war, es einfach eben das Leben war, dies die Welt war und zum Leben dazugehörte“, wenn alles nur eine Frage der Technik und Übung war, warum hatte sie sich deswegen das Leben genommen? Warum hatte sie, bevor sie sich umbrachte, nicht wenigstens in Erfahrung gebracht, was es mit ihrem eigenen jungfräulichen Körper auf sich hatte?

Zumindest hätte sie mit dem eigenen Körper davon kosten sollen, zumindest hätte sie so weit gehen sollen.

Sie zuckte auf. Vor den Augen der Geistfrau flackerte die Erinnerung an eine zuvor gelesene Geschichte auf.

Der junge Gelehrte nimmt den Pinsel auf: Ein Student, sehr hintertrieben, wollte sich einen Spaß machen mit der kleinen Schwester seiner

Frau, die von blühender Schönheit und äußerst anziehend, gerade verwitwet war. Der Student bedrängte sie, ihn zu lieben, wurde aber zurückgewiesen. Er reagierte auf diesen Korb mit Hass, den er in seinem Herzen schürte.

Eines Tages traf er die jüngere Schwester seiner Frau mit ihrer Zofe und steckte ihr absichtsvoll ein Paket mit einem Holzphallus zu. Als die Frau und die Zofe zuhause angekommen das Paket öffneten, und erfahren mussten, was der Student getan hatte, erstarrten sie sprachlos vor Schreck. Tränen der Wut vergossen sie. Doch sie hielten still, beherrschten sich und sagten keinen Ton.

Nach einer Zeit verstarb der Vater des Studenten. Die jüngere Schwester half seiner Ehefrau, indem sie für ihre ältere Schwester den Haushalt besorgte. Bevor die Trauergesellschaft sich auf den Weg zum Begräbnis machte, bestellte der Clan noch einen jungen Gelehrten, der auf der Ahnentafel die Inschrift schreiben sollte. Die Ahnentafel befand sich eingewickelt in schwarze Seide in einem Lackkästchen. Der junge Gelehrte saß am Boden auf der Matte, im Raum brannten Räucherstäbchen und Totengeld. Klagelieder ertönten, gesungen von den bestellten Trauermusikern. Der Student kam ehrerbietig flach am Boden vorwärts robbend, den Lackkasten mit der Ahnentafel mit beiden Händen respektvoll in die Höhe haltend nach vorn, damit der junge Gelehrte auf der Tafel die Schriftzeichen aufschreiben konnte.

Der junge Gelehrte nahm den Pinsel auf und hielt einen Augenblick inne, solange, bis sich der schwarze Kasten auftat. Da stand doch in dem Kästchen kerzengerade ein großer Holzpenis!

Die in Trauer weinenden Familienmitglieder lachten, als sie das sahen, laut auf. Doch dann entluden sie ihre Wut und ihren Unmut auf den Studenten. Für die Beisetzung wählten sie einen neuen Zeitpunkt. Später fand man die vermisste, verloren gegangene Ahnentafel in einer alten, zerschlissenen Unterhose der Frau des Studenten wieder…

Die Geistfrau konnte kaum Luft holen, so plötzlich hatte sie eine deutliche Eingebung!

Augenblicklich flog sie vom Boden in die Luft und stob durch alle Gänge der alten Bibliothek, vorbei an den unzähligen Bücherschränken zur Tür der Geheimbibliothek, die seit Jahren von keinem mehr benutzt wurde, und flog ohne jedes Zögern hindurch.

Wie ein geölter Blitz huschte der fliegende Geist in die große Eingangshalle, die vor den privaten Räumen direkt zur großen „Straße der fünf Glückseligkeiten“ hin gelegen war. Dort waren die Ahnentafeln des Clans aufgestellt und dort wurde den Vorfahren geopfert. In der Stille der tiefen Nacht erblickte man nur das trübe Licht einer fast ausgebrannten Nachtlampe.

Da es sich um eine herrschaftliche Familie von großem Reichtum und Einfluss handelte, waren auch die Tafeln der Ahnenhalle von immenser Größe. Sie maßen an die ein Meter fünfzig an Höhe. Zu beiden Seiten rahmten florale Motive in durchbrochener Technik die in vielen Schichten übereinander gearbeitete Holzschnitzerei der Tafeln. Die Ahnentafeln waren von außergewöhnlichem Reiz, kein Vergleich zu den normalerweise von den Leuten aufgestellten fünfundzwanzig Zentimeter hohen Täfelchen auf einem kleinen, an der Wand aufgehängten Hausaltar. An den hohen Wänden der weitläufigen Eingangshalle hingen zu beiden Seiten der aufgestellten Ahnentafeln dicht an dicht die Porträts der Familienahnen in Amt und Würden. Die Farbe der monochromen Tuscheporträts war schon lange Zeit verblichen. Dunkles, stumpfes Grau auf der stark nachgedunkelten Tuschemalerei ließen die Gesichter wie die von Toten erscheinen. Die Gewänder, die sie auf den Porträts in unzähligen Schichten übereinander gewickelt und verschnürt kleideten, ließen sie aussehen wie dick verpackte, aufgedunsene Leichen.

Nur in den winzigkleinen Augen der verbrauchten, faltigen Gesichter entdeckte man noch den blitzenden Funken. Die Geistfrau mied die Blickrichtung auf den Familienahnherrn, um einem Unheil zu entgehen. Denn von Kindheit an verspürte sie eine rätselhafte, nicht zu erklärende Furcht vor dem magischen Blick des Familienahns. Wenn der blitzende Blick sie für den winzigen Moment des Überspringens eines Funkens, eines Blitzstrahls träfe, reichte es schon, um sie für immer zu verbrennen und auszulöschen. Unvermittelt verlangsamte die Geistfrau ihren schwebenden Flug, gewarnt, jederzeit auf der Stelle anzuhalten. Sie wagte nicht, auch nur minimal das Gesichtsfeld des Ahns zu streifen.

In dem Moment, als sie dem blitzenden Augenstrahl des Familienahns auswich, kam ihr die gelesene Geschichte in den Sinn, und sie begann das Gelesene zu wiederholen: Der Student wollte die Schwägerin verführen, schenkte ihr einen Holzpenis, die Schwägerin tat den Holzpenis in die Lackkassette für die Ahnentafel des Familienahns.

Der Holzpenis ist wie die Ahnentafel, die Ahnentafel ist wie der Holzpenis, die Ahnentafel ist wie der Holzpenis... Während die Geistfrau ohne Unterlass die Worte „die Ahnentafel ist wie der Holzpenis, die Ahnentafel ist wie der Holzpenis..." wiederholte, wirbelte sie fliegend durch die Luft und flatterte durch die große Vorhalle.

Der magische Blick in den Augen des Familienahns hörte auf zu funkeln und wurde ganz dunkel, ihr war, als hörte sie im Vorüberfliegen ein Aufstöhnen.

Sie stockte und lachte laut auf. Als sie zum Eingang der großen Halle flog, hielt sie ganz in Ruhe einen Moment inne, weil ihr eine Frage eingefallen war: „Hatten die Kassetten für die bis zu dreißig Zentimeter großen Ahnentafeln von durchschnittlichen Leuten nicht genau die Länge, um solche Holzpenisse bestens zu verstauen?!"

Sie musste sich mit aller Kraft beherrschen, die Geistfrau verscheuchte diese Gedanken und flog nicht wieder in die Eingangshalle zurück, um an der riesigen, einen Meter fünfzig hohen Tafel des Familienahns, den sie so fürchtete, nachzusehen, ob in der Kassette wohl noch der Holzpenis versteckt lag.

Man hatte die Tafel wohl deshalb so groß machen müssen, weil man darin viele Holzphalli unterbringen musste!

Die Geistfrau lachte dröhnend und verwegen, während sie gedankenverloren abstrusen Spekulationen nachhing. Dann wirbelte sie in der Luft herum und flog zur Tür hinaus, an den Zimmern zur Straße vorbei und zum Haupttor hinaus, mitten hinein in die große „Straße der fünf Glückseligkeiten".

6

Sie hatte sofort ein ungewohntes Gefühl da draußen. Sie spürte deutlich, dass sie sich an einem weiten, riesengroßen, unüberschaubarem Ort befand. In ihrer Erinnerung gab es nur den dunklen Schacht des alten Brunnens hinten im Garten, in dem sie gestorben war. Oder auch den Sticktурm in den inneren Gemächern aus ihrem früheren Leben, den sie verlassen musste. Oder die alte Geheimbibliothek, in der die Bücher eng an eng standen. Das waren alles Orte, an denen der Blick nicht frei schweifen konnte. Mit einem einzigen Blick wusste man sofort den Charakter, die Größe und das Gesicht des Ortes einzuschätzen.

Nun zwang die ungewohnte großzügige Weite der „Straße der fünf Glückseligkeiten" ihre Augen, von einem Ort zum anderen zu wandern, ein Blick reichte bei weitem nicht aus, um auch nur die Straße zu überblicken. Die Geistfrau brauchte Zeit, um sich an diese Weite zu gewöhnen, sie brauchte Zeit, um herauszufinden, wie sie auf der Straße ihre Augen zu benutzen hatte. Dann sah sie zu ihrem Erstaunen, wie sich in der fast sechs, sieben Meter breiten Straße über dem Pflaster Leiber dicht an dicht hin- und herschoben.

Dies war eine Straße voller sich vorwärts drängender, wandernder Totenseelen. Nicht auszumachen war, ob es sich um Männer, Frauen, Alte oder Kinder handelte. Es waren nur Unmengen von unidentifizierbaren Körpern, die die ganze Straße verstopften, Wandergeister, die sich hier durchdrängten. Zu den Häusermauern und Türen der gegenüberliegenden Straßenseite war es zu weit, als dass man über die Leichen hätte hinweghüpfen können. Man musste direkt auf den sich dicht an dicht drängenden Zombies laufen, um auf die andere Straßenseite zu gelangen, und trotzdem schien es so, als könne man niemals auf die andere Seite gelangen.

Die „Straße der fünf Glückseligkeiten" war dazu noch eine wirklich lange Straße. Sie erblickte, soweit ihr Auge reichte, nur sich eng aneinander vorwärts drängende Wandergeister und zu beiden Seiten die Aushängeschilder der Ladengeschäfte hervorlugen. Es war kein Ende auszumachen. Die Geister emanierten aus der in ein endloses Schwarz mündenden Straße, als würden sie von irgendwoher ausgekippt. Der schwarze tiefe Schacht erschien ihr wie der Urgrund von allem Sein.

Die Geistfrau kauerte sich zusammen. In dem schlimmen Gedränge auf der großen unüberschaubaren Straße hatte sie Angst, zuviel Platz einzunehmen.

Die wandernden Totengeister drängten ohne Ziel voran, in Schüben über- und untereinander füllten sie den gesamten Raum der Straße aus, sie schwebten vorwärts, nicht wissend wohin, einem imaginären Nichts zu. Die Geistfrau war ihnen bisher nicht aufgefallen und fiel ihnen auch weiterhin nicht auf.

Sie (Mann oder Frau) müssten doch ein Gesicht haben. Man würde darauf einen Gesichtsausdruck sehen, Zorn, Rachegelüste, Brutalität, Verletztheit oder sogar Fröhlichkeit und Zufriedenheit. Sie verglich die versteinerten Gesichter akribisch. Je länger sie sie anschaute, umso deutlicher wurde, dass es wirklich Augen und Nase, Mund und Ohren, alle sieben Öffnungen nicht gab, es waren plane, weiße Gesichter ohne Ausdruck. Wie Rettiche...

Diese Riesenhorden von gesichtslosen Wandergeistern drängten schweigend vorüber. Die sich schon vorne in weiter Ferne befindenden, aber noch erkennbaren lösten sich im Nichts auf, während von hinten nie endende Scharen nachfolgten.

Eine ganze Zeitlang sah sie nichts mehr von der Geisterflut (Menschenflut). Sie wurde von Panik überfallen. Aber sie wollte die schrecklichen Gedanken nicht zulassen. Die sich auf der Straße drängenden Geister boten, es sei denn, man wäre mit ihnen in einem Strom geschwommen, keinerlei Raum, auch nur einen Fuß aufzusetzen oder etwa stehen zu bleiben. (Wo wollten die Totengeister denn eigentlich hin?)

Die einzige Möglichkeit, an einen sicheren Ort zu kommen, war, sich in die Luft zu erheben. Sie flog deshalb weiter. Als sie sich auf dem Aushängeschild des Handelshauses ihrer Familie mit der Tafel „Blühende Geschäfte" niederlassen wollte, war da plötzlich die Erinnerung. Ein Zittern am ganzen Körper überkam sie, sie schwankte, verlor plötzlich das Gleichgewicht und kippte von oben gerade hinab in die Tiefe.

Oh weh! Von diesem Ort segelte nicht nur das Schweißtüchlein zu Boden, nicht nur der Fächer hinab, auch das Leben einer blutjungen Dame stürzte in die Tiefe.

Die auf das Schweißtüchlein gestickten roten Pflaumenblüten waren die aufgespritzten Blutstropfen, Herzenswünsche, die nie verblassten. Die auf den Fächer gemalte Landschaft, die Berge und Flüsse, waren die unermesslichen Höhen und Tiefen des Urgrunds.

Und dann erst die auf dem Tüchlein und dem Fächer hinterlassenen Gedichte! Natürlich war das ihr Name, ihr ganz heimlicher Kosename, mit dem sie einst immer gerufen wurde.

Oh weh! Der Ruf ihres Namens zwang sie mit jedem Mal dringlicher in den Tod, mit jedem Mal brach ihre Seele mehr und mehr in Stücke. Die Namen, die sie einst getragen hatte, waren in ihrer Erinnerung in weite Ferne gerückt. Die Geistfrau rollte und wickelte ihren eigenen Körper in das ausgebreitet wie ein Segel herabschaukelnde Schweißtüchlein ein. Im Einklang mit den Bewegungen des federleichten, fein gewobenen Seidensatins flog sie in dem Tüchlein dahin, schwebte mit anrührender Zartheit und einer zauberhaften Leichtigkeit auf und ab und kreiste voll ausgebreitet lange durch die Luft. Der kurze Augenblick schien eine Ewigkeit anzuhalten. Die Geistfrau mit dem um die Brust gewundenen Schweißtüchlein fiel. Eingerollt in ihm, ohne Halt im leeren Luftraum fiel sie in bodenlose Tiefen. Sie fiel, fiel, fiel…

Im freiem Fall kreisend.

Das im freien Flug kreisende Schweißtüchlein drehte sich wirbelnd, dahinsegelnd und kam dann zum Stillstand in Zeit und Raum. Seine Posen waren eingefroren für die Ewigkeit.

Nachdem der Fall in die Tiefe nun nichts mehr mit dem Tod gemein hatte, hatte sich die Geistfrau (nun endlich) von dem Fluch des tödlichen Sturzes in die Tiefe befreit. Und was den Sprung in die Tiefe, um seinem Leben ein Ende zu machen, betraf, was brauchte es noch jenen alten Brunnen hinten im Garten? Den endlos tiefen Brunnenschacht, den Alptraum langer Nächte. Auf dem Weg in seinem Innern traf man im freien Fall vergangene und heutige Leben pausenlos und ohne Anfang und Ende im sausenden Fahrtwind vorüberziehend, immer tiefer hinab, immer tiefer, tiefer. (Gab es einen absoluten Endpunkt!?)

Es waren keine, wie die Leute mutmaßten, Feuersbrünste, die einen in der Hölle erwarteten, es waren Wasser. War es Brunnenwasser, welches die Seele in die Tiefe zog, oder waren es Tränen (die den Toten hinabrissen)? Die nie trocknenden Tränen! Der Ballast des ganzen Lebens wurde zu einem gleichmäßig fließenden Wasser und Blut, welches in einer quälend schmutzigen Feuchte in Rinnsalen hinabströmte. Die tiefen Stellen in diesem Wasser waren noch dazu heiß wie Feuer.

Durch den Moment eines einzigen Gedankens war die Berührung mit der Nässe, mit dem Wasser, dem Wasser des Brunnens, dem Tal der ewigen Tränen wieder da. Augenblicklich spürte sie die Feuchte wieder auf der Haut, und binnen eines Augenaufschlags triefte ihr ganzer Körper vor solcher Nässe, als wäre sie eben erst aus dem Wasser im Brunnen aufgetaucht. Das Wasser war von beträchtlichem Gewicht, es zog, riss sie kopfüber nach unten, mit der durch das Gewicht entstandenen Beschleunigung stürzte sie pfeilschnell hinab.

Es blieb einzig das Schweißtüchlein hoch in der Luft, unverändert segelte es kreisend im leeren Raum.

Sie hatte die Straße unten direkt im Blick, mit Angst sah sie die Totenseelen sich im langen Zug durch die Straße nach vorn schieben, immer noch plattweiße Gesichter ohne jede Spur von Augen, Nase, Mund und Ohren. Eierköpfe, die weder Zorn noch Hass verspürten. Wenn sie weiter kopfüber in die Tiefe fiele, würde sie im nächsten Moment in sie hineinfallen und verschwinden.

Als ihr der Ernst ihrer Lage bewusst wurde, stieß sie einen langen, durchdringenden Schrei aus. Sie nutzte eine einzigartige Übung, die sie oft in der Geheimbibliothek angewandt hatte, als sie die verschiedenen Stellungen des Liebesaktes übte, um gleichzeitig die Rolle des Mannes und der Frau einnehmen zu können: Wenn sie in die Beischlaf-Position ♋ ging, musste sie sich augenblicklich in die Überkopfposition drehen und wieder in die Aufrechte zurück, damit einmal der Männerkopf zuerst dran war, der Frauenkopf danach kam und die Körper der Frau wie des Mannes sich sodann von Kopf bis Fuß diametral gegenüber waren. Um das zu vollbringen, musste sie mit großer Geschwindigkeit ihren Körper drehen und wenden können. Als sie bereits in die in breitem Strom vorwärts drängenden Seelen hineinzufallen drohte, wandte sie gerade noch rechtzeitig diese oft geübte, ihr geläufige Drehung an. Sie drehte sich mit Schwung um hundertachtzig Grad wieder in die Aufrechte, Kopf oben Füße unten, und rettete sich vor dem Fall.

Als sie wieder in die Höhe schwebte, achtete sie darauf, nicht noch einmal mit den Füßen das Aushängeschild „Blühende Geschäfte“ zu berühren, sondern flog geradewegs in die Höhe auf die Dächer der Häuser in die berühmten Himmelmarkisen.

Als sie von dort in die Tiefe blickte, verschwammen die sich auf der Straße vorbeischiebenden Geister vor ihren Augen, sie lösten sich augenblicklich in Nichts auf.

Da erst wurde ihr bewusst, dass die Himmelmarkise, auf der sie sich mit einem sicheren Gefühl fest niedergelassen hatte, genau neben dem Kapitell einer der Säulen der vielsagenden „Vier Goldsäulen der Mitte“ gelegen war.

Was man im Volksmund die „Vier Goldsäulen der Mitte“ nennt, bezeichnet ein Hauptmerkmal der Bauweise der Himmelmarkisen. Um die „Neun einfallenden Winde“ der Küstengewässer, die Sonneneinstrahlung und die starken Niederschläge abzuhalten, hatten die Kaufleute aus der großen „Straße der fünf Glückseligkeiten“ vor den Auslagen ihrer Ladengeschäfte Lauben und Pergolen errichten lassen. Dazu ist immer ein tragender Stützpfosten vor jeder der vier Wände nötig. Alle vier zusammen nennt man „Die Vier Goldsäulen der Mitte“. Auf den Säulen ruht das flache oder schräg abfallende Dach. Goldsäulen in zwei langen Reihen trugen damals die über die gesamte Straßenlänge fortlaufenden Dächer, die berühmten Himmelmarkisen.

Zuerst wurden für die Himmelmarkisendächer die tragenden Dachbalken eingezogen. Danach erst wurden die Wände gesetzt. Die Sparren wurden mit Hanfbambusblättern oder Muschelingwerblättern abgedeckt, darüber sechs bis neun Zentimeter dick Lehm geschmiert und zuletzt alles mit Ziegeln eingedeckt. Um mehr Licht hineinzulassen, ließ man Öffnungen für die Dachfenster frei, so dass man später das Tageslicht nutzen konnte.

Obwohl die Goldsäulenreihen die lange Reihe schräg abfallender oder flacher Dächer stützten, empfand man, wenn man von oben hinab blickte, die Straße mit den Himmelmarkisen als einen undurchschaubarer Wirrwarr. Weil die Dächer die ganze „Straße der fünf Glückseligkeiten“ dicht abschlossen, war sie vollkommen sicher, so dass es aus ihr, und wären einem Flügel gewachsen, nie und nimmer ein Entrinnen geben konnte. Dazu kam die Form der Mondsichel über die ganze Länge von zweieinhalb Kilometern Straße, eine zusätzliche Vorsorge gegen jedwede Absicht von Flucht auf allen fünf Straßenabschnitten, der nördlichen Straßen „Günstiger Aufschwung“ und „Glücklicher Aufschwung“, der mittleren Nebenstraße „Harmonischer Aufschwung“ wie der südlichen Straßen „Sonniger Aufschwung“ und „Langwährender Aufschwung“. Im am Meer gelegenen Abschnitt, bei der Straße „Günstiger Aufschwung“, verkaufte man alle Arten Meeresfrüchte wie Fischfleisch, der mittlere Abschnitt mit der Straße „Glücklicher Aufschwung", „Harmonischer Aufschwung" und der südliche mit der Straße „Sonniger Aufschwung" war dem Gewerbe der Seidenweber und den Tuchhändlern, den Färbern und den Apothekern vorbehalten. Zwischen den fünf Straßenabschnitten waren an Höhe und Stärke gewaltige hölzerne Straßentore eingelassen, die zusätzlichen Schutz gewährenden „Zwingtore"*. Bei Tagesanbruch wurden die Zwingtore geöffnet, damit der Verkehr ungehindert passieren konnte, nachts wurden die Tore fest verschlossen, so dass die Straße von der übrigen Welt vollkommen abgeschlossen war.

Von oben durch die Himmelmarkisen dicht abgedeckt und auf der Straße in den einzelnen Straßenabschnitten durch die Zwingtore fest verschlossen, war die „Straße der fünf Glückseligkeiten" wie das güldene Kleinod in einer uneinnehmbaren Feste.

Obwohl sie, als sie noch lebte, oft allerlei Geschichten von den Himmelmarkisen und Zwingtoren der „Straße der fünf Glückseligkeiten" gehört hatte und, solange sie noch ein kleines Kind war, auch draußen vorm Haus sein durfte und dort die Himmelmarkisen natürlich gesehen hatte, war es jetzt doch ein ganz anderes Gefühl. Jetzt, da sie auf dem Himmelmarkisendach direkt neben dem Säulenkapitell einer der „Vier Goldsäulen der Mitte" saß. Sie saß genau auf dem Dach des großväterlichen Geschäftes, genau über der Tuchwarenhandlung „Blühende Geschäfte".

Von nun an wollte sie auf den Himmelmarkisen bleiben.

7

Viel Zeit war verstrichen, in der viele Dinge geschahen und geschehen mussten. Aber die Geistfrau erinnerte sich immer und immer an jene Nacht, in der sie aus der Geheimbibliothek davonge-

* Die Zwingtore, chinesisch *aimen*, sind Straßentore, die Schutz vor Straßenräubern bieten sollen und als Schutzgeldsperre dienen. Besonders boten sie Schutz bei den Straßenkämpfen der verschiedenen Ethnien untereinander. Es sind auf Taiwan nur noch sehr wenige erhalten, eines aus dem Jahr 1833 findet man noch in Lugang. http://www.lukang.gov.tw/title-3/title-1/ancient/40.htm

flogen war und in panischer Angst die Straße voll mit Horden von streunenden Wandergeistern gesehen hatte, die irgendwie aus dem Nichts auftauchten.

Angestrengt durchforschte sie ihre Erinnerung, aber sie fand keine Erklärung dafür. Sie spürte, dass sie die über Zehntausend Bände der Bibliothek, die kanonischen Werke der Klassiker, die Dynastiegeschichten, die Analekten der alten Philosophen, die Enzyklopädien und auch die heimlich in die Bücher eingelegten losen Blätter mit den erotischen Geschichten und schmutzigen Versen vergeblich so gründlich gelesen hatte. Auf den Himmelmarkisen nützten sie ihr gar nichts.

Es stimmte ja! Es gab kein einziges altes Buch in der Bibliothek, das, und wäre es nur namentlich gewesen, die Insel Taiwan erwähnt hätte. Es hatte bis in die Mandschuzeit hinein gedauert, dass Taiwan vom chinesischen Kaiser annektiert und dem chinesischen Territorium einverleibt wurde.

Andererseits erinnerte sie sich, dass sie während ihres Lebens, als sie als „gelehrte Schöne" Gedichte und Aufsätze übte und Trinksprüche austauschte*, gehört hatte, dass vom Festland ein kaiserlicher Beamter auf die Insel entsandt worden war, der regieren sollte und auf Geheiß des Kaisers die Annalen der Präfektur Taiwan, die Kreisannalen und die Amtsannalen neu schreiben sollte. Wie diese Bücher, die nicht in der Bibliothek zu finden waren, wohl die Vorkommnisse auf der Insel vermerkten und schilderten? Und ob sie wohl taugten, das Rätsel um die vagabundierenden Geister in ihrer Straße zu lösen?

Vielleicht hatte sich damals alles so zugetragen, weil der Entenmutterkönig Zhu Yigui einen Volksaufstand gegen die Mandschus initiierte? Ihre Amme, die, als sie noch klein war, immer um sie war und die mit ihrer Mutter als Mitgift mit in die Familie gekommen war, hatte ihr einst die Geschichte von dem Entenmutterkönig erzählt. Der Entenhirte war ein Junge aus einem armen Bauerndorf, der als Waisenkind aufwuchs und von einer Entenmutter aufgezogen wurde.

* Trinksprüche zu dichten ist ein ganz wichtiger Bestandteil gehobener Bildung, es wird in Gruppen immer fort weiter gedichtet, wobei es auf Regelfestigkeit und klassische Zitatfestigkeit ankommt.

Ihre Amme erzählte ihr noch, dass die Enten doch schließlich mit dem Schnabel fräßen, Getreide, Regenwürmer, Kriechgetier, da wäre zu befürchten, dass ein kleiner Säugling das nicht beißen könnte. Deswegen hätte die Entenmutter es für den kleinen Jungen solange gekaut, bis es zu Brei geworden sei; erst dann hätte sie es mit ihrem großen Schnabel in den Mund des Kindes gelöffelt. Weil der Knabe durch eine Ente aufgezogen wurde, nannten ihn alle „Entenmutterkönig".

Die Amme sagte ihr auch, dass der Entenmutterkönig selbstverständlich keine Enten, die ihn aufgezogen hätten, gegessen habe. Auch seinen Soldaten, die mit ihm den Aufstand probten, verbot er, Entenfleisch zu essen. Er errichtete für die Ente eine Ahnentafel, zu der er betete und vor der er opferte, genau, als wäre es die seiner eigenen Mutter gewesen.

Manches Mal hatte sie auch ihren Vater und ihren Großvater, wenn die Familie unter sich war, reden hören. Von der großen Hungersnot und den grassierenden Seuchen infolge des großen Erdbebens mit den Zehntausenden von Verletzten und Toten, welches den Süden Taiwans 1720, im neunundfünfzigsten Jahr des Kaisers Kangxi, verwüstete, wurde dann gesprochen. Der Kaiserhof machte nicht nur keinerlei Anstalten, die Steuern zu senken, nein, er erhöhte sie auch noch. Für die verhungernden Menschen machte es keinen Unterschied, ob sie Hungers oder im Kampf der Aufständischen starben. Deshalb konnte Zhu Yigui solche Menschenmassen mobilisieren …

Ihr Gehirn raste, arbeitete wie wild, während sie oben auf der Himmelmarkise direkt neben der Goldsäule hockte, genau über ihres Großvaters Aushängeschild „Blühende Geschäfte".

Was sie in ihren Kindertagen über den „Rebell Entenmutterkönig Zhu Yigui" gehört hatte, war, so war zu befürchten, schon über hundert Jahre her. Wenn es vor so langer Zeit war und auch das Schlachtfeld gar nicht in Mitteltaiwan gelegen hatte, schien es sehr unwahrscheinlich, dass Zhu Yigui der Grund für so viele bis heute hier obdachlos umherstreunende Geister war.

Sie sollte sich auf der Straße in der Nachbarschaft umhören, ob es nicht noch andere Gründe gab. Hoch oben auf den Himmelmarkisen lauschte sie angestrengt auf die zu ihr unentwegt heraufdringenden Stimmen der hin- und hereilenden Menschen in dem Basar. Mit der gleichen Ausdauer und Konzentration, mit der sie einst die gesamten Bestände der Bibliothek gelesen hatte, widmete sie sich nun den Gerüchten und Neuigkeiten der Leute auf der Straße.

Die Zeit flog dahin.

Wie trunken gelüstete es sie, den wirklichen Ursachen auf den Grund zu gehen. Und doch ließ sie sich regelmäßig ablenken. Was ihr am meisten die Konzentration raubte, war das laute Ächzen und Knirschen der Bettlatten bei Einbruch der Dunkelheit. Genau die gleiche Zeit, in der sich die Geister in der Straße wieder in Bewegung setzten, drangen über die gesamte Länge der „Straße der fünf Glückseligkeiten“ aus nahezu jedem der Häuser diese Geräusche an ihr Ohr und bemächtigten sich ihrer Aufmerksamkeit.

Diese Geräusche kamen einem Erdbeben gleich.

Nun fand sie Gelegenheit, das, was die lose in die Bücher eingelegten „Erotica“ aus der Bibliothek, die sie damals gelesen hatte, berichteten, in Wirklichkeit zu erleben und mit eigenen Augen zu sehen! Aufgeregt flog sie eilig hinab in das ihrem angestammten Platz auf der Himmelmarkise nächstgelegene Wohnhaus. Sie folgte dem Stöhnen und Keuchen und kam zum Bett.

Es waren zwei ineinander verwobene Körper, aber keine Spur von „Den Goldhaken versenken“, „Der starke Johannes schiebt den Wagen“ und anderen Stellungen. Es waren noch nicht einmal runde, weiche Frauenbeine zu sehen, die sich verzweifelt eng um die Lenden des Mannes schlangen, ein paar „Drei Zoll Goldlotusfüßchen“, die hoch im Freien wippten.

Nichts von alledem! Da war nur der schwerfällige Körper des Mannes, beide Beine gerade ausgestreckt, der sich auf eine unter ihm liegende Frau presste. Und dann, auch wenn sie mit elektromagnetischer oder lichtgleicher Geschwindigkeit rechtzeitig herbeiflog, sah sie den Mann mit seinem schweren, fetten Hinterteil doch immer nur zwei, dreimal rucken, um sich dann wie gelähmt auf den Körper der Frau fallen zu lassen.

Wie war das möglich?

Sie wurde blass vor Verwunderung, sie wendete schwebend im Flug, stob suchend blitzschnell in ein nächstes Zimmer zu einem weiteren Liebesakt.

So besuchte sie alle Schlafgemächer auf der „Straße der fünf Glückseligkeiten“ im Abschnitt „Harmonischer Aufschwung.“

Dabei durfte der Straßenabschnitt „Harmonischer Aufschwung“ als die „Goldmeile“ der Stadt Lu gelten. Die Geschäftsleute verdienten gut mit dem Verkauf von Seide, Tuchwaren, Arzneien, Geschmeide und anderen kostbaren Gütern. Es war die wohlhabendste Straße der ganzen Stadt und damit der blühendste, prächtigste Ort der ganzen Insel! Wenn es so war, wie die Klassiker sagten, „ein satter Bauch und ein warmer Leib trachten nach Wollust“, dann musste der Straßenabschnitt „Harmonischer Aufschwung“ zuallererst berechtigt sein, alle Arten von Gaumen- und Sinnesfreuden auszukosten.

Trotz der verschiedenen Teehäuser und zahlreichen Bordelle war alles kein Vergleich zu den wundersamen erotischen Kunstfertigkeiten, die in den Büchern der Bibliothek beschrieben wurden. Es gab keinen Menschen, der einen Liebesakt in zweiunddreißig verschiedenen Stellungen ausführen konnte. Noch weniger gab es die in den Büchern angeführten Sehnsuchtsglöckchen aus Yunnan, die der Mann sich auf die Eichel steckte, die groß wie ein Drachenauge waren und die dann, wenn sie in die Scheide der Frau hineinfuhren, heiß wurden und sich unaufhörlich zu drehen begannen.

Natürlich sah sie auch keine getrockneten Seehundspenisse, Schamlippen und Scheiden von Hündinnen, die jeden Penis aufrichtenden Seehundsnieren genauso wenig wie „Liebesleim“ …

Dann wollte sie eben das Opium sehen, das auf der Insel beliebt wurde, nachdem der Himmelssohn, Kaiser von China, auf dem fernen Festland die Verträge zum „Fünf Häfen Handelsabkommen“ unterschrieben hatte und sich die Tore des Reiches der Mitte für die Ausländer öffneten. Ursprünglich war das Opium als ein Aphrodisiakum bekannt und wurde zur Steigerung der Sexualität benutzt. Auf der Insel stellten alsbald alle, auch die mittelmäßigen Leute, überall Opiumliegen auf und jedermann lag tags wie nachts mit einer Opiumpfeife in der Hand auf der Liege und rauchte.

Wer hätte so noch können sollen?!

In der Tat einsam im Meer, abgeschnitten von allem, lag die Insel einige Tausend Kilometer weit entfernt von der chinesischen Festlandkultur in Peking oder Hangzhou. Weit ab von jeder Kultur wurde man hier zur reichsten unter allen Städten der Insel. Aber Lu mangelte es an Lustbarkeiten bei Frauenschönheit und Gesang, noch mehr fehlten Erotik und Sex. Der „Nahrungs- und Geschlechtstrieb“ war unterentwickelt!

Oder beschrieben die Bücher nur außergewöhnliche Menschen und seltene Taten, die sogar auf dem Festland schwerlich anzutreffen waren?

Da saß sie in ihrer Feste hoch auf den Himmelmarkisen, unentwegt kopfschüttelnd seufzte sie laut. Dicke Schwaden eines fast milchigen Atems entströmten ihr. Die stickige, unheilvolle Luft kreiste im Rund, sie stand dampfend zwischen den geschlossenen Zwingtoren des Straßenabschnitts „Harmonischer Aufschwung“ und den nach oben hin abschließenden Himmelmarkisen.

Die geschäftigste, blühendste unter allen Straßen von Lu, die wohlhabendste der ganzen Insel, durchwehte nun des Nachts ein Hauch von Bitternis. Lautes Seufzen einer unglücklichen, abgewiesenen Verliebten hallte durch die Straße. Es hieß, dass die Kunden des „Turms zum zehntausendfachen Frühling“ schon nicht mehr bedient werden mochten, die Ehemänner, die gerade noch alle das eine von ihren Frauen wollten, dabei sofort ihre Lust verloren.

Ach! Galt das Seufzen der Geistfrau dem nicht Erreichten, dem unaufhaltsamen Altern, der Vergänglichkeit allen Reichtums, der abendlichen Dämmerung, dem immer nur Bruchstückhaften, Vorübergehenden, Endlichen?

War ihr Seufzen und Schreien Ursache, dass alle Pracht vergehen musste... Was war mit dem Freudentaumel des Augenblicks?

Bis jetzt hatte sie dem bedeutungsvollen Bezug zwischen ihrem vornehmen Aufenthalt in der blühenden, wohlhabenden Stadt und dem täglich schlimmeren Schwinden der sexuellen Aktivität keine Bedeutung beigemessen. Sie hatte auch nie erwogen, dass es irgendetwas mit ihr selbst zu tun haben könnte.

Sie hatte sich etwas anderes überlegt: Wenn in der Gegend „Harmonischer Aufschwung“, die vollkommenen Wohlstand und angesehenes Beamtentum auf sich vereinigte, keinerlei Wollust und Erotik, nichts von Interesse zu sehen war, dann konnte sie doch mal schauen, wie es sich damit in ungehobelten Kreisen, bei Leuten ohne Sitte und Bildung verhielt, ob sie dort etwas zu sehen bekäme?

Sie flog in eine lange Straße hinein, die außerhalb der Zwingtore gelegen war und wo die gewöhnlichen Leute, das Gesinde und die Arbeiter, wohnten. In den ärmlichen Hütten, in den „arme Leute Bordellen", bei denen, die sich kein Opium leisten konnten, fand sie freilich Frauen mit großen, pechschwarzen Füßen und zotig schimpfende, groblaute Männer, aber hier gab es eine andere, eine wilde Lust.

Wer hätte gedacht, dass die sich auf die Frauen pressenden Männer sich wie sich windende Würmer bewegten? Der splitternackte Po schob sich, zwängte und bohrte sich tiefer und tiefer, mitsamt der Lenden und des Rückens, in Wellen schubweise, wie sich der Wurm in die Erde bohrt, völlig chaotisch, aber tiefer und tiefer.

Auch gab es welche, die es stundenlang taten.

Es gab keine Stellung der Leiber zueinander, überhaupt nichts, das sich benennen ließe, zwei Menschen ineinander verzahnt an einem wilden Ort mitten in der Nacht. Auf Kissen, gestopft mit gedroschenem Reisstroh, einfach so, planlos zwischen Himmel und Erde, wie zwei Lurche im Schlamm. Oder in den kleinen engen Gassen, still in geschlossenen Räumen, am ganzen Körper bekleidet, nur den Hosenstall geöffnet, den geheimen Ort schnell gefunden, im Stehen, im Sitzen, immer konnte man es tun. Diese Frauen hatten fast alle große Füße, die Hände der Männer über ihnen drückten und pressten ihre Brüste, die niemals durch ein Brusttuch gebändigt und geschnürt, frei schaukelnd, Fleischeslust boten. Der Mund stammelte, wollte schreien, war kurz vor dem Schrei. Zuletzt erhob sich die Frau, schob den Mann hemmungslos unter sich, ein riesiger Hintern setzte sich auf den aufragenden steifen Penis. Es war reizvoll zuzusehen, wie sich die Frau in wilder Ekstase bewegte, mühelos, ohne jede Anstrengung, so, wie man Grashalme knickt.

Nach Herzenslust tropfnass alles ausschwitzen!

Kein „im freien Flug Purzelbaum schlagender Schmetterling", kein „das Pferd schüttelt den Huf", keine „dunkle Zikade angehängt", nichts von derlei anspruchsvoll wundersamen Bezeichnungen komplizierter Positionen, einerlei wie die Leiber sich drehten und wendeten, hier waren es eben „der Stößel reibt im Arzneimörser", „die aufgeregte Maus verschwindet im Loch", „den geheimnisvollen Acker erforschen" oder „in die dunkle Höhle stoßen".

Während die Geistfrau dabei zusah, konnte sie sich einer hitzigen Unruhe nicht erwehren, heißkalt überkam es sie und lange war sie nicht mehr Herr ihrer selbst.

Sie tat dann das, was Geister für gewöhnlich tun, sie ließ das richtige Maß an energetischem Qi ausströmen und schlüpfte in den offen dargebotenen Jadeleib, in welchen der Mann soeben sein Gemächt hineinsenkte. Sie brauchte sich nur Körper und Geist der Frau zu Eigen zu machen und konnte dann ohne Mühe die erobernde, vereinnahmende Kraft des Phallus in der Scheide im Unterleib genießen und die Lust, sich geschlagen geben zu müssen.

Ein Geist kann von seinem Ursprung her weder Mann noch Frau sein, er kann nicht so wie Frauen mit Männern.

Sie wollte mehr! Sie wollte nicht stehenbleiben bei der flüchtig genossenen Lust! Sie schlüpfte in den Wald der ineinander verschlungenen Körper von Mann und Frau. Sich in Trugbilder inkarnieren ohne Zeit und Maß…

Das war es! Sie verschwand als ein feuchtwarmer, streng duftender Hauch, gerade in dem nicht fassbaren Moment, da Abermillionen von Spermien, bereit herauszuspritzen, innehielten, legte sich zart über die Spitze der Eichel, berührte als erste den Grund der sich öffnend empfangenden Knospe, eine hauchzarte, liebkosende Berührung.

Sie war ein tief im Rachen klemmendes, drückendes Stöhnen, sie ritt die explodierende Lust, brach hervor und verließ den Mund.

Und war sie nicht der Tastsinn der Fingerspitzen, jeden geheimen Ort des Leibes bis zur Gänze erforschend, über einen Lufthauch beginnend, leichte Wellen der Berührung entsendend, drängend, eindringend, sich ergehend im heiteren Spiel der Gefühle?

Sie war auch das leichte Schnaufen des der Nase entströmenden Atems! Sie war ein die weit geöffneten Lippen mit der empfangenden Zungenspitze umspielender, zitternder Hauch der Wollust.

Ach! War sie eigentlich vielmehr ein Seufzer? Im kümmerlichen Schein der Lampe im Herbst, bei nächtlichem Regen mit kummervollen Gedanken der Sehnsucht ausgestoßener, dem einsamen Herz entschwebender, sich nach warmweicher Haut, nach dem ineinander Verschlungensein sehnender, sich verzehrender Seufzer? War sie nicht vielmehr ein Seufzer?!

…

Sie war im Wald der ineinander verschlungenen Körper, sich wandelnd…, verwandelnd …

Sich wandelnd.

Sich wieder verwandelnd.

Die Zeit flog dahin.

(War auf ihrem schneeweißen Geistkörper ein Leuchtendrot zu sehen?! War es leuchtendes Rot, was wie leichte Dunstwölkchen verdampfte, war es Wirklichkeit, war es nur Trugbild?)

8

Sie durchkämmte den Wald der Leiber, spielerisch reisend in verschiedenen Metamorphosen. „Sex in naturhafter Wildnis." Zuerst genoss sie mit lebhafter Wildheit, dann wurde es ihr über. Sie hatte keine Geduld mehr und es raubte ihr einfach nur die Kräfte. Sie hielt inne. Da war es wieder, was sie ständig einholte und sich nicht verscheuchen ließ. Die von Unmengen von streunenden Wandergeistern völlig verstopfte „Straße der fünf Glückseligkeiten", die sie in jener Nacht, als sie aus der alten Bibliothek fortflog, zum ersten Mal sah, als sie von den Himmelmarkisen hinunterschaute.

Bis heute wusste sie nicht, wohin es die Geister drängte!

Aber was musste sie an sich entdecken, hochgradig subtile Veränderungen hatten in ihrem Geistleib stattgefunden! Lange Zeit hatte sie in den schmutzigen Hütten der engen Gassen, beim einfachen Volk, den „Arme Leute Nutten" und dem Gesindevolk zugebracht – sie wusste nicht, warum –, sie schrie, verlangte, suchte, schrie sich mit den anderen gegenseitig an, genau wie jene Leute…

Wider Erwarten tauchte die Straße mit den gesichtslosen, vorwärts drängenden Wandergeistern auf. Es war einzig und allein der Krieg, der als Grund für so viele obdachlos vagabundierende Geister in Frage kam! Sie zog nun selbst ihre Schlussfolgerungen aus eigenen Überlegungen und dem Gerede der Leute in der „Straße der fünf Glückseligkeiten", welches sie von oben mitgehört hatte. Alles deutete darauf hin: Es musste beim Aufstand des Lin Shuangwen im einundfünfzigsten Jahr des Kaisers Qianlong (1786) passiert sein.

Lin Shuangwen gehörte dem Geheimbund „Himmel und Erde Gesellschaft“* an und wohnte ursprünglich im Kreis Zhanghua, wo er zeitweilig auch Kreismagistrat war.

Weil der Kaiserhof der Mandschus die Schwurbrüder aus der „Himmel und Erde Gesellschaft“ festnehmen ließ, probte Lin Shuangwen den Aufstand. Nach einer Frist von zwei Tagen griff er die Kreisstadt Zhanghua an, besetzte die Kreisregierung und tötete den Kreismagistraten. Ganz Mitteltaiwan, wo er zu Hause war, war Schauplatz der Revolte. Zhanghua, wo Lin den Kreismagistraten tötete, und Lu pflegten enge Verbindungen miteinander, denn Lu lag nur fünf Kilometer von der Stadt Zhanghua entfernt.

Warum aber hatten die Mandschus – von Anfang an war ihr das unverständlich gewesen – warum hatten die Mandschus während der Qianlong- und Jiaqing-Jahre, in denen Lu zur prächtigsten und ersten unter allen Städten der Insel heranwuchs, in der Stadt nur einen Amtsitz eingerichtet, die gesetzgebende Regierung der Insel und die Kreisregierung aber nach Zhanghua gelegt? Dabei war Zhanghua nur ein Marktflecken im Zentrum der Insel und reichte nicht heran an den Reichtum und Wohlstand der Hafenstadt Lu.

War es deshalb, weil es von dem Inlandsstädtchen Zhanghua aus möglich war, die Kontrolle über das Zentralgebirgsmassiv zu behalten, welches die Insel mit seinen unzähligen über dreitausend Meter hoch aufragenden Gipfeln wie ein Rückgrad durchzog? Und war es auch deshalb, weil Zhanghua den Mandschus ermöglichte, auch das schwer zugängliche Binnengebirge mit seinen mannigfaltigen Gebirgszügen zu kontrollieren?

Weil die Mandschus in Lu nicht regierten, deshalb war die Stadt dieses Mal glücklich mit heiler Haut davon gekommen, als sich in dem größten Gemetzel, welches die Insel jemals erlebte, auf einer Strecke von über vierhundert Kilometern von Nord bis nach Süd fast eine Million größter Gewaltverbrecher und deren Mitläufer gegenseitig abschlachteten.

Denn hätte die Kreisregierung in Lu residiert, so hätte das aus-

* Tiandihui. Zheng Chengong war schon in dieser Geheimgesellschaft gewesen und auch noch die nationalchinesische Republik stürzte mit ihrer Hilfe die Mandschus.

gereicht, um die Stadt jedesmal mit in die Unruhen hineinzuziehen. Bei großen Unruhen, die sich über ganz Taiwan ausbreiteten, so wie bei dem Aufstand des Zhu Yigui und Lin Shuangwen, wäre das Lu zum Verhängnis geworden. Aber auch bei kleineren Volksaufständen gegen die Politik der Regierenden und gegen die drückende Steuerlast, bei solchen, von denen es im Volksmund hieß „Alle drei Jahre ein kleines Aufbegehren, alle fünf Jahre ein Bürgerkrieg", wäre Lu dann immer betroffen gewesen.

Die Kreisstadt einzunehmen und den Magistraten zu töten, war bei den Inselbewohnern immer erstes entscheidendes Ziel für Gelingen oder Niederlage eines Aufstandes.

Der Umstand, dass Lu kein Regierungssitz geworden war, war im Grunde ein noch wirkungsvollerer Vorsorgeschutz als die Himmelmarkisen oder die Zwingtore an den vier Straßenabschnitten.

Sie war von ihrer Theorie und davon, dass sie allein es war, die zu diesem Ergebnis gekommen war, begeistert. Voller Energie, mit geröteten Wangen begann sie oben von den Himmelmarkisen in gewaltigen Schüben laut hinunterzubrüllen. Ungewöhnlich harte, raue, ganz lang anhaltende Schreie stieß sie in einem fort aus. Das Echo ging zwischen den Zwingtoren des Straßenabschnitts „Harmonischer Aufschwung" endlos lange hin und her, bevor es verhallte.

Sie sammelte alle Informationen aus dem zu ihr hoch dringenden Gerede der Leute und wusste deshalb bald, dass Lin Shuangwen, der diesen, einem streng riechendem Blutregen gleichkommenden Aufstand angezettelt hatte, in Lu schließlich doch seine Spuren hinterließ. Als er seine Soldaten aus Zhangzhou mit den aus Quanzhou stammenden Soldaten aus Lugang zusammen ins Gefecht führen wollte, folgten ihm die Soldaten aus Lugang nicht, weil sich die Männer aus Quanzhou nicht mit den Männern aus Zhangzhou verstanden.

Nicht ein einziges Mal beteiligte sich Lu an einem Aufstand und blieb darum jedes Mal davon verschont, dass die Mandschusoldaten die Stadt niedermachten. Aber Lu wurde zum Truppenstützpunkt der Mandschus auserkoren. Zweitausend Soldaten, die die Provinzgouverneure von Zhejiang und Fujian auf die Insel entsandten, wurden in Lu stationiert.

Die Mandschus waren in diesem langen Krieg nicht erfolgreich. 1787, ein Jahr nach Beginn der Revolte des Lin Shuangwen, erhielten die kaiserlichen Truppen Nachschub vom Festland. Der Kaiser schickte seinen großen General Fu Kangan mit dessen neuntausend Soldaten aus Fujian zu Hilfe.

Die Schlacht wurde vor den Toren von Zhanghua am Bagua-Berg geschlagen. Die kaiserlichen Truppen vom Festland waren fortschrittlich und bestens ausgerüstet, die Volksmiliz, die Lin Shuangwen um sich versammelte, konnte nichts dagegen aufbieten.

Der große Heerführer Fu Kangan mit seinen neuntausend Mann starken Truppen kam auf Hunderten von Schlachtdschunken über die Taiwanstraße gesegelt und ging natürlich in Lu an Land.

Die Geistfrau saß in ihrer Feste hoch oben auf den Himmelmarkisen und blickte in die nächtliche Stille der menschenleer daliegenden „Straße der fünf Glückseligkeiten". Ein bitteres Gefühl der Einsamkeit, salzig wie Tränen, schnürte ihr das Herz zu.

Unter den Männern, die den neuntausend Soldaten des Fu Kangan entgegentraten, waren sicher auch welche aus ihrer Familie gewesen. Dass die Tuchhandlung „Blühende Geschäfte" schon über hundert Jahre erfolgreich und verlässlich fortgeführt werden konnte, hatte außer, dass man den Im- und Exporthandel pflegte, seinen Grund in der stetigen Pflege hervorragender Beziehungen zu den Generälen und Soldaten vom Festland.

Sie erinnerte sich zurück an die Zeit, als sie noch lebte. Ihr Vater bat sie, Verse und Lieder zu schreiben, die er, wie sagte er, dem neuen Präfekten von Zhanghua, der gerade den alten ablöste, schenken wolle. Das Ganze tat sie damals noch aus einem anderen Grund. Sie nahm an, sie selbst würde dem neuen Großpräfekten als Geschenk dargebracht werden. So könnte sie, als seine ihm willfährige Nebenfrau auf Taiwan, ihrer Familie etwas von der Mühe, die sie sie kostete, wieder zurückgeben.

Wenn es ihr Schicksal nicht gewollt hätte, dass sie ihr Leben im Brunnen aushauchte, würde sie dann heute irgendwo im fernen China in der Fremde sterben müssen?

In der Fremde sterben mussten auch Zhu Yigui, Lin Shuangwen und ihre Kameraden, die alle festgenommen und im hölzernen Käfig aufs Festland geschickt wurden. Der Sohn des Himmels im fernen China konnte die Aufständischen auf der kleinen Insel im fernen Taiwan natürlich nicht ungeschoren davonkommen lassen.

Auch wenn der Weg zu Lande und zu Wasser wohl ungezählte, abertausende Kilometer betrug, wollte der Sohn des Himmels, Kaiser über China, in der kaiserlichen Hauptstadt es sich nicht nehmen lassen, die Todesstrafe über die revoltierenden Bösewichte persönlich zu verfügen.

Zhu Yigui und Lin Shuangwen lagen zusammen mit ihren Kameraden dem Kaiser im Gerichtssaal bei der Verhandlung in der Hauptstadt zu Füßen. Sie nahmen das grausamste Urteil von allen entgegen: den langsamen Tod durch Zerteilen bei lebendigem Leib.

Dieses Höchstmaß aller Strafen lernen selbst Geister sehr selten kennen, die Geistfrau wusste davon nur aus den Vermerken in den Büchern der alten Bibliothek. Bei diesem Strafmaß musste hundertzwanzig Mal geschnitten werden, mit tausend Messern qualvoll zehntausend Stücke Fleisch schneiden.

... War die Haut und alles Fleisch herunter geschnitten, so war der Atem noch nicht gebrochen, das Herz und alle Organe noch beisammen, die Sehkraft und das Gehör noch intakt.

Zhu Yigui, Lin Shuangwen und ihre Kameraden waren als todesmutige Banditen bekannt, gesunde kräftige Männer, hundertzwanzig Messerschnitte hätten die wohl ertragen, aber von Taiwan die weite Fahrt zur See, und dann in die Hauptstadt, lange Zeit Strapazen zu Schiff und auf dem Wagen, Regen, Wind und Frost erdulden, wie viele Messerschnitte hatten sie so wohl noch ausgehalten? (Blieb ihnen nicht gerade dadurch ein beträchtliches Maß an Qual erspart?)

Oder begann der Henker, um sie bei Atem zu halten und den Tod hinauszuzögern, bei den, den Herzschlagadern am weitesten entfernten Beinen, die Haut in Scheiben wegzuschneiden. Er konnte auch das Fleisch auf dem Rücken in dünne Streifen schneiden, ohne es zu durchtrennen. In unzähligen Streifen lose herabhängend sah es dann aus wie ein verschlissenes, zerlöchertes Hemd aus Menschenhaut, nur dass man drinnen die Knochen noch sah!

Auch wenn sie schon tot waren, musste die Strafe durch Zerteilen trotzdem Schnitt für Schnitt vollendet werden. Hundertzwanzig Schnitte, dann erst galt das Urteil als vollstreckt. Wenn das gesamte Fleisch vom Körper getrennt war, wurde die Brust aufgeschnitten, das Herz und die Lunge herausgenommen, dabei spritzte das noch nicht vergossene Blut in einem Schwall hervor. Zum Schluss wurde der Schädel mit dem Gehirn mit einem Schlag in zwei Stücke gehackt und aufgespießt. Dann wurde er auf der Straße ausgestellt.

Kümmerte die Leute in der Kaiserstadt Peking es überhaupt, wenn Aufständische einer kleinen Insel exekutiert wurden? Als auf der Straße die Totenköpfe von Zhu Yigui, Lin Shuangwen und den anderen auf den langen Stangen aufgespießt standen, begrüßten die Leute aus der Kaiserstadt genau wie immer die gerechte Strafe für die Missetäter mit lautem Hurra, so wie sie es auch taten, wenn die Köpfe bestechlicher Beamten oder gewöhnlicher Straßenräuber rollten? Und das abgetrennte Fleisch, das streifenweise auf dem Markt verkauft wurde, wurde es wie gewöhnlich zur guten Zutat für die Arznei gegen Furunkel?

Auf der von Peking fünftausend Kilometer weit entfernt im tiefen Ozean schwimmenden Insel wusste kein einziger davon. Zur Vollstreckung der Strafe kamen nur wenige. Auch wenn Zhu Yigui und Lin Shuangwen hoch auf dem Karren in die Menge der Gaffer schrieen: „In zwanzig Jahren stehe ich als ein ganzer Kerl wieder unter euch!" oder auch: „Zehntausend Jahre dem taiwanesischen Volk! Nieder mit den hündischen Mandschubeamten…" kümmerte es keinen, denn den Taiwandialekt hatte sowieso kein Mensch verstanden.

Wie dem auch sei, es war einerlei, Zhu Yigui, Lin Shuangwen und die anderen blieben nach ihrem Tode auf fremder Erde und wurden zu bösartigen Rachegeistern.

Das, was Geister mehr als alles andere fürchten, ist der Tod als Fremder auf fremder Erde.

Sie fühlte ihre Gedanken abschweifen. Wenn sie damals aufs Festland verheiratet worden wäre und man nach ihrem Tode keinen Weg gefunden hätte, ihre Leiche so lange frisch zu halten, wie die hundertfünfzig Kilometer weite Reise zu Schiff über die stürmische See in Anspruch genommen hätte, wenn die Überführung der Leiche in die Heimat dann ausgeblieben und nur möglich gewesen wäre, ihre Leiche an Ort und Stelle zu begraben, … dann hätte sie keinen gehabt, der ihrem Geist geopfert hätte, sie wäre verloren und ohne Familie gewesen! Ein alleinstehender Geist wird immer in ganz besonderem Maße, wenn es sich dazu noch um eine Frau handelt, von der Horde ortsansässiger Geister schikaniert und klein gemacht. Ihm fällt die Rolle eines Sklaven des ortsansässigen Geisterhauptmanns zu. Er wird mit finsteren Machenschaften betraut und niemals mehr wiedergeboren.

Zhu Yigui und Lin Shuangwen, die Anführer der Abgeurteilten, mutige Recken, Kämpfernaturen, wurden in die Fremde verschleppt, das Fleisch wurde ihnen vom Körper getrennt und das Herz aus dem Leibe herausgeschnitten, zuletzt noch der Schädel zertrümmert. So zugerichtete Leichen mussten durch die ortsansässigen Geister schlimmste Schikane erdulden. Und dann auch noch fremd, der Sprache nicht mächtig, ohne jede Möglichkeit, die Verfügung des Unterweltamtsgerichts anzufechten.

Was ihnen die größte Furcht einjagte, war die Aussicht, niemals mehr freizukommen.

Schier unüberwindbare Gebirge und Meere trennten sie von der Heimat, wie endlos weit war der Weg! Wenn in der Heimat die Verwandten nun nicht eifrig für sie beteten, waren sie dann nicht verloren? Dann gab es für die Geister keinen Ort mehr, zu dem sie zurückkehren konnten.

Auch die Männer, die ihnen in den Kampf folgten und für sie in zahllosen Schlachten auf der ganzen Insel kämpften, hatten genauso wie sie eine Familie und keine Möglichkeit, wieder heimzukehren. Fast alle fanden den Tod in der Fremde. Diejenigen, die nicht schon frühzeitig im Gefecht zu Tode kamen, wurden, als dann der Kaiser die neuntausend Mann starke Elitetruppe vom Festland schickte, um den Aufstand niederzuwerfen, nicht nur selbst ermordet, auch ihre Familien wurden hingerichtet. Oft wurde die ganze Sippe bis ins neunte Glied ausgelöscht.

Deswegen drängte sich diese riesenhafte Menge Geister durch die Straße!

War keiner hingegangen, um die Leichen zu identifizieren und ordentlich zu begraben, weil man befürchtete, mit hineingezogen zu werden? Oder kam keiner, weil die ganze Familie bis auf den letzten ermordet worden war und einfach niemand mehr übrig war, der den Toten hätte opfern können? Wenn die Ahnen nicht mehr verehrt wurden, konnten sie nicht mehr wiedergeboren werden. Das war das Schicksal der zu Unrecht im Hass gestorbenen Totenseelen! Sie trieben ziellos und haltlos im leeren Raum, bar jeder Zeit.

Sie fanden nicht zurück in den Kreislauf der Wiedergeburten, und es blieb ihnen deshalb jede Möglichkeit auf eine neue Existenz verwehrt.

Niemals Frieden finden können.

Lange, sehr lange saß sie in ihrer Feste auf den Himmelmarkisen. Sie horchte nach allem, sammelte und ordnete alles zu ihr hinaufdringende Gerede und fügte es ein in ihr immer reicher anwachsendes, wertvolles Material.

Seit Lu zum größten Seehafen der Insel angewachsen war, beschränkte sich der Schifffahrtsverkehr nicht mehr auf den wechselseitigen Handel zwischen dem chinesischen Festland und der Insel, auch von Japan, Indonesien und den südpazifischen Inseln kamen die Händler. Sogar „Weißhaarbarbaren" mit jadegrünen Augen wie Bergkristall und Haaren, die glänzten wie bei den Goldäffchen, sah man die „Straße der fünf Glückseligkeiten" entlanggehen.

Die Geistfrau, die über die allen Geistern eigene Fähigkeit verfügte, mit den Ohren und Augen gleichzeitig „aus den acht Richtungen zu hören und aus den vier Richtungen zu sehen", schnappte jeden Wortfetzen auf, und war er auch noch so heimlich und leise geflüstert.

Sie konnte Nachrichten von allen nur möglichen Menschen und aus allen nur möglichen Gegenden zusammentragen und hatte bald einen Fundus an Material, der alle kleinen und großen Vorkommnisse auf der Insel enthielt. Sie begann, sich sehnlichst zu wünschen, alles in einem Buch aufschreiben und aufheben zu können. Das Schreiben ging ihr doch, weil sie aus ihrem früheren Leben noch dichten und Verse schreiben konnte, leicht von der Hand. Aber wenn sie schon beabsichtigte, jetzt schriftlich alles genau aufzuzeichnen, wollte sie es so tun, wie es keinem gewöhnlichen Menschen möglich war. Sie wollte alle bedeutungsvollen Geschehnisse, die die Gemeindeannalen, die Kreisannalen und die Gerichtsprotokolle ausließen oder gar nicht erst verzeichneten, ganz genau festhalten.

Von Geisterhand Geschriebenes braucht weder Pinsel noch Papier. Ihr eigener Körper sollte ihr Pinsel sein. Die Leere der Nacht sollte ihr zum Papier werden. Himmel und Erde sollten ihre Kulisse sein, vor der sie ihren Pinsel schwingen wollte! Aber weil sie sich wünschte, dass auch die Menschen ihren schriftlich niedergelegten

Bericht entziffern konnten, entschied sie sich zuletzt dafür, die Stiele des Hanfbambus und des Muschelingwers als Pinsel zu benutzen…

Sie würde mit diesem Pinsel auf die Holzplatten an der Decke unter den Himmelmarkisendächern schreiben. Sie musste nur die Querbalken auslassen. Dabei blieb die Fläche, auf der sie schreiben konnte, immer noch riesig.

Die Zeit flog dahin.

Vorbeigerauscht waren bald zweihundert Jahre, in denen sie schon auf den Himmelmarkisen wohnte und diesen Ort wie ihre eigene Feste besetzt hielt. Die ganze Zeit über gab sie allen verschiedenen Berichten, die sie von den Leuten hörte, eine schriftliche Form und Ordnung. Sie verfasste eine Geschichte Taiwans über die gesamte Periode der achtzehn Kriege der Taiwanesen gegen die mandschurischen Machthaber, die den Taiwanesen unter dem Namen „Der große Widerstand“ bekannt ist. Ihre Geschichte begann mit dem zweiundzwanzigsten Jahr des Kaisers Kangxi (1683), als das Mandschukaiserreich durch seinen Handlanger, den Chinesen Shi Lang*, Truppen auf die Insel schickte, um den Enkel des Zheng Chenggong zu besiegen, damit seine Regierungsgewalt für über zweihundertzwölf Jahre auf Taiwan zu begründen und die auf der Insel bekannte Zeit „des großen Widerstands“ einzuleiten.

9

Da sich Geister im Raum ohne Zeit bewegen, suchte die Geistfrau den besten Anfangspunkt für die Chronik selbst aus. Sie ließ die Zeit unter den Decken der Himmelmarkisen beginnen, und, weil es auf den Deckenplatten gerade so passte, teilte sie mit den Pinseln aus den feinen Stengeln der Hanfbambus- und Muschelingwerblätter die zweihundert Jahre der Besetzung Taiwans durch die Mandschuregierung in eine frühe und mittlere Phase.

Die Zeit der schweren blutigen Zwischenfälle des Zhu Yigui und

* Shi Lang, 1621–1697, zuerst mingloyaler General unter Zheng Chenggong, dann Überläufer und General unter den Mandschus, die durch ihn Taiwan in ihre Gewalt brachten und damit den nationalchinesischen Widerstand für eine Restauration der Ming beenden wollten.

Lin Shuangwen lag noch nicht so weit zurück, als dass die Erinnerung bei den Leuten verblasst gewesen wäre. Gerade diese beiden Aufstände zu Beginn der Mandschuzeit, die sich über ganz Taiwan ausbreiteten, besaßen, auch wenn keiner offen seine unterstützende Haltung den Rebellen gegenüber zeigte, die volle Sympathie der Bewohner der Insel. Im Geheimen und nur geflüstert sprach man über die Regierungsbeamten, die alle ohne Ausnahme vom Festland auf die Insel geschickt wurden, die Generäle der Truppen, die auch ausnahmslos Festländer waren. Nur heimlich sprach man über die schwere Steuerlast, die kaum zu tragen war, über die schikanöse Unterdrückung der Bevölkerung durch die Machthaber und über die Widerstandsbewegung, die mit gutem Recht entstanden war und die im Grunde alle unterstützten.

Richtig! Diese geheimen, nur verborgen im Privaten geführten Gespräche über nur in der Erinnerung, allein in den Köpfen der Leute Festgehaltenes wollte sie aufschreiben. Persönliche Gespräche, direkt aus dem Herzen kommend geführt, die niemals in den Annalen des Kreises, des Städtchens oder etwa in den Gerichtsprotokollen zu finden gewesen wären.

Bei allem, was sie in der mittleren und späten Phase der mandschuchinesischen Herrschaft auf Taiwan, in der sie die Himmelmarkisen besetzt hielt, entweder mit eigenen Augen mitansah oder die Leute immer hemmungsloser und geradeheraus erzählen hörte, war es ihr ein Leichtes, reichhaltigen, nützlichen Stoff für ihre Geschichte auszuwählen.

Sie schrieb während der Nächte.

Zuerst konnte sie mit den schmalen Stenglein der Hanfbambus- und Muschelingwerblätter nicht schnell schreiben, weil sie seit ihrer Kindheit immer nur nach den klassischen acht Kalligraphieregeln des Schriftzeichens 永*, dem „Punkten", Hakenziehen", „Seitwärtslinksstrich", „Seitwärtsrechtsstrich", „Pinselaufsetzen", „Pinselschwung", „Dazwischen Ab – und Aufsetzen" und „Schließen" geschrieben hatte, und sie nur gewohnt war, strikt nach Regeln zu schreiben. Mit den Hanfbambus- und Muschelingwerstengeln an

* Die acht grundlegenden Regeln, also acht grundlegenden Pinselführungen, der chinesischen Kalligraphie nach Li Fuguang.

die Deckenplatten unter dem Giebel genau wie bei einer Zimmerdecke an die Decke zu schreiben und dann noch in der Vertikale immer von oben nach unten, Zeile für Zeile, war so anstrengend, dass der zum Schreiben nötige Pinselschwung komplett weg war und das Geschriebene völlig unmöglich aussah.

Schnell gab sie deshalb alles Regelwerk auf. Sie quetschte den Stengel zwischen Daumen und Zeigefinger, setzte die drei übrigen Finger zum Ausbalancieren dahinter. Sie merkte nach kürzester Zeit, dass sie den Stengel sehr wendig bewegte, sehr schnell aufsetzte und flüssig ohne abzusetzen damit schrieb.

Dazu konnte sie damit ihre Geschwindigkeit steigern.

Obwohl sich die Deckenplatten unter den Himmelmarkisen in über zwei Stockwerken Höhe befanden und sie die Platten so, als schriebe sie von unten auf eine Zimmerdecke, beschreiben musste, war es für die Geistfrau nicht schwierig, denn ihr Körper war der eines Geistes und hatte keinerlei Gewicht. Sie hing kopfüber unter der Decke im leeren Raum, aber es war so, als wenn da gar nichts im Raum existierte. Sie war ja gewichtslos! Dann hob sie nur den Kopf und streckte die Hand ein wenig aus, so dass die Stenglein der Hanfbambus- oder Muschelingwerblätter die Himmelmarkisen berührten, und schon konnte sie immer fortschreiben.

Zu Anfang schrieb sie in der kleinen Regelschrift, aber als sie dann richtig ins Schreiben kam, wurden aus den ordentlichen kleinen Regelschriftzeichen in Schönschrift wilde wie Drachen und Phönixe durcheinander wirbelnde Grasschriftzeichen, mit denen sie die achtzehn Aufstände gegen die festländische Mandschuherrschaft festhielt. So bewies sie die Richtigkeit des unter den Insulanern beliebten Sprichworts „Alle drei Jahre ein kleines Aufbegehren, alle fünf Jahre ein Bürgerkrieg“. Die verschiedenen blutigen Zwischenfälle und Aufstände waren ihr wie die Kett- und Schussfäden des zu webenden Tuches. Anfang und Ende aller einzelnen Aufstände ergaben das Gerüst zu dem detaillierten Bericht in ihrem Geschichtswerk, angefangen mit dem Ausbruch des Aufstands, welche Unterstützung es von wem gegeben hatte, welche Stadt eingenommen, wo Schlachten siegreich geschlagen wurden und wie schwer der Widerstand gegen die auf Taiwan stationierten kaiserlichen Truppen der Mandschus zu leisten war. Und wie dann immer, wenn sich eine

Entscheidung in dem Krieg immer mehr hinauszögerte, vom Festland Elitetruppen in großer Zahl auf die Insel schwärmten, die mit hochgradiger Disziplin, mit der besten Ausrüstung die Meeresstraße von Taiwan überquerten, um wie im Sturm über die ganze Insel hinwegzufegen.

Sie verzeichnete die Gefechtsführung der großen Schlachten, die Anzahl der Gefallenen, die verwüsteten Orte der Heimat, die Verluste durch Plünderung. Alle mitgehörten und gesammelten Geschichten und Berichte der Leute in den Geschäften und alle Überlieferungen, die sich die Leute untereinander schon seit Generationen immer wieder erzählten, schrieb sie sorgfältig nieder.

Monde zogen vorüber, Jahre vergingen, während derer sie den Kopf hob, ein wenig die Hand streckte und unentwegt auf die Himmelmarkisen schrieb. Zuerst besaß sie keine Tusche, sondern ritzte die Striche kräftig mit den Hanfbambus- oder Muschelingwerstielen in die Deckenplatten, so dass man die Zeichen erkennen konnte. Aber bald merkte sie, dass wenn sie Tusche benutzte und auf den Holzpanelen schwungvoll in sattem, feuchten Schwarz schrieb, sich die Tusche in das frische Blut der sinnlos getöteten Männer verwandelte, die in den unzähligen Gefechten und großen Schlachten ihr Leben ließen.

Die Zeichen nahmen blutrote Farbe an und blieben so für alle Zeiten. Sie glänzten jeden Tag wie frisch geflossen, feucht, warm, sprudelnd, wie aus nie versiegender Quelle.

Anfangs störte sie das sprudelnde Blut nicht, sie tat ihr Bestes, und während sie mit Schwung die Tusche (Blut) auf den Deckenplatten verteilte, spritzte es nur so. So gab sie dem grausigen, großen Schlachten die schriftliche Form. Blutige Tränen flossen unentwegt und hinterließen den blutigroten Beweis.

Sie bemerkte dann aber, dass sich auf ihrem nach oben gerichteten Gesicht, während sie den Kopf hob, die Hand ein wenig streckte und fortschrieb, für andere unsichtbar, große Mengen frisches Blut ansammelten. Es spritzte schwallartig nach unten. Ihre Augen und die Nase waren davon ganz verquollen. In die Brust, in die Bronchien und in die Lunge strömte es hinein. Alsbald hatte sie eine Empfindung, als sei ihr Gesicht vollkommen blutverkrustet. Zumal im Hals saß es ihr fest wie eine Gräte, sie verschluckte sich am Blut.

Es verstopfte alle Kanäle ihres Körpers, jeder einzelne Atemzug geriet ihr zur Qual. Und es hinterließ auf ihren Kleidern die allerschlimmsten Flecken.

Einstweilen störte es sie nicht, dass sie durch das breiige Blut deutlich schwerer wurde, sie hob den Kopf, streckte die Hand ein wenig und fuhr fort damit, auf die Himmelmarkisen zu schreiben. Sie schrieb weiter bis zu dem Augenblick, als sie das streng riechende, mit jedem Atemzug eingesogene, schmutzige Blut, welches durch die Hanfbambus- und Muschelingwerblätter immerfort wie fließendes Wasser in ihren Körper hineinsprudelte, nach unten sinken ließ.

Zwangsläufig musste ihr der Gedanke kommen, dass sie tief in ihrem Innern vorher schon blutrünstig gewesen sein musste. Sonst hätte sie sich nicht auf die Aufzeichnungen über das große Schlachten eingelassen. Oder ihre in blutigen Tränen wild wütende Trauer über dieses grausige Blutbad hatte zwischen Himmel und Erde tatsächlich einen reißenden Fluss mit Blut zusammenfließen lassen, einmal angestoßen, drohte der Fluss mit Blut über die Ufer zu treten und alles zu überschwemmen.

Ihre Person hatte nur zufällig den Stein ins Rollen gebracht!

Noch mehr überraschte sie, dass das mit dem Schreiben hervorspritzende Blut, welches schwer zu kontrollieren, noch schwerer zu stoppen war, sie nicht nur am ganzen Körper nass machte und nicht mehr trocknen wollte. Dieses Blut beschmutzte nicht nur von außen ihr weißes Kleid oder färbte oberflächlich die Haut, es drang tief in ihren Körper ein, es infiltrierte ihren Geistkörper zur Gänze.

Sie schaute an sich herunter: substanzlose Leere, immaterieller Geist, durchscheinender Geistleib und weißer Hauch, der sie war, färbte sie sich durch das ununterbrochene Tränken mit Blut rot und quoll furchterregend immer mehr auf. Dann merkte sie, dass sie nicht mehr die Geistern naturgegebene Gefühllosigkeit besaß.

… Wie stark empfand sie nun plötzlich das ungeheure Unrecht, Reue, wieviel nie gestillte Rache, Ungerechtigkeit, Verletzung, Groll, Misserfolge und sinnlose Mühen, wie elend und hilflos sie doch war…

Was mussten das für große und anhaltende Verletzungen gewesen sein, dass so viel frisches Blut zusammenfließen konnte? Und dass es schließlich doch zu sehen war, um dann gleich wieder fort zu sein, unsichtbares Blut, das doch immer so weiter floss, in Strömen fließend, und nie gestillt war.

Sie fing an zu weinen (sie erinnerte sich an Tränen), Träne für Träne flossen ihr aus den Augenwinkeln, tropften nach unten. Die letzte Träne, die ihr doch eigentlich substanzloser Körper schuf, machte sie dann um das Quäntchen schwerer, der das Fass zum Überlaufen bringt. Die Geistfrau stürzte von den Deckenplatten der Markisendächer hinab in die Tiefe. Im Schwebeflug senkrecht abwärts segelte | stürzte mit ihr das Schweißtüchlein | ihr Fächer hinab! Wieviel aus den früheren Leben wirkte sich erst in den jetzigen Leben aus, verwandelte sich in nie endendes, immer wieder entstehendes Unrecht, fiel hinab in den Urgrund allen Seins.

Warum fiel sie nur immer unablässig in die Tiefe, sogar noch als Geist kam sie davon nicht frei?

Nein! Dieses Mal wollte sie sich nicht dagegen auflehnen! Dieses Mal ließ sie es geschehen und ließ sich fallen und reagierte nicht wie beim letzten Mal mit der ihr geläufigen Beischlafposition „im freien Flug Purzelbaum schlagender Schmetterling“, um gerade noch rechtzeitig den Kopf wieder in die Höhe zu ziehen, die Füße nach unten und den Körper um hundertachtzig Grad wieder in die Aufrechte zu drehen.

Nein, sie gehorchte ihrem Körper und fiel in die Tiefe, ohne Reue und ohne sich dagegen zu wehren. Unter ihr, unten auf der „Straße der fünf Glückseligkeiten“ erschienen, wie furchtbar, schon wieder… Die ganze Straße verstopft, voll mit sich vorwärts schiebenden, vagabundierenden Geistern.

Es blieb ihr keine Zeit mehr für eine Entscheidung, auch keine Zeit mehr zum Handeln, sie fiel mit großer Geschwindigkeit in die Tiefe und sauste mitten in die sich dicht an dicht drängenden Geisterhorden.

Beim Aufprall war jedoch keinerlei Widerstand zu spüren, es war vielmehr so, als fiele sie ins Leere oder auf einen Boden ohne Geister.

Die sich dicht an dicht drängenden Totenleiber schoben sich nach wie vor die Straße entlang immer vorwärts, durch ihren Körper hindurch, weiter, so, als spürten sie nichts von ihr, sie schoben sich einfach immer und immer weiter vorwärts.

Im Strom der Totengeister betrachtete sie die einzelnen Geister genau, die Männer, die Frauen, die Alten, die Jungen, alle, aber es war kein einziger dabei, der einen vollständigen Leib besessen hätte. Sie waren am Rumpf durchtrennt, der Ober- und der Unterkörper liefen getrennt voneinander, oder es waren am ganzen Körper große Wunden, die Augen entweder durchbohrt, die Zunge herausgerissen, der Leib aufgeschlitzt, die Gedärme, zur Hälfte herausgefallen, schleiften beim Laufen am Boden hinterher. Manchen war das Herz herausgeschnitten, mit einem gähnenden Loch in der Brust liefen sie vorwärts, oder es waren Körper, die mit glühendem Messer gebrandmarkt waren, oder andere, denen Stücke ihres Leibes abgehackt worden waren.

Alle diese Geister machten einen schäbigen, tölpelhaften Eindruck, verschwommen wie Schatten kamen sie daher. Deshalb hatte sie beim letzten Mal, als sie von hoch oben, von den Himmelmarkisen aus auf sie herunterblickte, diese nur wie eine graue Masse, flach und ohne Gesicht, wahrgenommen.

Nun, da sie mitten unter ihnen war, entdeckte sie mit Grausen, dass die Geister keineswegs sehr undeutliche Gesichter hatten, sondern dass sie im Gegenteil sehr deutlich zu sehen waren. Damals hatten sie so ungewöhnlich ausgesehen, weil sie alle verstümmelt waren. Deswegen hatte sie fälschlich angenommen, sie hätten gar keine Gesichter. Die furchtbaren Misshandlungen sahen alle ganz frisch und blutig aus, so als wären die Verletzungen eben erfolgt, gerade erst eingetreten.

Die Wundmale dieser schäbigen Tölpel an Herz, Leber, Brust und Bauch, an Hals, Kopf und allen vier Gliedern waren voller Blut. Ganz deutlich war zu sehen, dass die Wunden nicht heilten und dass sie seit Hunderten von Jahren noch genauso wie am ersten Tag qualvolle Schmerzen verursachten und dass sie es auch immerfort bis in alle Ewigkeit tun würden.

Die Wunden faulten, die Leiber waren deformiert, blutverschmiert. Das Aussehen der Wandergeister verstörte einen jeden. Wenngleich sie selbst vielerlei zu Gesicht bekommen hatte, grauste es ihr.

Horden von Geistern zogen vorbei, aber sie geronnen vor ihren Augen zu einem undurchsichtigen Grau, es waren Gesichter, deren Konturen auf einer planen Fläche diffus verschwammen. Bei unzähligen

Geistern leuchteten die blutigen Verletzungen grell und zeigten offen die grausige Wahrheit. Da waren herausgerissene Zungen, durchstochene Augen, Hälse offen von am Genick abgeschlagenen Köpfen, herausgeschnittene Herzen, herausgezogene Gedärme, Rümpfe, denen alle vier Glieder fehlten, klaffende Wunden an allen Orten des Leibes, … da, wo eigentlich ein Körperteil hingehört hätte…

Alles baumelte bar jeder Bezüglichkeit im Leeren.

Die wie im leeren Raum schwebenden Wundmale waren an Zahl riesengroß, sie besetzten jedweden Raum, sie waren überall, verstümmelte Leiber, Körperteile. Der grenzenlose Raum zwischen Himmel und Erde war voll von im Leeren aufgehängten blutigroten Herzen, fahlgrauen Gehirnen, Haufen von langsam auslaufenden Gedärmen, hervorquellenden Augäpfeln, am Rumpf durchtrennten Leibern, zerstückelten Armen und Beinen…

Die Geistfrau schrie gellend in Panik.

Die immerfort kreischenden, immerfort hervorströmenden, vorwärts drängenden Leichen kamen direkt auf sie zu, sie durchquerten ihren Leib. Es waren unzählige, im Leeren hängende Leiber verschiedener Form und Natur, zerstückelte Körperteile. Da die Körper der Totengeister alle ungefähr die gleiche Größe hatten, gingen durch ihren Körper oben wie unten unablässig zertrümmerte Schädel, Herzen, Lebern, Lungen, Stücke von Armen und Beinen hindurch, die entsprechenden, ungefähr gleichen Teile durch dieselben Organe ihres eigenen Körpers.

Es war aber nichts Quälendes dabei, sogar das Aneinanderstoßen und durch sie Hindurchgehen machte kein unangenehmes, ja, es machte gar kein Gefühl. Aber die immer neu hervorströmenden Wundmale prägten sich ihrem Leib fest ein. Es fühlte sich an wie ein eingekerbtes Siegel. Es waren für die Ewigkeit fest in sie hineingeschriebene Prägungen.

Nie auszuradieren.

Sie gab keinen Laut mehr von sich, still kämpfte sie dagegen an, sich der riesenhaften Masse von Totenleibern willig auszuliefern und die Wunden und beschädigten Leiber ungehindert in ihren eigenen Leib aufzunehmen und passieren zu lassen. Dann gewann sie! Sie gewann wieder an Höhe, stieg wieder auf und schrieb schließlich weiter.

10

Es waren von Anfang bis Ende und ohne Unterbrechungen mehr als hundert Jahre, in denen sie an die Decke der Himmelmarkisen schrieb und dort alles ihr Wichtige verzeichnete. Sie gab der mündlichen Überlieferung über die Aufständischen, die Kameraden, über das Volk Taiwans, welches im Widerstand gegen die Besatzer kämpfte, eine würdige schriftliche Form und vermerkte mit Sorgfalt alle verschiedenen Gefechte im Widerstand gegen die Mandschus.

In ihrer Straße am Anfang ihres Straßenabschnitts „Harmonischer Aufschwung" hatte sie mit der Niederschrift begonnen. Alsbald merkte sie, dass die Holzpanelen der Markisendecke ihres Straßenabschnitts nicht ausreichten. Sie begann mit dem Schreiben bei der frühen Phase der Machtergreifung durch die Mandschus auf dem Festland, die Errichtung ihrer Herrschaft und Vereinnahmung des gesamten chinesischen Territoriums bis zur Eroberung der Insel und Machtergreifung auf Taiwan durch die Mandschus. Als sie dann zu den ersten Volksaufständen auf Taiwan gegen die Mandschus und dann zu dem die ganze Insel überziehenden Widerstandskrieg gegen sie kam, war der Platz auf den Deckenpanelen der Himmelmarkisen, die zu dem Straßenabschnitt „Harmonischer Aufschwung" gehörten, aufgebraucht.

Nach kurzem Überlegen, ob sie in Richtung der nördlichen oder der südlichen Abschnitte mit Schreiben fortfahren sollte, entschied sie sich für die nördliche Richtung mit den Straßenabschnitten „Günstiger Aufschwung" und „Glücklicher Aufschwung". Denn vom Hafenviertel aus hatten sich die Stadt und der Hafen entwickelt. Wollte sie von den Anfängen und der mittleren Periode Lus berichten, sollte sie selbstverständlich hier im Norden mit dem Schreiben beginnen.

Die sich den Anfängen anschließenden Aufzeichnungen beschrieben die zwei großen, die ganze Insel mit Krieg und Verwüstung überziehenden blutigen Aufstände des Zhu Yigui und Lin Shuangwen während der Regierungsperioden Kangxi und Qianlong, es folgten die Berichte über die ungezählten Gefallenen, die Kriegsopfer in der Zivilbevölkerung, die nachfolgenden Verhaftungen, die der Widerstandsbewegung grausam zusetzten, bis zur Bürgerkriegszeit während der Regierungsperiode Jiaqing und Daoguang, wo es pausenlos kleine, regionale Gefechte der Widerständler gab.

Die alle zwei Jahre wiederkehrenden Volksaufstände während der Daoguang-Periode waren auf den zuletzt beschriebenen Himmelmarkisen in den Straßenabschnitten „Günstiger Aufschwung" und „Glücklicher Aufschwung" zu finden. Die westliche Welt nutzte die Bauernaufstände der Taiping-Bewegung* für sich aus und setzte dadurch, aber auch durch ihre Überlegenheit bei den Kanonen und Schlachtschiffen, der mandschurischen Politik der geschlossenen Grenzen ein Ende. Fern ab aller Kultur ergriff Taiwan, während das Kaiserreich durch die Taiping-Aufstände geschwächt war, die Gelegenheit, gegen die Festländer viele Male Krieg zu führen.

Der Geistfrau blieb nichts anderes übrig, als in den nächsten, den südlichen Straßenabschnitt der Straßen „Sonniger Aufschwung" und „Langwährender Aufschwung" weiterzuziehen und dort die noch reichlich freien Deckenpanelen der Himmelmarkisen zu beschreiben.

Weil sie in ihrem früheren Leben als Frau geboren worden war, waren ihr die Berichte über die an den Gefechten beteiligten Frauen besonders im Gedächtnis geblieben. Während sie schrieb, kam ihr die Idee, hier in den südlichen Straßenabschnitten der „Straße der fünf Glückseligkeiten" den „Räuberweiber" gerufenen taiwanischen Frauen ein eigenes, ganz besonderes Kapitel zu widmen.

Warum wurden eigentlich die Frauen auf Taiwan „Räuberweiber" genannt? Und wie war das zu begreifen, dass sich die Männer unter den im Widerstandskrieg befindlichen Insulanern von den Beamten der Mandschuregierung „Untermenschen", „Räubergesindel", „Verbrecher" und „Rumtreiber" rufen lassen mussten, aber sie selbst diese trotzdem respektvoll „Die Gerechten" und „Die Märtyrer" nannten. Was die Frauen betraf, wurden auf der Insel alle Frauen ohne Ausnahme von den Mandschubeamten und auch von den Insulanern selbst abwertend als „Räuberweiber" bezeichnet. Aufzeich-

* Das chinesische *taiping tianguao*, zu deutsch: „Himmlisches Reich des Weltfriedens", war das Ziel einer Volksbewegung, die durch Hong Xiuquan ins Leben gerufen wurde. Der Taiping-Aufstand war der größte Bauernaufstand in der chinesischen Geschichte, das gegründete „Taiping"-Reich wurde 1864 von den Mandschus zerschlagen.

nungen über bedeutende Taten oder einen lobenden Nachruf gab es für Frauen nicht.

Nun würde sie die Taten der „Räuberweiber“ auf der Decke der Himmelmarkisen verzeichnen. Den abwertenden Rufnamen, den die Mandschus und alle anderen Männer der Insel für Frauen benutzten, behielt sie bei. Sie wollte das nicht berichtigen, weil sie dadurch die Besonderheit der Frauen herausstellen wollte: Die Frauen führten zwar nicht die Truppen der Aufständischen in die Schlacht, aber ihre Gesinnung war besonders tapfer und unnachgiebig. Sie wirkten besänftigend und schützend auf die Gemüter. Frauen, die den Kampf auf dem Schlachtfeld liebten, kämpften, ohne sich jemals zu ergeben, bis zum letzten Atemzug. War die Schlacht verloren, fassten sie schützend die Kinder bei der Hand und starben unerschrocken als Heldinnen. Sie ließen sich nicht vom Feind demütigen, sondern erhängten oder ertränkten sich mutig, ohne zu zaudern…

Aber ihr Auftreten entsprach in keiner Weise der damals gewünschten weiblichen Sanftheit, Schwäche und Beschränkung auf das Hauswesen. Trotzdem gab es Leute, die hinter vorgehaltener Hand den Daumen hochhielten und die diese „Räuberweiber“ „Spitze!“ fanden. Sie nannten die Frauen, die Taiwan urbar machten und die Felder anlegten, unerschrocken, wagemutig, hart wie Stahl und klüger als die Männer…

Spitze!

Die „Räuberweiber“ waren Außenseiterinnen, wie eine fremde Spezies. Man wagte nicht, sie öffentlich vor allen zu loben. Es hätte ja sein können, dass die eigenen Kinder dem schlechten Einfluss erlägen!

Deswegen tat sie es! Als sie die mündlichen Überlieferungen über die an den Aufständen beteiligten Frauen niederschrieb, lobte sie sie überschwenglich und nach Kräften. Es ging so weit, dass sie später gar nicht zu unterscheiden wusste, ob die Frauen und ihre Taten, die sie beschrieb, aus den Reden der Leute in der „Straße der fünf Glückseligkeiten“ herstammten und es sie auch wirklich gegeben hatte, oder ob sie selbst so gefangen genommen war und sich so beteiligt fühlte, dass ihre Phantasie mit ihr durchging und die Aufzeichnungen teilweise ihrer eigenen Feder entsprangen.

Sie hatte nicht mehr die Zeit, sich alles im Einzelnen zu überlegen, denn sie entdeckte staunend, dass seit jener Nacht, in der sie in die mit den sich vorwärts drängenden Wandergeistern verstopfte „Straße der fünf Glückseligkeiten“ hinabgefallen war, aus der sie dann mit größter Anstrengung wieder zu den Himmelmarkisen aufgestiegen war, um wie ehedem ein wenig den Kopf zu heben, die Hand anzuwinkeln und weiterzuschreiben, das viele Bluten beim Schreiben nun zurückgegangen war. Jetzt war sogar das frische Blut, welches zuvor, sobald sie mit den schmalen Hanfbambus- oder Muschelingwerstengeln schrieb, überreichlich im dicken Strahl aus den Blattstengeln herausspritzte, ganz und gar verschwunden.

Erstaunt bemerkte sie, dass alles Blut nun direkt in ihren Körper infiltrierte. Und dieses Blut war wie alles Blut, es trug im Verborgenen alle Erfahrungen und alle Urbilder in sich. Nun wurde ihr alles fest eingeprägt und stiftete innerhalb ihres Blutkreislaufs eine zirkulierende, andauernde Erinnerung. Sie brauchte nur den Pinsel zur Hand zu nehmen, aber nichts mehr zu denken und Form und Wortwahl nicht mehr zu erwägen. Aus der Spitze der Hanfbambus- und Muschelingwerblattstiele flossen ganz von selbst blutfarbene Zeichen, sich mehrend von Satz zu Abschnitt, vom Abschnitt zum fertigen Kapitel.

Sie begriff das Unglaubliche und ließ es frohgemut geschehen.

Nur dann und wann, in ganz besonderen Situationen, wie gerade jetzt beim Aufschreiben des Kapitels zu den Räuberweibern, kam das Blut, das von Außen gar nicht sichtbar war, plötzlich wieder und spritzte im großen Schwall hervor. Aber sie hob den Kopf und empfing den auf ihr Gesicht niedergehenden Blutschwall. Immer mehr spritzte auf sie herab, die Augen konnte sie nicht mehr öffnen, ihr Mund schluckte nur immer und immer mehr dickflüssiges, streng riechendes Blut.

Ängstliches Herzklopfen verspürte sie, ein vertrautes Gefühl… Sie streckte still den Kopf nach oben und hielt dem sprudelnden Blutstrom stand. Die leeren Adern und Blutgefäße im Körper des Geistes füllten sich mit Blut, in den Venen begann es zu pochen und zu fließen, im Rhythmus ihres Keuchens raste das Blut…

Sie schrieb lieber ein anderes Kapitel! Sie war vorsichtig geworden, damit ihr nicht wieder ein Fehler unterlief.

Die Zeit flog dahin.

Während sie auf den Himmelmarkisen die Geschichte der Volksaufstände der Inselbewohner verzeichnete, hatte sie mit den unterschiedlichsten Schwierigkeiten zu kämpfen. Eines der häufigsten Probleme waren die jährlichen Taifune, die die Insel gewöhnlich im Herbst heimsuchten. Oder es kam zu kleineren oder größeren Erdbeben. Die beschädigten Himmelmarkisen mussten dann repariert werden, derweil sie fürchtete, dass ihre heimlichen „Aufzeichnungen" auf den Himmelmarkisen entdeckt würden. Ein Glück war, dass die unter der Decke das Dach wieder abdichtenden Arbeiter alles Analphabeten waren, keiner bezweifelte, dass es sich um „Zeichenmarkierungen für die Handwerker" an den Holzpanelen handelte. Auch wenn der Vorarbeiter sich im Allgemeinen einigermaßen mit den Schriftzeichen auskannte, so beschränkte sich sein Wissen auf alles rund um die Buchführung und das Maßnehmen beim Bau. Und sollte er das Geschriebene an der Decke mit flüchtigem Blick streifen, wagte er nicht, etwas offen verlauten zu lassen.

In Lu gab es einen allen bekannten Baumeister und Feng Shui Spezialisten. Dieser meisterhafte Geomantiker, den alle nur „den Geomantiker" nannten, kam regelmäßig vom Festland nach Taiwan und war ständig in aller Munde. Er wusste nicht nur meisterhaft im Feng Shui für den Bau Bescheid, sondern fand auf Taiwan im Gebirge auch geheime, heilkräftige Drachenspalten. Er besaß die Fähigkeit, den Erfolg oder auch den Untergang einer Familie zu erwirken.

Er beherrschte den Umgang mit den Elementen Holz und Erde und konnte so exakte Angaben für den Hausbau machen, und er verließ sich auf den genialen Katalog der Maßeinheiten, Markierungen und Kennungen des Begründers des Zimmereihandwerks, Lu Ban*. Unter den höchsten Punkt des Daches oder den wichtigsten tragenden Querbalken des Dachstuhls hängte er böse Geister bannende Mantren. Dadurch gewährleistete er den Erfolg oder bewirkte den Misserfolg der Bewohner des Hauses.

* Lu Ban (um 507-444 v. Chr.) entstammte dem allerersten historisch belegten und berühmten Zimmerei- und Baubetrieb. Er entwickelte den *luo pan*, den traditionellen Feng Shui-Kompass, der auch heute noch das altbewährte Instrument zur Bewertung der räumlichen Anordnung einer Struktur darstellt.

Der von allen gerühmte, „Geomantiker“ gerufene Alte befestigte für eine Familie unter dem Dach für alle Augen gut sichtbar am First ein Mantra mit den Zeichen „Die großen Schiffe fahren voll beladen ein, die kleinen Schiffe tragen Ladung hinaus“. Dazu waren die Schiffe noch bildlich dargestellt. Über Nacht wurde diese Familie reich und gehörte von nun an zu den wohlhabendsten Familien der Stadt. Aber schon nach wenigen Jahren folgte der Niedergang. In Lu redeten die Leute, dass die Familie den Geomantiker verärgerte und er deshalb auf den Dachfirst stieg und das dort aufgeklebte Mantra auswechselte gegen eines mit der Aufschrift „Die kleinen Schiffe laufen beladen ein, die großen Schiffe laufen voll beladen aus“. Die Einnahmen des Handelhauses deckten sich fortan nicht mehr mit den Ausgaben, der Niedergang der Familie folgte zwangsläufig.

Die unter dem First angebrachten Markierungen, bildlichen Darstellungen, Beschriftungen waren allesamt tabu für die Zimmerleute beim Hausbau. Sie durften nicht nur nichts beschädigen, anfassen und auf gar keinen Fall ändern, viel besser noch war, wenn sie gar nicht erst hinschauten und von den versteckt angebrachten Zaubersprüchen überhaupt nichts sahen. Denn sie wollten, wenn der Geomantiker Mantren aufhängte, um eines Hauses Schicksal zu beeinflussen oder die Familie in den Ruin zu stürzen, auf keinen Fall riskieren, dass sie selbst diese schlechten Dinge mit auf sich zögen.

In einem leichten Fall waren schwere Verletzungen am eigenen Leib die Folge, in einem schweren Fall stürzten sie damit ihre ganze Familie ins Unglück und ihre eigenen Familienmitglieder in den Tod.

Der Vorarbeiter, der auf den Himmelmarkisen das Dach reparierte, sah zwar im Vorüberschauen die auf die Holzdeckenpanelen geschriebenen Schriftzeichen, er war aber bemüht vorzutäuschen, dass er gar nichts davon sah, und wagte nicht, mit auch nur einem einzigen Mann über seine Entdeckung zu sprechen.

So kam es, dass die Himmelmarkisen vor den Übergriffen der Leute verschont blieben.

Aber in Kriegszeiten, während der blutigen Volksaufstände oder auch bei den Straßenkämpfen in Lu gab es keine Ruhe und keinen Frieden unter den Himmelmarkisen.

Während der hundert Jahre, die die Geistfrau von Anfang bis Ende in ihrer Feste auf den Himmelmarkisen verbrachte und dort verzeichnete, ordnete und aufschrieb, gab es immer wieder Kriege, in denen versprengte Soldaten plündernd in die Stadt eindrangen. Dann waren da noch die Straßenkämpfe, in denen die Familien aus Zhangzhou und die Familien aus Quanzhou ihre Fehden in erbitterten, blutigen Gefechten austrugen. Aber weil die Himmelmarkisen die große „Straße der fünf Glückseligkeiten" überdeckten und nach außen abschlossen, war es schwierig, die Straße von oben anzugreifen und einzunehmen. Die Himmelmarkisen profitierten wider Erwarten und blieben von der Zerstörung verschont.

Die Zwingtore der einzelnen Straßenabschnitte der „Straße der fünf Glückseligkeiten" boten Eindringlingen ein zusätzliches Hindernis. Die Zwingtore brauchten nur unverzüglich geschlossen zu werden, dann hatten versprengte, plündernde Soldaten keine Möglichkeit mehr einzudringen. Die Leute berichteten sogar, dass die bewaffneten Männer der Familien aus Zhangzhou und Quanzhou hitzig Vereinbarungen trafen, ihre Auseinandersetzungen auf die Zeiten der geöffneten Zwingtore zu beschränken. Wenn sich im Morgengrauen die Zwingtore öffneten, begannen sie sich gegenseitig zu bekriegen, aber wenn sie sich bei Einbruch der Nacht wieder schlossen, mussten die jungen Leute aus Quanzhou und Zhangzhou wieder zurück in ihre eigenen Straßenquartiere, und es war ihnen verboten, sich weitere Gefechte zu liefern.

Angeblich hatte diese besondere Form, die gegenseitigen blutigen Gefechte auszutragen, zur Folge, dass Lu seinen blendenden Reichtum lange erhalten konnte und sich nicht in örtlichen Fehden verbrauchte, um darüber seine Schönheit zu Grabe zu tragen.

Der Überfall des Seeräubers Cai Qian tauchte in ihrer Erinnerung auf. Sie erinnerte sich genau, wie er 1806 seine Kumpanen gegen Lu führte und die „Straße der fünf Glückseligkeiten" mit dem Abschnitt „Günstiger Aufschwung" ausrauben wollte. Aber erst zu Ende der Regierungsperiode des Kaisers Guangxu, Anfang des zwanzigsten Jahrhunderts, als Shi Jiuduan*, der in Zhanghua den Aufstand gegen die Mandschus angezettelt hatte, seine Truppen ge-

* Shi Jiuduan aus Zhanghua ist ein Volksheld der Taiwanesen, für die Mandschus aber ein Hochverräter und Renegat. Während der Guangxu-Periode in den Jahren 1875-1908 zettelte Shi Jiuduan den größten Volksaufstand gegen die Mandschus an.

gen Lu führte, um die Stadt einzunehmen, wurden die Himmelmarkisen ernsthaft beschädigt.

Der Seeräuber Cai Qian, der in der Straße von Taiwan zwischen beiden Küsten sein Unwesen trieb, schielte gierig nach dem Reichtum von Lu und wollte in der Stadt seinen Stützpunkt, von wo er Nachschub holen und koordinieren konnte, einrichten. Nachdem er im Hafen von Lu an Land gegangen war, plante er, zuerst den am nächsten gelegen Straßenabschnitt „Günstiger Aufschwung“ zu überfallen und auszunehmen. Aber die geschlossenen Zwingtore vereitelten ihm sein Vorhaben glücklicherweise. Denn obschon die Seeräuberbande auf den Masten der Dschunken herumzuklettern gewohnt war, vermochte sie nicht, von oben über die Himmelmarkisen in die Straße einzudringen. Cai Qian musste seine Raubzüge weiter westlich beginnen und fiel in dem Hafenstadtteil Beitou ein.

Beitou ist direkt am Meer gelegen. Im Herbst und Winter setzen dem Stadtteil die „Neun einfallenden Winde“ zu. Bläst einem der Wind von vorn entgegen, kann man ihm nur mit äußerster Mühe standhalten. Um den Wind zu brechen, legen die Bewohner von Lu ihre Gassen und Straßen zickzackförmig, in sogenannten „Neun Winkel Gassen“ an. Dadurch wird der Wind über neun Ecken gebrochen.

Die „Neun Winkel Gassen“ sind so kompliziert verwinkelt, dass sogar Einheimische sich leicht verirren. Man erzählt zudem, dass die Häuser in Beitou ursprünglich zu dem Brachland gehörten, welches die Truppen des Zheng Chenggong urbar machen sollten. Die Häuser waren alle oktagonal in Form der „Acht Triagramme“* „Himmel ☰ Qian, Erde ☷ Kun, Donner ☳ Zhen, Wasser ☵ Kan, Wind ☴ Sun, Feuer ☲ Li, Berge ☶ Ken, Seen ☱ Tui aus dem Buch der Wandlungen angelegt. Aus diesem in Form eines Ba-Gua-Oktagons angelegten Verteidigungsstützpunkt fanden die Seeräuber nicht mehr heraus. Sie liefen einzeln auseinander und machten sich gegenseitig den Garaus, bevor sie endlich abzogen.

Danach wagten sie keinen Einfall mehr.

* Das oktogonale so genannte *bagua* besteht aus acht Triagrammen und ist im Buch der Wandlungen *yijing* (I Ging) überliefert. Es bezeichnet das primäre und grundlegende Modell von ying und yang, das essentiell ist für die chinesische Medizin und ihre Schwesterwissenschaft *fengshui*, die Geomantik.

11

Aber durch den Zwischenfall der Revolte des Shi Juiduan im Nachbarort Zhanghua wurde ihre Stadt mit Beginn des zwanzigsten Jahrhunderts sehr in Mitleidenschaft gezogen. Weil die Geistfrau diesen riesigen Volksaufstand mit eigenen Augen miterlebte, hinterließ er eine tief prägende Erinnerung bei ihr.

1888, im vierzehnten Jahr des Kaisers Guangxu, bemerkte das Mandschukaiserhaus zum ersten Mal die strategisch wichtige Position Taiwans. Nachdem der chinesisch-französische Krieg und viele wichtige andere Kriege verloren waren, verstärkte die Mandschuregierung ihre Präsenz auf der Insel, um gegen Aggressionen von außen besser gewappnet zu sein, und sandte Liu Mingchuan als Präfekten. Taiwan bedeutete dem chinesischen Reich von nun an „Die Einfriedung der sieben chinesischen Provinzen“ und „Das Tor zum Südpazifik“.

Oft fragte sie sich, warum das niemandem früher aufgefallen war.

Liu Mingchuan verfolgte gewissenhaft eine neue Politik und propagierte die Neuvermessung von Grund und Boden, damit er nach der großen Vermessung von 1788 unter Kaiser Qianlong das Land zum ersten Mal wieder neu verteilen und bemessen konnte. Er rechnete nicht damit, dass die korrupten und verdorbenen Regierungsbeamten die gute Gelegenheit nutzten würden, kräftig abzukassieren und in großem Umfang Staatsgelder zu veruntreuen. Der Kreismagistrat von Zhanghua, Li Jiatang, machte sich die Neuvermessung des Bodens zunutze, um die Abgaben und Steuern zu erhöhen, und zwang die Bevölkerung dazu, völlig ungerechtfertige Vermessungspapiere zu akzeptieren. Das ging so lange, bis die Bevölkerung geschlossen Shi Jiuduan vorschickte und dieser dann mit einigen Tausend Mann die Stadt umzingelte. Er verlangte, die Vermessungspapiere zu verbrennen und der Bevölkerung ihr Land zurückzugeben, wenn den Behörden ihr Leben lieb sei. Ansonsten wollte er gegen die Mandschutruppen vor der Stadt das Gefecht eröffnen.

Als die Gefechte in dem Volksaufstand des Shi Jiuduan ihren Höhepunkt erreichten, gingen im Schlachtgetümmel der Gegner bei den Himmelmarkisen in Lu zahlreiche Ziegeldächer zu Bruch. In die Himmelmarkisen des dem Stadtrand am nächsten gelegenen Straßenabschnitts „Langwährender Aufschwung“ sprengten sie ein riesiges Loch. Die zerbrochenen Ziegel bedeckten den ganzen Boden, die Lehmschicht und die Schicht Hanfbambus- und Muschelingwerblätter gingen auch zu Boden. Dazu wurden in das Gebälk des Dachstuhls große Löcher gerissen.

Sie sagte sich insgeheim, dass dies nicht Gutes bedeutete.

Taifune, Erdbeben, Kriege, Naturkatastrophen und Unglücksfälle beschädigten die Himmelmarkisen einige Male ernsthaft. Immer wieder wurden sie repariert. Wenn auch nur ein einziger Dachziegel gelüftet wurde und Tageslicht auf die Schriftzeichen auf der Holzdecke fiel, waren sie binnen eines Augenblicks nur Schall und Rauch, völlig ausgelöscht ohne jede Spur.

Deswegen schrieb sie regelmäßig die entstandenen Lücken in ihren Aufzeichnungen an der Decke nach. Sie war täglich damit befasst, überall dort, wo sie hinkam, Schäden auszubessern und das Geschriebene wieder in einen makellosen Zustand zu versetzen, sei es, dass der Taifun die Dachvorsprünge heruntergeblasen hatte, sei es, dass durch Erdbeben große Stücke des Dachs verrutscht und eingestürzt waren und dadurch die alles verheerende Sonne durch die entstandenen Löcher eingedrungen war. Sie durchforschte jeden dunkelsten und hintersten Winkel, ob etwa Tageslicht ein Verblassen der blutfarbenen Schriftzeichen verursacht haben konnte.

Emsig damit beschäftigt, überall immer neu entstehende Schäden in den Aufzeichnungen auszubessern, ging ihr die Arbeit aber leicht von der Hand. Denn Herz und Hand waren in völligem Einklang, die Schriftzeichen und Sätze flossen ohne Pause wie ihr eigenes Herzblut ganz von selbst aus ihr hervor, alles entsprang direkt ihrem Herzen. Während ihre Augen lesend über die einzelnen Zeilen wanderten, ergänzte sie ohne Zögern fehlende Zeichen und Sätze immer wieder und ohne Fehler.

Nur dieses Mal war alles anders. Denn als die Volksmiliz des Shi Jiuduan sich mit den Truppen der Mandschus blutige Gefechte lieferte und beide Lu erobern und besetzen wollten, ließen die Mandschutruppen lauthals verlauten, dass sie die schwierig einzunehmenden Himmelmarkisen und Zwingtore niederbrennen wollten.

Dabei war es einerlei, wie die Soldaten es anstellten, sie brauchten zum Beispiel nur mit brennenden Pfeilen auf die Himmelmarkisen zu schießen. Denn ein einziger Funke würde im Nu die trockenen Hanfbambus- und Muschelingwerblätter entzünden, die Flammen würden weiter zu den Holzdecken züngeln, schon ständen die tragenden „Vier Goldsäulen" lichterloh in Flammen. Das Feuer würde sich rasend schnell ausbreiten, bis dass die Himmelmarkisen in Gänze einstürzten und in den Flammen versänken.

Oder ob die Mandschusoldaten kämen und die Zwingtore in Brand legten. Die hohen massiven Holztorflügel fingen nur schwer Feuer, wären aber schnell mit Öl übergossen und neu entzündet. Nun würden sie brennen, dass die mächtigen Flammenzungen hoch zum Himmel emporschlugen. Alle Zwingtore würden lichterloh zu gleicher Zeit brennen. Wie hätten die Himmelmarkisen diesen Feuersbrünsten standhalten sollen!? Sie würden im Feuer versinken!

Die Geistfrau war starr vor Angst.

In über hundert Jahren hatte sie die über zweihundertjährige Geschichte der Volksaufstände und blutigen Revolten auf der Insel in den Himmelmarkisen niedergeschrieben. Kein einziges Mal war ihr zu Ohren gekommen, dass Soldaten die Himmelmarkisen in Brand stecken wollten. Das hatte einen einfachen Grund. Fingen die Himmelmarkisen Feuer, so wäre es unvermeidlich gewesen, dass das Feuer auf die langen schmalen Geschäftshäuser zu beiden Seiten der Straße übergriff. Welch wirtschaftlichen Ruin, welchen Schicksalsschlag hätte die „Straße der fünf Glückseligkeiten", jedem bekannt als die luxuriöseste Geschäftsstraße der ganzen Insel, hinnehmen müssen. Der Verlust an Reichtümern hätte sich für beide Seiten nicht gelohnt.

War das chinesische Kaiserhaus in Peking es leid, sich dauernd gegen die ausländischen Eindringlinge, Aggressionen und Separatisten zu wehren und dabei selbst nicht mehr über genügend Stärke zu verfügen, seine innerchinesischen Konflikte zu lösen? Ließ der Kaiser deshalb, weil seine Regierung mit Volksaufständen, Revolutionären, den Hundert-Tage-Reformen zu kämpfen hatte, dieses winzige Inselchen am Ende seines gewaltigen Reiches solch unerbittliche Härte spüren, dass ihm jedes Mittel, sogar das in Schutt-und-Asche-Legen der feinsten Gegend Taiwans, recht war?

Kurzum, auf die große Hauptstraße, welche der Geisterfrau die

Möglichkeit bot, sämtliche Ereignisse mitzuhören und von der alle Neuigkeiten direkt zu ihr auf die Himmelmarkisen hinaufdrangen, war ein Feuerüberfall geplant.

Die „Straße der fünf Glückseligkeiten" hatte nur an die sechs, sieben Meter Breite. Von beiden Häuserseiten aus breiteten sich wie ein Verdeck die Himmelmarkisendächer über die Straße und schlossen sie nach oben von beiden Seiten zu einem langen Gang ab. Die Straße war fast wie ein den Schall optimal weitertragendes Rohr. Natürlich war dieser Tunnel auch bestens geeignet, explodierende, züngelnde Flammenpfeile hindurchzuschicken. Zudem war ein Luftabzug des Tunnels durch die Deckenfenster in den Himmelmarkisen gewährleistet. Sie ließen von oben Frischluft herein und halfen, die Lebensdauer des Feuers zu gewährleisten.

Wenn die Markisendächer Feuer fingen, würde nicht nur die große „Straße der fünf Glückseligkeiten" restlos zu Asche verbrannt sein, auch die hier lebenden Anwohner würden nur schwer entkommen können.

Sie wurde ganz still und konzentrierte ihre volle Geisteskraft darauf, wie sie das Feuer verhindern könnte.

Sie hatte keine Zeit, in Sehnsüchten zu verweilen, aber sie erinnerte sich gut an die über hundert Jahre zurückliegende Zeit in der Geheimbibliothek, als sie die kanonischen Werke des Konfuzianismus, die Dynastiegeschichten und die anderen Klassiker las, aber außer den ordentlichen Büchern noch zufällig die erotischen Bücher mit den Beschreibungen sexueller Praktiken entdeckte. Darunter fand sie damals auch einen Vermerk, der lautete: „Der Feuergott fürchtet es, beschämt zu werden. Will man sich des Feuergotts erwehren, entkleide man eine Frau ganz und gar bis auf die Haut. Splitternackt muss sie sein, vor allem sollen die Geschlechtsteile der Frau offen für jeden sichtbar sein. Der Feuergott vermeidet den Blick darauf, er geniert sich und will sich nicht lächerlich machen. So erreicht man, dass sich der Feuergott zurückzieht und keinen Angriff mehr wagt."

Die Geistfrau malte sich aus, wie sie das anstellen würde.

Sofort merkte sie, dass die zweieinhalb Kilometer langen Himmelmarkisen sich nicht entfernt mit ihrem zierlichen, etwas über Einsfünfzig langen Geisterleib vergleichen ließen. Es ging nicht. Wie sollte sie es schaffen, die zweieinhalb Kilometer lange Straße so zu beschützen, dass es keinen Angriffspunkt für die verschlingenden Flammen des Feuergottes gab? Welch ungeheuer schwierige Aufgabe!

Da war es ein Glück, dass sie damals in der Geheimbibliothek die pornographischen Bücher benutzte, um verschiedene Beischlafstellungen einzuüben. Obwohl sie lange nichts mehr von alledem praktiziert hatte, erinnerte sie sich an alles noch klar und deutlich.

Sie brauchte sich eigentlich nur die Stellung „Purzelbaum schlagender Schmetterling" ins Gedächtnis zu rufen, eine Stellung, in der sie ganz flink die Position ihres Körpers verändern konnte. Wenn sie diese Beischlafposition ♋ wählte, womit sie ultraschnell die Ausrichtung ihres Leibes beim Liebesspiel verändern konnte, um zu erreichen, dass sie einmal Mann, dann wieder Frau, dann wieder Mann, dann wieder Frau sein konnte und dabei oben, unten, oben, unten immer pausenlos hin- und herwechseln konnte, sollte sie es schaffen können, dass sie überall gleichzeitig sein konnte. Natürlich musste alles mit der Geistern eigenen Sensibilität und Gegenwärtigkeit geschehen, denn nur so konnte sie die nötige Schnelligkeit erreichen. Sie würde mit einigen Drehungen ihres Leibes immer rechtzeitig da sein, wo die Feuerpfeile hintrafen. Und dann wäre es ein Leichtes, den Feuergott aufzuhalten.

Unsagbar schwierig und furchtbar peinlich war aber – schon das Aussprechen wollte sie nicht –, was war, wie sollte sie, sie musste es irgendwie…

…Wie sollte sie es mit dem Ausziehen anstellen, wie sollte sie ihren Körper enthüllen, um dadurch den Feuergott in die Flucht zu schlagen?

Sie blickte zu Boden, deutlich war zu sehen, dass sie spürte, wie ihr die Schamröte ins Gesicht stieg. (Wenn es sein kann, dass auch Geister rot werden…)

Dann war dringend nötig, dass sie von außen auf die Dächer der Himmelmarkisen stieg. Denn egal, ob es Feuerpfeile oder Kanonenfeuer waren, es wurde von außen auf die Dächer der Himmelmarkisen geschossen. Wollte sie den Feuergott ernstlich erschrecken und in die Flucht jagen, so musste sie sich draußen, hoch auf den Dächern der Himmelmarkisen nackt zeigen, erst dann konnte sie eine Wirkung erwarten. Aber obwohl sie die Himmelmarkisen schon über hundert Jahre bewohnte, war sie noch kein einziges Mal von außen auf die Dächer hochgestiegen.

War es, weil sie ihre Aufzeichnungen von innen an die Himmelmarkisendecke schrieb und sie immerfort damit beschäftigt war, über der Straße Material zu sammeln und aufzuschreiben, dass sie irrtümlich vernachlässigt hatte, Gelegenheit zu suchen, von außen auf die Dächer der Himmelmarkisen zu steigen? Oder war sie noch immer unsicher, wenn sie nach „draußen" musste, machte das immer noch Angst?

Ihr blieb keine Zeit, darüber nachzusinnen. Auf die Markisenstraße schoss tatsächlich, obwohl nichts über eine genaue Zeit des Angriffs verlautet war, der erste mit Öl getränkte brennende Pfeil zu und bohrte sich da, wo der Abschnitt der Straße „Harmonischer Aufschwung" begann, in die Decke der Himmelmarkisen.

Oh Schreck!

Wie der Blitz, wie das Aufleuchten eines Funkens, so schnell rauschte sie durch den unregelmäßigen Spalt bei der Verbindung zwischen den Häuserdächern und den Markisendächern und gelangte mit einer Drehung ins Freie. Draußen umfing sie der riesenhafte, grenzenlose Nachthimmel, tiefschwarz, ohne Mond und ohne einen einzigen Stern, dazu nur das wütende Gebrüll der Sturmwindböen vom Meer.

Durch die Gewalt des Windes loderte der zweite Feuerpfeil mit wilden, hellen Flammenzungen, er zischte rasend herbei, man sah, dass er soeben das Dach der Himmelmarkisen treffen würde.

Die Geistfrau schwirrte dem Feuerpfeil entgegen. Zum Fliegen brauchte sie ihre Hände nicht, sie löste geschwind die Schnalle ihres blendendweißen Seidenkleides mit den schräg zulaufenden, bodenlangen Wasserärmeln. Im Nu hatte sie das Kleid abgestreift, ihr nackter Körper ritt auf dem Meereswind, drehte sich mit dem Wind in der nachtschwarzen Kühle. Man sah noch die sich blähende weiße Seide, die zarte Totenseele eines blutjungen Mädchens schwebte im grenzenlosen Himmelsraum zwischen Himmel und Erde.

Genau im Moment, als ihre Hüllen fielen, als ihr Leib vollkommen nackt zum Vorschein kam, knickte der wild auf sie zupreschende Feuerpfeil wie aus dem Nichts ohne Umweg weg und änderte die Flugrichtung. Er bog zur Seite ab, fiel zu Boden und erlosch.

Im selben Augenblick sausten immer mehr Feuerpfeile, alle bewehrt mit flammenzüngelnden Feuerbällen, direkt auf die Himmelmarkisendächer zu.

Über hundert Feuerbälle schossen ihr auf einmal entgegen. In ihrer Angst bedeckte sie im grellen Licht ihr Antlitz mit den Händen und duckte sich. Die Feuerpfeile zeigten deshalb keine Angst, sie zerrissen die Stille der Nacht. Srrr ... sirrend! Sie zischten auf die Himmelmarkisen zu! Ein, zwei Pfeile steckten bereits im Dach.

Was tun? Hastig wölbte sie ihren nackten Leib über die im Dach brennenden Pfeile und legte sich über sie, im selben Augenblick noch konnte man gegen die Feuerpfeile einen plötzlichen Eiswind blasen sehen, sie erloschen auf der Stelle. Nackt mitten auf dem Dach liegend spürte sie ganz deutlich ihren völlig entblößten Unterleib. Im Zentrum ihrer gespreizten Jadeschenkel, mitten zwischen ihren Beinen war an ihrer Scham ihre Vagina weit offen.

Wieder kam Wind auf, rauschender, brausender Sturmwind rührte die siedendheiße Feuersbrunst auf. Eine steife Brise schlug direkt ihrer weit geöffneten Vulva entgegen. Der heiße Luftstrom zischte gerade auf ihre Jadepforte zu, ihrer Vulva entgegen, gewaltig klopfend verlangte er dringenden Einlass, um hinein- und hinauszufahren.

Ein sie zerreißender, stechender Schmerz durchfuhr ihren Unterleib, der Körper der Geistfrau erbebte. Ein purer Reflex ließ sie die Hüfte heben und die Taille auf- und abbewegen. Das angehobene Becken hob die Scham hoch, als wolle es aus eigenem Antrieb das Wiederöffnen der Vulva vorantreiben.

Mit dem Abflauen des stechenden Schmerzes fühlte sie deutlich, das dieser siedendheiße starke Luftstrom sich schließlich in ihr entleerte. Ein Stöhnen entfuhr ihr aus tiefster Brust.

Anschließend bot sich ihr ein seltsames Schauspiel. Dergleichen bekommt weder ein Mensch noch ein Geist in unzähligen Hunderten von Jahren zu sehen:

Feuerpfeile mit wild lodernden Flammen schwirrten gegen die Dächer der Himmelmarkisen. Das Auge war in dem Flammenmeer nicht in der Lage, einzelne Pfeile zu erkennen. Doch alle Pfeile zischten gerade und nacheinander in ihren Schoß und verschwanden vollends in ihrem Körper. Nicht nur die Feuerkugeln waren verschwunden, auch die Pfeile selbst waren, man weiß nicht wohin, fort in dem Geist verschwunden.

Sie lag auf dem Rücken, Arme und Beine geöffnet von sich gestreckt und beobachtete ihren eigenen Körper, der ihr wie eine Erektionspumpe erschien, die die Feuerbälle ansaugte und in sich hineinsog. Als die herbeischießenden Feuerpfeile immer zahlreicher wurden, verdichteten die hintereinander im Strahl herbeischießenden Feuerlichter sich zu einem grellen, ununterbrochenen Feuerstrahl.

Sich leicht aufrichtend sah sie nun diesen feurigen, siedendheißen Lichtstrahl, der auf einer geraden Linie ohne jede Unterbrechung und ohne Umwege tief in ihre Vulva hineinfuhr, vehement zustoßend.

Sie lehnte sich zurück, im Liegen stöhnte sie auf: „Nun habe ich es endlich doch begriffen."

Nicht endende Scharen von Feuerpfeilen stürmten ohne Pause auf sie zu. (War da nicht ein Anflug von gerötetem Gesicht, von Erhitzung und Temperament, der sich auf dem schneeweißen Körper des Geistes zeigte?)

Dafür, dass der diesmalige Feuerüberfall nichts genutzt hatte, hatten die aus Zhanghua anmarschierten Soldaten unterschiedliche Erklärungen. Der Truppenkommandant erklärte sich dem Kreismagistraten: „Ich hatte ursprünglich prüfen lassen, aus welcher Richtung der Wind kommt und welche Stärke er hat. Erst dann wagte ich den Feuerangriff mit Pfeil und Bogen. Ich hatte nicht erwartet, dass der Wind wechselhaft sein würde. Er drehte ganz plötzlich und fegte die Feuerpfeile allesamt zu Boden, noch bevor sie überhaupt auf den Markisendächern landen konnten. Deswegen blieb der Feuerüberfall ohne jede Wirkung."

Gegen den Willen des Himmels kann der Mensch nur schwer etwas ausrichten.

Die Bogenschützen, die nachts die feuerbewährten Pfeile abschossen, sprachen im Geheimen untereinander, sie hätten in jener Nacht am tiefschwarzen Himmel plötzlich eine weißbekleidete Frau auftauchen sehen, deren Körper nach allen Seiten ein gleißendes Licht aussendete, so hell, dass der nächtliche Himmel wie bei Tag erstrahlte. Man konnte nur eben sehen, dass sie ihren kleinen Mund ein wenig öffnete, nicht einmal eine Zunge war im Mund zu erkennen. Sie sog die unzähligen Feuerpfeile in ihren Mund ein. Als sie sie wieder ausspuckte, waren die ölgetränkten brennenden Feuerbälle erloschen und verschwunden, nur die Pfeile waren noch übrig.

Deshalb konnten sie den Markisendächern nichts anhaben.

Die Einwohner aus Lu streuten Gerüchte. Diejenige, die in jener Nacht die Feuerpfeile aufsog und damit die Markisendächer vor dem Untergang bewahrte, konnte nur eine gewesen sein, bestimmt…

… war es Mazu, die in jener Nacht erschien.

Wer, außer dieser, der gesamten chinesischen Küste heiligen Schutzgöttin, erschien bei lebendigem Leibe in schneeweißem Kleid, den nächtlichen Himmel in gleißendes Tageslicht tauchend, um in großer Not Rettung zu bringen?

Das konnte nur Mazu gewesen sein!

12

Seit die Geistfrau ins Freie auf die Dächer der Himmelmarkisen hinaufgestiegen war und sich dort in jener Nacht ohne Bedenken ausgezogen und dadurch die Feinde verjagt hatte, blieb sie die meiste Zeit draußen auf den Markisendächern und genoss die kühlende Nachtluft im milden Mondschein.

Tatsächlich war es so, dass Lu, nachdem der Volksaufstand des Shi Jiuduan durch die Regierungstruppen niedergeschlagen worden war, ein paar ruhige Jahre in Frieden erlebte. Keine versprengten, meuternden Soldaten zogen mehr Unruhe stiftend durch die Stadt, es gab auch keine weiteren Feuerüberfälle gegen die Himmelmarkisen oder ähnliche Überfälle auf Lu.

Nachdem sie auf den Holzdecken der Himmelmarkisen alle Einzelheiten über den Volksaufstand des Shi Jiuduan, den sie selbst miterlebt hatte, vermerkt hatte, schien es so, als sei sie nun endlich soweit, dass sie Bedürfnisse und Tun der Geister vollends begriff. Mit letzter Kraft stellte sie endlich die über alle fünf Abschnitte der großen „Straße der fünf Glückseligkeiten“ an der Himmelmarkisendecke vermerkte Geschichte der taiwanesischen Volksaufstände gegen die Mandschuregierung fertig.

War es nun eine aus dem Schattenreich herrührende Fügung oder war es die nur Geistern eigene Voraussicht und unergründliche Kenntnis über alle Dinge, jedenfalls war es tatsächlich so, dass die Mandschuregierung in Folge ihres Scheiterns im Chinesisch-Japanischen-Krieg von 1894 sieben Jahre nach Ende der Revolte des Shi Jiuduan Taiwan an Japan abtreten musste.

Somit war die Revolte des Shi Jiuduan tatsächlich der letzte nennenswerte Volksaufstand gegen die mandschurischen Machthaber. 1895, im einundzwanzigsten Jahr unter Kaiser Guangxu, schickte Japan seine Truppen zum Angriff auf die Insel. Sie gingen im Norden der Insel in einer Bucht an Land. Zusammen mit den Schlachtschiffen, die vor Keelung auf Reede lagen und von dort aus das Kanonenfeuer gegen Taiwan eröffneten, konnten die Japaner den Hafen von Keelung schnell einnehmen.

Zu dieser Zeit versandete auch gerade der Hafen von Lu. Das Wirtschaftszentrum Taiwans verlagerte sich in den Norden nach Mengjia, während Lu nun nicht länger den größten und wichtigsten Hafen der Insel besaß. Das dichte Gedränge der eintreffenden Schiffe und Wagen und die überbordende Fülle der angebotenen Waren sah man fortan nicht mehr. Der Hafen war bald völlig unwichtig geworden. Lu verkümmerte zu einem unbedeutenden Küstenstädtchen, das nur noch den kleinen Schaluppen Ankerplatz gab.

Obwohl die Himmelmarkisen noch existierten, war dieser Basar nicht mehr der bedeutungsvolle Ort, an dem man jede wichtige Neuigkeit erfuhr, denn in der großen „Straße der fünf Glückseligkeiten“ traf auch nicht mehr wie einst eine brodelnde Menschenmasse aus ganz Taiwan (eingeschlossen die Ausländer) aufeinander. Als die Händler und Reisenden wegfielen, erfuhr die Geisterfrau nicht mehr von wichtigen Ereignissen. Dass die in Taipei einmarschierenden und auf ihrem Weg in die Stadt die Soldaten wie die Fliegen verscheuchenden japanischen Truppen in der Schlacht gegen Xinzhu zuletzt lange kämpfen mussten und vor der Stadt aufgehalten wurden, davon wusste sie lange gar nichts. Erst nach der Schlacht und nach der Wiederherstellung der allgemeinen Sicherheit erfuhr sie in Einzelheiten davon.

Weil überdies die Himmelmarkisendecken über alle fünf Abschnitte der Straße hinweg restlos vollgeschrieben waren und kein

Platz geblieben war, um die Großtaten der Volkshelden im antijapanischen Widerstand zu vermerken, unterließ sie es, weiter zu schreiben. Im Grunde war ihr dies eine große Erleichterung, denn alle feindlichen Übergriffe waren immer wieder gleich, sie brauchte nur die Namen der Akteure, der Orte und das Datum des Vorfalls auszutauschen. Die blutigen Auseinandersetzungen der taiwanischen Bevölkerung im Widerstand gegen das mandschurische Kaiserreich und die Gefechte gegen die einmarschierenden ausländischen Japaner waren sich nicht unähnlich.

Die nachfolgenden Japaner mordeten genauso ohne Ende und unterdrückten die Bevölkerung auf dieselbe grausame Art und Weise, wie die Mandschus es getan hatten.

Die Geistfrau hatte wohl gesehen, wie das Leben spielt, sie hatte keine Illusionen mehr, und es kümmerte sie nicht mehr, was in der irdischen Welt als Recht und Unrecht gilt. Aber sie blieb auf dem Ziegeldach der Himmelmarkisen. Nacht für Nacht saß sie still in Gedanken versunken. Sie meditierte. Es war derselbe Mond, der über Lu unterging. Die blühende Geschäftigkeit der Stadt war jedoch vorüber, die Händler im Basar schrieen nicht mehr laut durcheinander. Dagegen fegten nun Jahr um Jahr nächtliche Stürme und Regen über die alten Gemäuer hinweg, die Dachziegeln zerbrachen und das Gemäuer zerfiel.

Ganz am Rand ihres Gesichtsfelds konnte sie weit weg an der Kimmung, wenn sie oben auf den Dächern der Himmelmarkisen saß, den einst blühenden ersten Handelshafen von Lu erblicken, der nun unter Sand und Geröll, den der Fluss in seinem Bett mit sich trug, völlig begraben war. Mit dem Geistern eigenen, ungehinderten Hin- und Herschweifen zwischen Raum und Zeit wurde sie nun zum Schlamm und Geröll des Flusses. Sie begrub die Jahrhunderte alte Stadt unter sich selbst. Übrig blieb ein öder, wilder Küstenstreifen.

Alles im Winde verweht. (Oder war sie auf den Dächern der Himmelmarkisen von Lu zurückgeblieben, inmitten der Dachziegelscherben und zerbrochenen Säulen, kämpfend, den Kopf oben zu behalten, und nicht im Schlammfluss unterzugehen?! Dabei verharrte sie unbeirrt auf den Himmelmarkisen?!)

Es war wohl tatsächlich so: „So, wie der Ozean zum Maulbeerbaumfeld werden konnte, konnte das Maulbeerbaumfeld zum Ozean werden.“ Alles war im Fluss, alles dem ständigen Wandel unterworfen.

Ein Glück war, dass das Flussbett, das mit gewaltiger Kraft Sand und Geröll herantransportierte, genauso auch Steine und Sand in das tiefere Meer hinausspülte und schob und dort auffüllte. Lu war machtlos dagegen, dass es Zentimeter um Zentimeter, Meter um Meter unter dem Schwemmsand begraben wurde, der Sand, der sich im Küstengebiet um Lu zu dem neuen Schwemmland mit den Salzwiesen türmte, das neue Land gehörte zum Gebiet der Stadt Lu, dehnte sich aus und wuchs immer mehr ins Meer hinaus.

Mit dem Niedergang Lus und dem Ende allen Reichtums und aller Geschäftigkeit wucherten hier, wo ursprünglich jeder Quadratmeter in Gold aufgewogen wurde, nur noch Kewrabäume und Silberschilfgras. In die Einöde dieses undurchdringlichen Dschungels kam nur noch selten ein Mensch.

Die immer noch hoch oben auf den Dächern der Himmelmarkisen thronende Geistfrau sah nun Nacht für Nacht die Geistseele von Mondschwalbe|Mondschön, die eilig den zwischen Lu und dem Festland hin- und hergehenden Dschunken folgten. Sie eilte in Hast durch die Einöde, um rechtzeitig ins tiefere Wasser zu kommen, um noch rasch eine vor Anker liegende Dschunke zu erwischen und damit auf der Taiwanstraße zwischen Quanzhou und Lu hin- und herreisen zu können.

Die Geistfrau dachte nicht mehr daran, sich zu bewegen oder gar umzuziehen. Fest und unbeweglich saß sie auf den Himmelmarkisen und ließ die leichte Brise und den hellen Mond in freiem Lauf vor ihren Augen vorüberziehen.

Wenn nicht jene Geschichte passiert wäre.

Die neuen japanischen Machthaber befanden, die Insel sei rückschrittlich, unkultiviert und völlig verdreckt. Es müssten Hygiene und Sauberkeit herbeigeführt werden. Sie waren der Ansicht, die mit jedem Tag älteren, maroden und völlig schadhaften Himmelmarkisen verdeckten die Straße und ließen das Tageslicht nicht hinein. Unter solchen Dächern warte in jeder Ecke Schmutz und türme sich überall Dreck. Es sei unumgänglich, sie abzureißen. Über die nur sechs, sieben Meter breite „Straße der fünf Glückseligkeiten“ fällten sie das Urteil, dass diese Straße nicht den modernen Bedürfnissen der Leute entspreche. Die neue japanische Regierung legte sodann einen Plan zur „Sanierung der Stadt“ vor, der vorsah, die „Straße der fünf Glückseligkeiten“ in eine „zweispurige Straße“ von über dreizehn Metern Breite umzuwandeln; das war annähernd das Doppelte der früheren Straßenbreite. Um dies zu erreichen, mussten die Geschäftshäuser der Kaufleute zu beiden Seiten der Straße teilweise abgerissen werden. Auf jeder Seite sollten sie um mehr als die Hälfte ihrer Fläche in die Tiefe zurückweichen.

Alle Leute in der Markisenstraße gerieten in Aufruhr, Tumult entstand.

Obschon Lu an die Japaner verloren gegeben war, gab es nach wie vor die mit ihrem Städtchen verwurzelten „Lustädter“, die hier in der „Straße der fünf Glückseligkeiten“ ihre Läden besaßen und ihren Lebensunterhalt verdienten. Wenn die Läden um die Hälfte ihrer Fläche abgerissen wurden, sie nicht mehr tief genug waren, um Warenlager und Verkauf aufrecht zu erhalten, was dann? Wenn die Kaufleute der Fläche ihres Grundbesitzes und ihrer Häuser verlustig gingen, bei welcher Stelle sollten sie Entschädigung einfordern?

Es gab Leute, die stellten ihren Sarg vors Haus und schworen bei ihrem Leben nicht nachzugeben. Die japanischen Machthaber waren derweil mit dem Aufbau der großen Städte wie Mengjia beschäftigt und stellten vorerst die Sanierung der kleinen Städte und Dörfer hintenan.

Die Menge atmete erleichtert auf. Die feinen jungen Männer von Lu gaben sich umso mehr jeder Art von Zerstreuung hin, je länger die Sanierung des Viertels auf sich warten ließ. Schließlich würde Taiwan noch vor den Sanierungsmaßnahmen der japanischen Besatzer befreit werden und wieder heimkehren in die schützenden Arme des festländischen Mutterlandes. Dergleichen entzog sich der Beobachtung der Geistfrau, sie konnte es sich nicht vorstellen.

Seit über zweihundert Jahren verweilte sie nun in den Himmelmarkisen und durchschaute längst das Spiel „Wer Erfolg hat und weiter kommt, wird zum König gekrönt, wer Misserfolg hat, gilt als ein gemeiner Dieb“ und „Wer Glück in den Geschäften hat, erlebt Aufschwung, wer einmal versagt, der wird alsbald völlig am Boden sein.“ Wenngleich sie die manchmal in der Straße der Himmelmarkisen mitgehörten japanischen Nachrichten, die die Leute untereinander austauschten, nicht verstand, schloss sie aus vielerlei unmissverständlichen Hinweisen, dass die machthabenden Japaner über ihren Abzug redeten. Ein noch härterer, noch erbarmungsloserer Terror der wieder neuen Besatzer sollte ihnen nachfolgen.

Sie ließ nun noch weniger und zu keiner Zeit, auch nicht eine Viertelstunde lang, die Himmelmarkisen allein. Die Zeit raste dahin, das war ihr Gefühl, schneller als jemals zuvor.

In hellen Mondnächten schwebte sie hoch in die Luft, um von oben auf die Himmelmarkisen hinabzusehen. Über eine Länge von zweieinhalb Kilometern betrachtete sie die schräg abfallenden Markisendächer, die mal höher, mal tiefer waren, aber alle aneinander stießen. Über Kreuz ineinander verzahnt verliefen sie wie ein Zickzackband auf der großen „Straße der fünf Glückseligkeiten" in einer leichten Krümmung – wie die dünne Sichel des Neumondes. Im Mondschein leuchtete die Straße wie die Silberschuppen eines schlafenden Drachen. Es schien fast, als bebte ein langer Körper im Rhythmus seines Atems auf und nieder, wenn der Mond in die Wolken eintauchte, zog es ihn hinab und mit dem Mond aus dem Dunkel wieder hinauf.

Ihr Blick ruhte unbeweglich auf den Himmelmarkisen. Wie liebte sie sie, niemals wollte sie sie missen, es würde ihr das Herz brechen!

Verlor sie an Höhe, konnte sie die gesamte Himmelmarkisen-Mondsichel nicht mehr mit einem Blick erfassen, denn obschon ihr Gesichtsfeld die besondere Größe eines solchen der Geister besaß und ihr Blick durch nichts behindert wurde, konnte ihr Auge dann doch immer nur einen Teil der Straße erfassen.

Am liebsten hatte sie es, wenn sie auf halber Höhe in der Luft schwebte und auf die Himmelmarkisen der Straßenabschnitte „Glücklicher Aufschwung" und „Harmonischer Aufschwung" hinabschaute. Hier war sie Zuhause und kannte alle die Nachbarhäuser aus der Zeit ihres Lebens und aus der Zeit nach ihrem Tod. Dieser Straßenabschnitt galt zu Recht als das Herz der gesamten Straße, die Häuser zu beiden Seiten der Himmelmarkisen waren hier prachtvoll und stattlich, nahezu alle zweiten oder Halbparterre-Stockwerke der herrschaftlichen Handelshäuser ragten über die Himmelmarkisen hinaus.

Sie erinnerte sich zurück an ihre Kinderzeit, als sie noch nicht dem Gebot „Unverheiratete Mädchen treten nie vor das Haupttor und gehen nie durch das zweite Haustor“ gehorchen musste. Da öffnete sie immer die Fensterläden im Halbparterre oder zweiten Stock und hatte die Dächer der Himmelmarkisen direkt vor sich. Alle Nachbarskinder brauchten zum Spielen nur übers Dach zu laufen. Sie konnten heimlich den Blicken ihrer unten an der Kasse sitzenden und kontrollierenden Eltern aus dem Weg gehen und dort hingehen, wohin sie gerade wollten.

Die Himmelmarkisen waren wie eine zweieinhalb Kilometer lange, gebaute Regenbogenbrücke, die mitten im leeren Raum hing und den allerkürzesten und bequemsten Weg des gegenseitigen Kontaktes ermöglichte. Als Kind glaubte sie deswegen immer, dass der Regenbogen am Himmel aufgestellt wurde, weil man dort entlanggehen musste.

War es der Lockruf unbeschwerter Freuden der Kinderzeit oder waren es die aus der Zeit ihres Lebens unzähligen Einzelbilder, die nun vor ihr auftauchten, dass sie wieder aus der Schwebe in halber Höhe hinunter auf die Himmelmarkisen zu sinken begann? Sie sank ohne jede Bewegung, völlig still. Weder der lange Gürtel ihres Kleides noch der Rocksaum flatterten im Wind, als sie direkt auf den hohen Grat in der Mitte des schräg abfallenden Daches niedersank. Im Blick hatte sie nur die immer größer und größer werdenden Dachziegel.

Im Fluss mit dem Abwärtssinken öffneten sich ihre Beine, und sie fiel auf den Dachfirst aufsitzend. Sofort öffnete sich das fest geschlossene Kleid (weder Gürtel noch Saum waren jemals vorher hochgeschlagen gewesen), so dass sie deutlich spürte, wie sie rittlings auf den dicken harten Dachfirst stieß.

Ihre Schenkel hatten niemals zuvor etwas umschlossen gehalten!

Etwas Langes lag unter ihrem Körper zwischen ihren Beinen direkt an ihrer Scham! Der Kalksandsteinfirst war grobkörnig und kühl und bestimmt achtzehn bis zwanzig Zentimeter breit, dabei ragte er um die dreißig Zentimeter empor, ein gewaltig langer, grobharter Grat. Wie groß musste wohl etwas sein, das…

Die breitbeinig rittlings auf dem Dachfirst sitzende Geistfrau ritt den Wind, wie Straßenbahnfahren, wie in einer eingleisig fahrenden Eisenbahn rutschte sie mit der Geistern eigenen, anmutig grazilen

Gewandtheit den First entlang. Zwischen den Abschnitten „Glücklicher und Harmonischer Aufschwung“ waren die Himmelmarkisen, weil die zu beiden Seiten anliegenden Häuser hoch und gerade aufragten, etwas höher gebaut. Zwischen den Abschnitten „Glücklicher und Günstiger Aufschwung“ waren sie älter und niedriger. So konnte die Geistfrau von dem höheren Abschnitt mit Schwung hinabrutschen. Wie das zwischen ihren Beinen hindurchlief und welch reibender Druck das war! Dieser klobige große Dachfirst passierte ihre Beckenknochen, wenn sie mit rasender Geschwindigkeit darüber hinwegflog, die Himmelmarkisen zu beiden Seiten, die sie im Blick hatte, sausten an ihr wie im Sturzflug vorbei. Wenn sie nicht genau gewusst hätte, dass sie sich selbst im Schritt auf dem dicken Dachfirst entlangrieb, hätte sie geglaubt, der eigene Körper wäre der Stillhaltende und die drückende Bewegung in ihrem Becken ginge von dem zweieinhalb Kilometer langen Dachfirst aus, der sich wie ein tausend Li langer Drache dahinschlängelte.

Sie rutschte die ganze Nacht auf den Dächern der Himmelmarkisen. Die schlaflosen, aus ihren Betten getriebenen Menschen waren sich ganz sicher, als sie mit Nachdruck verkündeten, sie hätten bei Einbruch der Nacht einen großen starken Lichtstrahl auf dem Dachfirst der Himmelmarkisen hin- und herhuschen sehen. Manch einer sprach, die Seele der Jahrhunderte alten Himmelmarkisen wäre zum Leben erwacht, sie zeigte ihren göttlich erleuchteten Geist in einem goldene Strahlen aussendenden Buddhaleib, um die japanischen Teufel davor zu warnen, ihren Plan zum Abriss der Himmelmarkisen wahrzumachen: Die japanischen Teufel würden schon ihre Strafe bekommen!

Andere sagten: „Der starke Lichtstrahl leuchtet direkt aus dem First der Himmelmarkisendächer. Der Dachfirst ist wie bei einem Menschen die Wirbelsäule des Dachs. An dem Leuchten sieht man, dass der Geist der Himmelmarkisen inzwischen göttlich erleuchtet ist, deswegen entsendet der Kiel diesen starken Lichtstrahl.“ Immer mehr Leute legten intuitiv, wenn sie dieses leuchtende Licht sahen, die Handflächen zusammen und beteten. Es gab sogar Leute, die bereiteten „dem Gott“ ein Opfermahl aus den drei Opfertieren und den vier Früchten und kamen, ein Gelübde abzulegen und die Erfüllung eines Wunschs einzufordern.

Die Geistfrau besaß keine Zeit mehr, sich mit alledem zu befassen. Nachdem der Termin für den Abriss der Himmelmarkisen einige Male verschoben worden war, wusste sie, dass ihr nun keine Zeit mehr bleiben würde. In grenzenloser Liebe war sie über den First geeilt, im Blick die an ihren Augen vorbeijagenden Dachziegel. Auf jeder der einzelnen Deckenplatten, unter jeder der Dachpfannen standen alle Ereignisse der Vergangenheit der Insel geschrieben, jeder Vermerk ein aus Blut und Tränen gewobenes Schicksal. Sie pendelte in den dreihundert Jahren herabstürzender Zeit hin und her. Oh weh, welch endlos weit reichende Vergangenheiten der Staub gewordenen Leben bestürmten unablässig ihr Herz!

Dazu entdeckte sie, dass sich das weiße Gewand, welches sie trug, durch das Rutschen auf dem Dachfirst mit den unter den Ziegeln vollgeschriebenen Deckenpanelen, so wie ein sich drehender Reiterlampion Zeile um Zeile mit ihren Aufzeichnungen beschrieb. Die pausenlos hervorströmenden Zeichen waren die nun das zweite Mal, jetzt durch das weiße Kleid hindurch, sichtbar werdenden Schriftzeichen von den Markisen, über die sie, den First entlangrutschend, wieder und wieder im Fluge hinwegstob.

Mit der Geistern eigenen Geschwindigkeit eines Blitzes oder des Aufleuchtens eines Funkens las sie die durchgedrückte Schrift auf ihrem eigenen Körper und Kleid. (Das Geschriebene waren übrigens von ihr in schönster Grasschrift geschriebene Zeichen: Wie fliegende Drachen mit tanzenden Phönixen!) Endlich seufzte sie tief.

„Dann bin ich es also, die nun…“

Einen Straßenabschnitt nach dem anderen rutschte sie nun Nacht für Nacht auf dem First der Himmelmarkisen entlang. Manch Abschnitt benötigte längere Zeit, manches Mal schob sie sich ganz geschwind hindurch. Die Aufzeichnungen überschrieb sie Abschnitt für Abschnitt durch Überfliegen des Textes auf ihren eigenen Körper. Zuletzt war sie fast fertig und verbrachte die letzte Nacht auf dem First.

Es war inzwischen 1934, die Japaner beherrschten die Insel über vierzig Jahre, die Vorbereitungen zu den Abrissmaßnahmen der Himmelmarkisen waren abgeschlossen.

Am Himmel verschwamm die Silhouette, die Dunkelheit kam. Die Geistfrau zeigte sich bereits auf den Dächern der Himmelmarkisen.

Nur noch vier, fünf Doppelstunden bis zum Morgengrauen. Dann begännen die Arbeiter mit den Abrissarbeiten. Sie würden die Dachziegel herunterreißen, zögen die Muschelingwer- und Hanfbambusblätter heraus und klopften die Lehmstützen weg. Das Sonnenlicht würde grell auf die nicht mehr länger verdeckte Holzdecke scheinen. Die von Anfang bis Ende in zweihundert Jahren geschriebene Geschichte des taiwanischen Widerstands, und war sie auch mit Tränen von Blut geschrieben, würde Schriftzeichen für Schriftzeichen restlos innerhalb eines einzigen, winzigen Augenblicks zu Staub zerfallen.

Was dann noch verschwinden und sich in Nichts auflösen würde, war sie selbst.

Es sei denn, sie suchte sich eilig einen anderen Ort, an dem sie sich verbergen konnte. Wenn nämlich der erste Morgensonnenstrahl auf die Straße ohne die schützenden Verdecke der Himmelmarkisen traf, wäre dort ihr immer noch ausharrender Geistkörper das erste, was zu Staub und Asche zerfallen würde.

Mit den ihr eigenen Fähigkeiten und Kräften würde es nicht schwierig werden, an einen anderen Ort umzuziehen und dort weiterhin als Geist zu wohnen. Zumal sie aus Lu stammte, dieser uralten Stadt, in der es an jedem Ort vor Geistern nur so wimmelte. Jede Gasse, jede Hausecke, jeder Brunnen und sogar jedes alte Wohnhaus war von Totengeistern besetzt. Mit den herausragenden Fähigkeiten eines schon über zweihundert Jahre alten, erfahrenen Geistes sollte es ihr keinerlei Schwierigkeiten bereiten, sich irgendeinen anderen Ort als Wohnung zu nehmen.

Und wenn sie keine Auseinandersetzungen mit den anderen örtlich ansässigen Geistern wollte, blieb ihr immer noch die Möglichkeit, an der Flussmündung auf den angeschwemmten Salzwiesen einen passenden Ort zu finden. Auf dem neu entstandenen Land waren an Geistern nur die der angeschwemmten Leichen und die Leichen der Selbstmörder, die an der Küste ihrem Leben ein Ende machten. Das Dickicht der Kewrabäume und die Silberschilfgraswiesen boten noch ungezählten heimatlosen, streunenden Geistern Wohnstatt und Bleibe.

Die Geistfrau hatte bisher vermieden, im Vorhinein dergleichen Auswege zu bedenken und zu planen.

Die Nacht brach dunstig an, aber schnell wurde sie zur lackschwarzen, tiefen Nacht ohne Mond und Sterne. Es war nun völliges Dunkel, allein der brausende Wind heulte vom Meer herüber.

War es so, dass die völlige Abwesenheit jeglichen Lichts die Geistfrau ermutigte, ja anspornte, oder war es so, dass sie alles schon früher geplant hatte.

Man sah nur, wie die auf den Dächern der Himmelmarkisen beim Straßenabschnitt „Harmonischer Aufschwung" thronende Geistfrau mit beiden Händen die lange Reihe geknoteter Seidenknöpfe auf ihrem weißen Kleid Knopf für Knopf sorgfältig öffnete.

Auf dem quer über die Brust und nach unten geschwungen verlaufenden Verschluss waren dicht an dicht wohl zwanzig Stoffknöpfe aufgenäht. Es war es das erste Mal, dass sie ihre Knöpfe am Kleid öffnete. Es schien, die aus Seide genähten Knöpfe und die quer über der Brust aufgenähten Schlingen, die über die lange Zeit nie bewegt wurden, hielten tatsächlich noch fest zusammen.

In Ruhe öffnete sie langsam alle fest geschlossenen Knöpfe. Dann stand sie auf und streifte mit beiden Händen das weiße lange Kleid vom Leib.

War es die Scham über ihre Nackheit? Oder fröstelte sie? Man sah ja deutlich, als sie nun nackt im Nachtwind stand, wie sich die Gänsehaut in feinen Wellen auf und ab über den ganzen Körper kräuselte. Jedenfalls legte sie schützend beide Hände über ihre Brüste.

Dann beugte sie ihren kleinen grazilen Körper und legte sich in einer unendlich zärtlich anzuschauenden Bewegung mit dem Bauch auf den Dachfirst der Himmelmarkisen nieder. Als ihre Brüste den rauen Kalksandstein des Firsts berührten, entfuhr ihr ein Seufzer wie ein tiefes Stöhnen. Die sich nun öffnenden Beine grätschten wie reitend über dem im Vergleich zu ihrer Vulva und ihrer Scham riesigen klobigen Dachfirst. Von beiden Seiten umschlossen ihn ihre Schenkel eng, während ihr Leib sich vor und zurück zu bewegen begann.

Ein Gefühl war das, als würde etwas an ihrer Vulva reiben. Als sie es eng bei sich spürte, konnte sie in schneller Folge vor- und zurückstoßen, ihre Mitte bewegte sie nicht mehr weg davon.

In ihrem Blickfeld direkt vor ihren Augen hatte sie ihren eigenen Körper und sah sich zustoßen. Ihr Leib begann sich, infolge des

Soges der vor- und zurückstoßenden Kräfte, in die Höhe und Breite auseinander zu ziehen und sich zu wölben. Allmählich wuchs ihr schmächtiger Leib Millimeter um Millimeter und Stück für Stück. Ihr ursprünglich nur einen Meter und fünfzig Zentimeter messender, kleiner Leib wirkte, die Beine gespreizt ohne Halt auf dem dicken Dachfirst sitzend, angestrengt. Aber schon bald konnten sich die in die Länge gewachsenen Beine mit den Füßen zu beiden Seiten abstützen. Der dicker und breiter gewordene Po saß stabil auf dem First.

Der Geist bewegte sich nun noch angestrengter vor und zurück.

Der endlose, zweieinhalb Kilometer lange klobige Dachfirst schien im Verhältnis zu ihrem an Größe zunehmenden Leib von Minute zu Minute zu schrumpfen. Obschon sie zuerst keine Möglichkeit besaß, auch nur die Beine anzuwinkeln, konnte sie nun schon mit dem Po auf dem First sitzen. Jetzt streckte sie beide Beine gerade nach hinten, so dass ihr ganzer Körper ausgebreitet mit dem Bauch auf dem Dach der Himmelmarkisen lag, in der Mitte unter ihrem Körper wie ein Kissen den riesenlangen Dachfirst.

Ihr Leib schwoll weiter an. Sie wagte nicht, zu heftige und zu schnelle „Vor- und Zurück-Bewegungen“ auszuführen, denn ihr Körper war inzwischen so angewachsen, dass sie im Liegen die volle Fläche der Himmelmarkisendächer des Abschnitts „Harmonischer Aufschwung“ ausfüllte. Und ihr Körper wuchs weiter, sich zu beiden Seiten über die Dächer der Nebenstraßen „Glücklicher Aufschwung“ und „Sonniger Aufschwung“ ausbreitend. Obschon sich der federleichte Körper eines Geistes grazil und schwerelos bewegt, entsteht durch die Bewegungsgeschwindigkeit zu beiden Seiten ein Luftstrom, der die zweihundert Jahre alte Holzkonstruktion derart erschütterte, dass es ächzte, als wenn der Himmel einstürzen wollte.

Die Geistfrau wuchs weiter, während sie mild zustoßende, stimulierende Bewegungen machte; ihr nackter Leib breitete sich Meter um Meter aus.

Im Rhythmus der sich verlangsamenden Bewegungen fühlte sie die einzelnen Dachziegel unter sich rumoren. Die röhrenförmigen Dachpfannen, die jede eine Länge und Stärke von etwa dreißig Zentimetern besaßen, waren grobkörnige und klobige Burschen. Trotzdem waren sie plötzlich wie unzählige Fingerspitzen, die klopfend, nestelnd über sie fuhren. Mit den Auf- und Abwärtsbewegungen ihres Körpers gerieten die Dachpfannen Ziegel für Ziegel von oben nach unten sich gegenseitig berührend und in sich überschneidenden Reihen auf dem Dach in Bewegung. Die Pfannen lagen wie die einzelnen Noten auf einer Tonleiter, vom hohen Ton abwärts schreitend in Reihen ineinander greifend, in Ketten hintereinander aufgereiht, wieder und wieder Notenreihen von gestimmten Tönen bildend, und sie rieben sich auf dem ganzen Körper aufwärts, abwärts…

Lüstern immer schneller auf und ab!

Waren es tatsächlich nur diese zahllosen Dachpfannen, verzahnt in Reihen über dem ganzen Dach, die ihrem intimsten Ort keine Ruhe mehr ließen? Der ewig lange klobige Dachfirst, dieser aus den Himmelmarkisen aufrecht hervorragende, zylinderförmige, abstehende Körper, kam nun mitten in dem Spalt zwischen ihren beiden Brüsten zu liegen, so dass ihre Brüste jede zu einer Seite an ihm lagen.

(Oh Weh! Wie hatte sie übersehen können, dass ihre beiden Gipfel wie zwei Berge und Tal zusammenstanden, das vor und zurück dazwischen ließ ihre Brüste wie Wellen auf hoher See tanzen!)

Und erst ihr geheimer Ort unten an ihrem Körper zwischen ihren beiden Schenkeln! Der ursprünglich mit dreißig Zentimetern viel zu dicke riesige Kloben war inzwischen passend für ihre Größe und drückte fest auf die Pforte zu ihrem geheimen Garten.

(Oh! Diese reibende Berührung an der Spitze, am innersten Punkt der Knospe ließ aus geheimen Tiefen einen See purer Wollust sprudeln. Die kleine Öffnung, die einmal die ungezählten Feuerpfeile eingesogen und wieder ausgespuckt hatte, und die noch weit mehr Licht und Hitze adsorbiert hatte, zog sich zusammen und saugte suchend, wenn sie gedrückt wurde…)

Ein Seufzen verirrte sich auf die Lippen der Geistfrau. Hervor brach ein flaches Stöhnen.

Stöhnend fuhr sie fort damit, ihren Körper langsam auf und ab zu bewegen. Jede Bewegung, jede Berührung…, egal war es, dass sie zwischen den Ziegelreihen auf den Himmelmarkisen lag. Der ewig lange Dachfirst berührte sie mit der größten, ausschließlichsten, unendlichsten…, dies war das allererste Mal, es war das einzige Mal, das erste und das letzte Mal…

Pressen, reiben, streicheln, liebkosen, sanft drücken…

Mit grenzenlosem Wohlgefühl ließ sie sich fallen und öffnete ihren Körper ganz. In dem auf den Himmelmarkisen liegenden, hauchzarten Geistkörper war in dem Weiß ein wenig helles Rot zu entdecken, wie das Rot beim Aufbrechen der Blütenknospe, die ihre im Innern rötlichen Blütenblätter langsam bis zur vollen freien Blüte entfaltet. Schließlich hielt sich die Hand ihres Arms, der ausgestreckt über dem Abschnitt „Günstiger Aufschwung" lag, an dem ersten Zwingtor fest, nahe Beitou, das schon am Meer liegt und das Ende der „Straße der fünf Glückseligkeiten" bezeichnet. Ihre nach hinten ausgestreckten Füße reckten sich und klammerten sich mit den Zehen am letzten der Zwingtore des Straßenabschnitts „Günstiger Aufschwung" fest, die Himmelmarkisen dehnten sich dazwischen mit einer Länge von zweieinhalb Kilometern aus.

Intuitiv umfing sie mit beiden Armen die Straße, dann schloss sie schließlich und endlich die gesamten Himmelmarkisen in ihre Arme.

Alles war nur so geschehen und hatte nur so stattgefunden, um diesen kurzen Augenblick zu erleben. Zweihundert Jahre geduldigen Ausharrens in den Himmelmarkisen, nur um diesen flüchtigen Augenblick zu besitzen!

Heiße Tränen quollen ihr aus den Augen. Sie spürte sie deutlich in ihre Augenwinkel kullern, auf ihre Wangen fließen und herabtropfen.

Das Schwarz der Nacht verschwamm, diesig stockte die Luft, dünner ward das Dunkel. Das dichte Schwarz war nun durchlässig und schien bald durchsichtig.

Mit großer Achtsamkeit richtete sie nun die Position ihres Körpers, bedachte jeden Teil ihres Leibes, damit sie, ohne auch nur den geringsten Anteil auszulassen, mit ihrem Geistleib die gesamte Straße der Himmelmarkisen bedeckte.

Man sah sie, so wie Blütenblätter das Herz einer Blüte einwickeln, den hellweißen, luftigen, grazilen Geistkörper ganz ausbreiten und ein Inneres umschließend einhüllen.

In der engsten Umarmung, dem festesten Umschlossensein empfand die Geistfrau schließlich wundersamerweise das volle Losgelöstsein. Sie vermochte sich selbst, den Leib ihres Geistes, in Gänze den Himmelmarkisen anheim zu stellen.

Sie ließ sich ganz fallen.

(Sie brauchte wirklich so lange, bis dass sie so groß wurde wie die Himmelmarkisen, denn erst da war sie in der Lage zu verstehen, was sich fallenlassen und loslassen bedeutet.)

Welche unbeschwerte Freude, sich von allem Druck befreit zu wissen. Einzugehen in den eigentlichen Urgrund von Wirkung und Ursache, frei und losgelassen mit einem unteilbaren Ganzen zu verschmelzen. Ein Anflug von Lächeln breitete sich über das blütenweiße Gesicht der Geistfrau. Die heißen Tränenströme versiegten. Sie war nun in einem tiefen Traum angelangt: Der Geistleib gab seinen Körper an die Himmelmarkisen ab …

Aufgehobensein und Loslassen.

Von Ferne konnte man die Mondsichel sinken sehen, der immer dünnere Mond verschwamm allmählich im Dunst und verblasste zu einem leeren runden Schatten, einem Phantom des Nichts. Der erste Morgensonnenstrahl würde bald zu sehen sein.

4. KAPITEL

Der Geist in den Kewrawäldern

Der Süden des Landes

Man sah sie im Dickicht der Kewrabäume. Sie war bestimmt eine Frau, denn schon immer hieß dieser Geist: „Große Schwester der Kewrabäume." (Warum nicht „Kleine Schwester der Kewrabäume"?)

Schaute man auf ihr Alter, hätte niemand angenommen, dass es sich bei ihr um die „ältere" Schwester handelte, das war reine Ehrerbietung, die sich in dem Zusatz „Große Schwester" ausdrückte. Denn die zu Unrecht in den Kewrawäldern zu Tode gekommene Geistfrau war es allemal wert, „Große Schwester" genannt zu werden. (Daran knüpften die Leute natürlich die berechnende Hoffnung, dass der Geist sie nicht heimsuchte und sich von ihnen fernhielt.)

Seit eh und je nannte man die in den Kewrawäldern zu Unrecht Ermordeten oder in den Tod gegangenen Frauen „Große Schwester der Kewrabäume". Die von den Wohlhabenden gequälten, missbrauchten und in den Tod getriebenen, wohlerzogenen Mädchen | die von den Schwiegermüttern vergifteten Schwiegertöchter | die von Betrügern hinters Licht geführten und umgebrachten Ehefrauen der jungen Hausherren | die um ihre Ehre gebrachten, unverheirateten Mädchen | die blutjungen, in der Hochzeitsnacht gestorbenen Kindsbräute | die vergewaltigten Schönheiten aus einfachen Familien | die von Ehemännern böse verstoßenen Ehefrauen...

Sie, die dort in den Tod gegangen waren, hatten alle ganz Furchtbares erlitten, waren betrogen worden um Liebe und Geld und Gut, hatten ihre Unschuld und ihr Kind noch dazu verloren, hatten es nicht geschafft, ihren Ruf zu schützen und die strengen Sitten einzuhalten, und wurden von dem Sippenverband der Familie nicht mehr toleriert. Sie hatten alle möglichen Erniedrigungen hingenommen, waren in jeder Hinsicht missverstanden worden, hatten an Körper und Seele tiefe, traumatische Verletzungen erlitten. Dann war ihnen in verzweifelt aussichtsloser Lage als einziges Mittel der Tod geblieben, um dadurch wenigstens die eigene Geisteshaltung deutlich zu zeigen. (Die mit solch traumatischen Verletzungen geschlagenen Frauen waren alles junge Mädchen und Frauen mittleren Alters. Alte Frauen waren nicht darunter, weswegen es auch nur die „Große Schwester der Kewrabäume“ gab und von einer „Alten Mutter der Kewrabäume“ nie die Rede gewesen ist.)

Es war immer so, dass verzweifelte Frauen die Abgeschiedenheit der Kewrawälder suchten, sich an den Ästen der Kewrabäume aufhängten und so in den Tod gingen.

Der Kewradschungel ist nicht nur einfach ein scheinbar undurchdringliches Dickicht direkt an der Küste in den Feuchtwiesen im Süden von Lu, durch das kaum ein Durchkommen ist. Es ist der Ort, wo der größte Fluss Mitteltaiwans aufs Meer trifft. Der „Trübe Fluss“ mündet hier über den Fulufluss, einen seiner zahlreichen Nebenflüsse, ins Meer ein.

Als wenn in dem überfluteten Gebiet zwischen dem trüben Fluss und dem Hongfluss, seinem größten Nebenfluss, nicht schon genug Sediment in den Seehafen von Lu abgetragen worden wäre, lagerte sich an der Mündung des Fuluflusses ins Meer genauso ununterbrochen der Schwemmsand ab, wodurch der Fluss dann selbst wieder versandete, um in einigen vier, fünf Meter breiten Rinnsalen auseinander zu fließen.

Das ist die beste Gegend für die Kewrabäume, die dort schnell alles überwuchern!

Zuerst ist so ein Kewrabäumchen nur ein niedriges, kleines Strauchgewächs, dessen dickfleischige Blätter in Büscheln nach allen vier Seiten stehen, die Blätter etwas breiter als die vom Chinasilberschilfgras, auf der Blattoberfläche voller spitzer Dornen, die gröber als beim Chinaschilf sind und wie messerscharfe Zähne in dichter Reihe am Blattrand stehen.

Die von vielen Pflanzen gefürchteten Sandwehen, überaus salzige Böden, starke Winde scheinen den Kewrabäumen gerade nach ihrem Geschmack zu sein. Man schaue sich ihre Blätter an, wie sie im Zuge des Heranwachsens an Breite, Stärke und Länge zunehmen und wie auch die Dornen immer größer und kräftiger werden! Dann sieht man alsbald starke Äste, die aufrecht nach allen Seiten abstehen, und die auch bei Anwendung großer Kraft schwer umzubrechen sind.

Das ursprünglich niedrige Strauchgewächs kann sehr in die Höhe wachsen. Es breitet sich mit Geäst und Blättern schnell aus, der Stamm gewinnt den Umfang eines Männerarms, die davon zahlreich wie in Büscheln abstehenden Äste sind dicht mit langen dornigen Blättern bestanden. Das Dickicht der Kewrabäume ist ein dem Menschen von allen Seiten gefährlich werdendes, spitzes Dorngestrüpp.

Die Bäume wachsen in dichten, alles überwuchernden Wäldern längs der unsichtbaren Grenze zwischen Fluss und Meer in der wasserüberfluteten Uferzone, ohne dass sie das stehende Wasser stört. Der grobkörnige Reis der Früchte und die langen Blätter sind von durchdringender, kräftiggrüner Farbe. Wenn die Früchte heranwachsen, schwängert die Luft ein schwerer, in der Nase stechender Duft.

Natürlich trägt auch der Kewrabaum nicht durch alle Jahreszeiten hindurch immergrünes Laub. Die Blätter dieser ihr Laub nicht abwerfenden Bäume werden nicht gelb, sie sterben nur einfach durch Vertrocknen ab. Ihre Farbe wechseln die Blätter nur, weil der Meereswind den trockenen Kies am Ufer aufbläst. Die Kieswehen fegen durch das Kewradickicht und färben die langen Kewrablätter im Nu staubig, spröde, grau.

Manches Mal sind die Kewrabäume auch gezwungen „umzuziehen". Der im Flussbett mitgeführte angeschwemmte Schlamm treibt weiter in den unermesslichen Ozean. Wenn der Schwemmsand auch ohne Pause weitergespült wird, so ist der Sand gegen den weiten Ozean doch machtlos. Im Gleichklang mit der Meeresströmung sammelte sich damals der Flussschlamm draußen im weiten Wasser und trieb dort auseinander. Er verursachte nicht nur, dass sich der Zugang des Hafens von Lu verbreiterte, der Naturhafen viel Wasser führte und ganz tief und groß wurde, sondern später auch, dass der Zugang des Hafens wieder verstopfte, bis dass die Schiffe dort nur noch schwer festmachen konnten.

Mit dem Fluss war es genauso, zeitweilig war er tief und breit, zeitweilig schmal und seicht. Als die die Stadt immer wieder angreifenden Piraten einmal davon wussten, dass die Flussmündung kürzlich freigeschwemmt war, der Sand im Flussbett nun eine breite Rinne freigab, passten sie den Höchststand der Flut ab, um dann mit ihrer Flotte direkt einzufahren und die Stadt einzunehmen. Lu hatte das damals übersehen und schwere Verluste hinnehmen müssen.

Die Gezeiten bewegen den Schwemmsand von einem zu anderen Ort. Die von Kewrabäumen dicht bewachsene Sandbank war dort, wo Fluss und Meer zusammentreffen, mit der Zeit durch die starken Regenfälle, die den Grund wegspülten, und durch die immer angreifende Flut auseinander gebrochen. Ein großer Teil der Sandbank war abgerissen, so dass dann zwei Sandbänke entstanden, die ein Flüsschen trennte. Der dichte Kewradschungel riss mit Gewalt in der Mitte auseinander. Plötzlich sah man nur noch abgerissene Kewrabaumwurzeln in die Luft ragen und Massen von Baumstämmen, die, nachdem die Blätter in der Sonne verdorrt waren, nackt im flachen Wasser lagen.

Die Leute aus Lu entdeckten zwischen den auseinander gerissenen Sandbänken in dem kleinen Flüsschen die Knochen von gerade geborenen Säuglingen. Winzig kleine, aber ganz vollständige Gerippe! Sie waren in dem aufgebrochenen, auseinander gerissenen Wurzelgeflecht der Kewrabäume zu Vorschein gekommen!

Der Kewradschungel ist undurchdringlich und voller Dornen. Überall steht dicht das Chinaschilf und sehr selten verirrt sich ein Mensch hierher. Seit Urzeiten ist dieser Ort die heilige Stätte der Ureinwohner vom Stamm der Pepo. Keiner wagt, hierher zu kommen, um einen toten Säugling auszusetzen. Auch wenn es Frauen waren, die aus einer unerlaubten Liebesbeziehung schwanger waren und den Säugling töten wollten, hätten sie die Leiche hier bestimmt nicht begraben.

Die Leute aus Lu flüsterten hinter vorgehaltener Hand, das einzig Mögliche sei, dass die „Große Schwester der Kewrabäume" damit zu tun habe:

Sie sei vergewaltigt worden und davon schwanger gewesen. Im Winter, kurz bevor sie niederkommen sollte, obwohl sie doch einen dicken weiten Mantel, unter dem man nichts erkennen konnte, getragen habe, sei es aufgeflogen. Als einziger Ausweg blieb ihr deshalb, in die Kewrawälder zu fliehen und sich dort aufzuhängen.

Als sie den Hals in die Seidenschalschlinge legte und sich aufhängte, war durch die große Wucht, mit der sie sich die Kehle abschnürte und erwürgte, bei ihr bestimmt Kot abgegangen. Bestimmt war es auch so, dass sich der Geburtskanal dabei öffnete, und herab fiel schreiend und wimmernd ein…

Die „Große Schwester der Kewrabäume" wurde, nachdem sie sich in der Wildnis des Kewradschungels aufgehängt hatte und gestorben war, ohne Frage zu einem furchtbaren Rachegeist, der sich in den Kewrawäldern versteckt hielt. Oft tauchte er in der nahen Umgebung auf, um seine Rachegelüste zu stillen. Sie fand natürlich auch Opfer. Ungeachtet, wie und auf welchem Wege sie ihre Opfer fand und an ihnen Rache verübte, erzählen die Leute sich immer wieder eine überlieferte Begebenheit, die sich wirklich zugetragen hat.

In einer kalten Nacht, bei Neumond, noch nicht einmal Sterne waren am Himmel zu sehen, ging ein alter Mann, der Zongzi, in Bambus gewickelte Klebreisklößchen, verkaufte, mit seinem Tragjoch voll mit dampfenden heißen Fleisch-Zongzi direkt an den Kewrawäldern vorüber, denn er wollte bei Morgengrauen in der Stadt sein. Obwohl dieser Weg doch mitten durch den dunklen Wald führt, ist er eine gern genutzte Abkürzung, um in die Stadt zu gelangen.

Plötzlich war da eine weiche Frauenstimme, die ihm zurief: „Ich möchte fleischgefüllte Reisklöße kaufen."

Der Alte dachte sich nicht viel dabei, hielt an und nahm sein Joch herunter. Aus den Kewrawäldern kam eine schneeweiß gekleidete Frau auf ihn zu. Ihr strahlend weißes Kleid bauschte sacht der Nachtwind. Sie senkte den Kopf. Der Alte sah sie nicht deutlich, nur fand er sie ein wenig blass, geradezu aschfahl, als wenn alle Farbe aus ihrem Gesicht gewichen wäre. Er reichte ihr den Klebreisball hoch und nahm aus ihrer Hand das Geld entgegen. Es war ihm angst und bange zumute, deswegen schulterte er geschwind sein Joch und machte sich eilig davon.

Als er an einen Ort kam, wo er etwas Licht hatte, entdeckte er, dass das Geld, welches er noch immer in der Hand hielt, einige Scheine Totengeld waren, solches Goldpapier, welches man für die Toten verbrennt.

(Was wollte die „Große Schwester der Kewrabäume“ mit den fleischgefüllten Reisklößen?)

Die Kewrawälder, die dort, wo der Fluss ins Meer mündet, das Ufer und auf den Sandbänken alles überwuchern, wachsen immer kräftig sprießend weiter. Das seichte Wasser, welches zwischen den beiden auseinander gerissenen Sandbänken entstanden war, begannen sie zu überwachsen. Von beiden Seiten sich das Gebiet streitig machend, streckten sie schnell ihre Wurzeln und Zweige aus und versperrten dem Wasser den Weg. Der Meereswind und die glühende Sonne halfen mit, das in der Rinne verbliebene Wasser zu verdunsten. Der trennende Wasserlauf verschwand wieder. Die Bruchstelle war durch die Kewrabäume wieder geschlossen worden. Von außen betrachtet, sucht das Auge heute vergeblich nach dem noch nicht lange geschlossenen Spalt.

Die Kewrawälder auf der auseinandergerissenen und wieder zusammengewachsenen Sandbank wurden immer größer. Schon nach kurzer Zeit war der ganze Bereich der Mündung, wo Fluss und Meer aufeinander stoßen, vollkommen dicht mit riesigen, kräftiggrünen, stark riechenden Kewrawäldern zugewachsen.

Noch immer kann einem hier die „Große Schwester der Kewrabäume“ begegnen. Vor langer Zeit, als im achtzehnten und neunzehnten Jahrhundert unter Kaiser Qianlong und Kaiser Jiaqing der Hafen von Lu ein tieferes, breiteres Hafenbecken bekam, die Fährverbindung über den Ozean eingerichtet wurde und Lu zur reichsten und ersten unter allen Städten Taiwans erblühte, hat man sie hier bereits gesehen. Und auch in den letzten Jahren des chinesischen Kaiserreichs, als der Hafen von Lu immer mehr versandete, der blühende Reichtum von Lu zur Neige ging, sah man sie hier und auch noch zu Ende der japanischen Besatzungszeit, als der Hafen schon ganz mit Sand angefüllt war …

Solange wurde sie hier immer wieder gesehen, und auch noch länger, sehr viel länger…

Immer wieder hat man die „Große Schwester der Kewrabäume“ gesehen.

5. KAPITEL

Der reisende Geist

Der Westen des Landes

Teil 1

Sie war ein Geist, der immer auf Reisen war. Und sie trieb sich seit Hunderten von Jahren am westlichen Stadtrand von Lu, an der Meeresküste herum.

Schon als sie zum ersten Mal auf Reisen ging und ihre Heimatstadt verließ, war es eine lange Reise, auf deren Weg sie sich machte. Wenn sich im achtzehnten Jahrhundert zu Kaiser Qianlongs Zeiten eine Frau allein auf Reisen begab, handelte es sich mit Sicherheit nicht einfach um „Verreisen", sondern es gab triftige Gründe.

Sie tat es, um Rache zu nehmen.

Schon damals war sie ein Geist.

1

Als sie noch klein war, trug sie einen Vornamen wie „Nichtverkauft", „Edelgard", „Brüderchenkomm", „Duftlotus", „Schönhold"...

Aber später wurde sie wahrscheinlich Mondschön oder Mondschwalbe gerufen.

Sie besaß sicherlich nicht die Schönheit der Mondfee, „Schwalbenmondschön" wurde nur deshalb Mondschön | Mondschwalbe gerufen, weil die Eltern (oder diejenigen, die mit der Namensgebung betraut wurden) Frauen nun einmal so nannten.

Aussehen und Ausstrahlung der Mondschön | Mondschwalbe waren durchschnittlich. (Es gibt keinerlei Hinweis darauf, dass sie von besonderer Schönheit gewesen wäre, schöner, anziehender, berückender als andere.) Aber sie war von klein auf vermögend.

Mondschön kam aus einer begüterten Ladenbesitzerfamilie, die in einer Gasse des Viertels um die „Jadeschönheiten-Straße" ansässig war. Ihr Vater besaß einen Importwarenladen, in dem er Waren vom Festland, Trockenwaren, Arzneien und vieles mehr verkaufte. Wenn sie einmal heiratete, würde die Aussteuer, die sie mit in die Ehe brächte, beträchtlich sein.

Mondschöns Vater gab seiner Tochter eine noch weit größere Aussteuer, als es bei den Bürgern in Lu seinerzeit Sitte war. Etwa weil er spürte, dass er es war, der den Zeitpunkt der Hochzeit seiner Tochter immer hinausgeschoben hatte? Denn seine gern im Haus zur Hand gehende Mondschön war ihm immer eine unverzichtbare, tüchtige Hilfe in der familieneigenen Importwarenhandlung gewesen.

Die nicht mehr blutjunge und auch nicht hundertprozentige Schönheit plante man, mit einem gerade vom Festland auf die Insel übergesiedelten Mann zu verheiraten.

Der mit Vornamen Ruprecht | Bleibtreu gerufene Mann war allein mit einem Handelsschiff vom chinesischen Festland auf die Insel gekommen. Der junge Mann hatte nichts von Besitz bei sich und kam noch dazu von außerhalb. Trotzdem machte er einen tadellosen Eindruck. Alles, was man über ihn hörte, war immer wieder nur, dass er ein äußerlich wie charakterlich herausragender Mann sei, gewählt in seinen Worten und von gesittetem Auftreten. Dass so jemand außer Landes angetroffen, daheim nicht ohne eine eigene Familie war, hätte man durchaus für möglich gehalten.

Mondschön war über die Hochzeitsvereinbarung mit Ruprecht nicht unglücklich. Im Gegenteil, sie freute sich, dass sie einen so stattlichen Ehemann bekommen sollte. Nach der Heirat wäre das Geld aus der Aussteuer als Grundstock für einen kleinen Laden zu gebrauchen, damit man mit einem bescheidenen Geschäft den Anfang machen könnte. Einige Jahre später wären sie dann stolze Besitzer einer eigenen kleinen Importwarenhandlung.

Natürlich hätte alles auch Mondschwalbe widerfahren können... Wenn nämlich Mondschwalbe am dreiundzwanzigsten März, dem

Tag des großen Tempelfests zum Geburtstag der Mazu, wenn alle Mazu-Göttinnen aus allen Tempeln der Insel in der Sänfte heim getragen werden und zum Haupttempel zurückkehren und die ganze Stadt zum Jahrmarkt wird, wenn sie dann Bleibtreu begegnet wäre! Nehmen wir mal an, Mondschwalbe wäre eine sehr begüterte, junge Witwe, noch kinderlos und ohne derlei Verpflichtungen, dabei die einzige im Besitz der Macht über ihr gesamtes Vermögen.

Um auszugleichen, dass Mondschwalbe den erbärmlichen Status einer Witwe besaß, sollten wir sie uns unter allen Umständen schöner und blühender vorstellen, eine richtig gutaussehende Frau, Aufsehen erregend erotisch.

Beide, Mondschwalbe und Bleibtreu, befanden sich im nahe am Meer am nördlichen Stadtrand gelegenen „Tempel der Himmelsmutter", der im Volk ganz einfach „Mazu-Tempel" genannt wird. Wenn es nach dem Mondkalender der dreiundzwanzigste März ist, ist es mitten im Frühling, milde Lüfte wehen, alle Bäume blühen. Beide erfrischten sich während einer kurzen Pause nahe am Meer im wirbelnden Meereswind, den im Frühling wehenden „Neun einfallenden Winden".

Das Wetter war warm geworden. Sie hatten die dicke dunkle Winterkleidung ausgezogen und standen in luftigen Frühlingskleidern draußen in der warmen Frühlingssonne. Die Bäume blühten nicht unbedingt. Denn zu dieser Zeit sind die Pfirsich- und Pflaumenblüten schon verwelkt, die Chinabeere und der Schlafbaum stehen noch nicht in Blüte. Noch weniger ist doch eigentlich Blütezeit des riesigen, erst mitten im Sommer zinnoberrot blühenden Flammenbaums!

Mondschwalbe traf Bleibtreu natürlich nicht unter diesem in aller Pracht wogenden Blütenbaum. Wo sich dann zarte Gefühle in ihrem Herzen regten: „Ihn für einen einzigen Augenblick unter dem Flammenbaum sehen!"

Für dieses schicksalhafte Aufeinandertreffen hatte sie fünfhundert Jahre in frommer Meditation praktiziert und fünfhundert Jahre lange, irdische Leiden ertragen. Das alles hatte sie in ihren früheren Leben auf sich genommen! Nur für diesen Augenblick einer kurzen Avance unter roten Flammenblüten, die dazu noch niemals ein gutes Ende haben sollte!

Selbst wenn eine solche Schicksalsfügung wie diese nur weltlich-irdische Glücksmomente beschert, ist sie schon sehr selten anzutreffen!

Aber Moment mal, Mondschwalbe hatte ihn eben doch in dem schillernd leuchtenden Farbenmeer des Blütenregens getroffen! Sie hatte ihm sogar schnell noch einen Blick zugeworfen! Abseits der Menschenmenge hatte sie Bleibtreu in ehrerbietiger Haltung still und allein stehen sehen. Vor sich, nur eine Armeslänge entfernt, sah sie ihren Himmel auf Erden.

Beide trennte nur der in spiralförmigen, blauen Schwaden aus den unzähligen Räucherstäbchen aufsteigende Rauch und der schillernd leuchtende Blütenregen. In den aufsteigenden Rauchschwaden schien man in kleinen Siegelschriftzeichen Frieden und Sicherheit zu lesen. Die Flammenzungen im Räucherdreifuß sahen aus wie Reichtum symbolisierende Päonienblüten. Der beispiellose Anblick mit den symbolträchtigen Siegelschriftzeichenrauchschwaden vor der Schatzhalle des Tempels verfehlte seine Wirkung nicht. Der Mann machte tatsächlich Anstalten aufzublicken. Beider Augen trafen sich für den winzigen Moment des Überspringens eines Funkens, eines Blitzstrahls inmitten des schillernd aufleuchtenden Funkenregens der Räuberstäbchen, der den Himmel voller Blütensterne zauberte.

Die Zeit blieb abrupt stehen. Die funkelnden Schnuppen, die tief in der Tempelhalle aus großer Höhe von den vielen, vielen riesigen Kerzen blitzend absprangen und herabsegelten, ließen die Kleidung prächtig aufleuchten. Mondschwalbe, weiß geschminkt mit Rouge und roten Lippen, schillerte kostbar und erschien wie die herrlichste Aussicht auf einen Berg voller Geld und andere Reichtümer: Am ganzen Körper zierten sie türkisgrüne kostbare Jadearmreifen, aus Gelbgold geschmiedeter Haarschmuck und Halsketten.

Ähnliches sollte Mondschön im Juni zum Drachenbootfest widerfahren, als sie sich während der Festtage mit all ihren Schwestern und Kusinen zusammen auf einen Vergnügungsausgang begab. Wie immer schon Sitte bei ihnen, nahmen die Mädchen jedes einen eigenen Sonnenschirm mit, den sie zuweilen zusammenklappten und wie einen Handstock benutzten, um eine Stütze beim Gehen zu haben, denn sie besaßen, wie damals üblich, eingebundene Füße.

Natürlich spannten sie den Schirm auch auf, um sich gegen die Sonne zu schützen. Solange die Tage mit dem von der Küste herwehenden salzigen, feuchten Wind und der grausam stechenden Sonne zu ertragen waren, sah man überall und zu jeder Zeit die Tongölpapierschirme mit der bunten Blumenbemalung aufgespannt. An diesem Tag machten die Mädchen unter einem einen riesigen Schatten werfenden Pflaumenbaum Rast. Lustvoll anzusehen, saßen sie dort in vergnügter Stimmung beieinander. Weil sie sich, um tugendhaft und sittsam zu erscheinen, nicht leichtfertig sehen lassen durften, hielten sie sich die Schirme schräg vors Gesicht, um ihr Antlitz verdeckt zu halten.

Während die flink hin- und herhuschenden Augen (der Mondschön) hinter dem Ölpapierschirm, vom Wind angeblasen, noch verlangender in die eine oder andere Richtung blitzten, entdeckte sie in der Menge die hochgewachsene Gestalt eines Mannes, der ihr, obschon er in abgetragenen Kleidern daherkam, wie ein edel gewachsener Jaspisbaum inmitten einer Gruppe von kleinen Fichten vorkam. Welch atemberaubende Überraschung, die ihr das Herz stocken ließ!

Es waren wohl die kleinen Damwildkitze, die in ihrem Herzen durcheinander sprangen, dass sie gar nicht an sich halten konnte! Die Hirschkühe, die in der freien Wildnis der waldigen Hügellandschaft munter durcheinander sprangen, als Lu, bevor die Stadt den Hafen ausbaute und reich wurde, noch von riesigen Damwildherden dicht bevölkert war. Sollte dies der Rhythmus ihres donnernd pochenden Herzens sein?

Ihr Herz klopfte so wild, dass es ihr die Kehle zuschnürte, und trotzdem vermochte sie nicht, an sich zu halten, und schob den Schirm immer wieder zur Seite, damit sie hinüberschielen konnte (der Schirm verdeckte sie ja!). Damit besiegelte sie die für sie vorgesehene, schicksalhafte Fügung ihres nun folgenden Lebensabschnitts: Große Liebe hinter dem Tongölschirm!

2

Wann dem Mann einfiel, die ihm eigene Ehefrau mit dem hochgesteckten Haarknoten zu ermorden, wusste keiner. Welche Gründe ihn bewogen haben mochten, darüber war sich die Gerüchteküche von Lu jedoch bald einig: Es war das Geld.

Ruprecht konnte nach der Heirat mit Hilfe der Mitgift seiner Frau den ansprechend gekleideten, sich untadelig benehmenden Geschäftsmann spielen. Auch wenn sich Mondschön noch so sehr für das Geschäft und die Haushaltsführung interessierte und engagierte, war sie am Ende immer nur eine Frau, für die es sich nicht schickte, sich in der Öffentlichkeit sehen zu lassen. Nach außen auftreten, Geld einnehmen oder Geschäfte vereinbaren und dann gute Aufträge einfahren tat darum immer nur Ruprecht.

Alsbald lagen die wirtschaftlichen Entscheidungen der Familie und des Geschäfts, wie auch die gesamtem Finanzen des Hauses, ganz in der Hand Ruprechts.

So auch Bleibtreu! Er spielte nach der Heirat auf Grundlage der Mitgift seiner Frau den ansprechend gekleideten, sich untadelig benehmenden Geschäftsmann. Mondschwalbe engagierte sich schon lange mit großem Interesse in den Geschäften und der Wirtschaft ihres Hauses. Weil es sich damals für Frauen nicht schickte, sich in der Öffentlichkeit sehen zu lassen, machte sie sich die schon bestehenden Geschäftsverbindungen ihrer Firma zunutze und konnte so trotz aller Hindernisse große Geschäftsabschlüsse realisieren. Sie trug die Verantwortung für beträchtliche Summen Geldes und einen hohen Warenumsatz in ihrem Handelshaus. Dabei ließ sie sich von anderen nicht in Geschäftsdingen beeinflussen, auch ihrem Ehemann war es nicht gestattet.

Bleibtreu war in Lu als jemand bekannt, der auf unzähligen Geschäftsessen Verbindungen knüpft, den es pausenlos von einem Ort zum anderen treibt und der nicht genug kriegt von Bordellen und Teehäusern. Selbst wenn er nicht gewusst haben sollte, wohin er nach dem Mord an seiner Frau verschwinden sollte, brannte er aber keinesfalls mit einer heißgeliebten Geisha oder einer berühmten Edelhure aus der „Hintere Wagen Gasse“ durch! Er hatte die eigene Frau nicht wegen irgendwelcher Frauengeschichten ermordet.

Nach der Tat entdeckten die Leute alsbald, dass der Mann schon früh das gesamte Geschäft mitsamt allen Waren an einen anderen Besitzer abgetreten hatte. Alle Besitztümer außer den fälligen noch offenen Rechnungen hatte er beiseite geschafft. Alles Geld, alle Vorräte an Gold und Silber und alles Geschmeide waren weg, sogar die Gelder, mit denen die Wechsel für die Waren über seine Frau abgewickelt wurden, waren verschwunden.

Es war offensichtlich ein gut ausgeklügelter Plan, ein schwerer Fall von einem über lange Zeit im voraus geplanten Mord an der Ehefrau. Mondschön | Mondschwalbe wurde erst viele Tage nachdem sie ermordet wurde, aufgefunden. Ihr Zustand zum Zeitpunkt des Eintretens ihres Todes zeugte von unsäglicher Brutalität.

Mit einem Knüppel war so stark auf den Hinterkopf eingeschlagen worden, dass das Innere des Gehirns als weißblutig gesprenkelter Brei die graue Wand vollspritzte.

War es wohl so gewesen, dass in dem Moment, da die Axt auf das Gesicht einhub und man nur den Griff der Axt herumwirbeln sah, das Gesicht genau in zwei gleiche Hälften gespalten wurde, fast als hätte der Mörder erforschen wollen, wie so ein Gesicht von innen gestaltet sei? Wie weit man die Axt wohl hineinzutreiben hatte, damit sich die Kehle von innen betrachten ließ, und ob es so war, dass die Augen mit den Ohren und der Nase über feine Adern miteinander verbunden waren?

Oder war sie so ermordet worden? Mit weit über hundert einzelnen Messereinschnitten mit spitzem, langem Messer, die an dem zierlichen Körper viel zu viel dicht stehende Wundeinschnitte verübten, der ganze Leib zu einem in Fetzen auseinander fallenden, in undefinierbarer Gestalt wie paralysiert und doch in sich zusammensinkenden, eingeschrumpften, aber blutigen Haufen Fleisches zerstoßen, so dass sich nur bei genauer Analyse unterscheiden ließ, welches die Brust, welches die Arme und welches die Beine waren.

Oder war alles vielleicht so gewesen? Der ganze Bauch war auseinander geschnitten und offen, die weißfleckigen Gedärme waren herausgerutscht und bedeckten den ganzen Boden. Sogar Magen und Herz waren aus dem Leib gerissen. Dazu steckte ein kurzer Dolch mitten im Herzen, so fehlerlos gesetzt, dass kein Blut vergossen war, vorbildlich erstochen, ein „Tod durch nur einen einzigen Stich".

Oder war sie durch Strangulieren ermordet worden? Der Mann war tatsächlich so schamlos gewesen, dass er den eigenen Hosenriemen dafür benutzte, der immer griffbereit zur Hand war und mit dem er am besten nach Kräften zudrücken konnte. Noch nach vollbrachter Tat wollte er nicht locker lassen. Vielleicht war er in Angst, die Tote könne wieder anfangen zu atmen? Unter dem aufgedunsenen, braunrot verquollenen, völlig deformierten Gesicht war der Hosenriemen um den nun dunkelvioletten Hals der toten Frau immer noch strammgezogen, dieser Hosenriemen, den der Mann nur löste, um Sex zu haben.

Oder war es so vor sich gegangen? Mit scharfer Klinge hatte er den Kopf mit einem Streich vom Leib geschlagen, so dass das Blut in scharfem Strahl weit herausspritzte. Der Leib knallte ohne Kopf an die Wand zurück, und das Bett, schief rutschend, schien noch in der Bewegung den geflogenen Schädel winkend zurückzurufen.

Einerlei, wie sie nun gestorben war, der Toten waren die Augen ausgekratzt, die Zunge herausgeschnitten oder herausgerissen, und sogar das Zäpfchen ganz hinten am Gaumen war mit abgeschnitten worden.

Der Grund war klar, der Mörder wollte ausschließen, dass der Rachegeist der Toten ihn heimsuchte und sich an ihm rächte. Er riss ihr die Augen aus, damit ihr Geist nicht sehen und ihn darum auch nirgendwo suchen konnte, die Zunge schnitt er heraus, damit ihr Geist nicht mehr reden konnte. Dann konnte er vor dem die Toten richtenden Höllenfürsten Yama am Gerichtshof der Unterwelt keine Klage wegen des erlittenen Unrechts gegen ihn einreichen.

Es war ja so, dass immer schon vergleichsweise einfach zu handhabende Methoden üblich waren, um die eines gewaltsamen Todes Gestorbenen daran zu hindern, den Mund aufzumachen und die Wahrheit kundzutun, Methoden, mit denen es möglich war, der Ermordeten zu verwehren, ihr Leben bei Gericht in der Hölle zurückzuverlangen: So brauchte man der Getöteten nur die Unterhose abzustreifen und ihr alsdann über den Kopf zu ziehen. Dabei war darauf zu achten, dass alle sieben Öffnungen des Kopfes, die Augen, Ohren, Nase und Mund, dicht umschlossen waren. Dann konnten die Augen des Geists nichts sehen, der Mund blieb stumm, die Nase konnte nichts riechen und auch die Ohren nichts hören, so dass dem Geist alle Mittel und Wege fehlten, um Klage bei dem Unterweltfürsten Yama einzureichen.

So machte es auch der Mörder der Mondschön|Mondschwalbe. Nachdem er sie grausam ermordet hatte, zerstückelte er die Leiche auf diese furchtbare Art und Weise, weil er nicht wollte, dass eine vollständige Leiche als Überrest erhalten blieb. Keiner, der von dem an Abscheulichkeit und Gemeinheit nicht zu überbietenden Vorgehen des Ruprecht|Bleibtreu bei dem Mord hörte, sagte dazu auch nur ein Wort.

Es war die Tat einer Bestie.

Denn hatte Mondschwalbe|Mondschön jemals Ursache für Feindschaft gesetzt oder Anlass zu Argwohn gegeben? Sie hatte im Gegenteil ihren Mann in Güte reich beschenkt, sie hatte Ruprecht|Bleibtreu aus seiner misslichen, wirtschaftlich jämmerlichen Lage herausgeholfen. Dass diesen Wohltaten eine solche Vergeltung widerfahren musste?! Die Familie echauffierte sich laut über die Diffamierung der Brautseite, die völlig entwertet dastand.

Über diesen Mord an der Ehefrau ereiferten sich die Gemüter in Lu über Jahre, immer wieder flammten schwelende Gerüchte auf. Von da an war es über alle Zeiten verpönt und unmöglich, wenn ein aus Lu stammendes Mädchen einen alleinstehenden, vom Festland nach Lu hergezogenen Mann heiraten wollte.

Ohne Familienanschluss, einfach so, eine einzelne Person auf sich allein gestellt, da wusste man nicht, von wo ein Mann kam, und hatte keine Möglichkeit, sich über seine Herkunft Klarheit zu verschaffen. Wenn dann ein Unheil geschah, konnte man bei so einem Festländer keinen haftbar machen. Das Wort „Festländer" galt alsbald bei den Leuten als das Synonym für Werwolf.

Anhand eindeutiger Hinweise bestieg Ruprecht|Bleibtreu nach der Tat nachweislich eine aus Quanzhou, Provinz Fujian, herüber gesegelte Handelsdschunke, um wieder zum Festland zurückzukehren. Niemand weiß, wohin er verschwand.

Wenn man die Zeit nachrechnet, so bestieg Ruprecht|Bleibtreu die Dschunke bereits am Tag nach dem Mord an seiner Frau. Das heißt, Ruprecht|Bleibtreu hatte mit großem Bedacht den Zeitpunkt gewählt und die Ankunft der Dschunke eingeplant. Nach dem Mord schlief er noch eine Nacht zusammen mit der Leiche in einem Raum, anderntags teilte er seinen Nachbarn mit, dass die Ehefrau auf Verwandtenbesuch sei und für eine Weile nicht nach Hause käme.

Als die Nachbarn ringsum nicht Gutes ahnten und schließlich die Tür aufbrachen, um sich Einlass zu verschaffen, waren die leiblichen Überreste der Mondschön | Mondschwalbe schon aufgedunsen und hatten eine furchtbare Farbe angenommen. Der zerstörte Teil des Leibes verweste natürlich schneller, man sah schon deutlich, wie sich die Maden in das Fleisch hineinbohrten und darin vermehrten.

3

So beispiellos teuflisch wurde die Frau ermordet, ihr, nachdem sie tot war, noch die Augen ausgekratzt, die Zunge herausgerissen und sie erst eingesargt, nachdem ihre Leiche schon zu verwesen begann, dass aus ihr ein sehr bösartiger Rachegeist werden musste.

Auf dass die Seele ihrer toten Tochter keine Not leide, begleitete sie die Verwandtschaft in aller Form und nach altem Brauch mit Singen von Sutren und reichen Opfergaben auf ihrem Weg ins Reich der Toten, und sie kleideten sie mit den „Sieben glücksbringenden Leichenkleidern für ein Langes Leben". (Eine derart unheilvoll gestorbene, noch dazu kinderlose Frau durfte keine „Neun Kleider des Langen Lebens" tragen, die sieben erschienen jedem schon überzogen viel.)

Aber die nach Vergeltung der Untat trachtende Geistseele war nicht bereit, den frommen Gesängen des Abbitte leistenden Mönches zu folgen und in ein neues Leben einzutreten.

Sie war inzwischen ein Rachegeist geworden, unschlüssig anhaftend bewegte sie sich nicht mehr vorwärts. Sie kristallisierte ihre gesamten Körperausdünstungen, Tränen und Schweiß und Atem, aus und gewann dadurch Substanz, womit sie dem Gang über die Brücke der Wehklagen, die sie über den Fluss in die Hölle führen sollte, widerstand. Sie trank auch nicht von der Suppe der Mutter Meng, die sie ihr Schicksal und ihr Leben in der hiesigen Welt auf ewig vergessen ließ, damit ihre Seele wieder in den Kreislauf der Wiedergeburten ihrem Schicksal entsprechend eintreten und in einem neuen Leib wiedergeboren werden konnte.

Den grollenden Geist dürstete nach Rache.

Die tote Frau wollte nicht auf den Ausgleich von Ursache und Wirkung durch die Wiedergeburten warten, nicht ein ganzes Leben ausharren oder in ferner Zukunft nach Generationen erst Genugtuung erhalten, wenn der Mann, der sie ruchlos um Leib und Leben brachte, dann irgendwann die gerechte Bestrafung erhielt.

Sie selbst wollte nach eigenem Gutdünken und mit ihren eigenen Methoden Rache nehmen.

Für die Frau, die Zeit ihres Lebens gewandt in der Führung des Hauswesens und der Geschäfte war, war auch nach ihrem Tod, als sie zu einem bösartigen Rachedämon geworden war, die erste Maxime jeglichen Handelns der deutlich sichtbare Erfolg.

Sie begann ihren Rachemord zu planen.

Anfangs war sie nervös, hatte schwache Nerven, wie ein Mensch mit schwachem Lebenshoroskop. Die Leute, die den Geist zu Gesicht bekamen, berichteten: Aus den Augenwinkeln des Dämons, den Nasenlöchern, den Mundwinkeln rann Blut herab, das lange Haar fiel ihm wirr um den Kopf und über die Schultern, auf dem weißen Gewand sah man verspritztes Blut. Der Dämon saß aufrecht vor der Kasse am Tresen der Importwarenhandlung und schob mit den Fingern langsam die einzelnen Holzkugeln am großen Abakus weiter.

War man denn als Geist immer noch eifrig dabei, Erfolg versprechende Geschäfte zum Abschluss zu bringen? Solange, bis die Geschichte ihrer Rache in aller Munde war, dauerte es, dass die Leute sich erzählten, der Dämon säße deshalb in der Importwarenhandlung an dem langen Tresen, um seinen Rachemord zu planen.

Konnte man einen Rachemord denn überhaupt durch Verschieben der Kugeln auf dem Abakus berechnen?

Keiner fragte.

Überhaupt war es mit einem Rachemord leichter gesagt als getan! Im siebzehnten Jahrhundert, als die Kaiser Qianlong und Jiaqing (1736–1821) das chinesische Reich regierten, war Lu naturgegeben begünstigt. Das Wasser im Hafen war tief und das Hafenbecken riesengroß. Dazu kam, dass Lu die dem Festland am nächsten gelegene Hafenstadt war und sich deshalb zum blühenden Handelshafen entwickelte.

Im Jahre 1785 erteilte der Mandschuhof dem Kreis Jinjiang in der Präfektur Quanzhou, Provinz Fujian, für die Bucht des Herzmuschelflusses auf der einen Seite der Taiwanstraße und dem Kreis Zhanghua in der Präfektur Taiwan für die „Damwildbucht" in der Hafenstadt Lu auf der anderen Seite die offizielle Befugnis, in aller Form einen Seehafen für den regelmäßigen Fährverkehr zwischen dem Festland und Taiwan anzulegen. Im Hafen von Lu konnten damals riesige Hochseedschunken vor Anker gehen. Das Hafenbecken nahm an die hundert bis zweihundert Handelsschiffe auf. Große Schiffe hatten eine Verdrängung von über tausend Tonnen, kleine Schiffe von ungefähr hundert Tonnen. Was den Schiffsverkehr zwischen Taiwan und dem Festland betraf, war man mit der allernächsten Verbindung, wenn man in Lu an Bord ging, egal, ob man nun mit Süd- oder Nordwind segelte, ob nun Frühlingszeit oder Winter war, bei gutem Wind gen West in acht Doppelstunden in Otternfleck in der Präfektur Quanzhou. In neun Doppelstunden erreichte das Schiff den Herzmuschelfluss, während man in zwölf Doppelstunden von Lu aus schon in Amoy sein konnte.

Dass ein Schiff auf schnellstem Weg in nur acht Doppelstunden (also sechzehn Stunden) das gegenüberliegende Ufer auf der anderen Seite der Tiefsee erreichte, bedeutete für die damaligen Menschen eine Schnelligkeit, die ihnen wie Zauberei vorkam. Für eine Geistseele jedoch bedeutete es eine Zeitspanne, die ihr wie eine Ewigkeit vorkam und sich schwerlich überwinden ließ. Auch wenn das Schiff sofort nach Einbruch der Dunkelheit ohne jede Verzögerung losmachte, traf es unmöglich noch vor Tagesanbruch im nächstgelegenen Hafen in Quanzhou ein. Wenn ein Geist es auch zuwege brachte, unbemerkt an Bord zu gehen, wie sollte er dann aber volle sechzehn Stunden an Bord überstehen, ohne bei Tag im Schiff auf Reisen gewesen zu sein?

Damit war noch gar nicht angesprochen, was passieren würde, wenn das Schiff in einen Taifun geriete. Die Saison, in der es auf See zu starken Taifunen kam, war der Sommer. Dieser Gefahr ließ sich noch ohne große Schwierigkeiten ausweichen. Aber da waren noch die unregelmäßig auftretenden Taifune, die die Segelschiffe wie ein ständig über ihnen schwebendes Damoklesschwert bedrohten. Weil sie keinerlei Vorkehrungen treffen konnten, waren sie so einem Orkan schutzlos ausgeliefert. Noch viel schlimmer waren die „Schwarzen Wasser“ in der Straße von Taiwan, die einen jeden Seemann schon allein vom bloßen Hörensagen völlig kopflos machten.

Als sie noch die Geschäfte ihrer Importwarenhandlung führte, kam es häufig vor, dass den vom Festland kommenden, voll mit kostbaren Waren beladenen Handelsdschunken das Meer zum Verhängnis wurde. Die Besatzung und die Handelswaren gingen allesamt unter. Es gab Kaufleute, die ihren gesamten Besitz restlos einbüßten.

Was sollte sie tun, wenn sie, ein alleinstehender Geist, in Seenot geriete? Wenn das Schiff sänke? Auch wenn ihr nicht wie den Menschen der Tod durch Ertrinken drohte, so gab es doch bei Untergang des Schiffes keinen Ort mehr, an dem sie sich hätte verbergen können. Wenn dann die glühend brennende Sonne über dem weiten Ozean aufging, würde sie sich nicht bedecken und ihr nicht ausweichen können. Der erste Sonnenstrahl, der sie träfe, würde sie verbrennen, und die Seele würde sich verflüchtigen. Niemals würde sie mehr wiedergeboren werden. Wie wollte sie da noch Rache nehmen?!

Der Rachegeist saß vor dem Abakus am großen Holztresen der Importwarenhandlung und rechnete akribisch, er rechnete und rechnete. Aber er fand keinen Weg, der ihm gangbar erschien.

Die Zeit verging.

Der seine Existenz nur auf aus Hass und Rachegelüsten bestehenden Körperausdünstungen gründende Rachegeist begann zu schwächeln. Dünnhäutige Menschen mit schwachem Lebenshoroskop sahen ihn damals nicht selten und bemerkten, dass er nicht mehr der Geist von früher war, im reinweißen Gewand, mit dem er, obschon es mit Blut bespritzt war, doch einem jeden recht akkurat und sauber erschien. Ganz deutlich war er in einer wirren Geistesverfassung, der Niedergang seiner Persönlichkeit war ihm anzusehen. Es war nicht mehr nur Blut, das ihm aus den Augenwinkeln, beiden Nasenlöchern und an beiden Mundwinkeln in Rinnsalen herunterlief. Inzwischen waren auch die vor Blut triefenden Augenhöhlen, die noch übrig waren, nachdem die Gallertkugeln der Augen herausgekratzt waren, zu sehen. Die Zunge war ganz aus dem Mund herausgezogen, so kam es, dass sie ein ganzes Stück weiter, als es normal gewesen wäre, vor dem Mund zu liegen kam, die Überreste der Adern des Zungengrundes lagen offen, gequollen, alles in ungleichen Stücken …

In Folge sahen immer mehr Leute den nicht mehr die Blicke der Menschen meidenden Rachegeist: Aus dem gebrochenen Schädel spritzte und floss noch die blutige Gehirnmasse, ein weißgraurot gesprenkelter Batzen.

Die Axt, die in das Gesicht hineingefahren war, steckte noch mitten in der Stirn, das Gesicht fiel gespalten in zwei Teile nach links und rechts.

Der Hosenriemen des Mannes war noch stramm um den violettrot angelaufenen Hals gezogen, aufgedunsen, braunrot verquollen war das Gesicht. Von der Zunge, die aus dem Mund heraushing und eigentlich ganz zu sehen sein sollte, war ein Stück abgeschnitten.

Und immer noch saß der Geist am langen Tresen vor dem Abakus und rechnete.

Seit die umliegenden Nachbarn die Geistfrau dort fortgesetzt spuken sahen, mochte das Haus mit der Importwarenhandlung und den geräumigen Privaträumen, in denen der grausame Mord passierte, keiner mehr bewohnen. Es blieb leerstehend und verkam zu dem in Lu allerorts berühmt berüchtigten „Geisterhaus“. Dem Geist war es seine Festung, er ging dort aus und ein und wollte nimmer fort.

Aber auch diese Zeit verging, und weil der Geist der Frau keine Möglichkeit sah, seinen Rachegelüsten Genugtuung zu verschaffen, war er alsbald nicht nur ein unschädlicher Rachegeist, sondern zeigte fortschreitend ein sittenloses, geradezu verkommenes Gebaren.

Denn obschon sie es geschafft hatte, Teile des zertrümmerten Schädels wieder zusammenzufügen, merkte man doch, dass ihre Energie begrenzt war. Die Richtung, wie ihr Leib jetzt am Tresen saß, war völlig verkehrt. Der Rücken war dem Tresen zugewandt, trotzdem saß der Kopf so darauf, dass das Gesicht mit den ausgekratzten Augen und der abgeschnittenen Zunge nach vorn zeigte. Zuweilen knickte der Kopf dreißig bis neunzig Grad schräg zur Seite weg.

Wenn sie durch ein wild auf sie einstechendes Messer ermordet worden war, war ihre wie paralysiert am Tresen vor dem Abakus sitzende Leiche nur ein lose zusammengewürfelter Haufen von falsch am Brustkorb festgemachten Schenkeln und einem Hals, der bis unter die Achseln gesackt war. Der Kopf mit den leergekratzten Augenhöhlen und der ausgerissenen Zunge auf ihrem Rumpf konnte genauso einer ihrer abgeschlagenen Füße sein…

Ihre Gestalt erschreckte alle Leute maßlos.

Ursprünglich waren in dem nah am Meer gelegenen Viertel um die „Jadeschönheiten-Straße" herum alles kleine, belebte Geschäftsstraßen. Nun traute sich nach Einbruch der Dunkelheit keiner mehr dorthin, die Leute nahmen große Umwege, um nicht durch die Straße zu müssen, und auch am helllichten Tage hatten viele Angst, von dem Geist angegriffen zu werden, und mieden die Gegend.

Als die umliegenden Geschäfte der Kaufleute nun große wirtschaftliche Einbußen hinzunehmen hatten, schmähten die Nachbarn, die ursprünglich voller Mitleid mit der Familie der Mondschön waren, den Geist bei jedem Anlass. Schrie ein Kind des Nachts, erkrankte das Vieh, wurde alles dem Geist angelastet. Schnell kam man darin überein, einen taoistischen Exorzisten zu holen, der den Geist vertreiben sollte.

Der taoistische Meister bereitete den Altar auf dem Platz für die Sitzung vor, dann durchmaß er das Sternenhaus des großen Wagens mit sieben Sternenschritten und schwang mit beiden Händen das Pfirsichholzschwert, während er Geister austreibende Zauberformeln sprach. Aber die unzähligen schweren Verbrechen, die das schlechte Karma der Mondschön bewirkten, wogen zu schwer, der Geist sah keine Ursache, sich zu entfernen. Nachdem der Exorzist ihn wieder und wieder vergeblich ersuchte, den Ort zu verlassen, entschied man, eine mächtigere Gottheit aufzusuchen. Schließlich blieb nur der „Dritte Prinz der Präfektur Wu", der für Beitou die Zuständigkeit und Verwaltungsmacht innehabende Gottgeneral, übrig, den man noch um Hilfe bitten konnte.

Man wollte den goldenen Gottleib des Prinzgenerals in einer nächtlichen Sitzung herausbitten. Im Gefolge seine tausend Geister, Dämonen, Soldaten und Generäle sollte er den Rachegeist vertreiben, soweit weg, dass er im Viertel der Kaufleute keinen Schaden mehr anrichten konnte. Der Geist sollte nach Norden von Lu an die Küste, in die malariaverseuchte und menschenleere Uferzone, in die Silberschilfwiesen und den Kewrabaumdschungel verschwinden. Die schädliche Geistseele würde dort haltlos in der Luft treiben, bis sie sich in ihrem schwerelosen Schwebeflug schließlich verflüchtigen und in Nichts auflösen würde. Dann könnte sie den Menschen niemals wieder Schaden zuzufügen.

Der Tag für die „Nächtliche Sitzung“ kam, aber wie oft der Tempelmönch auch die hölzernen Orakelhalbmonde warf, der Gott wollte nicht „Ja“ sagen und in Erscheinung treten. Der Schamane war auch nicht fähig, des Gottes Geheiß in den Sand zu schreiben. Der Prinzgeneral wollte dem Körper des Schamanen nicht aufsitzen. Zuletzt schrieb er durch die Hand des Schamanen einen Befehl auf dem Altar nieder: „Weil das Unrecht, welches die Seele erlitt, über alle Maßen schwer wiegt, wartet der ‚Dritte Prinz von Wu‘, bis der Geist in das Schattenreich eingeht. Dann entscheide ich, wie ich mit der Seele verfahren werde.“

Dann gab er der Racheseele Anweisung: „Geist, handle nicht mehr aus Rachegelüsten und Groll heraus! Dir ist es verboten, unschuldigen Menschen Schaden zuzufügen! Wirst du dich meinen Anordnungen widersetzen, so wird dich eine strenge Strafe treffen.“

Die „Nächtliche Sitzung“ hatte zwar kein eindeutiges Ergebnis erzielt, die Leute sprachen hernach aber sehr viel weniger davon, dass ihnen der Rachegeist der Frau erschienen sei.

4

Viele Jahre vergingen.

Aber eines Tages ereiferte man sich wieder unter den Kaufleuten laut und ohne Ende über diesen Fall eines „Mordes an der Ehefrau“. Der Grund war, dass ein Kaufmann, der kürzlich mit Waren aus Quanzhou vom Festland zurückgekommen war, dort, als er sich auf der berühmtesten Vergnügungsmeile ganz Quanzhous mit seinen Geschäftspartnern zuprostete, darunter zufällig auf einen Mann traf, dessen äußere Gestalt dem Ruprecht|Bleibtreu zum Verwechseln ähnlich war.

Dieser Mann war in Quanzhou ein bedeutender Kaufmann, vom Äußeren her erfolgsgewohnt, und ein Mann, der in großen Verhältnissen lebte und großspurig auftrat. Der mit ihm in Geschäftskontakt getretene Kaufmann aus Lu bestand fest und ohne jeden Zweifel zuzulassen darauf, dass es Ruprecht | Bleibtreu sein musste, obwohl dieser vehement bestritt, jemals in Taiwan gewesen zu sein, in Lu gelebt zu haben oder einen solchen Kaufmann aus Lu zu kennen.

Noch in derselben Nacht schwebte mitternachts zur dritten Doppelstunde der Geist einer Frau auf die Hauptgeschäftsstraße von Lu, die große „Straße der fünf Glückseligkeiten", und huschte lautlos in eine mit roten Lampions geschmückte Herberge, in der die Kaufleute zu übernachten pflegten.

Das Gesicht des Geistes zeigte äußerlich wieder die Gestalt der Mondschön | Mondschwalbe. Nur schien es kräfteraubend zu sein und enormer Konzentration zu bedürfen, dieses Aussehen aufrecht zu erhalten. Es war schwierig. Von Zeit zu Zeit passierte es ihr, dass der abgeschlagene Kopf für Augenblicke zum Vorschein kam, dann aber gleich wieder verschwand. Dann sah man einen Moment lang die tödlich scharfe Axt mitten in ihrer Stirn. Der wild mit tausend Messerstichen zerstochene Körper fiel gelähmt in sich zusammen, sogar ihr Schwebeschritt, wie er den Geistern eigen ist und bei dem die Füße niemals wirklich den Boden berühren, war zeitweilig plump und kurz…

Ganz deutlich kostete es sie enorme Kraft, die wirkliche Gestalt ihrer Leiche zu unterdrücken, sie musste ständig dagegen ankämpfen.

Aber den eisigen Hauch des Yin, den Geister üblicherweise entsenden, brauchte sie nicht, auch verlor sie sich nicht in solchen Kindereien, wie das bei Gespenstern gebräuchliche Kerzenerlöschenlassen, denn der Gast im Zimmer der Herberge hatte ihr Kommen auch so schon bemerkt. Er stöhnte langanhaltend, dabei ausatmend, auf und rollte sich in seinem Bett zur Wand.

Die Geistfrau kniete aufrecht wie zum Gebet lange vor seinem Bett und wartete, keinen Ton gab er von sich. Erst als der Morgen graute, löste sie sich wie ein Schatten im Nichts auf und verschwand.

So ging es sieben Nächte.

In der siebten Nacht drehte sich der Mann, der mit dem Rücken zu ihr lag, zu ihr hin. Es war das blasse, verhärmte Gesicht eines Mannes mittleren Alters, des berühmten Feng Shui-Meisters, bekannt als der „Geomantiker", der diesmal von dem in Lu stadtbekannten Schiffseigner der Reederei „Blühender Fortschritt" bestellt worden war, um die Örtlichkeiten für fünf große Gebäude, die auf ihre Grundsteinlegung warteten, nach geomantischen Gesichtspunkten einzusehen.

Der Geomantiker blickte noch nicht einmal auf, er sprach nur mit leichter Stimme: „Es hat keinen Zweck, geh nur wieder!"

Die kerzengerade vor ihm kniende Geistfrau beugte mit gefalteten Händen betend den Oberkörper nach vorn: „Hilf mir, Rache zu nehmen, ich will dir eine Sklavin, eine Magd sein. Ich will dir bis ans Ende aller Zeiten zu Diensten sein."

Der Geomantiker schüttelte den Kopf. „Wie dein Schicksal auch sei, kehre eilig um und werde wiedergeboren. Dabei kann ich dir helfen."

Die Geistfrau sprach mit Bestimmtheit: „Ich bitte einzig und allein darum, Rache nehmen zu dürfen, niemals werde ich es wagen, auf eine schnelle Wiedergeburt zu hoffen."

Der Geomantiker konzentrierte seine Gedanken, bevor er ihr entgegnete: „Wenn ich dir helfen würde, dann hättest du eigenmächtig dem Gesetz der ewigen Wiedergeburten zuwider gehandelt und würdest damit für alle Zeiten niemals wiedergeboren werden."

„Ich nehme jedes Urteil und jede Strafe willig an, wenn ich nur das große Unrecht sühnen kann." Sie warf sich mit höchstem Respekt viele Male zu Boden, dass Ellbogen, Knie und Haupt die Erde berührten, und betete den Meister ehrerbietig an.

Der Geomantiker seufzte tief und ließ vernehmen: „Ich plane, morgen die Stadt Lu zu verlassen. Du wirst mir nicht folgen können. Wenn du mir trotzdem folgst, so wird es zwecklos sein, denn ich werde dir nicht helfen."

Die Geistfrau kniete jedoch unverändert kerzengerade vor ihm und machte keine Anstalten aufzustehen.

Obwohl sie abgewiesen worden war, schien ihm die Geistseele dennoch Kraft entzogen zu haben, und sie schaffte es, diese Energie in ihrem Körper zu bündeln, so dass sie nun die äußere Gestalt der Mondschön | Mondschwalbe wieder deutlich herstellen konnte: Das weiße Gewand mit den Blutspritzern, das Haupt mit dem lose offenen, schwarzen Haar, das geordnet in ganzer Länge am Hinterkopf herabfiel. Nur ihr weißfahles Gesicht zeigte noch Blut, frisches, dunkles Blut, das ihr aus beiden Augenwinkeln, Nasenlöchern und Mundwinkeln hervorfloss...

Tags darauf reiste der Geomantiker wie angekündigt ab, geschwind wie im Flug und ohne jede Spur verschwand er. Es hieß auch, der Feng Shui-Meister habe, nachdem er für die Reederei „Blühender Fortschritt“ den Baugrund eingesehen und seine geomantische Berechnungen zu Ende geführt habe, eine der Handelsdschunken des Schiffeigners bestiegen und sei damit auf das chinesische Festland zurückgekehrt.

Oder war es so gewesen, dass der Geist in dieser Nacht gar nicht in die große Fremdenherberge mit allen nur erdenklichen Annehmlichkeiten direkt an der großen „Straße der fünf Glückseligkeiten“ geflogen war, sondern nur in eine der kleinen Spelunken in den winzigen Gassen von Beitou, wo die Kulis und Durchreisenden einkehren. In dem einzigen Einzelzimmer der Absteige wohnte der zur höchsten Weisheit erleuchtete und die Feng Shui-Kunst vollendet beherrschende Geomantiker.

Der Geomantiker ließ keinen wissen, dass er über mächtige spirituelle Energien verfügte. Er wusste seine Kraft gut zu verbergen und kam im Aufzug durchschnittlicher Leute daher; auch war er nicht bemüht, für die wohlhabenden Familien vor Ort Drachenspalten in den Bergen zu finden. Er begnügte sich damit, den Energiefluss des Qi und die Energiemerkmale der Umgebung und der Gebäude zu berechnen. So, wie es die Vorsehung wollte, traf er ohne bestimmte Absichten diejenigen Menschen, die er treffen sollte, und knüpfte diejenigen Beziehungen, die er zu knüpfen hatte. Der Geomantiker widersprach in der erbärmlichen Spelunke der dringlichen Bitte des Rachegeists genauso und mit der gleichen Begründung wie in der komfortablen Herberge, dass es sich um das ewige Gesetz der Wiedergeburten handle und dass er nicht in die Gesetze des Karmas eingreifen dürfe.

Tage und Wochen verstrichen.

Als es dem Geomantiker bestimmt war, dass er erneut nach Lu reisen sollte, war der Rachegeist der Mondschön | Mondschwalbe gleich wieder in der ersten Nacht und geschwind wie der Wind herbeigeflogen und kam zu ihm in die Herberge in der „Straße der fünf Glückseligkeiten“.

Der Geomantiker blickte auf und erkannte die Frau. Er hatte gedacht, dass der Geist nach dieser langen, langen Zeit die Gestalt einer Gevierteilten angenommen hätte mit einem Gesicht, in dem nichts mehr zu erkennen gewesen wäre. Es wunderte ihn, dass der Rachegeist, offensichtlich durch die Energie der geweinten Tränen, es schaffte, sein Selbst rundherum in fester Konsistenz zu bewahren, und sich die Seele nicht längst verflüchtigt hatte, sondern ihm ihre äußere Gestalt sogar unversehrter als beim letzten Mal erschien.

Nur ihr weißes, bodenlanges Gewand war nun abgetragen und alt. Noch mehr Blutspuren färbten das Kleid, der Geist sah matt und müde aus, ganz deutlich war, dass die umhertreibende Geistfrau schlimmste Qualen ertrug. Aber immer noch trug sie ihr Haar sauber gekämmt und offen, lang über die Schultern herabfallend, und der Blick in ihren Augen strahlte eine unerbittliche Entschlossenheit aus.

Unaufhaltsam sprudelte schwarzdunkles Blut im dicken Strahl aus ihren Augenwinkeln, ihren Nasenlöchern und zwischen ihren Lippen hervor.

Sie kniete kerzengerade vor seinem Bett. Nicht eine Silbe kam über ihre Lippen.

Der Geomantiker drehte sich in seinem Bett zur Wand.

Trotzdem erschien der Geist Nacht für Nacht.

Schließlich hatte der Geomantiker keine Geduld mehr, eines Nachts entfuhr es ihm: „Warum willst du so unbedingt selbst das Unrecht rächen?“

Die Geistfrau sprach Wort für Wort klar und deutlich: „Es passt mir nicht, obschon ich ein Geist bin, passt es mir nicht, es lässt mir keine Ruhe.“

Der Geomantiker überlegte und versank in Berechnungen, lange sagte er gar nichts, schließlich äußerte er: „Nun gut, ich sehe, dass in unserem Leben, dem jetzigen und im zukünftigen, ohnehin alles schon vorherbestimmt ist. Komme binnen dreier Tage wieder, dann werde ich sehen, ob ich dir helfen kann, das Meer zu überqueren.“

Die Seele warf sich zu Boden, Haupt, Knie und Ellenbogen berührten den Boden, sie betete respektvoll, wobei sie wiederholt Kotau machte.

Nach drei Nächten kam die Geistseele wie vereinbart wieder, doch der Geomantiker war noch zögerlich und entschied nichts.

Der Geist kniete, um seine Entschlossenheit zu zeigen, kerzengerade vor seinem Bett, bis der Morgen graute. Noch als die ersten Sonnenstrahlen durch das Fenster ins Zimmer fielen und zu befürchten war, dass die Seele sich nun verflüchtigen und in Nichts auflösen würde, blieb der Geist an Ort und Stelle knien und wollte sicht nicht entfernen.

Der Geomantiker biss die Zähne zusammen und stieß angespannt hervor: „Nun denn! Auch wenn der Himmel mich dafür bestrafen wird, ich werde dir dennoch helfen. Aber ob es gelingen wird, hängt einzig und allein von dem großen Gesetz von Ursache und Wirkung ab."

Der Rachegeist entschwand im allerletzten Augenblick, bevor das Sonnenlicht in den Raum eindrang, im Schwarz der Nacht. Das aus seinen Augenwinkeln, Nasenlöchern, den Lippen und beiden Ohren hervorströmende dunkle Blut hatte sein weißes, bodenlanges Gewand, sein Gesicht, sein Haupt und seinen ganzen Körper völlig durchtränkt.

Das viele Blut am ganzen Körper war eine schwere Last, die Bewegungen des Geistes verlangsamten sich, der schwebende Schritt mit einem Meter Bodenabstand, wie ihn Geister an sich haben, war ihm nicht mehr möglich, als er rückwärts in die Dunkelheit entschwand. Die Verbindung von Kopf, Hals und Körper stimmte nicht mehr; der scharfe Dolch, der ihm in der Brust mitten im Herzen steckte, war wieder zu sehen, mal deutlich, mal nur verschwommen. Aus dem entzweigetrennten Leib begannen aus der Öffnung am Bauch wieder die Gedärme, Magen, Leber und Milz hervorzuquellen... Aber auf dem von Blut überströmten Gesicht zeigte sich, scharf umrissen und klar, ein niemals zuvor dagewesenes Lächeln, ein Lachen, das in den Mundwinkeln begann, zu einem wild bebenden Lachen wuchs und dann dunkel dröhnend zurückfiel in das zwielichtige Schwarz vor dem Grauen des Morgens.

Aus dem dunkel lachenden, zitternden Mund und den Augen strömten beständig große Mengen schwarzdunkles Blut, das immer weiter und weiter floss, das das Rund des Horizonts schwarzrot färbte und dann langsam heller und heller werdend verdampfte.

5

Einige Tage später kam der Geomantiker tief in der Nacht zu dem heruntergekommenen Anwesen, in dem Mondschön | Mondschwalbe ermordet worden war.

Lange Jahre war es unbewohnt, Teile des Daches des verkommenen Geisterhauses waren eingestürzt, im ganzen Hof wucherte Unkraut, dunkle Mächte bedrohten die Menschen an diesem Ort.

Auf einen langgestreckten Tisch mit kurzen Füßen, den er unter dem Arm mit herbeigeschleppt hatte, platzierte er die Ahnentafel mit dem aufgeklebten Papierstreifen, worauf der Name der Mondschön | Mondschwalbe geschrieben stand. Dazu stellte er die aus Papier und Bambus gewickelte kleine Toten-Figur einer Frau, auf deren Rücken der Name und der Vorname der Mondschön | Mondschwalbe sowie das Geburtsdatum, das Geburtsjahr und die genaue Geburtsstunde des Mädchens vermerkt waren.

Auf diesen Altar stellte er noch ein Räuchergefäß und zwei Reisschalen, wovon eine mit klarem Wasser und eine mit Reiskörnern gefüllt war. Dann legte er die Werkzeuge, die er gebrauchen würde, darauf bereit: das Drachenhorn aus Nashornhorn, die „Gelber Kaiser Glocke", das Reinheitstäfelchen, ein paar kleine Kupferbecken und den Holzfisch mit Schlegel zum Sutren singen.

Als die Stunde gekommen und alles fertig vorbereitet war, befahl der Geomantiker seinem Gehilfen, sich an der Tür aufzustellen und dort Wache zu halten, damit Nichts und Niemand, kein Mensch und kein Vieh in die Nähe des Hauses käme.

Keiner wusste Bescheid darüber, was der Geomantiker bei dieser höchst geheimen Handlung tat, von deren Möglichkeit überhaupt nur ganz wenige auch nur gehört hatten. Die Rollbilder aller Gottheiten, die er niemals zuvor aufgehängt hatte, den Jadereinen Urkaiser, den den Kosmos Durchdringenden, den Patriarchen Laozi, den großen Jadekaiser, den großen Polarstern Thuban hängte er zum Schutz in dem Ritualraum auf. Und all denjenigen Gottheiten, denen er sonst nie opferte, baute er einen Altar, den Altar der Prinzgeneräle, den Seelenaltar und den Altar für eine gute Überfahrt und gutes Karma. Er stellte den Meisterarzt Hua Tuo auf, der einst den Feldherrn und Gott Guan Gong behandelte, und die Kommandotableaus der Himmels- und der Erdgötter und noch andere verschiedene Götterstatuen. Zuletzt stellte er auf den Altar noch alles für das große Opfer, die vier Früchte der Weisheit und drei Arten von Fleisch bereit. So richtete er alles her, um das Geheimritual des „Tote Seelen Führens“ zu beginnen.

Als nun das Drachenhorn anhub, die „Gelber Kaiser Glocke“ erklang, der Holzfisch angeschlagen wurde und das Singen der geheimen Mantren einsetzte, schoben sich im selben Moment schwarze Wolken vor den Mond, und ein gespenstischer, eiskalter Wind blies aus allen vier Richtungen. Kalte, dunkle Energie des Yin fuhr durch den Raum, bemächtigte sich des Orts. Ein gewaltiger Sog entstand und erfasste den gesamten Raum bis in den hintersten Winkel, so als nähme diese Macht die Geistseele wirklich gefangen.

Keiner hatte im Vorhinein die geheime Sitzung angekündigt. Nur Mantren, die schutzmächtigen Zaubersprüche in Rot auf dünnen Papierstreifen gedruckt, hatte der Geomantiker mit seinem Gehilfen vorher in der Gegend an die Leute verteilt und sie geheißen, sie über die Türen und Fenster zu kleben. Sie sollten nach Einbruch der Dunkelheit die Türen gut schließen und nach dem Aufstehen am anderen Morgen vermeiden, sich draußen vor der Tür herumzutreiben.

Die ganze Gegend um das direkt am Meer gelegene nördliche Viertel der Stadt lag nun, da überall die auf Kaisergelb mit zinnoberroter Tusche geschriebenen Zaubersprüche an den Türen und Fenstern klebten, sobald die Nacht nahte, wie ausgestorben.

Auch wenn es früh am Abend war, wenn die Sonne gerade auf dem nahen Meer unterging, wenn sich eben der Himmel verdunkelte und die Welt in ein Zwielicht tauchte, waren in den unzähligen kleinen Gassen des Viertels um die „Jadeschönheiten-Straße“, in dem das Anwesen der Mondschön|Mondschwalbe gelegen war, Türen und Fenster aller Familien längst fest verschlossen und überall eine spurlose Leere. Nur streunende Hunde trieben sich herum; da gab es einen hartgesottenen, wüsten Rüden mit schwarzem, kurzem Fell und glühenden feuerroten Augen. Er starrte mit einem fixierenden Blick geradeaus, wie wenn er wirklich jemanden verfolgte, nur deshalb lief er Runde um Runde ums Viertel, immer suchend, auf Streife.

Die Katzen schlichen heimlich auf den Dachvorsprüngen und Fenstersimsen ums Haus, waren es etwa Fuchsgeister? Selbst wenn gerade eben erst die Nacht hereinbrach, waren schon keine Haustiere mehr auf der Straße zu sehen. Kein Tier, das man nicht in den Pferch oder Stall zurückgebracht hätte, kein großes Vieh wie Rinder und Schweine, aber auch keine Hühner, Enten, Gänse waren mehr zu sehen. Hätten zwei Schafe auf der Straße nicht gerade dringend gemolken werden müssen, wären auch sie längst wieder in ihren Stall zurückgebracht worden.

Man schätzt die Konstitution des Viehs, sich gegen die dunklen Mächte zu behaupten, von jeher als schwach ein. Haustiere sind immer die ersten, denen durch böse Geister und Zauber Schlechtes geschieht oder die dadurch in Not geraten.

Ganze Straßenzüge lagen deshalb verwahrlost brach, die Gassen wie tot, Unkraut machte sich breit. Hatte das ungenutzt darnieder liegende Viertel nicht plötzlich Unmengen an Fläche dazu gewonnen? Monströs, wie sich die gähnende Leere immer und immer mehr ausbreitete, die Straßen und Gassen sich leer in Raum und Zeit dehnten. Mal schwollen sie unberechenbar an, mal ab, sich ständig in Form und Gestalt verändernd, zeigten sie sich biegend und windend. Dieses verlassene Ödland, wo selbst die Zeit stillzustehen schien, war von drückender Leere.

Es war nicht nur das jetzige Leben, vielmehr bedeutete es die gesamte vertane Zeit in allen Menschenleben in der Oberwelt, Einöde durch alle Zeiten und Zustände hindurch.

Öde.

Gerade die Stagnation und die Öde, das Außenseitige an der Peripherie, welches die Geistseele hier in der Oberwelt an diesem Ort erlebte, gab ihr den Raum, in dem sie erscheinen und wieder vergehen konnte. Gerade in der über alle Zeiten ewig währenden Brache des Menschenlebens, gerade in dem Hineingeworfensein in einen unbegrenzten, riesenhaften und sich dazu noch in ständiger Transformation befindlichen leeren Raum wurde erst möglich, dass die Geistseele in einem Zustand des Stagnierens loslassen konnte und einen offenen Spalt fand, in dem sie wieder Körperform annehmen konnte.

Der Raum, den ein Geist passieren muss, ist nicht nur der Wechsel vom Tag zur Nacht. Er durchbricht, wenn er sich durch den schmalen Spalt von Raum zu Raum hindurchwindet, die Öde des ganzen menschlichen Lebens, die Wüstenei in der gesamten Oberwelt.

Erscheinen und wieder vergehen.

Hier am nördlichen Stadtrand von Lu fand der Geist, da überall die auf Kaisergelb mit zinnoberroter Tusche geschriebenen Zaubersprüche an den Türen und Fenstern klebten, diesen schmalen Spalt zwischen Raum und Raum, der ihm ermöglichte, in eine neue Existenz hineinzuschlüpfen.

Es ging auf Mitternacht zu.

Hinter den fest verschlossenen Türen und Fenstern waren gedämpfte Stimmen zu hören. Selten blickten verstohlen Augen nach draußen, dann sah man blitzende Pupillen, die im Nu wieder verschwanden, dicht gedrängt hinter den Türspalten und Fensterritzen.

Im Allgemeinen glauben die Leute, dass, auch wenn das Auge ohne Absicht und nur zufällig etwas sieht, was es nicht sehen darf, das schon ausreicht, damit sich ein böser Geist auf den Leib drückt und man dadurch Unheil und furchtbare Krankheiten auf sich zieht.

Nicht lange, und die Öllampen und Talglichter verglommen eins nach dem anderen. Als alles Licht in den leblos wie brach liegenden Gassen erloschen war und einem einzigen, ununterbrochenen Schwarz Platz machte, war das Dunkel flächendeckend und grenzenlos.

In der tiefsten Schwärze der Nacht, alles schlief fest, durchschnitt plötzlich der schrille, hohe Ton des Drachenhorns scharf und kalt die Nacht, gefolgt von dem dröhnenden Klang der „Gelber Kaiser Glocke", dem Schlagen des hölzernen Fischs und dem dazu gleichförmigen Sutrengesang. Als das heilsmächtige Mantra über die Lippen des Feng Shui-Meisters floss, war es, als würde es sofort absorbiert, verschluckt in die Sphären des Unbewussten, allein kreisende, wogende Klangwellen blieben davon übrig.

Bei den Nachbarn zu beiden Seiten des Gehöfts riss es viele vor Schreck aus dem Schlaf, aber keiner wagte aufzustehen. Sie blieben stocksteif in ihren Betten liegen und getrauten sich nicht einmal, die Augen zu öffnen, sondern stellten sich schlafend.

Dann war urplötzlich alles wie zu Anfang und Totenstille.

Die Leute in den Häusern atmeten auf. Aber sie spürten, wie sich ihnen der Sutrengesang, dessen Klangwellen wie ein ständig kreisendes Echo allen Raum ausfüllten und nicht verschwinden wollten, wie Dämonenstimmen ins Gehirn bohrten und von dort nicht mehr verschwanden.

Keiner wusste, was vor sich ging, keiner hatte das Geringste gesehen.

Kurze Zeit später drangen Gerüchte von der geglückten Rache der Mondschön | Mondschwalbe in die Stadt. Einer der Nachbarn behauptete, dass er, als er sich in selbiger Nacht nicht weit davon entfernt in seinem zweistöckigen Haus vom Bett erhob, um seine nächtliche Notdurft zu verrichten, gerade im Moment, als das Drachenhorn und die „Gelber Kaiser Glocke“ mit erdbebengleichem Ton durch die Nacht schallten, unbewusst den Blick nach draußen wandte. Sein Blick streifte den Hof des Anwesens der Mondschön | Mondschwalbe. Da sah er eine bestimmt drei Meter hohe grellrote Blutreuse, die sich in Windeseile zu drehen begann. Der ganze Hof wurde zu einem Meer voll wild wütenden Wellen aus Blut.

Die Blutreuse, wie eine zum Fischfang benutzte Reuse, sieht aus wie die im Tantrismus benutzte Gebetsmühle, nur dass sie ganz aus Papier geklebt ist und zu einer zylinderförmigen Rolle gerollt wird. Im Inneren steckt ein langes Holz, womit man die Reuse drehen kann. Der Korpus der Blutreuse besteht wie alles andere aus Papier. Sie ist immer dicht beschrieben mit Mantren und Sutren in einer unbekannten Schrift.

Im Allgemeinen kommt der erfahrenste Mönch eines taoistischen Tempels, ein Meister des Spirituellen mit starken Energien, und bringt sechs Gehilfen mit, die auch alle taoistische Mönche sind. Nachdem sie die „höchstfeinen Gebete des Rituals für die Fahrt mit der Reuse an das anderen Ufer“ gesungen haben, kommt der herbeigerufene Geist zur Reuse und wartet davor. Dann versammeln sich alle Familienangehörigen bei der Reuse. Mit den Händen drehen sie die Blutreuse entgegengesetzt zum Uhrzeigersinn, so dass diese linksherum zu kreisen beginnt und die Geistseele greifen kann.

Während die „Greifende Reuse“ die verlorene Geistseele aus dem Blutsee in der Hölle wieder auftauchen lässt, dreht sich die Reuse immer weiter, bis die Geistseele es schafft, dem Blutsee zu entrinnen und sich an der Reuse festhält. Wenn sie sich dabei nicht auf die spirituelle Energie der sich im Rad der Reuse drehenden Zaubermantren verlässt, sondern mit anderen Mitteln in die nächste Existenz hinüberzukommen versucht, gibt es Probleme, sich aus den Tiefen des Blutsees, aus dem normalerweise kein Geist je wieder in die Oberwelt aufsteigt und alle für immer aus dem Kreislauf der Wiedergeburten ausgeschlossen bleiben, zu erheben und diesem zu entrinnen. Anfangs dreht sich die aus Papiermaché gefertigte hauchleichte Reuse ohne jeden Widerstand. Wenn dann der Geist aufspringt, wird es mit dem Drehen schwerer. Ganz allmählich, in Etappen taucht der Geist auf, je größer der Druck auf ihn ist, desto schwerer wiegt sein Gewicht und umso schwerer ist die Reuse zu drehen.

Manches Mal packen die Rachegeister und Dämonen im Blutsee die Geistseele und halten sie fest. Wenn dann die Seelenreuse zu schwer an der Last trägt, ist es schon vorgekommen, dass das tragende Holz zum Drehen in der Mitte der Reuse plötzlich zerbricht. Dann ist die Reuse zerstört, und die Seele stürzt hinab und sinkt auf den Grund des Blutsees.

Wie der Geomantiker im Hof des Anwesens der Mondschön|Mondschwalbe in dieser Nacht es fertigbrachte, aus eigener Kraft, ganz allein, ohne Helfer den Korpus der Reuse, der mit dem Holz in den Boden gerammt war, zum Drehen zu bringen, und wie er es schaffte, dass die Reuse hochschlug und den Geist greifen konnte, davon erfuhr niemals ein Mensch.

Nach dem, was der Nachbar gesehen haben wollte, als er in selbiger Nacht raus musste, um seine Notdurft zu verrichten, musste genau in dem Moment, als die Blutreuse die Seele des Geistes mit hochriss, es so gewesen sein, dass die riesige Reuse, blutrot und drei Meter lang, beim Drehen hochflog. Sie drehte sich zunächst mit rasender Geschwindigkeit auf dem Boden. Der rote Schatten der Reuse flimmerte wie spritzendes Blut, und die Reuse verwandelte den Hof in ein stürmisches Meer voller Blut. In dem Moment, als nun das Drachenhorn abrupt schrill und mit eiskaltem, scharfem Ton erschallte, die „Gelber Kaiser Glocke" Mark und Bein erschütternd ertönte und sich die Blut spritzende rote Reuse mit Höchstgeschwindigkeit drehte, hob sie vom Boden ab und flog zum Himmel hinauf.

Die sich weiter schnell drehende Blutreuse trieb am Himmel gleich einer Wolke von Blut. Sie war in sich völlig verwickelt wie ein großes Knäuel, das am Himmel wie ein dahintreibender, sich dabei drehender und nicht sinkender, großer schmutziger Batzen Blut aussah.

Wie die an den Himmel geschossene Blutreuse schließlich wieder herunterkam und wie das Ritual beendet wurde, davon wusste niemand. Der Nachbar, der in selbiger Nacht seine Notdurft verrichtete, traute sich, auch wenn er gemeinhin als ein mutiger Bursche galt, nicht noch einmal nachzuschauen, er verbarg sich eiligst im Haus.

Deshalb wusste keiner, wie der Geomantiker mit Hilfe der Blutreuse Mondschön | Mondschwalbe aus dem Blutsee fischte und wie er den Rachegeist dann unter seinem schwarzen Tongölschirm versteckte, ganz zu Schweigen davon, dass davon jemand irgendetwas gesehen haben könnte.

Auch weiß keiner zu sagen, wann die Leute begannen, sich flüsternd weiterzuerzählen, dass ein Rachegeist versteckt unter einem schwarzen Tongölschirm spukte, die Grenze zwischen Yin- und Yangwelt, zwischen Dunkel und Hell durchbrach und dadurch in andere Gegenden reiste.

Nachdem in Lu bekannt wurde, dass der Rachegeist der Mondschön | Mondschwalbe seinen Mörder gelyncht hätte, rankten sich schnell Gerüchte um die Tat: In der Nacht habe man einen Feng Shui-Meister mit einem schwarzen Tongölschirm in der Hand gesehen, der böse Geist sei durch die verwinkelten kleinen Gassen von Beitou gegangen, die großen Straßen habe er gemieden, weil er den Menschen ausweichen wollte, und nur verschwiegene Wege genommen.

Wann und wo schließlich jemand den Geist sah, und aus wessen Mund die Nachricht eigentlich stammte, wird nie jemand wissen.

Gerüchte wurden laut, der Geomantiker habe eine kleine Tasche auf dem Rücken getragen. Aber es sei nicht zu erkennen gewesen, was in der Tasche gesteckt haben mochte, in der Hand habe er einen einfachen Tongölschirm gehabt, wie alle Leute, die auf eine längere Reise gehen. Doch er habe, während er vorwärts lief, dem schwarzen Schirm unentwegt leise zugerufen: „Geistseele der Mondschön | Mondschwalbe! Es geht auf die Reise, folge mir nach!"

Sein Tonfall war dunkel summend, die einzelnen Silben in die Länge gezogen. Es klang nicht danach, als spräche er mit einem Menschen, sondern war von ganz anderer, sonderbarer Art. Dazu trug er ein Mantra, das er nicht aus der Hand gab. Er betete Sutren und beschwor mit Mantren, die pausenlos weiter getragenen Schallwellen versetzten alles um ihn herum in Schwingung, eine bewegte, unruhige Atmosphäre war zu spüren.

Überall dort, wo er vorüberging, taten die Leute kein Auge mehr zu, es mochte tiefste Nacht sein, noch Stunden bis zum Morgengrauen, sie mochten im Tiefschlaf sein oder in den tiefsten Träumen stecken, keiner konnte mehr ruhig weiterschlafen. Es schmerzte furchtbar in den Ohren und im Kopf, ein ständiges Auf-, An- und Abschwellen von Tönen mischte sich im Gehirn zu abnormen Alpträumen. Die Resonanz bewirkte ein nicht endendes Hin- und Herschwingen des Klangs und verursachte ein depressives Gefühl.

War das, was nach oben getaucht und hervorgeholt worden war, der nie endende Groll und Hass aus vergangenen Leben von heutigen Existenzen? Wahrscheinlich waren das die unterdrückten Gefühle unzähliger Generationen und ungezählter Leben! Hatten etwa nur die Geister die rufenden Stimmen erhört und waren erschienen? Warum hörten ihre eigenen Leiber, sie selbst, nicht darauf? Dürstete es sie in ihren quälenden Alpträumen, aus der Tiefe heraufgerufen zu werden?

Tränen quollen aus den im Schlaf fest geschlossenen Augen hervor, in Strömen rannen sie tropfend herab…

Sutren singend und das Mantra fest in beiden Händen führte der Geomantiker die Geistfrau des Wegs. Traf er auf eine Wegbiegung, rief er mit gleichförmiger Stimme und mit dunklem, tiefem Ton in den Schirm hinein: „Mondschön | Mondschwalbe, vor uns eine Kurve, folge mir dicht, folge mir links herum."

„Mondschön | Mondschwalbe, vor uns eine Kurve, folge mir dicht, folge mir rechts herum."

Sein Schritt war ebenso gleichförmig wie stetig. Schritt für Schritt, nicht eilend und nicht langsam, aber ohne einen Anflug des Stehenbleibens, damit die Geistseele sicher folgen konnte.

So kam er vom Wohnhaus der Mondschön | Mondschwalbe im Viertel um die „Jadeschönheitenstraße" ans Meer zur Pier von Beitou. Wofür im Allgemeinen nicht einmal zwanzig Minuten Fußmarsch nötig sind, brauchte der Geomantiker in dieser Nacht auf menschenleerer Straße – er wählte die entlegenen schmalen Gassen, die einsam und dunkel waren – in langsamem Schritt volle vierzig Minuten.

Der nahe Schiffsanleger war feucht und rutschig. Alle paar Schritte trat er in eine Pfütze und lief durch dahinrinnendes Wasser. Unter der Anlegebrücke treibendes Holz ließ das Wasser dumpf glucksen, die aus Bambus gebundene Brücke ächzte beim Darüberlaufen geräuschvoll, dabei schaukelte sie gefährlich hin und her. Der Geomantiker ging festen Schrittes, einen Fuß vor den anderen setzend. Ununterbrochen rief er in den schwarzen Schirm: „Mondschön | Mondschwalbe, vor uns ist eine Brücke, folge mir die Brücke hinauf, damit wir sicher auf der Brücke ankommen."

„Mondschön | Mondschwalbe, vor uns ist die Brücke zu Ende, folge mir die Brücke hinab, damit wir sicher auf der Straße ankommen."

Es heißt, wo Wasser über den Weg rinnt und den Weg beeinträchtigt, fällt den Geistern das Passieren am schwersten. Jede kleine Unaufmerksamkeit des Geistes, noch mehr des Seelenführers, die zur Folge hat, dass der Geist von der Brücke zu fallen droht, bewirkt größte Schwierigkeiten. Ein erneuter Versuch hinüberzukommen, wird dann schier unmöglich.

Deswegen war der Geomantiker so überaus sorgsam bedacht, den Geist wieder und wieder anzurufen, bis er mit dem schwarzen Tongölschirm in der Hand endlich sicher die Pier erreichte. Es war Spätherbst, und doch war er vom Laufen schweißgebadet.

Aus dem Dunkel an der Pier tauchte in fiebriger Erregung, man sah nicht von wo, ein Mann auf. Er geleitete den Geomantiker zu einer Reihe Segelschiffe, die an der Pier vor Anker lagen, um Waren zu verstauen.

„Keine Eile! Es ist noch nicht an der Zeit. „, sprach der Geomantiker mit gedämpfter Stimme und verschwand im Dunkel.

6

Die Wolken trieben auseinander, der Mond floh, grauschwarz durchscheinend wurde allmählich die Farbe der Nacht. Von Ferne graute dunstig, nieselig der Morgen. Der fahle, schmale Sichelmond verlor sich zu einem dünnen Streifen, als darüber ein Wolkenband hinwegzog. Einen kurzen Augenblick lang herrschte in der tiefen Nacht völlige Dunkelheit, kein Stern und kein Mond spendete Licht.

Während dieses kurzen Moments im absoluten Dunkel konnte der Geomantiker deutlich spüren, wie sich, denn die besagte Doppelstunde war offensichtlich schon angebrochen, in dem schwarzen Tongölregenschirm mit dem Bambusgerüst etwas regte. Mit äußerster Behutsamkeit, aber fest zupackend und mit beiden Händen trug er ihn, als er es merkte, ja es schien fast, dass ein Mensch von innen dagegen drückte, sich geradezu dagegenwarf, als wollte er um ein Haar hinausfallen. Im Dunkel verborgen, drehte sich der Mensch, oder was es nun war, in Richtung der Handelsdschunken. Fiel das Etwas da nicht aus dem Schirm oder rannte es gar eilig zum Schiff?

Mitte des achtzehnten Jahrhunderts war Lu der beste Naturhafen der Westküste Taiwans, das Hafenbecken war von unergründlicher Tiefe und genauso breit. Der Glückshirschfluss und der Trübe Fluss trugen damals noch wenig Schlamm mit sich, die Meeresmündung war noch nicht versandet, und Hochseedschunken jeder Größe liefen ungehindert auf direktem Wege in den Hafen ein, um dort vor Anker zu gehen. Auf kleine Boote wurden die Waren dann umgeladen und auf dem Glückhirschfluss und dem Trüben Fluss zu Wasser direkt in die Straßen der Stadt transportiert.

Die reichen Kaufleute besaßen unmittelbar am Glückshirschfluss viel Land, wo sie eigene Schiffsanleger zum Löschen ihrer Handelswaren einrichteten. Sobald die kleinen Barkassen an den Bambuspfählen und Pollern festgemacht hatten, gingen Menschen und Ware auf direktem Wege hinein in den hauseigenen Speicher des Kaufmanns.

Die langen Straßenhäuser hatten eine Tiefe von fünfzig bis zu hundert Metern. Der hintere Teil grenzte direkt an den Anleger und ans Wasser. Dort befanden sich die Warenspeicher. Weiter ging es durch unzählige Lichthöfe, kleine Atrien in Richtung Ladengeschäft. Mal waren die Handelshäuser nur in Parterre- und Halbparterrebauweise –, mal besaßen sie zwei oder drei Stockwerke. Vom Dienstpersonal bis zum Hausvorstand und Geschäftsinhaber wohnten alle entsprechend ihres Ranges in genauer Reihenfolge unter einem Dach zusammen. Ganz vorn grenzte die Frontseite des Hauses mit dem Ladengeschäft direkt an die damals betriebsamste, bunteste Hauptstraße ganz Taiwans, die große „Straße der fünf Glückseligkeiten", die Front des Handelshauses für die zahlreichen Kunden zur Straße hin weit geöffnet.

Die an den Fluss angrenzenden langen Straßenhäuser konnten auf diese Weise ihre Geschäfte vom Wareneingang über das Lagern und Ausstellen der Ware bis hin zum Verkauf derselbigen alles unter einem einzigen Dach auf einer Fläche von fünfzig bis hundert Meter Länge abwickeln. Die Kaufleute längs der großen „Straße der fünf Glückseligkeiten" besaßen zumeist Importwarenhandlungen, die Trockenwaren und die verschiedensten Dinge vom Festland verkauften. Das reichte aus, um die Frauen und Mädchen, die niemals vor das Haupttor traten und auch nie die Schwelle des zweite Tores überschritten, so zu beschäftigen, dass sie in den verschiedenen Lichthöfen und Stockwerken, Gemächern und im Stickturm des Hauses während eines ganzes Lebens nicht auf dumme Gedanken kamen.

Welch Vorsorge für ein sicheres Leben und einen sicheren Tod!

Als der Geomantiker in dieser Nacht in das Hafenviertel beim Schiffsanleger am Fluss kam – die besagte Doppelstunde war noch nicht angebrochen –, hielt er sich versteckt im Dunkeln auf, in einem Speicherhaus, dem hinteren, an den Anleger grenzenden Teil des großen Anwesens eines bedeutenden Reeders. Als die besagte Doppelstunde anbrach, verließ der Geomantiker das Speicherhaus. Aber welch fassungsloses, ungeheures Erstaunen befiel ihn. Instinktiv wich er einen Schritt zurück.

Nicht nötig zu betonen, dass der Geomantiker mit seiner machtvollen, spirituellen Kraft und seinem geschulten, sicheren Bewusstsein die dunkle Macht spürte. Aber auch die Hafenarbeiter, die in dieser Nacht am Anleger Schicht hatten, spürten, wenn sie ein etwas schwächeres Lebenshoroskop als andere Menschen besaßen oder sensible, dünnhäutige Menschen waren, dass in dieser Nacht unheilvolle Mächte vom Schiffsanleger Besitz ergriffen, und ihnen gefror von dem eiskalten Hauch der Yin-Energie ihr Körper bis ins Mark. Salpeter- und Schwefelgeruch überall, Rachegeister und Fuchsgeister schienen sich mit schierer Gewalt der Menschen zu bemächtigen.

Als der Geomantiker wieder aus dem Speicher heraustrat, schaute er auf ein Heer von Totengeistern, die die Speicherstadt am Fluss bevölkerten, überfüllten. Es waren wohl einige Zehntausend, es fiel schwer, ihre Zahl zu schätzen.

Den Geistern fehlte meist eines ihrer Gliedmaßen, nicht wenige trugen ihren Kopf unter dem Arm. Der frisch abgeschnittene Kopf ließ am Hals die offene Stelle nackt hervorstehen. Bestimmt war der Kopf mit scharfem Schwert in einem Hieb vom Hals getrennt worden. Da waren Geister mit zerstückelten Händen und abgeschnittenen Füßen, manche Körper wild mit tausend Messerstichen zerhackt, Blut und Fleisch baumelte in Klumpen an ihnen herunter. Manchen fiel beim Gehen das Fleisch in Stücken vom Körper ab…

Alle trugen nur Lumpen am Leib, in Fetzen schlotterten die schmutzigen Reste einstiger Gewänder, aus den offenen Wunden quoll dunkles Blut, faulendes Fleisch fiel ab.

Vielen steckte ein scharfer Pfeil mitten im Leib, manche waren von unzähligen Pfeilen durchbohrt. Sie glichen Zielscheiben zum Üben. Ihre Gestalten waren bis zur Unkenntlichkeit zerstört. Manche waren offensichtlich bei einem Kanonenschlag explodiert, Hände und Füße fehlten. In den Leib war ein Loch gerissen, und die Eingeweide flossen heraus, auch gab es Geister, die durch eine Bombe in Stücken auseinander geflogen waren. Dann liefen sie trotzdem vorwärts, die einzelnen Stücke geordnet an ihrem angestammten Platz geisterten lose im freien Raum einher…

Ungeachtet dessen, ob sie ihr Haupt nun unter dem Arm bei sich trugen oder der Kopf lose über ihnen dahinschwebte, sie alle, es sei denn, die Gesichtszüge waren zerstört, hatten einen hölzernen, kalten Blick. Er zeugte von erbitterter Rachgier, Unzufriedenheit und Hass, einer brutalen Entschlossenheit, ihr letztes Leben zurückzufordern.

Es waren wohl einige Zehntausend Geister, die sich in der Speicherstadt von Lu an den Anlegern zusammenrotteten.

Der Geomantiker verschwendete nur einen einzigen Blick, dann kalkulierte er genaue Zeitpunkte und Geschehnisse, indem er die Daumen und Zeigefinger scharf aneinander rieb und sich konzentrierte. Er entdeckte, dass es sich bei dieser riesengroßen Anzahl von Geistern um die in allen Kriegen der vergangenen Jahrhunderte Ermordeten handelte, die sich über ungezählte Generationen hinweg angesammelt hatten. An den Gewändern waren leicht die Soldaten der vorangegangenen Ming-Dynastie zu erkennen. Es schienen Soldaten und Generäle von Zheng Chenggong zu sein, die zu Ende der Mingzeit vom Festland auf die Insel geschickt worden waren, um auf Taiwan einen Stützpunkt für die Restauration der Ming und die Unterwerfung der Mandschus zu schaffen. Dann waren da noch Tote aus den Truppen der Mandschus, die die Insel angreifen und erobern sollten, nachdem die Herrschaft der Qing-Dynastie auf dem Festland durchgesetzt worden war.

Ungeachtet des Ausgangs der Schlachten und gleich wer den Sieg davontrug, gab es auf beiden Seiten schwer verletzte und grausam zu Tode gekommene Soldaten, die an diesem Ort allesamt zu Rachegeistern geworden waren.

In der Geschichte der kleinen Insel war von der Ming-Dynastie angefangen bis zur Qing-Dynastie und bis heute, während der Vielzahl vorangegangener Regierungsperioden und der Unzahl von Generationen, während der Zeit, in der die Holländer, Spanier, Engländer und Franzosen die Insel überfielen und besetzen, immer die Westküste der Ort der Seeschlachten und Schlachten zu Lande gewesen. Alle hier zu Wasser und zu Lande gefallenen Soldaten wurden zu Rachegeistern, die nicht wieder in die Heimat zurück konnten und darum nirgends mehr Zuflucht fanden. Ruhelos trieben sie umher, seit hundert, seit tausend Jahren, ohne je Atem zu schöpfen.

Welch seit Urzeiten nicht endender Jammer! Weder Himmel noch Erde vermochten ihnen ihre Heimat wieder zurückzugeben.

Der Geomantiker hatte etwas Derartiges, das muss man ehrlicherweise zugeben, schon erwartet, nur hatte er nicht angenommen, dass die Anzahl der Geister so überaus groß sein würde. Er stockte kurz, aber er fasste sich wieder.

Die Stimmung der Nacht war aber nicht nur geschwängert vom Morden und Hassen, da waren in dunklen und unbestimmten, nicht zu ortenden Tiefen noch andere Kümmernisse und ewig währendes Verargen, was nie und nimmer vergehen wollte.

Der Feng Shui-Meister fixierte seine Umgebung mit seinem auch für eine höhere Frequenz geschulten Yin-Yang-Auge erneut, so dass er die Schallwellen und alle anderen Energien sehen konnte. Hinter den Soldaten, die ganz vorn standen, konnte er noch Leute aus dem

Volk erkennen, die die Kleidung von gewöhnlichen Kaufleuten und Wanderarbeitern trugen. Dazwischen sah er auch einige Frauen, die in den Armen ihren toten, grünschwarz verfärbten Säugling trugen, blutüberströmt und die Nabelschnur noch nicht abgeschnitten. Auch hatten Frauen einen Hosengürtel eng um den Hals gebunden, ihnen hing die Zunge bis auf die Brust herab, Frauen gab es, denen aus allen sieben Körperöffnungen Blut floss, die Todesursache war ungewiss.

Unter den einfachen Leuten aus dem Volk waren nicht wenige mit aufgedunsenen Leibern, Leichen, die lange unentdeckt im Wasser gelegen hatten. Bei manchen hatten die Fische Augen, Nase und Ohren abgefressen, ihre Gesichter wirkten dadurch wie Eier mit Löchern, Vorn und Hinten ließ sich nur schwer unterscheiden. Manche der Wasserleichen waren von den Fischen so zerfressen, dass unzählige kleine Löcher den Körper perforierten, das fahle Mondlicht schien durch die Leiber hindurch und verwandelte sie in Mondlichtnetze.

Wegen der andersartigen räumlichen Dimension, in der sich Geister aufhalten, können sie in einer Gruppe zwar hintereinander stehen, werden aus einer größeren Entfernung aber nicht kleiner oder undeutlicher gesehen. Die Gesichtszüge eines jeden einzelnen Gesichts bleiben gestochen scharf wie in Nahsicht. Deswegen sah der Geomantiker in allen Gesichtern den hölzernen, harten Blick, den tiefen Hass und die eiskalten, anklagenden Augen.

Der Geomantiker konzentrierte sich wieder, indem er die Daumen und Zeigefinger scharf aneinander rieb. Dann sah er alles deutlich vor Augen.

Seit der Entdeckung der Insel durch die Chinesen, seit die Festländer vom Kontinent auf die Insel segelten und ihre Segelschiffe beim Ryukyu-Graben in den „Schwarzen Wassern“ vor den Peskadoren kenterten, trieben die Totenseelen der Ertrunkenen auf offener See. Es waren Wasserleichen, die man, wenn sie an die Westküste der Insel angespült wurden, „Schwemmleichen“ nannte. Die Totenseelen der Festländer, die zwar die Überfahrt überlebten und auch an der Küste Taiwans an Land gingen, die aber dann auf fremder Erde ohne Söhne starben, die ihnen den Ahnendienst hätten versehen können, wurden auch zu heimstattlosen Rachegeistern. Sie hatten niemanden, der ihren Totenseelen geopfert und die Gebete gesprochen hätte, und es gab keine Möglichkeit einer Rückkehr in die Heimat. Auch diese Geister bevölkerten seit Jahrhunderten, ja seit fast tausend Jahren die Küste vor Lu, immer auf der Suche nach einer Heimstatt und niemals fündig werdend.

Welch seit Urzeiten nicht endender Jammer! Weder Himmel noch Erde vermochten, sie wieder in ihre Heimat zurückzugeleiten.

Mit ernster, ehrfurchtsvoller Miene führte der Geomantiker einige seiner die Qi-Energien aufbauenden Atemübungen durch und erhielt so Erfrischung. Dann klemmte er den schwarzen Tongölschirm aus Bambus unter beide Arme quer vor die Brust, während er mit den Fingern und Handtellern der linken und rechten Hand eine beidhändige Mudra mit der apotropäischen* Bedeutung: „Entfernt Euch!“ wies. Er blickte zum Himmel und sah, dass die Doppelstunde anbrach. Nun durchmaß er das Sternenhaus des großen Wagens mit den sieben Sternenschritten, während er dabei gleichzeitig gemessenen Schrittes vorwärts schritt. Schh … ging es, im Nu ließen die Geister einen Gang frei. Ohne dass unter ihnen auch nur der Anflug eines Gedränges oder Schubsens zu sehen gewesen wäre, machten sie für ihn den Weg frei. Jedes der Gesichter war immer noch deutlich scharf umrissen wie aus nächster Nähe zu sehen, aber nur größere Trauer und Verzweiflung zeigte sich in den stockend nach Worten suchenden, aber wortlos bleibenden, hilflosen Anlitzen.

Der Geomantiker senkte mit ernstem Blick die Augen. Die Augen konzentrierten sich wie bei der Meditation auf den äußersten Punkt seiner Nasenspitze, keine winzige Unkonzentriertheit gestattete er sich. Sein Mund rezitierte unablässig Sutren und heilsmächtige Mantren, die Hände hielt er erhoben zur großen Mudra „Entfernt Euch!“. Als zwei seiner Gehilfen damit begannen, zu beiden Seiten in großen Mengen Opfergeld für die Toten zu verbrennen, schlugen mit einem Mal riesige rotzüngelnde Flammen empor. Wild flackernde, gelbrote Funken versprühten die Asche aus zahllosen Paketen Totengeld in alle vier Richtungen als Silbervorrat für die Unterwelt. Da waren Geister, die sich still zurückzogen, sobald sie ihr Geld erhielten, den freien Platz nahmen sofort andere Geister ein. Manche Geister hielten den Silbervorrat, den sie bekommen

* Abweisend (griech.)

hatten, mit beiden Händen vor die Brust, blieben aber wie angewurzelt stehen und wollten sich nicht entfernen.

Der Geomantiker schritt durch den durch die Geister freigemachten Tunnel vorwärts. Das Sternenhaus des großen Wagens durchmessend setzte er seine Füße im Sieben Sternenschritt, sein Körper schwankte wie eine Weide im Wind, wie der in den Wellen schwingende Seetang im Meer. In der Konstellation des Großen Wagens schritt er weiter nach links und dann nach rechts, einen Schritt zurück, wieder nach links vorwärts, so wie es die Regel erforderte. Der Himmel war tiefschwarz wie dicker Urushilack, verlor aber deutlich an Farbtiefe. Das waren Anzeichen, die ihm verrieten, dass nur noch wenig Zeit verblieb, bis wieder Licht ward.

Deutlich spürte man schon die zarte Helle eines neu anbrechenden Tages. Es kam Bewegung in die unruhige Geisterschar. Es gab zwar kein Gedränge, auch passierte noch nichts. Aber es war ein in Erschütterungen zu spürender Sog da, so dass auch der Geomantiker fühlte, wie der von ihm beschrittene Tunnelgang immer schmaler wurde. Es fehlten nur noch wenige Schritte, bis er die Kaimauer und das Holzbrett zwischen der Pier und dem Schiff erreichen sollte.

Schweiß perlte an seinen Schläfen herunter.

Plötzlich, in dem winzigen Moment des Überspringens eines Funkens, des Aufleuchtens des Blitzes am Himmel, griffen Hände nach seinem schwarzen Schirm; und es waren nicht wenige Hände, sie kamen von vorn, von hinten, aus jeder Richtung und bedrängten den Geomantiker, wollten ihm den Schirm, den er stramm vor die Brust gepresst hielt, entreißen. Der immer enger gewordene Tunnel war mit einem Mal von unzähligen, sich streckenden, greifenden Armen und Händen voll. Der Geomantiker sah, dass er vor und zurück keinen Platz mehr hatte. Entweder musste er den Schirm weggeben, oder er musste sich rückwärts zurückziehen.

Dennoch schrie er wutentbrannt auf. Beide Hände, die die beidhändige Mudra des „Entfernt Euch!“ darstellten, formten nun die Gestalt einer anderen großen Mudra. Als er diese den Geistern entgegenhielt, zogen sich die ihn bedrängenden, nach ihm greifenden Hände zurück. Er nutzte sofort die Gelegenheit, um die noch wenigen Schritte vorwärts zu gehen, und stand nun auf dem hölzernen Landesteg.

Unter diesem einfachen Brett zwischen Kaimauer und Schiff sah er in den dunkelschwarzen, unergründlich tiefen Fluss am Kai. In der abgrundgleichen Tiefe sah er unzählige greifende, sich hoch reckende Hände, die mal auftauchten, hochsprangen, viele, viele über- und untereinander. Sie stammten ohne Zweifel von den Wasserleichen, den Schwemmleichen. Dieses küstennahe Hafengewässer gehörte zu den Orten, an denen sie sich entfalten konnten. Die sich aus unvorstellbaren Tiefen von unten in die Höhe reckenden Hände boten ein monströses Bild ohnegleichen. Es war, als ragten sie direkt aus der Hölle heraus.

Der sich von vorn wie von hinten, aus jeder Richtung gegen Feinde wehrende Geomantiker wurde nun auch noch von unten bedrängt. Die Krallenhände wollten ihn schon packen und in die Tiefe ziehen, da sprang er geschmeidig hoch in die Luft, noch ein Salto, und er stand locker an der Reling an Bord. Der Schirm, den er mit beiden Händen fest an die Brust drückte, war sicher und wohlbehalten, auch die Tasche trug er noch auf dem Rücken.

Die erste Etappe war geschafft! Wenn man bei der Tasche an der Seite das Verdeck ein wenig hochschlug, konnte man darinnen die aus Papiermaché geklebte Ahnentafel der Mondschön|Mondschwalbe entdecken.

Der Geomantiker blickte zum Himmel auf, es war das erste Mal in dieser Nacht, dass man in seinen Augen eine sorgenvolle Erwartung lesen konnte.

Gerade im selben Augenblick leuchtete weit draußen über dem Horizont am Himmel der erste Sonnenstrahl über das Meer.

7

Dass die zu Unrecht gestorbene Seele in dem schwarzen Schirm zu bleiben vermochte, ist wohl seit Anbeginn aller Zeit der erste und bleibt der einzige Fall, schwer zu begreifen und fragwürdig wie rätselhaft in jeder Hinsicht.

Dass so etwas in einer Totenurne, in einer länglichen Kanne, in einem großen Krug oder einer Flasche möglich sein soll, ist nicht schwer zu begreifen. Eine flüchtige Hauchseele braucht einen Halt, zumindest aber einen sicheren Ort, um sich zu verbergen. Natürlich muss man zugeben, dass ein irdenes Gefäß wie die Kanne, der Krug oder die Flasche nicht gut mitzunehmen ist, weil es leicht zerbricht. Das ist zum einen der Grund für die Wahl des Schirms; dazu kommt, dass Geistseelen sich verflüchtigende Naturen sind, die nirgends und nimmer in einer Wohnung wohnen. Nur was eben die Regenschirme betrifft, besonders wenn es sich noch dazu um schwarze handelt, sind sie bei Geistern hochbeliebt, sie eignen sich auf geradezu geniale Weise zum Aufenthalt, weil die einzelnen Bambusverstrebungen und die vielen Papierfalten ein unergründliches, dunkles Versteck versprechen.

Wenn so ein Schirm ganz geöffnet ist, entspricht er andererseits dem Bedürfnis der Geister, ohne jeden Zwang aus und ein zu fliegen; und beim Schließen des Schirms ist es binnen eines Augenblicks möglich, den Geist zu umschließen, sicher und geborgen in den Tiefen der Falten. So ein Schirm ist den Geistern von jeher das liebste und beste Versteck. Dazu versteht es sich von selbst, dass ein Schirm praktisch mitzunehmen ist, und unempfindlich ist er noch dazu.

Deshalb ist bei jedem schwarzen Regenschirm, den ein Reisender unter den Arm geklemmt bei sich trägt oder den er vorsichtig vor der Brust mit sich führt oder den er gar oben auf seinem Rucksack geschnallt mit sich schleppt, wenn dieser Schirm dann auch noch geschlossen ist, zu vermuten, dass sich in seinem Inneren ein Geist aufhält. Mehr noch: Man muss zugeben, dass es sogar wahrscheinlich ist, dass es sich bei einem dort versteckten Geist um einen Rachegeist handelt.

Ein Rachegeist, unterwegs, um Rache zu nehmen.

In den Berichten, die die Leute sich in Lu über Mondschöns | Mondschwalbes Rachetat erzählten und die sich um ihre Überfahrt über den weiten Ozean rankten, damit sie dort auf dem Kontinent das ihr widerfahrene Unrecht rächen konnte, durfte so ein schwarzer Regenschirm natürlich nicht fehlen. Den der Geomantiker ohne Probleme bei sich trug, weil er zum unverzichtbaren Gepäck eines jeden Reisenden gehörte, und der darum auch nicht zu unnötigen Vorurteilen drängte und auch bestimmt nicht zu ängstlichen Mutmaßungen Anlass gab! Denn das wäre doch der Fall gewesen, wenn der

Geomantiker die Ahnentafel und eine irdene Totenurne der Mondschön | Mondschwalbe vor sich hergetragen hätte. Die Geschichten über den Geomantiker und seinen schwarzen Regenschirm beinhalteten immer das wichtige Detail: Der Schirm musste stets geschlossen bleiben. Man hörte die abenteuerlichsten Gerüchte.

Obschon es für die Handelsdschunke gerade die richtige Jahreszeit zum Befahren der Straße von Taiwan war, hatte das Schiff draußen auf hoher See an der Tiefseerinne vor den Peskadoren noch die „Schwarzen Wasser“ und die „Roten Wasser“ zu umsegeln, und auch die Seelöwen blieben gleichermaßen gefährlich. Wellen mit ausladenden Tälern und spitzen Kämmen warfen sich wild gegen den Schiffsleib und spritzten am Bug hoch, als ob sie sich einen üblen Spaß erlauben wollten.

Der nach geschlagener Schlacht todmüde Geomantiker legte sich in einer Kabine unter Deck schlafen. Der schwarze Schirm musste mit Rücksicht auf die größtmögliche Dunkelheit im untersten Laderaum, wo die zu verschiffenden Waren lagen, bleiben. Die Gehilfen des Geomantikers hatten das Wachehalten übernommen. Sie hielten aber der sie überwältigenden Seekrankheit nicht stand und erbrachen sich würgend in einem fort. Wie bewusstlos sanken sie neben dem Schirm am Boden in sich zusammen.

Just kamen ein paar wilde Kinder, die sich einen Spaß erlauben wollten. Neugierig untersuchten sie den streng bewachten Regenschirm. Ihn drehend und wendend trachteten sie danach, ihn zu öffnen, um sich Klarheit zu verschaffen.

Oder ein schwarzer Haushund (Reisende hatten ihn bei sich) entdeckte in dieser Nacht mit seinen Yin-Yang-Augen ein „abnormes Wesen“. Triebhaft blutrünstig wollte er dieses „Etwas“ in jedem Fall aus dem Schirm hervorzerren. Er öffnete sein blutrotes Riesenmaul, bleckte die spitzen Zähne und näherte sich dem Schirm. Jetzt würde er ihn mit seinen Zähnen auseinanderreißen und zerfetzen, bis nichts mehr von ihm übrig war!

Oder noch atemberaubender war, dass der Geomantiker einen Erzfeind hatte!

Eigentlich nur ein Kollege, der dem Meister die besonderen Fähigkeiten neidete, ihn entehren wollte und wie ein Leichenfledderer sein Geheimnis aufzudecken trachtete! Vielleicht, es war schon möglich, hatte der Geomantiker ihn in der Vergangenheit einmal dabei behindert, eine Drachenspalte aufzuspüren. Oder er hatte ihm eine energiegeladene Erdader zerschnitten. Oder der Geomantiker hatte ihm womöglich einen Strich durch die Rechnung gemacht, als er mit schwarzer Magie einen Menschen außer Gefecht setzen wollte…

Dieser Erzfeind verbarg sich, dem Geomantiker auflauernd, auf dem Schiff, um dieses Mal endlich den Plan des Geomantikers zu durchkreuzen. Er brauchte nur den Regenschirm zu öffnen, um ihn schachmatt zu setzen. Die Energieressourcen, das Qi des Geomantikers, würden dabei großen Schaden erleiden. Seine Kraft, durch die er wirkte und Erfolge erzielte, würde dahinschmelzen, vielleicht wäre es für ihn dann aus und vorbei mit Glück und Erfolg?!

Es konnte sich bei dem Mann aber auch um einen völlig Außenstehenden handeln, einen Reisenden, einen Matrosen, der, um sich vor dem Regen zu schützen, hinunter in den Laderaum stürzte, den schwarzen Regenschirm sah und ihn im Vorbeigehen einfach mitnahm, bei sich denkend, dass er ihn nur kurz ausleihen und aufspannen würde, weil er nicht nass werden wollte.

Wenn der Mann nur kein Strauchdieb war, der glaubte, dass der schwarze Schirm und der kleine Rucksack, worauf alle ein besonderes Augenmerk richteten, mit lauter Schätzen, Perlen, Gold und Silber voll waren und dass ein schwarzer Schirm eben das beste Versteck überhaupt war, nur aufspannen und dann…?

…

Dies alles war durch Vorsehung unweigerlich ein auf Mondschön|Mondschwalbe niederkommendes böses Schicksal, waren Qualen, die der Rachegeist auf seinem Weg, das Unrecht zu vergelten, im vorangegangenen und nachfolgenden Leben zu erdulden hatte.

Alles hing nun nur vom Fortkommen, dem Glück oder Unglück des Rache nehmenden Geists ab.

Bestimmt war es so, dass dem Geomantiker, der die Augen zugemacht hatte und der sich in der Kabine ausschlief, Mondschön gerade noch in allerletzter Minute, im allerdringlichsten Moment wieder einfiel. Sofort konzentrierte er sich, indem er Daumen und Zeigefinger scharf aneinander rieb. Leise sprach er: „Weh ihr!“ Dann eilte er im Sturmschritt zu seinen im Laderaum vor sich hin hindämmernden Gehilfen.

Es war zu spät!

Einerlei, wer nun den schwarzen Regenschirm aufspannte, ob es das Kind, der Erzfeind, ein Reisender oder Matrose, der Langfinger war oder ob der schwarze Hund mit dem Wolfsgebiss und dem riesigen Maul den schwarzen Regenschirm zerbiss. Der Geomantiker kam gerade hinzu, um mitanzusehen, wie die Geistseele des Rachegeists sich verflüchtigte. Er schrie gellend, verzweifelt.

Sollte dadurch, dass der Schirm auseinandergerissen und kaputtgebissen war, sich der Geist für alle Zeiten und in Ewigkeit verflüchtigt haben? Erbitterter Hass zerriss ihn, dass ihm schwarzes Blut aus den Augen spritzte.

Obschon der Geomantiker taoistische und tantrische Geheimlehren bis zur Vollendung beherrschte, war er nun mit seiner Kunst am Ende. Schweigend schüttelte er wieder und wieder den Kopf. Er seufzte tief: „Die Vorsehung! Nach dem Willen des Himmels war schon alles vorherbestimmt! Den Willen des Himmels zu durchkreuzen ist fürwahr schwierig!“

Bestimmt aber war es mit Mondschwalbe so, dass dem Geomantiker, der sich in der Kabine ausschlief, gerade noch in allerletzter Minute, im allerdringlichsten Moment wieder einfiel, dass nur seine Gehilfen den Schirm bewachten. Er konzentrierte sich sofort, indem er Daumen und Zeigefinger scharf aneinander rieb. Dann sprach er leise: „Weh ihr!“ Im Sturmschritt eilte er zu seinen im Laderaum vor sich hindämmernden Gehilfen.

Gerade noch rechtzeitig, in allerletzter Minute, konnte er den neugierigen, spielenden Kinderhänden Einhalt gebieten, den schwarzen Hund davon abhalten, sich zähnefletschend auf den Regenschirm zu stürzen, einschreiten in die dunklen Machenschaften seines Erzfeindes, den Reisenden versorgen, indem er ihm irgendeinen anderen schwarzen Regenschirm von der Schiffsbesatzung gegen den Regen aushändigte, und den aufgeschreckten Langfinger noch in die Flucht schlagen.

Obschon der Geomantiker taoistische und tantrische Geheimlehren bis zur Vollendung beherrschte, war er schweißgebadet vor Schreck. Aber erfreut kam ihm sogleich ein Lachen auf. Er seufzte tief: „Eine Fügung der Vorsehung! Der Wille des Himmels hat sich also erfüllt."

Der Rachegeist war für alle Zukunft dem schrecklichen Schicksal entgangen. Ihm war gegeben, die an ihm verübte Mordtat zu rächen.

Der Regenschirm war mehr denn je Ausgangspunkt für ungezählte Berichte und Geschichten rund um den Geist der Mondschwalbe und um das Meer, um die gefährlichen Strudel, wo wegen der Tiefseerinne in der Taiwanstraße die See bei den „Schwarzen Wassern" schwarz wie Tusche ist. Mondschwalbe konnte auch zusammen mit dem schwarzen Schirm, wenn die Hochseedschunke, was sehr leicht geschehen konnte, Schiffbruch erlitt, verloren gegangen sein, gesunken im unendlich tiefen Ozean. Dort blieb sie für alle Ewigkeit verborgen im Inneren des Tongölschirms, oder sie war infolge des zerborstenen Schirms entwichen, hatte sich verflüchtigt und war damit ausgeschlossen vom ewigen Kreislauf der Wiedergeburten.

Es ist natürlich auch möglich, dass Mondschwalbe in den Wellen schaukelnd wohlbehalten das andere Ufer erreichte. Alles hing nun nur von ihrem Fortkommen, ihrem Glück oder Unglück ab.

Nicht so der schwarze Regenschirm. Seit Anbeginn der Zeit gibt er ein unerklärbares Rätsel der mystischen Vorlieben und Fragwürdigkeiten auf. Die Bevölkerung von Lu benutzt bei den verschiedensten rituellen Handlungen einen schwarzen Schirm: Wenn viele Jahre nach der Beisetzung am Grab des Toten der Sarg geöffnet wird und „Knocheneinsammeln" ist, damit der Tote in die Heimat auf das Festland am anderen Ufer zurückkehren kann, muss der schwarze Schirm aufgespannt werden. Die Knochen, angefangen bei den Zehenknochen bis hin zum Schädel, werden in Reih und Glied in eine fast einen Meter hohe Urne gestapelt und diese dann wieder in der Erde vergraben. Während dieses gesamten Vorgangs muss der Schutz gewährende schwarze Schirm aufgespannt sein...

Sogar wenn die Braut am Tag ihrer Hochzeit aus dem Haus ihrer angestammten Familie heraustritt, ihre Familie verlässt, um neues Mitglied der Familie des Bräutigams zu werden, muss der schwarze Regenschirm aufgespannt sein, um sie währenddessen vor dem Himmel abzuschirmen.

In der Tat ist so ein schwarzer Regenschirm auf der Insel immer und überall anzutreffen.

8

In den verschiedenen Überlieferungen, die sich um den Rachegeist der Frau ranken, wird lang und breit berichtet, wie der zur höchsten Wahrheit erleuchtete und berühmte Feng Shui-Meister den Geist in seinem schwarzen Regenschirm versteckte und mit ihm über das weite Meer zum Festland segelte. Aber keine Geschichte erzählt davon, wie der Geist an Land diesen schonungslosen und kaltblütigen Mann ausfindig machte, um sich an ihm zu rächen, und wie er im einzelnen seinen Racheplan in die Tat umsetzte.

Es schien fast so, dass der Geist nur das Ufer des chinesischen Festlandes zu erreichen hatte, damit er die Bluttat ganz selbstverständlich und ohne Probleme rächen konnte.

Der Kontinent, der für die Bürger aus Lu etwas völlig Fremdartiges war, sollte dem Rachegeist keinerlei Schwierigkeiten machen oder ihn blockieren können. Er bemächtigte sich, als er auf seinem Rachezug von Lu aus den Ozean überquerte, in den Augen der Bürger mit Leichtigkeit seines kaltblütigen Mörders, um ihn zu töten und damit die Bluttat zu vergelten.

Die Bürger hatten es nie für nötig gehalten, sich in dessen Lage zu versetzen und zu erwägen, dass der Geist der Frau an einen ihm völlig fremden, ungewohnten Ort kommen könnte.

Die Handelsdschunke machte wie immer an der Pier von Quanzhou fest. Die Zeit ihrer Ankunft war wie immer nachts, und der Geomantiker schulterte wie jeder andere Reisende sein Gepäck, nahm seinen schwarzen Regenschirm unter den Arm und ging, mit Bedacht, keinerlei Aufsehen zu erregen oder Unsicherheit durchblicken zu lassen, von Bord.

Auch wenn die Meldegeister auf den Beobachtungsposten an Land den neuen Geist, der unter dem schwarzen Regenschirm von außerhalb mitgebracht worden war, schnell ausfindig gemacht hatten, kümmerte es sie, solange ein neuer Geist keine Schwierigkeiten machte, wenig, wenn zu den Tausenden überall umherstreunenden Wandergeistern noch einer hinzukam.

Aber wenn es so war, dass die Ankunft des Schiffes am helllichten Tag stattfand, mussten der Geomantiker und seine Gehilfen um ein Vielfaches mehr Aufwand betreiben. Mit dem schwarzen Schirm unter dem Arm versteckten sie sich im untersten Laderaum. Denn das Löschen der Schiffsladung brauchte Zeit, und wenn sie bis zum Einbruch der Dunkelheit ausharrten und erst dann mit dem schwarzen Schirm die Dschunke verließen, würden sie unter den Leuten nicht auffallen.

Aber was geschah mit dem Rachegeist, nachdem er die sichere Hülle des schwarzen Schirms verlassen hatte?

Eingedenk der Gesetzmäßigkeiten von Himmel und Erde, von Recht und Vernunft war es unmöglich, dass der Geomantiker dem Rachegeist half, auf direktem Weg Rache an seinem Peiniger zu nehmen. Dass er dem Geist der Frau geholfen hatte, die raue See zu überqueren, war bereits als ein unerlaubtes Vordringen in die Kompetenzen des Himmels zu werten, darüber hinaus gab es nicht die geringste Möglichkeit. Nachdem der Rachegeist den Schirm verlassen hatte, kniete er vor dem Geomantiker nieder, betete ihn dreimal an und machte neunmal Kotau vor ihm, um ihm seinen respektvollen Dank zu erweisen. Er wagte nicht, seinen Gönner noch einmal um Hilfe zu bitten.

Vor der Geistfrau lag eine ungewisse Zukunft, angekommen in Quanzhou, dem Heimatort ihres Großvaters, der hier einst ihren ersten Ehemann umbrachte.

Die Blütezeit der Stadt unter der nördlichen Song-Dynastie im zwölften Jahrhundert war seit Hunderten von Jahren Geschichte. Damals besaß die Stadt den größten Hafen von ganz China und pflegte Handelsbeziehungen zu über hundert Nationen. Riesige Hochseedschunken, manches Mal waren es bis zu dreihundert Schiffe, lagen im Hafen vor Anker. Quanzhou und Alexandria waren damals die beiden größten Handelshäfen der Welt.

Bis in die Mingzeit hinein kontrollierte der Kaiser aus der Hauptstadt im fernen Norden des Reiches über Quanzhou den Im- und Export der südlichen Häfen. Auch als der Eunuch Zheng He seine Expeditionen in den Westen unternahm, war der Hafen Quanzhou immer noch der staatliche Ein- und Ausfuhrhafen für ganz China, von wo aus Peking über den kaiserlichen Hauptzollbeamten den gesamten Außenhandel Chinas kontrollierte. Als Zheng He südwärts nach Thailand, Java und Malaysia segelte, führte sein Weg auch ihn immer am Hafen von Quanzhou vorbei.

Mit der allmählichen Verlagerung der Handel treibenden Seehäfen von der südchinesischen Küste in den Norden Chinas ging diese glanzvolle, jeden mit Stolz erfüllende Epoche von Quanzhou ihrem Ende zu. Als in der ersten Hälfte des siebzehnten Jahrhunderts die Macht der Ming-Dynastie in die Hände der Mandschus fiel, landeten Yan Siqi und Zheng Zhilong, während alles in der Hauptstadt um den Thron kämpfte, mit ihren Truppen auf der Insel Taiwan. Koxinga folgte alsbald mit seinen Schiffen und ging vom „Hirschohr", dem „Tor zu Taiwan", aus an Land, besetzte von dort aus die Insel und machte sie zur östlichen Hauptstadt des chinesischen Reiches. Taiwan wurde sein Ausgangspunkt und Stützpunkt für den antimandschurischen Widerstand und für eine Restauration der Ming, aber der Hof der Mandschus im fernen Peking unterband alsbald alle öffentlichen und privaten Beziehungen auf beiden Seiten der Taiwanstraße und schloss die Grenzen.

Unter dem ersten Mandschukaiser Kangxi eroberte 1683 der Hanchinese Shi Lang den Mandschus die Insel Taiwan zurück. Die Ausdehnung der zentralen Regierungsgewalt auf die Insel und die nun zum zweiten Mal wieder geöffneten Grenzen hatten in Quanzhou eine Massenemigration und ein stürmisches Anwachsen der Handelsbeziehungen zur Folge, so dass bald die Hälfte der Einwohner auf der Insel aus Quanzhou stammte.

Hier beginnt die Zeit der Mondschön | Mondschwalbe unter der Regierung der Qingkaiser Qianlong und Jiaqing Mitte des 18. Jahrhunderts. Es war die Blütezeit der Handelsbeziehungen und privaten Beziehungen zwischen den beiden Städten Quanzhou und Lu.

Als die Geistfrau, die gerade von weit über den Ozean hergesegelt war und ihre Heimat hinter sich gelassen hatte, Quanzhou erreichte, aus dem ihr Großvater stammte, der hier einst ihren ersten Ehemann umbrachte, stand sie an der Pier, und empfand sofort, wie war sie überrascht, eine angenehme Vertrautheit. Denn sie konnte das Stimmengewirr im Hafen verstehen. Die Menschen sprachen die Heluo-Sprache, die nur in der Melodie ein wenig anders als ihre eigene Mundart war.

Ihr letzter Ehemann Ruprecht hatte damals in Lu ein Augenmerk darauf gehabt, den Endlaut der Wörter, bei dem er die Stimme immer anhob, fester zu betonen, um es dadurch den Leuten aus Lu gleichzutun und nicht mehr als ein gerade vom Festland Zugezogener aufzufallen.

Damals hatte sie noch nicht bemerkt, dass er, weil er ein Zugezogener war, sich in einigen Dingen anders verhielt, und es ihm schwerfiel, sich zu ändern. Jedes Mal, wenn er ein paar Gläser Schnaps im Bauch hatte, lachte sie über seinen Akzent. Und wenn er sich in Schmähreden mit vielen Flüchen „Fick doch die X X deiner Oma", „Fick deine Mutter", „Fick deine Großmutter" erging, hörte es sich gar nicht böse und hart an, weil er durch seinen Akzent die Endtöne der Wörter weich anhebend aussprach und der Klang seiner Sprache sanfter war als die Sprache in Lu.

Er sagte ja selbst von sich, dass bei ihm, weil er aus Quanzhou komme, sogar die Flüche kulturvoll klängen und niemals unanständig.

Die andere Betonung und Sprachmelodie der Quanzhou-Sprache war ihnen einst eine unerschöpfliche Quelle von Freuden im Ehebett gewesen. In weichen Kissen eng umschlungen hatte sie beim Liebesspiel damals aus Spaß versucht, seinen Akzent nachzuahmen. Wie viele zärtliche Worte hatten sie sich so zugeflüstert. Der Moment, in dem er immer in seinen Akzent zurückfiel, war, wenn er kurz vor dem Höhepunkt in höchster Erregung war. Dann stieß er pausenlos hervor: „Du tote Dirne, ich fick dich tot."

„Ich schieß dich tot, ich schieß in dich rein, bis du tot bist."

„Ich press dich zusammen, bis du tote Dirne dich mausetot niederstreckst."

Aber war damals das einmal ausgesprochene Wort denn gleich eine Prophezeiung gewesen?

Als sie heute diese vertraute Sprachmelodie mit den hochgezogenen Endtönen im Ohr spürte, in Wellen auf und ab, ohne abzubrechen und ohne Pause, war ihr für einen Moment, als wenn ihr die Sinne schwänden, die fünf Organe und sechs Eingeweide krampften sich in ihr zusammen, ihr Mund wollte schreien, sprechen, aber was ihm entkam, waren nur Wortfetzen, Schluchzen, heiseres Weinen, einschneidend in Mark und Bein; ein gespenstisches Raunen, Ton um Ton ausgestoßen, wie ein langes pfeifendes Schreien.

Die Geistfrau wusste nicht mehr, ob es besser war, wenn sie den Quanzhou-Akzent, den sie beherrschte, zum Sprechen benutzte, und sich gleich bei der Ankunft an die Gegebenheiten anpasste, um so bequemer bei den Leuten nachzufragen, oder ob sie ihren ursprünglichen Akzent aus Lu beibehalten sollte?

Doch ihr wollte kein Wort über die Lippen kommen, sie spürte, dass sie die Sprache verloren hatte.

Genauso hatte sie die Fähigkeit verloren, Orte zu unterscheiden.

Obschon sie in Quanzhou an der Pier stand, sah sie, ungeachtet dessen, ob sie nun aus der Richtung des Herzmuschelflusses kam oder vom Jinfluss aus schaute, immer nur die gleichen Straßen und Häuser, die sie von zuhause in Lu von dem in die Stadt hinauffließenden Fluss her kannte. Mondschön|Mondschwalbe schwebte, und mit ihr schwebten ihre vertrauten Erinnerungen, flussaufwärts. Während sie den Jinfluss hoch kam, wird sie die historische Shunji-Steinbrücke aus dem Jahr 1211, die den Jinfluss überspannt und die ursprüngliche Gesamtlänge von über 525 Meter besitzt und viereinhalb Meter breit ist, gesehen haben.* Und wie an der Küste, direkt am Hafen, mochte sie flussaufwärts einen (es waren derer wohl zahlreiche) Mazu-Tempel, Tempel der Göttin des Meeres, gesehen haben. Der Mazu-Tempel, dem unter der nördlichen Song-Dynastie im zwölften Jahrhundert vom Kaiser der Name „Shunji" „Reibungsloses Wachstum" verliehen wurde, ist zwar von der Tempelanlage her größer und bedeutend prächtiger als der Tempel in Lu, aber im Grunde gleicht er dem „Tempel der Himmelsmutter" in Lu, denn er besitzt genauso das „Tor des Berges", die „Halle der Himmelsmutter" und die „Halle des Schlafes".

Sehnsucht und vertraute Gefühle übermannten sie da!

Weil sie in Quanzhou alles in ähnlicher Art und Weise von Lu her kannte, fand sie ohne große Schwierigkeiten aus dem Hafenviertel heraus.

Sie wird keine Lust verspürt haben, das Tor zum Süden, die wichtigen Wasserwege der Stadt Quanzhou, welche der Stadt in der Vergangenheit diese Glanzzeit bescherten, zu bereisen. Die Gebirgspässe, die in die Stadt führten, „die Treppe zu den Zehntausend Ländern", „Allerwelt Schifffahrtskaufleute", „Schätze aus allen Tributländern"

* Die Shunji-Steinbrücke war eine der vier ältesten erhaltenen Steinbrücken Chinas und ein wichtiges Relikt der maritimen Seidenstraße in Quangzhou. Weil sie nie repariert wurde, ist sie im Sommer 2006 nach einem Taifun in sich zusammengebrochen.

werden ihr kein Anreiz gewesen sein. Sie wird keine Notiz von den verschiedenen Totengeistern der in der Stadt weit verbreiteten Muslime, der Zoroaster und der Nestorianer genommen haben. Noch weniger wird sie interessiert haben, dass die „heilige Jungfrau von Quanzhou", die verehrte, heilig gesprochene, von Zehntausenden angebetete Abgesandte der Himmelsmutter Mazu, eine gläubige Muslimin war, deren Familie seit Generationen in Quanzhou lebte.

Das alles sah die nach Rache dürstende Geistfrau nicht, und sie wollte sich damit auch nicht befassen.

Was sie suchte, waren Eigenarten dieser ihr so vertraut anmutenden Stadt, etwas, das es nur hier gab und nicht verloren war. Zum Beispiel wusste sie manchmal, wenn sie in eine belebte Geschäftsstraße kam, auf der Stelle, dass es diese so ausschauende Straße bestimmt nur in Quanzhou und sonst nirgends gab.

Ach! Zum ersten Mal in ihrem ganzen Leben (und erst, nachdem sie ein Geist geworden war) befand sie sich an einem fremden Ort. Warum war dieser Ort der Stadt Lu (die einzige ihr vertraute Gegend überhaupt) so ähnlich!? Es waren die gleichen langgestreckten Straßenhäuser wie in Lu, es waren genauso mehrstöckige Häuser in der Stein- und Holzkonstruktion kombinierenden Bauweise, und das Erdgeschoss der Häuser mit dem Ladengeschäft hatte genau wie in Lu eine Galleria, ein Reitergewölbe. War es, damit man dem hüben wie drüben ähnlichen Wetter mit den nachmittäglichen Regengüssen etwas entgegensetzen konnte? Die Gallerien waren ein guter Regenschutz.

Und sogar die Aushängeschilder mit Reklametafeln waren sich ähnlich, die Läden hießen auch „Handlung Guter Erfolg", „Apotheke Zweiter Frühling", „Familienbetrieb Vater & Sohn", „Handelshaus Blendender Erfolg"…

Der Rachegeist spürte, dass er sich an einem Ort befand, der Lu ähnlich, aber in jeder Hinsicht größer war und um vieles bunter, geschäftiger. Nach der Überfahrt war der Geist direkt die Straße vom Hafen hochgekommen. In seinem bisherigen Leben hatte er nur seinen Heimatort Lu kennengelernt, und mit diesem vor Augen verglich er nun die ihm irgendwie vertraut erscheinende, ihn aber auch fremd anmutende Stadt. Es kümmerte ihn nicht, dass die aus Quanzhou stammenden Einwanderer in Lu am anderen Ufer ein täuschend ähnliches Abbild ihrer Heimatstadt geschaffen hatten. Er war sich aber sicher, dass er eben ob der nachweislich aus diesem Grund bestehenden Vertrautheit seinen kaltblütigen Mörder ausfindig machen würde.

Gerade angekommen war ihm immer Lu der Maßstab für jeden Vergleich und jedes Urteil. Mehr kannte und wusste er nicht. Zuweilen passierte es ihm, dass er sich in den Straßenkolonnen verfing, wenn er mit dieser nur Geistern eigenen windgeschwinden Art des Fliegens durch die Straßen stob. Die unendlichen, endlosen Gassen machten ihn wirr. Die äußerliche Ähnlichkeit der Straßenzüge galt ihm als Maßstab, führte ihn aber andererseits in die Irre.

Richtig! Weil der Geist der Frau in seinem vergangenen Leben im Geschäft der Eltern die Abrechnungen gemacht hatte, konnte er zwar nicht besonders gut, aber immerhin etwas lesen. Wie freuten ihn die ähnlichen Namen der Straßen und Viertel beider Städte. Die Straßenschilder waren ihm alle vertraut, und die Namen kannte er im Nu. Aber schnell merkte er, dass, wenn er zur „Reismarktstraße" kam, diese eine andere als die vertraute war, die in Lu zum Marktplatz führte. Die Gasse zum „Überfließenden Reichtum" in Quanzhou führte auch nicht zur neunwinkligen Gasse, wie es die gleichnamige in Lu tat.

Noch auffälliger war es bei der „Jadeschönheiten-Straße". Die „Jadeschönheiten" bezeichneten in Quanzhou ein ganzes Viertel und keine einzelne Straße. Es erübrigt sich, die „Quanzhou-Straße" aus seiner Heimatstadt anzuführen. Der ihm ehedem nur als Straßenname bekannte Begriff benannte nun, da er selbst in Quanzhou weilte, die ganze Region „Quanzhou-Quelle".

Es gab natürlich auch sich wenig ähnelnde Orte und Straßen. Aber wenn er daran dachte, dass er sich nun in der „Hintere Wagen Gasse" in Quanzhou befand, einer durchschnittlichen Straße mit unterschiedlichen Geschäften, so war sie der Straße gleichen Namens in Lu völlig unähnlich. In Lu war die „Hintere Wagen Gasse" das Rotlichtviertel mit Prostituierten, Weinschänken und Bordellen.

Die Namen waren zwar die gleichen, aber Örtlichkeit, Sinn und Zweck waren ganz verschiedener Natur. Ging die Geistfrau eingedenk all ihrer gewohnten Erinnerung durch die Straßen, so kam sie zwangsläufig immer mehr von dem ab, was sie eigentlich vorhatte, und alles geriet dadurch undurchsichtig, nie traf zu, was sie erwartete.

Eine um die andere Straße schien sie zu kennen, tatsächlich trugen sie umso fremdere Namen. Es war eine Art Labyrinth. Hineingeworfen fand man sich darin nicht wieder. Begann man sich selbst zu verlieren? Die Straßen von Quanzhou waren eine zweite Existenz der Stadt Lu, alles in ihrem vergangenen Leben erlebte sie noch einmal. Wo fand sie in dem grenzenlosen Meer der Bitternis das sichere Ufer, von dem aus sie zurückschauen konnte?

Die von Rachsucht getriebene Geistfrau hatte keine Zeit mehr für tiefe Gedanken und wollte sie auch nicht mehr, die Zeit schwand dahin. Als für einen Moment lang alles verschwommen war, erhob sie sich in den Himmel, um von oben herab zu schauen. Sie konnte von dort nun deutlicher die Lage der Straßen in Augenschein nehmen und vermeiden, dass sie durch die Namen in dem Labyrinth in die Irre geführt wurde und sich selbst verlor.

Gleich einer Eingebung sah sie von oben, während sie im wilden Flug hin- und herstob, dass sie über einem riesigen Banyanbaum schwebte, der so wie zuhause voller Luftwurzeln war (oder aber ein Korallenbaum).

Sogar die Bäume und Pflanzen waren ganz wie zu Hause.

Angst überfiel Mondschön, ihre Seele schien zu zerplatzen, mit aller Kraft versuchte sie ihre Sinne zusammenzuhalten und sich zu sammeln. Die verblüffende Ähnlichkeit hatte sie aufgewühlt, aber sie zwang sich, sich zu konzentrieren, vorwärts zu fliegen und weiter zu suchen, als sie just unter den Kaufleuten aus Quanzhou, die von Lu zurückgekehrt waren und die sich in einem Bordell mit rot leuchtenden Lampions, gutem Schnaps und schönen Frauen zuprosteten, ihren kaltblütigen Mörder und ehemaligen Ehemann bemerkte.

Nun bloß nicht mehr nach dem Straßennamen schauen, ob der vielleicht tatsächlich „Hintere Wagen Gasse“ lautete! An einer so lauten, umtriebigen Straße inmitten der Stadt war ein solcher Ort nichts Ungewöhnliches. Die roten Lampions brauchte man gar nicht zu entzünden, denn die unablässigen schmutzigen Ausdünstungen trieben den Mief gen Himmel. Dichte schwere Wollust schwängerte die Luft, als die Stimme des Nachtwächters bei Morgengrauen den Horizont tränkte.

Mondschön hatte so ewig ausgehalten, dass sie hier angelangt, egal ob Ruprecht nun unter den Männern war oder sie sich geirrt hatte, auf der Stelle ihr wahres schreckliches Gesicht enthüllte. Danach verschied ihr Mörder sofort.

Und Mondschwalbe?

Wie hätte sie das, was sie wie in Stein gemeißelt auf immer und ewig in ihrem Herzen trug, vergessen können? In ungezählten zärtlichen Stunden Seite an Seite im Bett, in denen Bleibtreu ihr zärtliche Worte zuflüsterte, erzählte er ihr, wie er auf dem Lande in Quanzhou heranwuchs, seine Mutter und sein Vater, als er noch ein kleines Kind war, verstarben, und dass er ständig Hochwasserkatastrophen und Dürreperioden erlebte, so dass er ums bloße Überleben kämpfen musste. Nur deshalb habe er die gefährliche Unberechenbarkeit des Meeres auf sich genommen, und es habe ihn über das Meer nach Taiwan, nach Lu verschlagen. Sein Leben sei sowieso verkorkst und wertlos.

Wenn er irgendwann einmal Erfolg hätte, müsse er in die Heimat zurück, dort ein großes Haus bauen, Felder kaufen, verpachten und Pachtzins einnehmen, damit die Leute, die ihn damals gedemütigt und verachtet hätten, vor Neid erblassten. Mondschwalbe brauchte nur ihrer Erinnerung zu folgen. Der Reihe nach ließ sie die soundsovielen Ortsnamen, die sie immer wieder gehört hatte und die sie alle auswendig hersagen konnte, Revue passieren und kam zu Bleibtreus großem Backsteingehöft.

Mondschön | Mondschwalbe war nur durch den unermesslich großen und tiefen Ozean an ihrer Rache gehindert worden. Nachdem sie das Meer überquert hatte und auf dem Festland angekommen war, war sie sofort überzeugt davon, dass es den Ort gab, an dem Ruprecht | Bleibtreu sich aufhielt, und dass sie ihn finden würde!

Sie hatte gewusst, dass sie vor Ort nur die Adresse ausfindig machen musste und dass sie der Spur folgen konnte.

Die Nachricht darüber, dass Mondschön | Mondschwalbe den gemeinen Mord nun grausam rächen konnte, wurde nach Taiwan getragen. Die Leute aus Lu zogen ihre Rückschlüsse, sie meinten, dass Ruprecht | Bleibtreu in dem Freudenhaus | in dem Backsteingehöft mit den drei Höfen eines plötzlichen Todes starb. Wie sie dabei vorging, dass sie es schaffte, dass dieser Werwolf tot zu Boden ging, darum ranken sich die verschiedensten Geschichten.

Sie suchte ihn in der Menge, bis sie den lange nicht gesehenen Mann in einer Ecke im schummrigen Lichtschein entdecken konnte. Er machte tatsächlich den Eindruck eines begüterten Kaufmanns. Im Moment drängten sich ihr Bilder vergangener Zeiten auf, in denen sie, ineinander verwoben, nicht voneinander lassen konnten. In ihr wuchs wieder Verlangen nach Liebe, sie konnte es nicht verhindern. Sie zwang sich dazu, den Blutfluss zu stoppen, der aus allen sieben Körperöffnungen hervorströmte, und kämmte ihr langes Haar, damit es glatt und offen über die Schultern fiel.

So erschien sie ihrem einstigen Mann. (Es heißt auch, dass sie mit einer ruckartigen Bewegung ihres Geistleibes wieder ihr ursprüngliches Aussehen annahm, nur viel schöner und anziehender war als jemals zuvor.) Sie wollte es wenigstens noch ein Mal versuchen und fragte in diesem schicksalhaften Moment, der für ihre Liebe noch alles oder nichts bedeuten konnte, ihren Mann: Hast du damals nur aus einer plötzlichen Unbeherrschtheit, einem Zorn heraus tödlich an mich Hand angelegt? Wolltest du mich vielleicht gar niemals wirklich töten?

In tiefer Nacht, wie sie tiefer nicht sein konnte, sah der Mann plötzlich seine einstige Gattin vor sich. Den kaltblütigen Mörder durchfuhr es siedendheiß, seine Hand brannte, und er schrie in Panik laut auf: „Ein Geist, ein Geist, ein Geist… Da ein Geist!"

Dann fasste er sich mit Mühe, er musste zugeben, dass seine Frau wie früher einem ganz gewöhnlichen Menschen glich (sie war nur viel schöner und anziehender als jemals zuvor). Den Plan, den er sich ursprünglich zurechtgelegt hatte, verwarf er. Er konnte nicht umhin, darüber in Zweifel zu geraten, ob er damals wirklich seine Frau ermordet hatte, wie konnte ihre Seele zurückgekehrt sein?* (Sie hatte einen genialen Arzt gefunden, der sie aus dem Zustand des Todes wieder in das Leben zurückholte.)

Schließlich hatte er sofort nach vollbrachter Tat Lu verlassen. Über den Ozean, der die beiden weit entfernten Orte voneinander trennte, drangen Gerüchte über eine grausam hingemetzelte Frau

* Eine Seele kehrt nach Ablauf von 49 Tagen, während derer sie in einer Grauzone zwischen Leben und Tod verweilt, zurück und zeigt sich ihren Liebsten. Erst danach ist sie richtig tot oder wird wiedergeboren.

nach Quanzhou, aber er war der Frage nie nachgegangen, ob damit wohl Mondschön | Mondschwalbe gemeint war.

Der Schreck ließ ihn zur Besinnung kommen, im selben Moment erinnerte er sich ihrer liebevollen Großzügigkeit vergangener Tage. Er spürte in sich den Wunsch keimen, mit ihr wieder in Frieden zusammen zu sein. Er dankte plötzlich dem Himmel für die Gnade, dass er ihm eine Chance gab und sie ihm noch einmal zuführte, damit er seinen Fehler wieder gut machen konnte.

Wie sie nun spürte, dass ihr Mann bereute, stand ihr augenblicklich ihr gesamtes Erdenleben, alles, was jemals gewesen war, lebendig vor Augen. Sie spürte, dass, unwichtig, ob der Mann nun ihr Geld gewollt hatte oder nicht, sie ihm zugetan war, ein Band der Liebe zwischen ihnen bestand und dass sie sich, eingedenk der unzähligen zärtlichen Stunden, an eine schöne Zeit erinnerte.

Sie schwankte in ihrem Entschluss, ihn zu töten, sie sollte ihn dieses eine Mal laufen lassen, gnädig sein und ihm sein Leben lassen.

Die Geistfrau erwartete bereits, dass sie wieder in die Schattenwelt zurücktreten musste. Aber noch ein einziges Mal wollte sie ihren Mann anschauen! Dann würde der Raum zwischen Yin und Yang, zwischen Tod und Leben, endgültig vergehen und zwischen beiden Welten kein Kontakt mehr möglich sein.

Ach! Welch traute Nähe das sein könnte! Ein Leben in guten Verhältnissen, denn über die Jahre schien der Mann gar nicht gealtert, sondern war stattlich wie eh und je. Und weil er nun auch geschäftlich erfolgreich war, besaß er Format, stach noch mehr als früher aus den gewöhnlichen Leuten hervor. War er nicht der ideale Mann, der alles, gutes Aussehen und reichlichen Wohlstand, auf sich vereinte?

Wenn sie sich an diesem Ort, zu dieser Stunde zum ersten Mal getroffen hätten, wenn wieder der Funke übergesprungen wäre, sie in schicksalhafter Liebe entflammt wären? Wenn alles wieder, nur eben zu einem anderen Zeitpunkt, von vorn beginnen würde, wenn sie noch einmal in einem anderen Leben die Chance zum Heiraten bekämen? Wenn er, dann ein wohlhabender Mann, keinen Grund mehr hätte, Hand an sie zu legen? Dann würde es zu diesem schweren Fehler nie gekommen sein!

Die Geistfrau ließ ihre Gedanken schweifen. Wie dem auch war! Und wäre es das letzte Mal, dass sie ein Glas zusammen leerten, die

Liebe frei genössen, sie wollte es jetzt, und auf ewig würde sie ihre vergangene Liebe im Herzen bewahren… (Der Mann spürte einen eisigen Hauch, der sich seines Körpers bemächtigte und sich kalt auf ihn legte.)

In nur einem einzigen Augenblick stob sie durch ihr gesamtes vergangenes Leben, um wieder im hier und jetzt in Quanzhou anzukommen und hier mit diesem Mann auf dem Festland zusammenzutreffen.

So war das! Der Ort Lu aus ihrem vergangenen Leben war an Gestalt und Atmosphäre dem jetzigen in Quanzhou auf ihrem langen Weg hierher ganz ähnlich geworden, genauso wie sie die Erinnerungen aus ihrem früheren Leben, die sie nicht auszulöschen vermochte, in ihrem jetzigen Zustand vor ihrem Auge immer auftauchen sah. Sie hatte auf ihrer Überfahrt über das weite, tiefe Meer nicht nur eben dieses Meer überwunden und war auf dem Festland angekommen, sondern sie war durch das endlose Meer der Bitternis hindurchgeschwommen, um im heutigen Leben am anderen Ufer anzukommen!

Zu einem anderen Zeitpunkt, in einem anderen Leben, die Chance bekommen, sich schicksalhaft zu lieben!

Und dieser Mann wäre ihr nicht nur vertraut, sondern gleichzeitig fremd. Er hätte die gleiche Gestalt, die gleiche Art, aber wäre anders ausgestattet, ein Mann von Format und mit Prestige, die gesellschaftliche Stellung seiner Familie wäre eine ganz andere. Da wären nur die versteckten, kleinen Details, die ihr das Herz brächen, weil sie ihr so vertraut wären.

Das war es! Denn wie wäre ein solches Wiedertreffen sonst zu erklären?

Die ihr wirres Haar bändigende und das aus allen sieben Öffnungen hervorströmende Blut zurückhaltende, mit einer ruckartigen Bewegung ihres Geistleibes wieder ihr ursprüngliches Aussehen annehmende, nur noch viel schöner und anziehender als jemals zuvor erscheinende Geistfrau schmiegte sich bebend in die Arme des Mannes. Gegenseitige Berührungen, Haut traf auf Haut, vertrauter Geruch des Leibes, Schläfen und Kinn rieben sich aneinander, schwer ging der Atem… Es war deutlich ein und derselbe Mann, daran konnte kein Zweifel sein, und doch war es fremd. Und im selben Augenblick doch wieder diese in den Tiefen ihres Herzens wohnende vertraute Nähe.

Hatte sie die Strapazen der Reise nur auf sich genommen ..., die Bitternis der Suche, die Unerquicklichkeit der Anstrengungen nur ausgehalten, um... Doch nicht etwa..., um im nächsten Leben mit diesem Mann zusammenzutreffen! Doch nicht etwa nur um der Wärme einer Umarmung willen! Doch nicht etwa um der in höchster sexueller Erregung gestammelten Liebesschwüre willen! Und das sollte alles gewesen sein?

Alle sich ähnelnden Orte ... Lu und Quanzhou, Quanzhou und Lu, Taiwan und das Festland, das Festland und Taiwan, Ruprecht und Bleibtreu, Bleibtreu und Ruprecht...

Was war das vergangene, was das jetzige Leben? Wie war das mit dem jetzigen Leben, wie mit dem vergangenen Leben? Hier dieser Augenblick, dieser alles entscheidende Moment. (Musste sie, um durch ihn hindurchzugehen, das grenzenlose Meer der Bitternis durchqueren? Kam sie dann an das Ufer des jetzigen Lebens?)

Nun kommt die klassische Szene: Die Geistfrau steht, nicht mehr mit wirrem Haar und aus allen sieben Körperöffnungen Blut hervorströmend, sondern in ihrer früheren Gestalt, ja sogar hübscher als jemals zuvor, vor dem Spiegel, in dem gewöhnliche Menschen sie nicht erkennen können. Man sieht im Spiegel allein den Mann, der eine seltsame Leere in seinem Arm fest umschlossen hält. Sehnsucht übermannte sie, Sehnsucht, die ihr jede Selbstbeherrschung raubte.

Der Mann, der seine Tat bereute, brauchte keine Sekunde, als er den Frauenkörper umfangen hielt, der einen eiskalten Hauch verströmte und die tödliche Yin-Energie aussandte, damit ihm wieder einfiel, dass er nicht mehr die Arhatnase von einst war, die es nach Lu verschlug und die darauf angewiesen war, dass fremde Leute sie als Schwiegersohn aufnahmen, damit sie deren Namen trug. Denn inzwischen ging er in seiner Heimat Quanzhou seinen Geschäften nach und brachte ganz andere Voraussetzungen mit. Wie konnte er zulassen, dass diese Frau seinen Ruf, die anstehenden Geschäfte eines halben Lebens und seinen Wohlstand ruinierte.

Schon wieder regte sich Mordlust in ihm! (Der Himmel weist dir den Weg, doch den willst du nicht gehen, die Hölle hat kein Tor, durch das du dann Einlass erhältst.)

Oder war es so, dass der Mann, als ihm die Sinne im Liebesrausch schwanden, einen jadekalten, frostigen Hauch an seiner Brust verspürte? Unversehens schaute er nach oben. Dabei fiel sein Blick in den Spiegel, den er hoch oben an der Decke in seinem Schlafgemach angebracht hatte. In seinen Armen sah er deutlich den Frauenkörper, in dem Spiegelbild gab es dennoch rein gar nichts zu sehen! Die Haare standen ihm vor Schreck zu Berge, sein Körper wurde ihm hart, seine wollüstigen Sehnsüchte erstarben. Er wusste nun, dass der bösartige Geist gekommen war, um ihm sein Leben zu rauben.

(Wie kann ich dulden, dass ein Dämon mich heimsucht, der soll sich darauf gefasst machen, dass ich es ihm heimzahle!)

Als die Frau sich wieder an seine Brust schmiegte und mit ihm schmuste, gerade als sich beide einander näherten, nahm er ein neben sich liegendes Messer auf, um sich zu schützen, oder er nahm ein Schwert oder das, was gerade zur Hand war, die Axt, die Sense, den Pflug, um die Ehefrau ein zweites Mal zu ermorden.

Doch der Rachegeist war nicht mehr die weichherzige Frau von früher. Auch hatte sie hatte längst die Mordabsichten des Mannes durchschaut.

Nun kommt die klassische Szene, die in jeder der Erzählungen der Leute auf jeden Fall vorkommt:

Man sieht nur, wie die Frau ruckartig den Kopf ab- und sofort dem Mann wieder zuwendet. Diesmal zeigt sie ihm das höllisch grausige Gesicht des Geistes.

Es war kalkweiß, aus allen sieben Öffnungen trat dickes, schwarzes Blut hervor, wild hingen ihr die wirren Haare um den Kopf. Ihr Mund biss auf einen Strang schwarzer Haare, eiskalt und grauenvoll der stechende Blick.

Der strangulierten Frau hing die Zunge lang bis auf die Brust herab, die Augen traten glupschig hervor, die Augäpfel hingen schief aus ihren Höhlen heraus? In der Mitte der Stirn steckte noch die scharfe Axt, rotes Blut und die weiße klebrige Gehirnmasse liefen ihr übers Gesicht? Der abgehackte Schädel, schon abgetrennt über dem Hals ohne Halt in der Luft hängend, dabei entkam der Fratze ein kaltes Lächeln?

Der kaltblütige Werwolf hatte schon eine ängstliche Vorahnung gehabt. Jedoch nach diesem Horror stockte ihm der Atem. Der ganze Mensch ging rückwärts zu Boden, rums schlug er laut auf, beide Augen weit geöffnet, der Mund weit aufgerissen, zu Tode erschreckt war er am Schock gestorben.

Oder der frauenmordende Werwolf war dermaßen kaltblütig und brutal, dass er nicht zauderte, sondern ohne jedes Zögern das Messer, das Schwert, die Axt, die Sense, den Pflug schwang und auf den Geist wild einhieb und einhackte, weil es ihm Befriedigung verschaffte, ihn zu zerstückeln.

Die Frau war aber nun mal ein Geist, sie brauchte nur davonzufliegen und entschwinden. Wie hätte ihr der Werwolf etwas anhaben können? Mal erschien sie frontal vor ihm, mal tauchte sie plötzlich hinter ihm auf, die scharfe Waffe hieb auf sie ein, krümmte ihr aber dennoch kein Haar. Der Werwolf hatte das nicht erwartet. Er geriet in Raserei und völlig aus dem Konzept. Während er wild um sich schlug und hackte, verletzte er sich versehentlich selbst, ging rücklings zu Boden und starb, die Augen weit aufgerissen.

Das mysteriöse Dahinscheiden des Mannes setzte allerlei Rätselraten und Gerüchte in Umlauf. Sie verbreiteten sich bis nach Lu, die Leute aus Lu schlossen daraus, dass der Geist seine Rache befriedigt habe.

Die Handelsdschunken machten morgens in Lu los und gingen abends in Quanzhou vor Anker, es war ein ständiges Kommen und Gehen. War gerade Schiffssaison, trafen die Nachrichten vor Ort schon am nächsten Tag auf der Gegenseite ein.

Die Geschichte über die Frau, die von dem Mann, der ihr das Haar hochsteckte, ermordet wurde, und von dem erleuchteten und weithin berühmten Geomantiker, der ihr half, damit sie versteckt in seinem schwarzen Regenschirm über den Ozean auf das Festland reisen konnte, um dort den Mann aufzuspüren und die Untat erfolgreich zu rächen, ist eine der Geschichten, die damals unter den Leuten kursierten.

Teil 2

Sie war ein Geist, der immer auf Reisen war. Und sie trieb sich seit Hunderten von Jahren am westlichen Stadtrand von Lu, an der Meeresküste herum.

Schon als sie zum ersten Mal auf Reisen ging und ihre Heimatstadt verließ, war es eine lange Reise, zu der sie sich aufmachte. Wenn sich im achtzehnten Jahrhundert in Kaiser Qianlongs Zeiten eine Frau allein auf Reisen begab, handelte es sich mit Sicherheit nicht einfach um „Verreisen", sondern es gab triftige Gründe.

Sie tat es, um Rache zu nehmen.

Schon damals war sie ein Geist.

Als sie die Bluttat gerächt hatte, kehrte sie flatternd zurück nach Lu.

1

Die Nachrichten über die auf dem Festland vollbrachte Tat des Rachegeists kursierten lange in Lu. Wenn später ein aus Lu stammendes Mädchen einen alleinstehenden, vom Festland nach Lu hergezogenen Mann heiraten wollte, hielt man dem Mädchen die überlieferte Geschichte mit dem Rachegeist ständig vor. Ein Festländer blieb verpönt, unmöglich, sich mit so jemandem einzulassen, man musste doppelte Vorsicht walten lassen.

Die meisten Erzählungen schildern immer wieder nur eine Geschichte: Wie der Rachegeist sich auf die Hilfe des Geomantikers verließ, im schwarzen Regenschirm den bedrohlichen Ozean überquerte, das gegenüberliegende Ufer erreichte und dort die ihm widerfahrene Mordtat rächte. Selten aber werden Einzelheiten berichtet, wie der Geist vorgegangen war, von wo nach wo und mit wem, wie es nach vollbrachter Rachetat dann weiter ging und alles andere.

Konnte sich Mondschön immer noch der Hilfe des Geomantikers mit den mächtigen spirituellen Energien sicher sein? Konnte sie wieder versteckt im schwarzen Regenschirm mit zurück nach Taiwan reisen?

Mondschön wollte nicht wieder nach Lu zurück, dorthin, wo sie ermordet worden war, wo sie keine Familie, keine Heimstatt mehr besaß und wo sich ihre Geistseele verflüchtigen und dann spurlos verschwinden würde!

Waren da nicht tatsächlich Gerüchte laut geworden, dass Mondschön | Mondschwalbe, obwohl sie ihre Rachegelüste befriedigte, auf dem Festland blieb, ein heimatlos herumschwirrender Wandergeist, der niemals mehr wiedergeboren werden würde?

Der Geomantiker kümmerte sich tatsächlich verantwortungsvoll um die Belange der Schattenwelt, das hin und zurück ließ er nicht unbedacht, auch dachte er niemals an seinen eigenen Vorteil.

Nachdem der Rachegeist die Bluttat auf dem Festland rächen konnte, kehrte er mit dem Geomantiker wieder nach Lu zurück. Er kam aus dem schwarzen Schirm hervor, warf sich sofort zu Boden und erwies seinem Gönner größten Dank und höchsten Respekt mit dem dreimaligen Knien und dem neunfachen Kotau. Während er die Hände hob und ihn anbetete, tat er seinem Gönner kund: „Ich möchte meine Versprechen wahrmachen. Von dieser Stunde an und für alle Zeit bin ich Euch eine Sklavin, und wenn sich meine Seele auf der Stelle auflösen sollte und in alle Winde verwehte, wollte ich nicht aufhören, Euch als Magd zu dienen." Der Geist der Frau kniete aufrecht und wollte nicht aufstehen.

Der Geomantiker schüttelte seufzend den Kopf: „Bei dieser Geschichte hat uns das Schicksal zusammengeführt, nichts weiter, mein Kind, geh nun!"

Der Geomantiker schwieg dann, mit einem schwungvollen Ausholen seines Armes ließ er seinen weiten Ärmel durch die Luft rauschen und war verschwunden.

Die sich an ihr Versprechen haltende Geistfrau setzte sich ebenfalls in Bewegung, sie folgte ihm dicht auf den Fersen, um jederzeit seinen Anweisungen Folge leisten zu können.

Es war durchaus bekannt im Volk, dass es Hexenzauber oder Geheimlehren gab, die es einem Meister ermöglichten, einen kleinen Geist zu halten. Es brauchte dazu auch nicht die erhabenen energetischen Fähigkeiten, über die der Geomantiker verfügte. Gewöhnliche Taoisten und Kampfkünstler konnten sich mit einigen Tricks einen heimatlosen Geist beschaffen, der dann bei ihnen blieb, oder sie retteten einen Geist aus der Not, taten ihm anderswie Gutes, worauf dieser dann dankbar bei ihnen blieb und ihren Befehlen Folge leistete.

Ungefährliche kleine dienstbare Geister sah man im Dienst der astrologische Horoskope erstellenden Taoisten. Wenn ein Taoist schon über lange Jahre einen kleinen Geist hielt und für andere ein Horoskop erstellte, dann ließ er den Geist für sich arbeiten. Der durch alle Sphären hindurchblickende Geist nahm direkt neben seinem Ohr Platz. Wenn dann aus der Schattenwelt ganze acht Generationen zurück die Vorfahren desjenigen, der das Horoskop anfertigen ließ, so wirklich wie im Leben heraustraten, dann erschien das jedem, der sein Horoskop so bekam, wie ein Mysterium, das seinesgleichen suchte. Jeder glaubte alle Weissagungen auf der Stelle.

Noch boshafter war es, wenn ein Taoist seinem kleinen Geist befahl, anderen Menschen Schaden zuzufügen. So ein Meister erschien dann, beseitigte die „Quellen des Übels" und ließ sich dafür große Mengen Geld bezahlen. Oder aber ein Taoist erreichte mit der Hilfe seines kleinen Geists, dass fremder Leute Ehefrauen sich ihm willfährig zeigten, dass sie mit ihm schliefen oder anderes taten. Solche Machenschaften wurden als böse Magie gewertet, so etwas taten korrekte taoistische Meister nicht.

Der Geomantiker wollte sich frei von Verderbnis halten und unter keinen Umständen Mondschön | Mondschwalbe als dienstbaren Geist zu sich nehmen und so in unsaubere Geschäfte hineinschlittern. Kaum war er nach Lu zurückgekehrt, beredete er die Kaufmannschaft, Geld für eine rituelle Tempelsitzung und eine große Tempelfeier zu geben. Er veranstaltete eine ihresgleichen suchende Totenzeremonie, größer und prächtiger als jede jemals zuvor gesehene, für die Erlösung der auf dem Wasser und auf dem Land umherirrenden Seelen.

Diese einen vollen Monat währende „Große Totenfeier zur Erlösung der zu Wasser wie zu Lande umherirrenden Seelen" sollte nun endlich alle diese Totenseelen an das andere Ufer in eine neue Existenz führen und aus der furchtbaren Zwischenwelt zwischen Leben und Tod erlösen. Mit „allen Totenseelen" waren die zu Rachegeistern gewordenen Seelen gemeint, die noch zu Zeiten der Ming-Dynastie nach Taiwan gekommenen wohnsitzlosen armen Teufel, die das Land urbar machten, die Seeräuber vor Taiwan und die in den Schlachten umgekommenen Soldaten. Während der Mandschuzeit kamen dann die gefallenen Gefolgsleute des Zheng Chengong und die Söldnertruppen des Shi Lang, die von weit her kamen und ihr Leben auf Taiwan ließen, dazu. Natürlich gehörten auch in Seenot gestorbene Einwanderer dazu, die Taiwan gar nicht erst erreichten und auf dem Meer starben, wenn das Schiff in den „Schwarzen Wassern“ oder den „Roten Wassern“ in der Tiefseerinne nahe der Peskadoren sank. Alle heimstattlosen, umherirrenden Totenseelen von alleinstehenden Einwanderern, die in Taiwan keine Söhne hatten, und alle Schwemmleichen von im Wasser Ertrunkenen, die in den Wehen, im Kindbett blutig gestorbenen Frauen und Kinder, die Frauen, die ins Wasser gingen, um sich zu ertränken, und die Seelen der Erhängten, die im Blutsee lagen …

Im Allgemeinen wissen und glauben alle, dass die Meeresküste vor Lu gerade nicht so ist wie die anderen Küstengebiete Taiwans, wo Seuchen grassieren, wo die Flutwellen bei Seebeben die Menschen bedrohen, wo es Überschwemmungen gibt und alle möglichen anderen Unbilden und Unglücksfälle, und dass die Ursache darin liegt, dass der Geomantiker mit diesem, in diesen Ausmaßen nie da gewesenen Tempelritual und Totenfest wirklich allen Rachegeistern, die sich in großen Mengen in unzähligen Generationen über vierhundert Jahre an der Küste angesammelt hatten, den Übergang in eine nächste Existenz ermöglichte. Dass dieses Riesenpotenzial an Rachlust und Groll wegfiel, war der wahre Grund dafür, dass Lu vom Untergang und von großen Katastrophen verschont blieb.

Wie ein Lauffeuer verbreitete sich das Gerücht, wie der Geomantiker aus eigenem Antrieb nur deshalb die Kaufmannschaft dazu überredete, die große Tempelzeremonie auszurichten, weil er, als er den Rachegeist der Mondschön|Mondschwalbe auf den Weg brachte, das ihr geschehene Unrecht zu rächen, mit eigenen Augen sah, wie über alle Maßen groß die Zahl von Geistern war, die ihm seinen schwarzen Regenschirm wegschnappen wollten, um mit ihm auf das Festland zu reisen. Da begriff er, dass die Zeit drängte. Denn wenn große Mengen von Geistseelen sich zusammenrotten, doch nirgendwo hinkönnen, braut sich ungeheures Unglück zusammen.

Der Rachegeist der Frau, die grausam ermordet unter schwierigsten Bedingungen die Rache plante und erfolgreich durchsetzte, wurde zum beliebtesten Gesprächsthema in den Straßen von Lu, und immer, wenn die Leute in Lu über ihre eigene Sicherheit redeten und darüber, wie sie ihre Heimat vor Unglück und Katastrophen bewahren könnten, sprachen sie vom Geist der Frau. Diese Frau konnte sie nun vor Naturkatastrophen und in Notfällen aller Art schützen.

Es ging so weit, dass, wenn sich der Geist gerade zur rechten Zeit zeigte, die Leute sogleich ihnen gelegen kommende Erklärungen fanden, sie verknüpften Vorgänge, Erfahrungen damit, die nichts damit zu tun hatten. Zum Beispiel erschien den Leuten, wenn sie etwas verloren hatten, Mondschön | Mondschwalbe des Nachts im Traum und half, das Vermisste wiederzubekommen. Oder hatte man nachts die Geistfrau im Traum gesehen, war man anderntags wieder gesund geworden. Bestimmt waren auch Leute beim Grab gewesen, in dem ihr grausam zerstückelter Körper begraben lag, hatten dort zu ihr gebetet, Rauchopfer und Opferspeisen gebracht. Später baute man die Grabstätte zu einem kleinen Andachtsraum um, in der Art der „Ursache und Wirkung Tempel", die von den Leuten aus Dankbarkeit über eine eingetretene Wirkung errichtet wurden, um an Ort und Stelle beten zu können.

Nun erzählten sich die Leute über die Rache der Mondschön | Mondschwalbe neue Geschichten: Mondschön | Mondschwalbe beeindruckte die große Tempelfeier und Zeremonie für die Totengeister gar nicht, sie blieb während des ganzen Monats im Gefolge des Geomantikers, auch wenn sie sich in einiger Entfernung zu halten hatte. Wenn der Geomantiker selbst die Tempelfeier leitete, das laute Singen der Sutren während der Zeremonie alle Räume im Tempel erschüttern ließ und heiliger Kerzenschein alles einhüllte, füllten die angsteinflößende Macht und liebevolle Mildtätigkeit der Götter jeden Winkel des Tempels. Die Geister kauerten flach auf dem Bauch, Stirn und Hände auf dem Boden und empfingen die Glück verheißende Rettung aus dem Fegefeuer. Den Blick strikt gesenkt, erreichten sie das andere Ufer, um wieder einzugehen in den ewigen Kreislauf der Wiedergeburten.

Die Geistfrau folgte dem Geomantiker Schritt für Schritt und völlig synchron mit aller Vorsicht in angemessenem Abstand, sie nahm die Gnade, ans andere Ufer zu gelangen, damit sie wiedergeboren würde und wieder in den großen Kreislauf der Wiedergeburten einginge, nicht an. Sie verzichtete darauf, den Zustand einer ewig haltlos dahintreibenden Geistseele, die niemals wiedergeboren wird, zu verlassen, um ihr einstmals gegebenes Versprechen einzulösen: „Hilf mir, Rache zu nehmen, ich will dir eine Sklavin, eine Magd sein. Ich will dir bis ans Ende aller Zeiten zu Diensten sein."

Mondschön | Mondschwalbe wusste, dass sie nicht über die Fähigkeiten verfügte, dem Geomantiker eine Hilfe dabei zu sein, die zerfahrenen, tumultartigen Verhältnisse der Schattenwelt in vernünftige Bahnen zu lenken, ganz zu schweigen von den genauso komplizierten und unklaren Beziehungen unter den Menschen der Oberwelt.

Aber für den Fall, dass der Geomantiker doch einmal etwas benötigen sollte, blieb Mondschön | Mondschwalbe bei jeder Tempelsitzung dabei, sie sang jedes Sutra mit, hatte an jeder Zeremonie teil, erhielt alle Wohltaten, die den Menschen durch die ständig wiederholten Buddhaanrufungen zuteil werden, genau wie diese ohne eine einzige Ausnahme.

Dann spürte sie, wie sich etwas in ihr veränderte.

Zuerst entdeckte sie, dass sie sich immer leichter fühlte.

Alles, was sie ursprünglich an behinderndem Ballast, überflüssigem Gepäck mit sich trug, was ihr unerträglich war, war während der Tempelstunden Tag um Tag, eins nach dem anderen von ihr abgefallen und hatte sich verflüchtigt. Der dahintreibende Geist war ultraleicht und beweglich geworden, kein blutbeschmutzter Leib mehr, der sich unter größten Anstrengungen, immer wieder von seinem Gewicht in die Tiefe gezogen, vorwärts kämpfte.

Sie bemerkte, dass es ihr leichter fiel, ihre ursprüngliche menschliche Gestalt anzunehmen und immer länger beizubehalten. Nicht nur, dass das ständige Bluten aus den sieben Öffnungen, Augen, Nase, Mund und Ohren, aufhörte, auch kam die scharfe Axt, die ihr in der Mitte der Stirn steckte, nicht wieder zum Vorschein, die lange Zunge, die ihr bis auf die Brust herunterhing, der abgehackte Schädel, der vom Rumpf getrennt war und über dem Hals ohne Halt in der Luft hing, oder ihr Äußeres, als sie zerhackt, bis zur Unkenntlichkeit zermetzelt, nur noch eine grausige Fratze des Todes war …

Die Geistseele kniete während der Tempelsitzungen, das schwarze

Haar fiel ihr glatt und offen über den Rücken, ihr Gesichtsausdruck war bescheiden, angetan mit ihrem langen weißen Kleid hielt sie sich im Rücken des Geomantikers, während sie den Sutren lauschte und den Buddha anrief.

Das ging so über einen Monat. Während dieser vierwöchigen Totenzeremonie füllten den Tempel alle mächtigen Potenziale und Energien der buddhistischen, der taoistischen und tantrischen Lehre.

Die buddhistischen Mönche und Nonnen rezitierten Sutren für den Übertritt der verlorenen Seelen in eine neue Existenz. Während der in Sanskrit gesungenen Sutren und Mantren betreten die Geistseelen, in Reue geläutert, den mystischen Weg und erlangen dadurch Befreiung.

Die Taoisten stellten den Altar für die große Zeremonie zur Erlösung aller Hungergeister auf, den sie im Geistermonat zur Sommersonnenwende immer aufstellen, aber auch den Altar für den schutzmächtigen Geisterkönig Dashiye. Ihre Zeremonie bestand aus Beten und Opfern vor dem vorbereiteten Altar zu allen Naturgöttern und dem Totensingen von Sutren und Mantren für die verstorbenen Seelen. Dabei konnten nicht nur die Vorfahren bis in die siebte Generation aus allen neun Himmelssphären und alle, die aus dem unterirdischen Fluss der Schattenwelt nach oben tauchten, gerettet werden, sondern alle Gestorbenen ohne Ausnahme, auch die Seelen der Säuglinge, ungeachtet der Todesursache, einschließlich die der abgetriebenen Kinder, alle konnten in eine neue Existenz gerettet werden.

Da Mondschön|Mondschwalbe während der Tempelsitzungen nicht wieder in den großen Kreislauf der Wiedergeburten einzugehen suchte, um dadurch alsbald in einer neuen Existenz wiedergeboren zu werden, hatte sie beim Singen der Sutren auch niemals so fühlen können, was in dem Mantra heißt: „Das Vergehen besitzt keine eigene stoffliche Natur und auch keine fundamentale Realität, es entsteht allein aus dem Gesetz von Ursache und Wirkung. Aus sonst nichts." Und dann: „Weil es infolge von Ursache und Wirkung entstanden ist, deswegen wird das Vergehen auch nach dem Grundsatz von Ursache und Wirkung erlöschen."

Natürlich drängte der Geist auch nicht darauf, dass „Die Vergehen aller Zeiten und Nichtzeiten erlöschen", noch wollte er „Das mystische Gesetz des einen Rades des Hua Yen öffnen und damit alle begangenen Fehler auslöschen". Mondschön|Mondschwalbe hatte, nachdem sie die Bluttat rächen konnte, eigentlich noch gar niemals genauer durchdacht, was dieses schlechte Schicksal des gegenseitigen Mordens und Rächens mit Ruprecht|Bleibtreu wohl bedeuten mochte, ob es tatsächlich die Wirkung einer in der Vergangenheit gesetzten schlechten Ursache sein könnte, die sich im Jetzt manifestierte und in der Zukunft wieder zum Tragen kommen würde.

Im Gegenteil! Der größte Wunsch, der dem Geist, der gerade erst erfolgreich das an ihm vollbrachte Unrecht rächen durfte, wie eingebrannt im Herzen stand, war, wie er seinem großen Gönner, dem Feng Shui-Meister, zumindest zum Teil seine Hilfe vergelten könnte. Der Schwur „Ich will Euch bis ans Ende aller Zeiten zu Diensten sein" ließ den Geist seine Vergangenheit und Zukunft vollends in die Hände des Geomantikers legen. Wohin er ging, woher er kam, spielte jetzt und sollte auch in Zukunft für ihn keine Rolle mehr spielen.

Schließlich war der letzte Tag, die letzte Stunde des großen Betfestes gekommen.

Der Geomantiker war mit den Sitzungen im Tempel fertig. In der letzten Nacht vor seiner Rückkehr auf das Festland rief er Mondschön|Mondschwalbe zu sich.

Der Geist kniete aufrecht neben ihm und erwartete seine Weisungen.

„Mein Kind, unsere gemeinsame Zeit, die uns das Schicksal bescherte, ist nun zu Ende, hier trennen sich unsere Wege. Du wolltest ja nicht gemeinsam mit allen heimstattlosen Seelen aufsteigen und in eine neue Existenz hinübergehen, diese Veränderung annehmen und diesen Prozess beginnen, oder täusche ich mich?", fragte der Geomantiker in ruhigem Ton.

Unablässig warf sich der Geist zu Boden, dass Ellbogen, Knie und Haupt die Erde berührten, sein Beten wollte kein Ende nehmen.

„Die große Rache ist vollbracht, mein Herzenswunsch erfüllt. Ich möchte meinem großen Gönner bis ans Ende aller Zeit eine Sklavin, eine Magd sein. Ich bin dankbar für die große Tugend und Güte. Ich erbitte, meine Dankbarkeit erweisen zu dürfen."

Der Geomantiker lachte leise: „Mein Kind, wenn ich dieses Mal aufs Festland zurückkehre, wie willst du mir dann über den weiten Ozean folgen?"

Auf dem Gesicht des Geistes, aus dessen Augen, Ohren, Nase und Mund nun kein Blut mehr strömte, zeigte sich eine beispiellose Bestimmtheit: „Nicht Gebirge noch Ozeane können mich schrecken, ich werde Euch immer an Eurer Seite zu Diensten sein, auch Orte, an denen sich meine Seele verflüchtigt, fürchte ich nicht. Solange das Schicksal will, dass ich dem hellen Tag und dem Verbrennen im Licht entgehe, solange will ich Euch folgen und Euren Weisungen Folge leisten."

Der Geomantiker schwieg. Kaum hörbar seufzte er und sprach dann: „Ich brauche dich nicht, ich kann dich nicht bei mir behalten. Du willst mich doch nicht in Schwierigkeiten bringen?"

Der Geist schlug den Kopf wieder und wieder auf den Boden, unablässig wiederholend: „Das würde ich niemals wagen. Das ist nicht mein Vorhaben, das würde ich nie wagen."

Dann schloss der Geist den Mund und kniete aufrecht auf dem Boden, ohne sich zu rühren.

Freilich hatte der Geomantiker das Herz des Geistes durchschaut. Sollte er keine passenden Vorkehrungen treffen, würde der Geist der Mondschön weiter hier knien, so lange, bis die helle Sonne ihn mit ihren Strahlen verbrennen würde, damit wäre das Problem gelöst.

„Welch seltene, streitbare Frau!"

Aufseufzend schüttelte der Geomantiker den Kopf, lange konzentrierte er sich, indem er die Daumen und Zeigefinger scharf aneinander rieb. Nachdem er lange mit einem Entschluss gerungen hatte, brachte er zuletzt vor: „Ich werde dich eine geheime Kunst lehren und dir einen geheimen Aufenthalt bei mir gestatten. Du musst dann nur diesen tantrischen Zauber anwenden und kannst dich, so wie vormals, in dem schwarzen Regenschirm verbergen und dort Schutz suchen..."

Mit einem Ruck riss der Geist völlig überrascht den Kopf hoch: „Das bricht das Gesetz."

„Das ist gut, dass du das Gesetz kennst. Ich bin tief davon überzeugt, dass du diesen Zauber nicht benutzen wirst, um Böses zu tun."

Der Geomantiker hatte zu Ende gesprochen. Im Moment, da er sich erhob, war er wie verwandelt. Der Respekt heischende und Ehrfurcht gebietende, vom Gesetz erleuchtete Lehrer stand nun vor dem Geist. Mit gewaltiger Stimme brüllte er gleich einem Löwen, damit seine Worte den Schüler erleuchteten: „Geist, höre meinen Befehl…"

Der Geist erbebte unter der geheimnisvollen Gewalt des Meisters, senkte den Kopf, schwieg furchtsam und lauschte den nun folgenden Anweisungen: „Alle Illusion, alle Wünsche ohne Substanz werden so, wie sie aus Ursache und Wirkung entstehen, aus Ursache und Wirkung wieder erlöschen. Mein Kind, geh nun!"

Mit dem schwungvollen Ausholen seines Armes rauschte sein weiter Ärmel durch die Luft, er wartete, bis Mondschön|Mondschwalbe wieder bei vollem Bewusstsein war und bis sie wie ehemals, als sie zusammen das Meer überquerten, im schwarzen Regenschirm Platz gefunden hatte. Schon erklang seine sonore Stimme an ihrem Ohr, um sie die Formel des tantrischen Zaubers, des einzigen Weges der Beherrschung des Herzens zu lehren.

Sie sammelte sich und folgte furchtsam der Stimme des Meisters, um sich, mit ihm rezitierend, das Mantra einzuprägen.

2

Es blieb nicht aus, dass Mondschön|Mondschwalbe, die bis dahin immer an der Meeresküste in Lu geblieben war, viele schlimme Erfahrungen sammeln musste.

Sie musste hinnehmen, dass der Geomantiker nach Ende der Tempelsitzung den Tempel verließ und verschwand. Die ganze Pracht war vorüber, sie blieb allein und trostlos auf sich gestellt zurück. Sie musste auch das Verlorensein in der großen Leere nach der verübten Rachetat, die sie über Jahre herbeigewünscht, für die sie alles getan hatte und nach der für sie nichts mehr zu tun blieb, verkraften.

Es hatte eine Zeit gegeben, in der sie sich gewünscht hatte, wieder einzugehen in den großen Kreislauf der Wiedergeburten und als Mensch wiedergeboren zu werden. Dann wäre es an ihr gewesen,

Ruprecht|Bleibtreu zu ermorden, und an ihm, Rache zu nehmen und sie zu töten; Schuld sühnt Schuld; nur damit etwas passiert.

Ungeachtet welcher Stimmung Mondschön erlag, welchen Gedankengebäuden sie nachhing, sie hatte Zeit ohne Ende. Über hundert Jahre waren seit der Blütezeit Lus in den Jahren der Kaiser Qianlong und Jiaqing Mitte des achtzehnten bis Anfang des neunzehnten Jahrhunderts vergangen, in denen sie Verlorensein, Leere, Vereinzelung, Kummer, Groll, Reue, Hass…, aber auch stillen Frieden empfand.

Während dieser langen Zeit erlebte sie die schleichenden, aber gewaltigen Veränderungen in der Stadt, die Blütezeit des Seehafens war nun unwiderruflich Vergangenheit geworden, die niemals zurückkehrte.

Ursprünglich war Lu ein Binnenhafen, die Sandbänke in der Mündung des Flusses änderten Ort und Größe ständig, nie war etwas durchgespült, ausgebaggert oder befestigt worden, so dass der Schwemmsand das Flussbett stark beeinflusste. In den Jahren des Kaisers Yongzheng (1723–36), noch bevor Mondschön|Mondschwalbe geboren wurde, konnten große Dschunken zwar den Fluss hoch in das Gebiet der Stadt fahren, einfahren in den Hafen aber konnten sie nicht. Dreißig Jahre später wechselte der Fluss sein Bett, der Zugang zum Hafen bekam dadurch eine enorme Breite, ein Naturhafen von gewaltigen Ausmaßen an Größe und Tiefe entstand.

Danach erst begann die glanzvolle Blüte des Handels und Schiffsverkehrs mit dem gegenüberliegenden Hafen in Quanzhou. In der Zeit, während der Geist der Mondschön|Mondschwalbe seine Rache plante, verkehrten ungehindert große Hochseedschunken auf der Taiwanstraße zwischen beiden Häfen.

Nach erfolgreich vollbrachter Tat, wohlverborgen im schwarzen Schirm, glücklich nach Taiwan zurückgekehrt, konnte der Geist, der Dank der Hilfe des Geomantikers an der Küste von Lu weiterlebte, mit eigenen Augen ansehen, wie dieser große Naturhafen, dadurch, dass der Fluss von der Insel aus nun westwärts ins Meer mündete, allmählich versandete.

Ungeachtet dessen, dass die Blütezeit der Stadt vorüberging und mit ihr etlicher Generationen Leben, Vorkommnisse, Taten, war da die Zeit; Mondschön hatte Zeit ohne Ende. Es machte keinen Unterschied, ob es nun die glanzvolle Periode der „Die windgeblähten Segel wetteifern miteinander, die Schiffe vorwärts zu tragen. Zehntausend Segel habe ich im Blick“ war oder ob ihr Ende mit „Kein Händler, kein ankerndes Schiff mehr, allein schlafende Möwen auf dem Deich und der Sandbank“ erreicht war, sie trieb unverändert an der Küste von Lu umher, und immer wieder sahen Leute dieses klassische Bild eines ewig haltlosen Geistes: Eine von Kopf bis Fuß völlig weiße Frau, das lange Haar glatt bis zur Taille hinter den Schultern den Rücken herabfallend, sehr ordentlich gekämmt, hält einen schwarzen Tongölbambusregenschirm aufgespannt in der Hand.

An der Küste, am Ufer, an zugigen, abgelegenen Straßenecken erschien sie, oder man traf sie einsam durch die Straßen gehend.

Unter dem schwarzen Schirm konnte selten jemand deutlich das Gesicht der Frau erblicken. Mit Bestimmtheit aber berichteten die Leute, dass sie, sobald sie ihr nahe kamen, ihr unablässiges Seufzen und Wehklagen hörten.

Denn obschon sie allen Schwierigkeiten trotzend erfolgreich die Bluttat rächte, musste die so unbeugsame und klar entschlossene Geistfrau dennoch hinnehmen, dass die Menschen ihr Handeln als fehlerhaft verurteilten. Zuletzt blieb sie ein für alle Zeiten unstet dahintreibender Geist. Oh! Ihr lautes Seufzen wollte kein Ende nehmen.

Mondschön konnte nach vollbrachter Tat tatsächlich nur Verlassensein und völlige Leere empfinden.

Aber wie war es mit Mondschwalbe? Konnte sie, nachdem sie die Wahl getroffen hatte, nicht gerettet und nicht in einer neuen Existenz wiedergeboren zu werden, dann geschwind und ohne Aufschub, dabei friedvoll und gelöst, dem schwarzen Schirm vertrauen und entlang der Mauern und Straßenecken die Stadt und den Hafen erkunden?

Man sah sie an der Meeresküste, die nachts kalt und wüst wurde, beim Seehafen, wo die Schiffe nicht mehr vor Anker gingen und nur noch selten jemand Halt machte. Wenn einsam die Sonne unterging und von Westen die Dämmerung hereinbrach, sah man ihren Geist, bei eisig kaltem Sprühregen in kalter Winternacht begegnete man ihr oder wenn eine einsame Laterne im rauschenden Regen im Sturmwind flackerte. Im jäh heulenden Herbstwind rauschte sie vorbei …, tatsächlich aber fühlt dabei nur eines Menschen Herz Kummer und Angst! Für einen Geist ist solch abgelegene, kaltwüste Gegend gerade richtig! Er erscheint mit seinem haltlos dahintreibenden Körper nur in diesem Spalt zwischen zwei ständig wechselnden physikalischen Zuständen. Dabei ist der schräg gehaltene Schirm auch nicht dazu gut, das kummerverzehrte Gesicht und das schmerzliche Seufzen zu verstecken, sondern schützt vor dem falschen Gegenüber; er setzt die Grenze zwischen Yin, der inneren Welt, der Schattenwelt, und Yang, der aktiven, äußeren Welt im Licht.

Die Grenze zwischen zwei Sphären, der Sphäre der Menschen und der Sphäre der Geister.

An zwei Orten wurde der Geist immer wieder von Menschen gesehen, er trieb sich im Hafen entlang der Mauern herum, lungerte an Straßenecken; und man sah ihn an der Pier, wo die großen Hochseedschunken vor Anker lagen.

Das größte Spant (die Breite des Schiffskörpers) bei den großen, hochseetauglichen Ostwestseglern betrug fünfeinhalb bis sechs Meter. Diese Schiffe maßen in der Länge siebenundzwanzig Meter und hatten eine Tragfähigkeit von einigen Hundert Tonnen. Diese großen Dschunken besaßen meist drei Maste, wobei der mittlere Hauptmast annähernd so hoch wie das ganze Schiff lang war. Der Fuß des Masts war ein gerader, sehr starker, an die zwei Meter langer Holzbaum, der auf dem „Drachenknochen", dem Kiel des Schiffs, senkrecht stehend verankert wurde. Nach oben wurde er auf die nötige Länge erweitert. Der Mast erreichte bei den Ostwestseglern ein Höchstmaß von 27 Metern Länge.

In dunklen Nächten, wenn Wolken den Mond verdeckten, wenn dichter Nebel alles einhüllte und nur wenige Sterne am Himmel zu sehen waren, konnten die Wache schiebenden Matrosen an Bord die undeutliche Gestalt im weißen Kleid sehen. Sie stand – oder saß sie? – hoch oben auf dem Schiffsmast. Wenn der Wolkenschleier riss und das Mondlicht durchkam, sahen die Matrosen, wie sich das weiße Kleid im Wind blähte und das lange schwarze Haar hochflog.

Es musste eine sehr zarte Frau sein, die jeder Windzug davontragen konnte, trotzdem vermochte sie hoch am Mast mit dem Wind zu schaukeln, den Körper eng an den Mast geschmiegt.

Die starken Maste, an denen, weil das Schiff vor Anker lag, die

Segel eingeholt worden waren, standen kahl und gerade, die Bäume von Spießtanne oder Kiefer ganz ohne Gaffeln und Spieren. Selbst dem stärksten Seemann wäre es schwergefallen, da hinaufzuklettern. Die Frau oben am Mast schien keiner gutartigen Spezies anzugehören, die Wache haltenden Matrosen spürten, wie ihnen angst und bange wurde. Sie schauten wieder nach oben, doch sie sahen nur noch die hoch oben am Masttopp festgemachte Fahne ihrer Provinz im Nachtwind wehen.

Anfangs meinten sie noch, dass ihnen ihre Augen einen Streich spielten, als aber immer mehr Matrosen die scheinbare Frauengestalt mit eigenen Augen sahen, ging die Nachricht heimlich von Mund zu Mund. Man fand bald heraus, dass es nur auf den „Grünköppen", den Dschunken, die von der Provinz Fujian herkamen, oder auf den „Weißplanken", den Dschunken aus Taiwan, möglich war, die weißgekleidete Frau mit dem offenen schwarzen Haar zu Gesicht zu bekommen.

Um die Dschunken besser unterscheiden zu können und besser zu organisieren, waren ihnen am Steven die Kennziffern der Präfektur und des Kreises eingekerbt. Auf dem Segel standen die Schriftzeichen der Präfektur, des Kreises und der Name des Schiffseigners in Kalligraphie. Dazu waren die Schiffe verschiedenfarbig lackiert. Die Schiffe aus Kanton waren rot, solche aus Fujian grün und diejenigen aus Ningbo in der Provinz Zhejiang waren schwarz lackiert und hießen „Schwarze Krähen".

Die Geistfrau hielt nur nach den Schiffen, die zwischen Taiwan und Fujian verkehrten, nach „Grünköppen" und „Weißplanken", Ausschau. Und als wieder eine Zeit vergangen war, konnte man die weißgekleidete Frau mit dem offenen schwarzen Haar im Inneren der Dschunken, besonders in von allen Seiten fest abgeschlossenen dunklen Räumen, auftauchen sehen.

Ein Geist braucht Schutz und Anlehnung, aber genau genommen findet ein Geist in allen Dingen, egal was es ist, einen Halt.

Gerade wenn es sich um von Menschen ins Abseits geschobene, verwahrloste, verkommene Orte handelt, tauchen sie wie Schemen in der tiefsten Öde, im Abgrund der Psyche auf. Im Sprühregen in der Abenddämmerung, im Tiefdunkel der Nacht schiebt sich der Geist in Raum und Zeit unter die Menschen. Alle Plätze und Dinge, die ihm zu Lebzeiten vertraut waren, sind noch vorhanden (oder zumindest das Wissen darum, dass es so ist). Aber der Geist kann nicht mehr alles bewohnen und nutzen, denn er muss den lebenden Menschen den Vortritt lassen.

Ach! Ist er nicht vorsichtig genug, kann er Menschen nicht blitzartig ausweichen, läuft er ihnen unversehens über den Weg. Das passiert dann in tiefster, schwarzer Nacht, dass man Geister im Schutz der Mauern huschen, sie an Straßenecken, hinter Türen auftauchen sieht. Denn ein Geist achtet darauf, sich im Untergrund fortzuschleichen, er wagt nicht, öffentlich, ganz auf sich gestellt, ohne direkten räumlichen Bezug zu erscheinen.

Eine Geistseele vermag sich nur an der Peripherie, in undurchsichtiger Abgeschiedenheit aufzuhalten. In der ihm aus seinem vorangegangenen Menschenleben vertrauten Welt der Lebenden braucht der Geist nicht nur die alles zudeckende Dunkelheit, die ihm zum Verstecken sehr hilfreich ist, er braucht, sobald er sich fortbewegt, noch einen Schutzort, irgendetwas, worin er sich schnell verbergen kann.

Die vier Wände des Schiffsrumpfes der Dschunke boten der Seele in jedem Augenblick Sicherheit.

Im Schiffsraum, im Bauch des Schiffes, gab es genug Platz, um sich zu bewegen, gerade der richtige Aufenthaltsort, an dem sich der Geist sicher aufgehoben fühlte.

Anfangs wagte die Geistfrau nur unter Deck Gestalt anzunehmen. Neben dem „Brunnen", der im Maschinenraum der Wasserversorgung diente, hielt sie sich am liebsten auf. Während sie sich im Wasser spiegelte, kämmte sie ihr volles langes Haar. Ihr Abbild jedoch war auf dem Wasser überhaupt nicht zu sehen, es bleibt unklar, was sie dort eigentlich gesehen haben mag. Sie hielt sich im Heck auf und untersuchte akribisch den Schiffsruderschaft und die Schoten, die sich beim Steuern bewegten.

Ob es nun die „Buntbacken" aus Fuzhou oder die „Grünköppe" und „Weißplanken" waren, die Pinne der Hochseedschunken war bis zu sieben Meter lang. Jede normale, zart gebaute Frau kann so ein Ruder nie und nimmer auch nur einen Deut bewegen, noch weniger doch wohl der Geist einer Frau, der, woher auch, doch gar keine Kraft aufzuwenden vermag. Die Geistfrau hielt sich im Schutz des Schiffsraums auf, in gebührendem Abstand zum Ruder und machte der Pinne Kuhaugen.

Die Steuerleute sahen die Frau im weißen Kleid im Heck des Schiffes kauern, ganz nah beim „Heiligen Schrein". Sie rätselte, ob dieser die Richtung bestimmende Kompass wohl die Seele eines Schiffes sei.

Den Kompass, der auch Pyxis, wie das Sternbild des Südhimmels, oder „Südweiser" genannt wurde, stellte man damals auf den Schiffen nicht nur in einem extra dafür eingerichteten Schrein auf, er kam dazu unter Glas, und nachts wurde ein Licht entzündet, um ihn zu erleuchten. Der Kompass wurde durch den Feuermeister bedient und in Ordnung gehalten, die Schiffsbesatzung, Matrosen und alle anderen hatten nicht die Befugnis, in seiner Nähe zu weilen. Der Kompass befand sich in einem Holzkästchen mit weißem Boden von ungefähr acht Zentimetern Durchmesser; die magnetische Kompassnadel maß nur etwa fünf Zentimeter und war schwarz lackiert. Der Platz um ihn herum war in der Form eines Bagua-Orakelzeichens nach dem Buch der Wandlungen durch die zwölf Erdzweige und dann noch einmal durch die zehn Himmelsstämme unterteilt, vollgeschrieben mit den unverständlichen Zeichen der Himmels- und Erdstämme und der Triagramme: 酉，卯，子，午，乾，坤，巽，艮，乾，兑，离，震，巽，坎，艮，坤.

Unklar war, wann es dazu kam, aber es entstand das Gerücht, dass die federleichte Geistergestalt der Frau in den glasgeschützten Schrein geschlüpft sei und dass sie sogar im Kompassgehäuse gesessen habe. Da begann die ursprünglich vollkommen ruhigstehende, schwarze Magnetnadel auf dem Teller plötzlich zu zittern und wild zu hüpfen, mal zeigte sie nach Osten, mal nach Westen. Sie war völlig aus dem Kurs geraten.

Der Mann, der es hörte, schüttelte unmutig seufzend den Kopf. Gleich darauf befiel ihn eine ängstliche nervöse Unruhe, er schrie in Panik: „Wenn unser Schiff auf richtigem Kurs vorwärts segelt, wie kann da ein Geist die Kompassnadel tanzen lassen, wo führt der uns hin!?"

Alle, die ganze Besatzung, schauten einander verstohlen an, sie wagten nicht mehr, frei zu sprechen. Kein Stern war in dieser Nacht zu sehen, kein Mond, nur Finsternis, dichte Nebelschwaden trieben über dem Meer und leiteten die Seefahrer in die Irre, Sturmwind kam auf und der Seegang nahm zu. Das Schiff, ohne Sicht in dem undurchsichtigen Schwarz der aufgewühlten See unterwegs, war nun auf Gedeih und Verderb auf den Kompass angewiesen. Wenn jetzt wirklich der Geist die Kompassnadel dirigierte, steuerte der Kapitän mit seiner Besatzung in gutem Glauben, ahnungslos im Dunkeln tappend, geradewegs auf ein Riff zu und dann mitten in die „Schwarzen Wasser" hinein! Gerade so, wie wenn alle aus eigenem Antrieb direkt in den Tod segelten!

Oder aber es passierte, dass der Geist auf die Idee kam, sich einen Spaß zu machen, und die Kompassnadel kreisen ließ. Wahrscheinlich drehte nun das Schiff mit voller Besatzung vergeblich endlose Runden auf dem grenzenlos weiten Meer, kreiste Runde um Runde, ohne jemals innezuhalten, um niemals anzukommen, bis endlich die gesamte Mannschaft im sinkenden Schiff den Tod fand.

Ein Rudergänger fragte argwöhnisch mit leiser Stimme: „Die sich hüpfend drehende Kompassnadel ist wohl auf den Einfluss der Schattenwelt und die Wirkung von Gespenstern zurückzuführen?"

Noch eine andere Sorge bedrückte die Seeleute: Im „Heiligen Schrein" befand sich außer dem Kompass die Götterstatue der Mazu, der „Heiligen Himmelsmutter", „Meeresgöttin" der Seefahrer. Dort huldigten die Seeleute ihrem wichtigsten Gott, Grundlage ihres Schutzes, Garant für ihren Frieden und ihre Sicherheit.

Wenn es sich um etwas Unsauberes wie Gespenster, Geister und Feen handelte, wie hatte es sich Zutritt zur Statue der Mazu verschaffen können? Was hatte es zu bedeuten, dass Mazu dieses unsaubere Wesen an sich heran-, in den Schrein hineinließ? Waren es transzendente Kräfte, die da am Werke waren? Hatte der Himmel entschieden und war der am Werk?

Eine Zeitlang verlor sich die Mannschaft in endlosen Spekulationen.

Unwichtig warum, aber es sah lange so aus, als hätte man es bei diesem Geist mit einem völlig harmlosen, dem Menschen ungefährlichen Wesen zu tun. Schließlich hatte die Geistfrau kein einziges Mal irgend jemanden mit ihrer furchtbaren Fratze erschreckt, sie mied die Menschen. Entlang der Mauern bewegte sie sich fort, verbarg sich in engen Winkeln. Wurde sie unversehens entdeckt, so nur, weil sie gerade geistesabwesend, mit sich selbst beschäftigt oder ganz in Gedanken versunken war.

Die Angst der Seefahrer nahm wieder ab. Sie beteten für den Geist, verbrannten Totengeld, ließen Sutren und Mantren singen, hielten taoistische Sitzungen ab. Schiffseigner und Besatzung taten alles, was man tun konnte. Doch es interessierte die Geistfrau nicht! Aber nicht etwa, weil ihr Silbervorrat in der Schattenwelt schon aufgefüllt war und sie nun nur noch auf ihr Glück wartete. Es war auch nicht etwa so, dass die Fehler der Vergangenheit sich erledigt hätten und nicht mehr, sobald sie wieder in den Kreislauf der Wiedergeburten einging, zum Vorschein kämen.

Ach! Nacht für Nacht kam die Geistseele zum Hafen und schaute nach den an der Pier vor Anker liegenden Segelschiffen. Wie suchte sie nach einem Schiff, welches zwischen Taiwan und Fujian verkehrte, unwichtig, ob es nun „Grünköppe", „Weißplanken" oder „Buntbacken" waren! Sie schwebte an Bord der Schiffe und streifte vom Bug bis zum Heck durch das Schiff, von Kabine zu Kabine bis in den Schiffsboden. Warum durchsuchte sie alles so akribisch? Suchte sie den Ostwestsegler, der sie damals auf den Kontinent brachte, damit sie Rache nehmen konnte?

Nun ist ja der Bug eines jeden Schiffes gekennzeichnet und gibt genaue Auskunft über Präfekturkennziffer, Bezirkskennziffer, Namen und Vornamen des Schiffseigners. Links und rechts vom Steven sind dem Schiff am Bug Fischaugen aufgemalt. Der Volksmund nennt sie „Drachenaugen": Die Drachenaugen der Schiffe aus Fuzhou haben außen weiße Ringe, innen schwarze, deutlich vorgewölbte Pupillen; bei den Schiffen aus Quanzhou sind die Augen außen weiß, das Innere schwarz, aber glatt, ohne Erhebung, und die Form des Auges ist länglich gemalt, den Schiffen aus den Provinzen Kanton und Anhui sind ganz runde Drachenaugen mit roten Ringen außen und schwarzen Pupillen innen aufgemalt. Nicht nur der Form und Farbe nach unterscheiden sich die verschiedenen Drachenaugentypen, auch die Ausführung der Malerei ist, wenn man genau hinschaut, sehr unterschiedlich.

Erfahrene Seeleute mit einem guten Auge dafür konnten an der Art der Drachenaugen, wie die Augenwinkel nach oben gezogen waren, an der Art des Augenaufschlags oder wie die Augen am Bug eingelassen waren, welcher Art die entstandene Einwölbung war, genau den Reeder erkennen und sogar auf Anhieb die Kennziffer der Schiffes nennen.

Da musste sie dieses Schiff, das sie doch damals selbst betreten hatte, wiederfinden können! Da musste sie doch irgendwelche Anhaltspunkte haben, die es ihr ermöglichten, es von anderen Schiffen zu unterscheiden! Warum musste sie trotzdem so aufwendig und lange, über Monate und Jahre hinweg Schiff um Schiff auf ihrer Suche nach dem richtigen durchkämmen?

Deswegen, weil sie damals als ein Geist auf das Schiff kam und sie der Geomantiker versteckt im schwarzen Schirm an Bord und über See trug. Bevor sie an Bord gehen konnten, verschwand sie wie durch einen urgewaltigen Energiestoß im Inneren des Regenschirms. Sie fühlte sich, als wenn Himmel und Erde über ihr einstürzten, dann fand sie sich in einem undurchdringlichen Schwarz wieder. Ein uferloses, raumloses Schwarz war es, dicht wie ein fester Körper, zäh und schwer dazu schloss es sie fest in sich ein. Völlig reglos, blind und taub, die Sinnesorgane fest verschlossen, verharrte sie.

Nur das Bewusstsein blieb ihr, aber beschränkt auf die feste Substanz des Schirms.

In dieser absoluten Abgeschiedenheit war ihr, obschon Geister durch jede Barriere frei beweglich hindurchgehen, jeglicher Kontakt nach außen unmöglich. Denn sie konnte die Menschen erreichen, aber sie konnte nicht hinaus und deswegen auch nirgendwo bei ihnen sein. Es gab nicht die geringste Möglichkeit, ihre Sinne zu nutzen, sie blieb fest eingeschlossen, nirgends war auch nur eine Haaresbreite Luft, kein winziger Spalt nach außen war geblieben.

So hatte die Geistfrau, obschon sie die für eine damalige Ehefrau aus wohlgeordneten Verhältnissen seltene Gelegenheit einer Hochseeschifffahrt bekam, doch nichts gesehen, was sie hätte berichten können. Ihre einzige Erinnerung daran war ein Schwarz und sonst nichts.

Nach erfolgreicher Rachetat dachte die, berechtigt oder unberechtigt, hassende, grollende, verletzte Geistfrau nur noch an eins: an ihre schicksalhafte Begegnung mit dem Schiff. Die Dschunke, auf der sie während der Überfahrt Zuflucht genommen hatte, wollte sie wiederfinden.

Anfangs hatte sie nur eine verschwommene Vorstellung, noch keine Idee. Aber über hundert Jahre hielt sie sich inzwischen an der Küste auf. Zeit hatte sie ohne Ende. Was hinderte sie daran, in lauen Vollmondnächten, im Schein des wagenradgroßen, weißen Riesenmondes an der Pier hin und her zu flattern, alle dort ankernden großen Hochseesegler genau anzuschauen und unterscheiden zu lernen. Mit dem sensiblen Gespür eines Geistes weilte sie in den Schiffen und suchte den einstigen Aufenthalt.

Sie fand Gefallen an den Schiffen. Unglaublich! Ihre Seele erlebte zum ersten Mal ein Gefühl der Geborgenheit, auf den an der Pier im Wasser schaukelnden Dschunken fühlte sich der federleichte Geistkörper sanft gewiegt, wie in einer angestoßenen Wiege spürte sie Trost. In der Hin- und Herbewegung des Geworfen- und wieder Aufgefangenwerdens, des immer wieder sicher Zurückkehrens erlebte sie Halt und Regelmäßigkeit. Vor – zurück, vor – zurück, sie brauchte nicht mehr zu fürchten, ins Nichts zu fallen, fliehen zu müssen, nie mehr zurückkehren zu können.

Obschon der Ozean an die Kaimauer stieß, blieb er doch eins mit sich selbst, rhythmisch schwingende Wellen, Wellenberg, Wellental, Wellenberg, immer einander ablösend, nicht raumlos ohne Begrenzung, nicht das substanzlose Chaos, das Geister so fürchten. Der Geist der Frau blieb auf den Schiffen, die an der Pier vor Anker lagen und nicht zur See fuhren, aber leicht in den Wellen vor der Kaimauer schaukelten. Dort streifte sie umher, ließ sich treiben, schaute den alten Seebären zu und lauschte ihren Geschichten.

So erwarb sie die unterschiedlichsten Schifffahrtskenntnisse, auch das Berechnen der Fahrtgeschwindigkeit mit der „Sanduhr“ oder dem Verbrennen der Räucherstäbchen. Die dickbauchige Flasche mit dem schmalen Hals lief an einem Tag und einer Nacht vierundzwanzigmal leer, das waren also vierundzwanzig Durchläufe. Zwei Durchläufe ergaben die Zeit von einer Doppelstunde.

Auf den Dschunken von den Inseln Amoy und Taku waren dafür Räucherstäbchen gebräuchlich. Diese Räucherstäbchen hatten mit dem im Tempel benutzten Räucherwerk nichts gemeinsam. Die Sandelholzstäbchen wurden mit einem Durchmesser von drei, vier Zentimetern und einer Länge von ungefähr dreißig Zentimetern hergestellt. Bis ein Stäbchen heruntergebrannt war, brauchte es ungefähr drei Stunden, bei normalem gutem Wind legte das Schiff in einer Stunde vier chinesische Seemeilen* zurück.

Die Geistfrau, die eine Vorliebe für den Abakus und Geschäftsabrechnungen besaß, aber nicht mehr am langen Tresen ihrer Importwarenhandlung zu sitzen brauchte und ihre Finger dort nicht mehr durch die Kugeln des Abakus rasseln ließ, hob ihre spargelgleichen, zarten, weißen Hände und griff ins Leere nach einem imaginären Abakus, worauf sie im Nu, dank ihrer von klein auf vor- und rückwärts auswendig gelernten und beherrschten Fingertechnik, die Entfernung von Lu bis nach Quanzhou ausgerechnet hatte. Segelte man etwas mehr als acht Doppelstunden (sechzehn Stunden), so würde man am anderen Ufer Taku erreichen können. Das machte eine Entfernung von einhundertdreißig Kilometern aus.

Dies war die Entfernung, die sie damals an Bord der Dschunke versteckt im schwarzen Regenschirm zurückgelegt hatte, die große Entfernung zwischen Taiwan und dem Festland, die sie damals für unüberwindbar gehalten hatte. Die Geistfrau rechnete still vor sich hin, unversehens entfuhr ihr ein Seufzer.

Aber Zahlen waren nur eine Methode, ein Intervall zu benennen. Bis der Morgen anbrach und die Segel der Dschunken gelichtet wurden, bis wieder die großen Räucherkerzen entzündet wurden, so lange konnte sie nicht mehr warten. Jede heruntergebrannte Räucherkerze vertrat also ein bestimmtes Zeitintervall und gab den Zeitpunkt an, zu dem die Zeit verstrichen war. Die zurückbleibende Asche gab die Menge des unwiederbringlich verstrichenen Lebens an.

Zeitmessen.

Ach! Warum hatte sie nichts vom Messen der Zeit gewusst?

Die Geistseele begann nun, die ihr unbegrenzt, ohne Ende zur Verfügung stehende Zeit zu messen. Sie musste fleißig und unermüdlich jeden Morgen bei Tagesanbruch beginnen, genau im Moment des ersten Morgengrauens. Wie sollte in Anbetracht der unendlichen Menge an Zeit das Messen nur mit der Sanduhr und den Räucherkerzen ausreichen? Es durfte kein Sonnenaufgang fehlen, die Zeit jedes Morgengrauens musste gemessen werden. Es durften ihr keine Fehler unterlaufen, alles musste genau stimmen! Da-

* ungefähr 7,5 km

bei durfte sie sich nicht von den Sonnenstrahlen verbrennen lassen, durfte nicht bis zu der für sie verbotenen Zeit bleiben, ansonsten wäre ihr jede weitere Nacht verwehrt gewesen.

Welche Hassliebe entwickelte die Geistfrau nun zu der Sanduhr!

Sie wurde von den Steuermännern an Bord gesehen, die ganze Nacht unbeweglich mit starrem Blick auf die Sanduhr gerichtet. Sie saß neben ihr und sah zu, wie der Sand rieselte, von der vollen Flasche angefangen, bis er ganz durchgerieselt war, ohne dass sie auch nur ein einziges Mal den Blick abwendete.

Im Moment vor Anbruch der Dämmerung wollte sie den letzten Rest durchlaufenden Sandes nicht verpassen, um die verbleibende Menge genau zu sehen. Trotzig verharrte sie vor der Sanduhr, unwillig sich zu erheben und sich zu verbergen. In den letzten Sekunden vor dem Wechsel von der Nacht zum Tag spielte sie jedesmal mit dem Tod.

Sie wurde auch gesehen, wie sie sich ganz klein machte und im Inneren der winzigen Sanduhr saß. Sie saß oben auf dem unablässig nach unten rieselnden Sand und prüfte, ob der wegen ihres Körpergewichts nun schneller rieseln wollte und sie die Zeit schneller vergehen lassen könnte.

Mit schneeweißem Kleid und langem offenem schwarzem Haar wurde sie gesehen, wie sie mit ernstem Blick und im Lotussitz in der Haltung des Vairoçana Buddha unbeweglich in Meditation versunken auf dem Sandberg in der Sanduhr saß, langsam mit dem durchrieselnden Sand in die Tiefe sinkend, aber ohne den geringsten Anflug von Bewegung oder einem Wechsel der Pose. Sie probierte, wie lange sie dem Sog, der die letzten noch kämpfenden Sandkörner mit Gewalt durch den engen Hals nach unten saugte, standhalten konnte, und wann, an welchem Punkt, sie sich in letzter Sekunde zurückziehen musste, um im selben Augenblick aufzufliegen und das Glasgehäuse zu verlassen.

Das Rieseln des Sandes in dem von der Außenwelt abgeschlossenen Raum, das zu keiner Zeit stoppende, ununterbrochene, stündliche, minütliche, sekündliche Wenigerwerden war für die aus der Sphäre der Geister Zeit ohne Ende gewohnte Geistfrau ein Spiel, um sich mit dem Abnehmen, Verschwinden und dem Vergehen vertraut zu machen.

Wer wagt es eigentlich, zu behaupten, dass es in der Sphäre der Geister keine zeitlichen Grenzen gibt? Jeder erste Sonnenstrahl eines neuen Tages kehrt alle zwölf Doppelstunden und alle vierundzwanzig kleinen Stunden einmal wieder, unermüdlich kreisend: wiederkehrend, vergehend und wiederkehrend.

Aber wieviele Stunden Zeit auch mit dem Sand hinunterrieselten, die an der Pier vor Anker liegende Dschunke schaukelte immer noch auf dem riesigen Meeresleib, hatte sich nicht von der Stelle bewegt, war nicht in See gestochen.

3

Die Geistfrau dachte daran wegzufliegen. Es kam ihr zu Bewusstsein, dass neben diesem Schiff, um das es ihr ging, noch etwas anderes wichtig war. Das war der der Insel gegenüberliegende Kontinent.

Denn ihr fiel auf, dass, egal wie hartnäckig und fleißig sie den Segler auch suchte, auf welchem sie damals die Überfahrt wegen ihrer Rachetat unternahm, sie sich von Anfang bis Ende sinnlos für nichts und wieder nichts verausgabt hatte.

Doch wie konnte es sein, dass sie trotz allen Suchens jenes Schiff nicht gefunden hatte? Sollte ihr Erinnerungsvermögen sie wirklich im Stich gelassen haben? Gab es noch einen anderen Grund? War vielleicht das, was die Seeleute am ärgsten fürchteten, längst passiert?

„Ihr" Schiff war in den Fluten umgekommen und gesunken.

Ein Schiffsunglück, dem keiner Einhalt gebieten konnte! Oder war es schadhaft und veraltet gewesen und dann verschrottet worden?

Wenn das Schiff nicht mehr existierte, was war mit dem gegenüberliegenden Kontinent?

War der auch dem Verfall preisgegeben? Das gegenüberliegende Festland sollte ihr Ziel sein!

Sie kalkulierte die Chancen für eine Überfahrt. Nur musste sie nicht mehr am langen Tresen ihrer Importwarenhandlung, in der sie ermordet wurde, sitzen und ihre Finger durch die Kugeln des Abakus rasseln lassen, wieder und wieder rechnend und rechnend.

Sie schwebte auf direktem Wege zur Pier und flatterte zu den Ostwestseglern, auf denen sie sich oft vergnügte und die regelmäßig zwischen der Insel und dem Kontinent verkehrten. Nachdem sie die Möglichkeiten, sich während der Überfahrt zu verstecken, gründlich erkundet hatte, verschwand sie unten im Laderaum einer Dschunke.

Die Besatzung entdeckte nun zuweilen eine schneeweiß gekleidete Frau mit offenem langem, schwarzem Haar. Aber nie erschien sie in den Passagierkabinen. Nur wer die Laderäume ganz unten im Schiff aufsuchte, spürte instinktiv, dass etwas nicht stimmte. Wie wenn dort das Unheil drohte! Die Leute überlegten hin und her. Sie befanden, dass ein gewöhnlicher Geist, sei es nach einem Schiffsunglück, nach einer Mordtat, oder der Geist einer Wasserleiche, der sie heimsuchte, sich bestimmt dort, wo er sich vorher auch aufgehalten hatte, nämlich in den Kabinen, erscheinen müsse. Ein Geist im Laderaum könne nur der sein, den der Geomantiker damals versteckt im schwarzen Regenschirm unten im Laderaum ablegte. Der Geist der Frau, die auf dem Festland die blutige Mordtat rächte!

Sie hatte die Tat doch bereits gerächt! Was führte sie im Schilde, dass sie wiederkam?

Hatte sie noch nicht erfüllte Wünsche?

War da unerfüllte Gier nach allem Menschenmöglichen? Dürstete es ihr jetzt nach mehr? Die Leute streuten Gerüchte, die unglaublichsten Geschichten gingen von Mund zu Mund.

Es ist doch alles ganz anders, als ursprünglich angenommen! Für den Geist einer Frau ist sie doch viel zu brutal! Eine F r a u ! Die ihren Gatten bis auf den Kontinent verfolgt, um ihn dort zu ermorden! So trägt man die Grundpfeiler jeglicher Sitte und Moral zu Grabe!

Aus tiefster Inbrunst führten sie zweifelsfreie Beweise an. Der Geist der Frau handelte den moralischen Prinzipien zuwider, als er den Gatten tötete. So etwas widerspräche dem Prinzip des Himmels, der Himmel würde es nicht tolerieren! Der Geist würde nie in den Kreislauf der Wiedergeburten eingehen. Die Frau würde für alle Zeiten ein Geist bleiben und schlimme Strafen und Qualen zu erdulden haben. Nur deswegen sei sie weiter im Lagerraum anzutreffen und könne nirgends umhergehen.

Ein solch bösartiger Geist brachte nach damaligem Glauben großes Unheil. Die Reeder würden ihren Reichtum einbüßen, Verletzungen erleiden, in der Familie würde ein Unglück geschehen, bei dem Blut flösse. Das konnte die schwere Niederkunft einer Schwiegertochter sein, bei der das Kind im Leib der Gebärenden starb. Das Schiff konnte auf ein Riff laufen, die Waren verloren sein, die ganze Besatzung tot und der Reeder mittellos.

Diesen Schädling galt es aufzuspüren und dann auszumerzen!

Eine mitfühlende Seele meinte, die Frau sei doch von ihrem Gatten grausam ermordet worden, deswegen habe ihr Geist Rache genommen, und bisher habe sich der Geist den Menschen gegenüber als völlig unschädlich erwiesen. Auch sei er anders als andere Rachegeister, wenn man ihn vom Schiff vertreibe und er nicht wieder in den Laderaum zurück könne, habe er keine Heimstatt mehr, werde sich auflösen und zu Staub zerfallen. Wenn man ihn aber nicht erfolgreich ausrotte und er sich in einen bösartigen Geist verwandle, der sich dann doppelt an ihnen rächte, dürfte das weitaus schlimmer sein!

War es denn nötig, so einen Aufstand, dieses Säbelgerassel und Kriegsgehabe vom Zaun zu brechen, den Leuten damit Angst einzujagen, wenn gar keine Spuren bewiesen, dass die Erscheinung mit Bestimmtheit dem im schwarzen Regenschirm versteckten Rachegeist zuzuschreiben sei? Könnte es nicht genausogut eine harmlose, gewöhnliche Totenseele sein, die dort seit langem wohnte?

Just da kam es zu dem in Lu als „Regenschirm-Zwischenfall“ in die Geschichte eingegangenen Unglück.

Es begann damit, dass ein Matrose, der den Laderaum eines Ostwestseglers schrubbte, im hintersten Winkel des unteren Laderaums am Schiffsboden ganz versteckt den…

„Fünfzig Jahre schrubbe ich hier schon den Boden, aber so was ist mir noch nicht vorgekommen, so etwas im unteren Laderaum am Boden…“

Der Matrose sprach so, beharrte aber darauf, nichts weiter durchblicken zu lassen. Er gab vor, zu befürchten, dass der böse Geist ihn niedermachen würde.

Was der Matrose an diesem Tag entdeckte, war ein schwarzer Tongölregenschirm mit Bambusgerüst.

„Ich nahm den Regenschirm hoch, ich hegte keinerlei Verdacht, dass damit irgendetwas sein könnte. Ich dachte nur so, mal aufmachen und gucken, ob der Schirm heil ist und man ihn noch benutzen kann."

Denn bei einem so ungewöhnlichen, verschwiegenen Aufenthalt, wie ihn sich dieser Tongölschirm gesucht hatte! Der Schirm war zwar alt, aber sein Ölanstrich glänzte noch schön, ganz so, als wäre er oft benutzt worden. Man hätte ahnen können, dass dort in der Dunkelheit im unteren Laderaum „irgendein mysteriöses Etwas" versteckt war.

„Im selben Moment, in dem ich den Schirm aufdrückte, ich weiß nicht, warum mir plötzlich die Hand zitterte, rutschte mir der Schirm aus der Hand und fiel zu Boden. Und dann stand er da wieder in der hintersten Ecke im Laderaum, am gleichen Platz wie zuvor!"

Der Matrose war zu Tode erschrocken, völlig verstört stolperte er und rannte wie von Sinnen hinaus.

„Welch Glück, dass ich den Schirm nicht öffnete! Wäre der Schirm aufgegangen, hätte der Geist sich nicht mehr verbergen können, ich wäre zum Frevler geworden, der Geist wäre meinetwegen erloschen!"

Wenn ein Geist stirbt, aber der Groll nicht erloschen ist, mutiert diese bösartige Energie zu einem noch viel gefährlicheren Energiepotenzial, welches dann Ursache noch grausamerer Rache wird.

„Wenn ich sterbe, ist das noch unwichtig, aber er wird den Tod meiner ganzen Familie verschulden, alle werden dabei draufgehen."

Der Matrose ließ sich nicht nötigen, egal, mit welchen Mitteln man ihn zum Reden zwingen wollte, er verriet nicht, auf welchem Schiff es passierte, wo sich der besagte Laderaum befand.

„Der Geist hat mir nichts getan, wir haben keinen Grund, uns gegenseitig zu schaden. So eine Schandtat, die für uns beide den Untergang bedeutet, bringe ich nicht über mich!"

Alle ereiferten sich laut über den Matrosen, der im hintersten Winkel des Laderaums verborgen diesen schwarzen Regenschirm entdeckt hatte. Das war der stichhaltige Beweis dafür, dass es sich bei der weißgekleideten Frau mit dem wirren schwarzen Haar, die die Besatzung in der letzten Zeit bei der Schiffsladung im Laderaum der Dschunke umhergeistern sah, wirklich um den Rachegeist aus dem schwarzen Regenschirm handelte. Nach seiner Seefahrt und der vollbrachten Rache geisterte er immer noch auf dem Schiff umher!

Der Matrose beharrte immer noch darauf, nichts zum Schiff verlauten zu lassen, obwohl man sich ob der Zugehörigkeit des Matrosen ungefähr zusammenreimen konnte, dass es sich um ein Schiff der Reederei „Blühender Fortschritt“ handeln musste. Aber es hätte auch sein können, dass der Matrose aus irgendwelchen Gründen an Bord eines anderen Schiffes gegangen war. Weil so gut wie alle Schiffe zwischen Taiwan und der Provinz Fujian verkehrten, waren eine Zeitlang alle Reedereien in Mitleidenschaft gezogen.

Die Reedereien waren ständigen Veränderungen unterworfen. Sobald die Hochseedschunken auf hoher See waren, waren sie größten Gefahren unterworfen. Man durfte schon sagen, das Überleben der Seeleute lag ganz in der Hand des Himmels und des Schicksals. Nie wusste man, ob man je wieder lebend von der See zurückkehrte.

Um die Sicherheit auf dem Schiff zu erhöhen, gab es unzählige Tabus, die auf See nicht gebrochen werden durften. Strikt tabu auf den Handelsdschunken war, dass Frauen an Bord kamen; sie hätten das Unreine, das Unsaubere an Bord angezogen und durch sie wäre das Schiff gesunken. (Handelt es sich bei Frauengeistern um Frauen?)

Der Regenschirm mit der Geistfrau darinnen, der sich in unverfrorener Weise von jemandem auf dem unteren Schiffsboden entdecken ließ, kam einer Aschekruke gleich, in der eine Totenseele transportiert wird. Dass ein schwarzer Schirm einer Geistseele Zuflucht bot und mit an Bord war, war noch seltsamer, als wenn ein Totengeist in der Aschekruke mit an Bord genommen wurde, dazu war er verwickelt in diesen blutigen Racheakt und versetzte einen jeden in panische Angst.

Die Reederei, zu der der Matrose gehörte, war die Reederei „Blühender Fortschritt“, die sich getrost die größte von Lu nennen durfte. Die Leute wollten Schlimmes gehört haben, die Gerüchte wurden immer ärger. Schließlich erzählte man sich, dass der Frauengeist mit dem schwarzen Regenschirm in der Hand überall an Deck ihrer Dschunkenflotte umherstreifte. War ein Seemann nicht vorsichtig und begegnete dem Schirmgeist, wurde er in sein Inneres hineingesaugt. Von oben und unten wurde er gleichzeitig in die schwarze Tiefe hinabgezogen, dabei saugte der Geist sein Opfer wie eine Spinne aus, die Essenzen menschlicher Lebensenergie fraß er in sich hinein und spuckte eine formlose, klumpige, blutige Fleischmasse aus, die außen am Schirm herabfiel.

Der Reeder Li der Schifffahrtsgesellschaft „Blühender Fortschritt" spürte deutlich, wie schädlich die nicht endenden Gerüchte für seine Flotte waren. Um die Leute zu beruhigen, zog er die Mannschaften sämtlicher Schiffe zusammen. Er versammelte alle um sich, den Schatzmeister, den Kapitän, den Steuermann, den zweiten Steuermann, die Rudergänger, die Matrosen bis hin zum Tempelmeister, der den Schrein betreute, und die Wachtmeister eines jeden Schiffs. Alle lud er zu einem Bankett. Er beteuerte, er wolle sich damit für die geleistete gute Arbeit bedanken, im Grunde aber wollte er eine gegenseitige Aussprache und Eingeständnisse derer, die die Gerüchte verbreiteten.

Tatsächlich erschienen alle ohne Ausnahme.

Aber die Gerüchte rissen deswegen nicht ab, man munkelte nun: „Dieser Ostwestsegler, der den Geist der Frau in dem schwarzen Tongölschirm an Bord versteckt hält, wird unweigerlich, sobald er in See sticht, sinken."

Weil nämlich der Geist der Frau im Schirm eine böse Lehre des Yin praktizierte, musste er auf die Lebensenergien anderer Totenseelen zurückgreifen. Ein sinkender, großer Ostwestsegler verschaffte dem Geist mit Leichtigkeit die benötigte Yang Lebenskraft von sechzig bis hundert Mann. Um auf einen Schlag eine große Menge Seelen in sich einzusaugen, gab es keine bessere und vor allem keine einfachere Methode.

Schon begann die Besatzung die Arbeit niederzulegen. Sie taten sich zusammen und forderten vom Reeder Li der Schifffahrtsgesellschaft „Blühender Fortschritt" eine Stellungnahme, ansonsten würden sie nicht mehr in See stechen.

Die ohnehin schon miteinander konkurrierenden Reedereien verfolgten zurückhaltend und mit kühlem Blick, wie die Reederei „Blühender Fortschritt" dieses heikle Problem zu lösen gedachte.

Just wurden Stimmen laut, dass an Bord des Ostwestseglers „Glückverheißende Milde", der zur Flotte einer ganz anderen Reederei gehörte, im unteren Laderaum und an sehr auffälligem Ort auch ein schwarzer Regenschirm gesehen wurde.

Weil dieser blutrünstige Geist wieder und wieder erschien und nun mit einer unverfrorenen Dreistigkeit keinerlei Anstalten mehr machte, im Verborgenen zu bleiben, waren die Leute natürlich in Aufruhr. Doch dass sowohl Name als auch Kennziffer des besagten Schiffes und der Reederei ohne Umschweife Verbreitung fand, ließ die scharfsinnigen, mit Kalkül denkenden Reeder in Zweifel geraten.

War es möglich, dass sie hier in eine klug durchdachte Falle tappten? Wenn das so wäre, na alle Achtung, dann war Meisterhand am Werk! Man brauchte nur einen schwarzen Regenschirm, ansonsten war nichts zu tun, um die gesamte Mannschaft des anderen Schiffes lahm zu legen und den Reeder um Haus und Hof zu bringen.

Wirklich ungemein hintertrieben und teuflisch!

So einfach war diese Methode, anderen Schaden zuzufügen, dass es jederzeit wieder neue Gelegenheiten gab, denn unter den Reedern, deren Flotten alle schon viele Jahre zur See fuhren, gab es so manche Feindschaft. Wer würde der nächste sein, der ausgewählt wurde, um ihm sein Geld abzupressen und ihn zu erledigen?

Die Besitzer der großen Reedereien kamen zusammen, um zu beratschlagen, was zu tun sei, und einigten sich darauf, mit solchen Machenschaften nun ein für allemal aufzuhören. Aber es blieb die Sorge, was wäre, wenn es nun tatsächlich wahr war, wenn es wirklich der böse Geist der Frau aus dem schwarzen Regenschirm war, der erschien, um die Schiffe zu versenken, und es nicht nur darauf ankam, die Feindschaften und den Hass zwischen den Reedern aus der Welt zu räumen.

Das einzige, was man tun konnte, war, die Probleme eins nach dem anderen zu lösen. Wenn sich die Situation noch verschlimmerte, war keinem damit gedient. Wenn wirklich ein Schiff sänke, wären die Probleme noch viel schwieriger aus der Welt zu schaffen.

Das, was zuerst einmal getan werden musste, war, im Tempel die Zeremonie zur Rettung der Seele durchzuführen und den Geist zu vertreiben, damit dieser an das „andere Ufer“ gelangte und in eine neue Existenz hinübergehen konnte. Die Reederei „Blühender Fortschritt“ wollte dabei aber nicht namentlich genannt werden als „die erste Reederei, in deren Flotte der schwarze Regenschirm aufgetaucht ist". Deswegen nötigte sie ihren „Handelsclan", die „Quanzhou-Gilde", alles Kaufleute mit gleichem Geschäftsgebiet und in einer Gilde organisiert, namentlich in Erscheinung zu treten und die Sitzung zu leiten.

In der letzten Dekade des achtzehnten Jahrhunderts hatte sich die Kaufmannschaft in Lu bereits in Gilden organisiert, die sich nach Herkunft der Sippe und nach Handelsgebieten zusammenfanden und auch schon eigene Satzungen besaßen. In Anlehnung an die verschiedenen Handelswege entstanden acht Handelsclans oder Kaufmannsgilden: die Quanzhou-Gilde, die Amoy-Gilde, die Feldfrüchte-Gilde, die Speise- und Tongöl-Gilde, die Rohrzucker-Gilde, die Tuch-Gilde, die Tuchfärber-Gilde und die Kanton-Gilde. Die Dschunken, die in der Provinz Fujian auf dem Herzmuschelfluss fuhren, auf dem Jinjiang-Fluss den großen Hafen in Shenhu anliefen und in dem Hafen auf der Insel Taku an der Küste vor Huian wie im Hafen von Chongwu auf der Huian vorgelagerten Halbinsel vor Anker gingen, wurden alle zur Quanzhou-Gilde gezählt. Sie war seinerzeit die größte Kaufmannsgilde von Lu.

Gerade weil es die Handelsflotte der Quanzhou-Gilde war, bei der der böse Geist aus dem schwarzen Schirm auftauchte, fühlte man sich moralisch verpflichtet, einzuwilligen, die Sitzung einzuberufen und zu erscheinen. Aber man wollte verhindern, dass der Zwischenfall mit dem schwarzen Schirm noch stärker aufgebauscht wurde. Nach außen wollte man nur verlauten lassen, dass es sich um eine ganz alltägliche Zeremonie zur Errettung einer verlorenen Totenseele handele.

Jeder mögliche Aberglauben und jegliches Tabu galt viel unter den Seebären, die die Dschunken aufs Meer führten. Tempelsitzungen gab es zur Genüge alle Zeit über das ganze Jahr. Aber dass nun die Quanzhou-Gilde selbst in Erscheinung trat und eine Zeremonie im Tempel einberief, das gab den Leuten Raum für endlose Spekulationen.

Die Zeremonie selbst erschien allen ungewöhnlich monströs. Es war auch widersprüchlich, einen Geist zu vertreiben, um ihn dann wieder zu retten und ans andere Ufer zu führen. Die Tempelsitzung endete mit einem völlig überraschenden und jeglicher Erwartung diametral widersprechenden Ergebnis. Zuerst war es so, dass der Schamane lange Zeit gar nicht vom Gott besessen wurde. Ganz gleich, wie der kleinwüchsige ältere Mann auf dem Tempelvorplatz herumrannte, am ganzen Körper zitterte und weißen Schaum vorm Mund stehen hatte, war doch nicht zu bemerken, dass der Gott ihn ritt. Nichts weiter als Geister, die sich beschwerten und jammerten, meldeten sich zu Wort. Beim allerletzten Versuch, den Gott herauszurufen, riss es den Schamanen abrupt in voller Länge nach oben. Er knallte gegen den Altar, dann aber schrieb er, während er auf einem Bein davor kniete und mit dem Oberkörper flach darauf lag, mit einem Arm große Zeichen auf den Tisch. Dabei ging er mit dem ganzen Körper wie bei einem Tanz mit der Bewegung mit, ähnlich anzuschauen wie ein Schiff auf See im Rhythmus der Wellen gleichmäßig auf- und abschaukelt.

Der „Tischkopf" erklärte: „Die offizielle Gottheit besitzt den Schamanen und schrieb mit erleuchteter Hand. Ihr Leute sollt aufhören, euch davor zu fürchten, dass der schwarze Regenschirm auf einem Ostwestsegler erscheint. Er ist kein schlechtes Vorzeichen, noch weniger wird das Schiff sinken!"

Der „Tischkopf" sprach zum zweiten Mal: „Der Geist der Frau wohnt in dem schwarzen Schirm, weil sich die Geistseele darin festzuhalten vermag. Warum sollte die Geistfrau, wenn sie im Schirm auf dem Schiff erscheint, die Menschen in Not bringen und das Schiff zerstören? Wenn das Schiff sänke, wäre der Schirm verloren, die Geistseele könnte nirgends Zuflucht nehmen, brächte sie sich nicht dadurch selbst zu Tode?"

Die zusammengekommenen Männer nickten eifrig zustimmend mit den Köpfen. Hinter vorgehaltener Hand ließen sie verlauten, dass sie den Geist als böse eingeschätzt hätten, weil die Schattenwelt für Menschen unverständlich sei und sich ihrer eigenen Logik bediene. Deswegen sei der Geist aus dem Schirm ins Kreuzfeuer geraten.

Die Seeleute kehrten in ihre jeweilige Mannschaft zurück, niemand versuchte mehr, über den schwarzen Schirm Nachforschungen anzustellen, und keiner hatte diesem Sachverhalt etwas entgegenzusetzen, der Mund war allen wie zugeschnürt, es herrschte Schweigen. Alles hatte den Anschein, als wäre da niemals ein schwarzer Schirm erschienen, aber eine ganz und gar sonderbare Stimmung machte sich breit.

Keiner äußerte sich offen dazu, aber jeder der Seemänner war im Stillen überzeugt davon, dass er mit genau dem Ostwestsegler zur See fuhr, der versteckt im unteren Laderaum den schwarzen Schirm mit sich führte.

„Wenn der Schirm dabei ist, wird das Schiff nicht sinken!"

Der Schirm wurde zum Garant für Sicherheit und Schutz.

Das führte soweit, dass sich auf den Ostwestseglern die Nachricht, wer auf welchem Schiff im unteren Schiffsboden den schwarzen Schirm gesehen habe, wie ein Lauffeuer verbreitete, aber nun zusammen mit einer ganz anderen geheimen Botschaft:

Die Garantie „Wenn der Schirm dabei ist, wird das Schiff nicht sinken!" war tatsächlich und allein dem erleuchteten Feng Shui-Meister zu verdanken, dessen Dienste die Quanzhou-Gilde häufig in Anspruch nahm. Denn der Geomantiker sah mit seinen Yin-Yang-Augen in die Schattenwelt und hatte sofort durchschaut, dass der Geist der Frau, wenn er es wagte, im Schutz des Schirms auf einem Schiff zu erscheinen, mittels der Energien aus der Schattenwelt überblicken konnte, dass diesem Schiff kein Unglück und kein Untergang drohte. Ansonsten wagte er sich gar nicht erst an Bord.

Dann hörte man Gerüchte, dass, wenn in einem der Ostwestsegler der schwarze Tongölschirm fehle, die Schiffsleute selbst einen solchen im untersten Laderaum versteckten, um den Geist der Frau anzulocken, damit er ihrem Schiff auf der Überfahrt Schutz und Sicherheit gewähre.

Es gab keine Absprachen, trotzdem war man sich einig, dass, egal wer unten am Schiffsboden einen schwarzen Schirm sah, sich blind stellte oder tat, als bemerke er nichts. Niemand redete offen über diese Geschichte. Wenn man ganz im Geheimen darauf zu sprechen kam, ging man jedesmal leichthin mit einem „der, du weißt schon…" darüber hinweg. Es war, als wollte man damit seinem Gegenüber erklären, man wisse, dass es nicht recht sei, den Schirm beim Namen zu nennen, dass über ihn zu reden ein Unglück heraufbeschwören würde.

Den Schirm geöffnet hätte sowieso niemand mehr.

4

Die Geistfrau begriff, dass nun für sie eine wunderbare Zeit des Reisens anbrach. Seit der Geomantiker, bevor er sie allein zurückließ, ihr den schwarzen Schirm als schützenden Aufenthalt für die Überfahrt zu Schiff gab und sie die Tendai-Zauberformel der Beherrschung des Herzens für das Hinein- und Hinausschlüpfen lehrte, hatte sie dieses Mantra alltäglich fleißig praktiziert. Zudem war sie versessen darauf, an allen möglichen Tempelsitzungen teilzunehmen. Sie rezitierte die Sutren, sang die Beschwörungsmantren und häufte gute Ursachen für ihre Erleuchtung an, so dass sie schon bald die erstaunlichsten Einsichten hatte.

Mit dem Stabilwerden ihres „Geistleibes" spürte die Geistfrau, dass sie nun nicht mehr alle Zeit in dem „Kerngehäuse ihres Lebens", im schwarzen Schirm, den der Geomantiker ihr überlassen hatte, verharren musste. Sie praktizierte strikt, damit sie es allmählich beherrschte, ganz leicht aus dem Schirm heraus- und in ihn wieder hineinzuschlüpfen, ohne dass sie wie bisher ihre gesamte gespeicherte Energie einbüßte und ihr Geistkörper eine Substanzlosigkeit erreichte, die sie lange Zeit reglos und starr werden ließ.

Jedes Mal, wenn sie hinausschlüpfte, dauerte es nicht lange, und sie musste in ihr „Lebensgehäuse", den schwarzen Schirm, zurück, um Atem zu schöpfen und das nächste Heraus und Hinein vorzubereiten. Weil sie auf dieses „Lebensgehäuse", das ihr Überleben garantierte, angewiesen war, war der Schirm immer mit ihr. Man sah, wenn sie entdeckt wurde, jedes Mal eine Gestalt mit einem schwarzen Tongölschirm in der Hand. Tagsüber, wenn sie sich in den schwarzen Schirm zurückziehen musste, platzierte sie ihn an höchst verschwiegenen, versteckten Orten. Was ihr Angst machte, war nur, dass jemand unbedacht, neugierig den Schirm aufspannte und sie dadurch jäh erlosch.

Der „Regenschirm-Zwischenfall" war zwar nicht durch die Geistfrau initiiert, aber zweifelsohne profitierte sie davon. Denn nun war es auf allen Ostwestseglern, die zwischen Taiwan und dem Kontinent verkehrten, nicht nur ein leichtes, sich mit dem schwarzen Schirm in den unteren Laderäumen zu verbergen, das allerwichtigste war…

… dass wirklich niemand mehr wagte, einen schwarzen Tongölschirm aufzuspannen.

Mit dieser Sicherheit im Hinterkopf plante die Geistfrau, die sich nichts sehnlicher wünschte, als wieder über den Ozean zu fahren, Punkt für Punkt ihre Reise. Sie erforschte sämtliche zwischen Lu und Quanzhou verkehrenden Warentransporte und kam zu dem Ergebnis: Was die von Ost nach West die Taiwanstraße überquerenden „Weißplanken“ und „Grünköppe“ aus Lu an Waren ausführten, waren riesige Mengen an Reis und Rohrzucker. Dazu kamen Hirse, Erdnussöl, Ramie-Bast, Bohnen und Getreidekörner, Schnüre des Knotengrases und Lychees.

Es waren alles Produkte aus der Landwirtschaft, aus den Bergen und Wäldern der Insel.

Was Lu aus Quanzhou einführte, waren Leinen und Seide, Arzneien, Baumwolle, Haushaltswaren, Steingut und Porzellan, Naturstein und Bauholz für den Bau. Das meiste waren Fertigwaren, Produkte aus dem Handwerk.

Sie dachte zurück an die Importwarenhandlung des Vaters. Damals erlebte sie, dass aus Lu der Ramie-Bast auf das Festland transportiert wurde, vom Festland kamen dann fertige Tuchballen und Jutesäcke zurück. Jetzt konnte sie sich davon überzeugen: Ausgeführt wurden die Rohwaren aus dem Anbau oder Abbau und zurück kamen die Fertigwaren.

Deutlich erinnerte sie sich, wie sie als Kind hörte, dass aus Lu Reis und Rohrzucker auf den Kontinent verschifft wurde. Nach dem Löschen der Ladung waren die „zurückkehrenden Dschunken“ so leicht geworden, dass der Schiffsrumpf nicht mehr sicher im Wasser lag und das Schiff zu kentern drohte. Deswegen wurde der Schiffsboden mit dem auf dem Festland gebrochenen Naturstein beschwert, damit das nötige Gewicht für eine sichere Überfahrt erreicht wurde.

Dass da Schiff um Schiff Lebensmittel – wertvoller Reis – ausgeführt wurden, aber nur schwere, nutzlose Steine vom Festland zurückkamen, war ihr als Kind unerklärlich und nicht zu verstehen. Es erschien ihr höchst ungut. Als sie größer wurde und mit ihrem Vater in der Importwarenhandlung beschäftigt war, wusste sie, dass die Stadt Lu jedes Jahr in bestimmter Höhe Tribut in Form von Reis an den Drachenthron auf dem Kontinent zahlen musste. Aber was hieß das schon, Tribut entrichten an einen, der so weit entfernt war wie der Himmel hoch.

Die „zurückkehrenden Dschunken", völlig entleert, nur den weißen Kalkstein, einen Marmor aus Huian, im Schiffsboden mit sich führend, hinterließen bei ihr, egal, welche Gründe man anführte, ein beunruhigendes Gefühl des Ausgeraubtwerdens. Es hätte doch irgendetwas hergeschifft werden müssen! Alles wäre recht gewesen, eben bloß nicht nur Steine. Die mit schwersten Entbehrungen und größten Gefahren verbundene Seefahrt durfte nicht dafür herhalten müssen, nur Steine über den Ozean zu schaffen.

Bis zur Stunde konnte sie, weil die großen Ostwestsegler randvoll nur mit Stein beladen auf die Insel zurückkehrten, die Fassung verlieren.

Die Schiffe, die voll beladen mit Reis und Zucker oder anderen land- und forstwirtschaftlichen Produkten unterwegs zum Kontinent waren, mussten die lose Ware in Baumwoll- oder Jutesäcken transportieren. In den Spalten und Ritzen zwischen den einzelnen Säcken, die zu hohen Stapeln aufgetürmt waren, gab es genug Zwischenraum, um einen schwarzen Schirm gut versteckt verschwinden zu lassen.

Aber auf der Rückfahrt würde es schwierig werden. Wenn sie nun unglücklicherweise eines dieser Rückkehrerschiffe nehmen müsste, das im Schiffsboden nur mit Natursteinplatten beschwert war? Wenn dieser Huian-Marmor dann kahl und hart, mit scharfen Kanten auf dem Boden des Laderaums lag und so gestapelt war, dass es schwer wurde, dort den schwarzen Schirm zu verstecken? Und wenn dann eine der schweren Marmorplatten nach unten sackte, weil das Schiff plötzlich einen Ruck machte, und den Schirm zerdrückte? Dann fand die Geistseele im Schirm keine Zuflucht mehr! Wie sollte sie sich dann noch retten?

Da war noch etwas, was ihr Kopfzerbrechen bereitete. Seit sie von klein auf wusste, dass die Ostwestsegler auf dem Rückweg Naturstein luden, hatte sie immer Angst gehabt, dass die Steinplatten im Bauch des Schiffs die Wandung rammten, durch ein Leck Wasser ins Innere eindrang und das Schiff sank. Erst heute, da sie nun endlich mit eigenen Augen Nachforschungen anstellte, wusste sie, dass an den beiden Seitenwänden des Schiffsrumpfes die Spanten mit Eisennägeln zusammengenagelt waren. Die gebliebenen Spalten zwischen den Spanten waren mit Jutewolle zugestopft und zusätzlich waren alle Öffnungen mit Tongölkitt, der aus gebranntem Austernschalenkalk und Tongöl hergestellt wurde, kalfatert. Im Schiffsrumpf war der innere Schiffsraum durch Schotten verstärkt und in fest abgeschlossene Abteilungen aufgeteilt, um Schutz beim Eindringen von Wasser zu gewährleisten.

Die Schiffshaut hatte gegen Wasser einen Anstrich von vier Schichten mit imprägnierendem Tongöl, sie war gegen ein Leck bestens geschützt.

Natürlich war es das Beste, wenn sie nicht eines der mit Stein beladenen „Rückkehrer-Schiffe" bestieg. Nacht für Nacht war sie an der Pier unterwegs in den unteren Laderäumen der Schiffe, sie verzeichnete dort die ein- und aus dem Hafen hinausgehenden Waren und entdeckte, dass es für die Beladung der Schiffe viele Bestimmungen gab.

Zum Beispiel gab es eine Verordnung mit Einschränkungen für Bambusrohr, Eisenwaren und Salpeter, dem Felsensalz. Wenn auf dem Schiff dringend eine Warenladung gebraucht wurde, durfte man davon nur eine erlaubte Menge mitnehmen. Den großen Dschunken waren nur achtunddreißig Kilo Eisennägel, genauso viel Tongölkitt und zweiunddreißig Kilo Seidenwolle erlaubt. Alle anderen Seidentuche wie Atlasseide, Brokat oder Pongéseide unterlagen auch Beschränkungen.

Es durften nur zwei Woks auf dem Schiff mitgeführt werden, noch viel weniger durfte Geld unbegrenzt mitgenommen werden.

Sie erfuhr von den Schiffsbesatzungen, dass diese Bestimmungen und Einschränkungen nur dazu da waren, um die Kapitäne der Dschunken von ihrer Gewohnheit abzuhalten, den Seeräubern Geld zu geben. Aber sie selbst kam nach eingehenden Untersuchungen der verschiedenen Handelswaren zu dem Schluss, dass der Kontinent in der Tat zu unterbinden versuchte, dass höherwertige, feine und spezielle Produkte auf die Insel gelangten.

Waren die Seeräuber nur eine ausgeklügelte Ausrede?

Wenn nicht, was sollte eine Beschränkung wie „nur zwei Woks pro Schiffsladung" bewirken? Befürchtete man wirklich, dass die

Handelsdschunken die Seeräuber mit Kochtöpfen und Bratpfannen „unterstützten"? Fehlte den Seeräubern wirklich der Kochtopf? Hatten sie sich ohne einen Wok ihr Essen gekocht? Die Geistfrau konnte sich eines verstohlenen Lachens nicht erwehren.

Weil der Seehafen von Lu und die Hafenstadt dicht besiedelt waren und eine starke Verteidigung besaßen, standen die Seeräuber bereits siebenmal vor den Toren der Stadt, aber kein einziges Mal waren sie wirklich in die Stadt eingedrungen; sie hatten nur gefordert, dass Lu ihrer Hafenstadt Danshui Unterstützung leisten sollte. Von klein auf hörte Mondschön | Mondschwalbe Geschichten, die sich um Seeräuber rankten. Schiffsunglücke, weil das Schiff in einen Taifun geriet oder weil das Schiff in den gefährlichen Strömungen des Kuroshio in Seenot geriet und auf ein Riff fuhr, waren, verglichen mit dem furchtbaren Los eines Seeräuberüberfalls, weit weniger gefürchtet.

Wenn ein Schiff durch die Seeräuber geentert, gebrandschatzt, ausgeraubt und die Besatzung in die Sklaverei verkauft wurde, konnte keiner etwas dagegen ausrichten, eher hatte man noch gegen Naturkatastrophen eine Chance.

Mondschön | Mondschwalbe wusste von klein auf, dass, sobald ein Schiff in Not geriet und fremder Hilfe bedurfte, alles nur noch brutaler und entsetzlicher wurde, weil es dann in die Hände von Piraten oder anderen Banditen fiel. (Fehlte es dieser Art von Seeräubern wirklich an zwei Bratpfannen?)

Deswegen achtete sie, während sie in den Laderäumen der großen Ostwestsegler ein- und ausschwebte, nicht nur darauf, dass die Schiffe vom Kontinent herkamen und an der Pier auf das Löschen der Ladung warteten oder die voll beladenen Dschunken kurzfristig nach Festlandchina in See stechen sollten. Sondern sie hatte ein besonderes Augenmerk darauf, welcher Typ Handelsdschunke es war, mit welcher Beladung sie fuhr, ob Piraten ein Interesse daran haben konnten, das Schiff zu kapern.

Würde das Schiff wirklich von den Seeräubern überfallen, es sinken und sie nirgends einen Schlupfwinkel mehr finden, dann würde ihre Geistseele unweigerlich erlöschen. Wollte sie das Risiko einer Überfahrt wirklich auf sich nehmen, zumal sie es diesmal nicht der Rache wegen tat? Was wollte sie überhaupt erreichen?

Diesmal fehlte ihr dazu noch der Schutz des Geomantikers, der den Willen des Himmels durchschaute. Alles hing von ihr ganz allein ab. Mängel in der Vorbereitung würden schwer zu vermeiden sein, es blieb, darüber waren keine Worte zu verlieren, ein riskantes Unterfangen.

Die Geistfrau wurde einen Augenblick lang wankelmütig.

Ihre Erkundungsflüge zwischen den Dschunken an der Pier zur Vorbereitung der Überfahrt ließ sie hingegen nicht aus. Durch die Schiffsbesatzung kam ihr zu Ohren, dass jedesmal, wenn das Schiff von einem Taifun überrascht wurde und mit brutaler Gewalt und Wucht zu schwanken begann, sich den Seeleuten, auch wenn es gegen Seekrankheit unempfindliche Seebären waren, der Magen umdrehte und sie sich in einem fort erbrachen.

Also nahm sie sich vor, zu trainieren, der Seekrankheit Einhalt zu gebieten. Solange die Dschunken nicht auf hoher See waren, sondern an der Pier vor Anker lagen, schaukelte der Bauch des Schiffs nur wenig. Sie dachte angestrengt nach, bis sie auf eine Idee kam: Als dann während einer Nacht ein Taifun die Stadt Lu und den Hafen heimsuchte, kam ihre Chance. Sie flatterte durch den Orkan auf den siebenundzwanzig Meter hohen Hauptmast der allergrößten Dschunke.

Um gegen den Taifun gewappnet zu sein, war das Schiff in den Hafen eingelaufen und mit vier Ankern vor der Kaimauer verankert, dazu war es an den Pollern der Pier mit Trossen festgemacht. Die Geistfrau auf dem Mast, obwohl Geister doch ohnehin schwerelos sind, kostete zum ersten Mal das Gefühl einer „geisterbleichen Schrecksekunde" (in der sie den Hauptmast nicht mehr spürte).

Geister haben nichts in sich, was sie erbrechen können. Aber noch einige Tage später begann sich, sobald sie der Dschunke nahe kam, alles um sie herum zu drehen, ihr wurde schwindlig und schwarz vor Augen. Es brauchte eine ganze Weile, bis sie sich wieder an Bord eines Schiffes wagte.

Die Zeit verging, sie blieb im Hafen von Lu und sah zu, wie der große Naturseehafen durch den Schwemmsand verschlickte, bis die Phase des boomenden Überseehafens vorüber war.

Die Flüsse der Insel entspringen zum großen Teil dem Zentralgebirgsmassiv. Sie fließen von der Quelle im Hochgebirge immer abwärts, hinab in die Ebene. Dabei nimmt die Fließgeschwindigkeit stetig ab. Durch die schlechte Bodenbeschaffenheit in den Bergen kommt es zu Erdrutschen und Korrosion. Das Flusswasser schwemmt das Gestein aus und trägt es mit sich, so dass große Mengen Sand und Geröll die Versandung des Flussbettes beschleunigen.

Sie hatte mit eigenen Augen mitangesehen, wie starke, dauernde Regenfälle den trüben Fluss, der als der größte Fluss Mitteltaiwans gilt, immer wieder über die Ufer treten ließen und zu katastrophalen Überschwemmungen führten und wie seine Nebenflüsse, die sich auch alle in den Seehafen von Lu ergossen, die Versandung des Hafenzugangs bewirkten. Durch die versteckten Riffe im Hafenbecken und durch die enge gewundene Fahrrinne war es für die Schiffe bald schwierig, vor Anker zu gehen.

Die großen Dschunken brauchten, um in den Hafen einfahren zu können, nun Wind aus Südwest. Ohne den richtigen Wind mussten sie umkehren, eine sehr ungünstige Situation.

Sie wusste, wenn sie nicht bald handelte und die nächste Gelegenheit für eine Überfahrt nutzte, hätte sie immer weniger die Chance, noch einmal mit einem großen Ostwestsegler zur See zu fahren und die einst besuchten Orte auf dem Festland zu bereisen.

Sie nahm sich fest vor, im kommenden Frühling in See zu stechen. Die Sommerzeit wollte sie wegen der zahlreichen Taifune nicht riskieren, im Herbst und Winter wollte sie wegen der in dieser Jahreszeit unfriedlichen Walrosse nicht, und diese Jahreszeiten erschienen ihr auch wegen des Wetters nicht passend für eine Reise zu See. Es war zu beschwerlich.

Sie entschied sich für einen Ostwestsegler der Reederei „Blühender Fortschritt“. Denn sie empfand immer noch eine Anhänglichkeit gegenüber der Flotte, weil sie damals in einem ihrer Schiffe gefahren war, als der Geomantiker sie in dem schwarzen Schirm versteckt mit auf die Reise nahm, um die Bluttat zu sühnen. Das gleiche Segelschiff von damals würde sich bestimmt nicht wiederfinden lassen, zumal die Seefahrt von einst so lange zurücklag, aber die Reederei sollte noch die gleiche sein.

Dadurch wollte sie die Reise unter die gleichen günstigen Vorzeichen eines glücklichen Ausgangs wie damals stellen!

5

Schließlich war der lang erwartete Zeitpunkt gekommen. Die Sonne ging unter, die Nacht brach herein, es herrschte noch keine völlige Dunkelheit, da verließ die Geistfrau schon den schwarzen Schirm. Sie traute sich zwar noch nicht an Deck, aber sie trieb sich bereits in den Laderäumen im Schiffsrumpf umher.

Die versiegelten Laderäume waren vollkommen dicht und ließen kein Licht hinein, darüber hinaus war der Schiffsrumpf, jetzt, da das Schiff auf hoher See unterwegs war, zum Teil eingetaucht in das tiefe Schwarz des von ihm befahrenen Ozeans. Das das Schiff umspülende Wasser, die äußere Schiffshaut, die inneren Abteilungen zwischen den Schotten, die Schicht für Schicht den Schiffsrumpf in Kammern trennten, machten den Laderaum pechschwarz wie die tiefste Nacht.

Aber ihre innere Uhr sagte ihr deutlich: „Die Geisterstunde ist noch nicht angebrochen."

Als es dann soweit war, stob die weiß gekleidete Frau mit dem offenen schwarzen Haar mit einem Sirren wie ein Pfeil aus dem Türspalt des Laderaums hervor und rauschte schnell wie ein flüchtiger Gedanke, wie ein Geistesblitz nach oben auf den nahezu dreißig Meter hohen Hauptmast der Dschunke. Es war dieselbe, die draußen an der Pier immer vor Anker lag.

Im Moment des Landens spürte sie ein Wogen, einen Schwindel, Himmel und Erde begannen sich um sie herum zu drehen.

Ach! Da war es plötzlich wieder, alles um sie herum nur Meer, Urquell jahrelanger nie endender Sehnsüchte und Wunschträume. Während sie sich noch an der Küste vor Lu befand, also nur in der ersten Nacht, hatte die Geistfrau, die sich hoch oben am Hauptmast der Dschunke festklammerte, darauf geachtet, dass sie sich mit dem Rücken zur Küste befand und vor sich den Blick auf den grenzenlosen Ozean hatte. Sie wollte die Weite ihres Gesichtskreises durch nichts beeinträchtigen lassen.

Nur nicht die Küste der Insel und den Hafen im Blick haben!

Das machte ihr inzwischen keine Sorgen mehr, denn sie stand nun frank und frei zuoberst des Hauptmasts der dahinsegelnden Dschunke. (Beschreibungen von Geistern berichten immer, dass

Geister sich mit einem Abstand von ungefähr einem Meter zum Boden schwebend fortbewegen.)

So auch die Geistfrau! Sie stand schwebend einen Meter über dem Topp des Hauptmastes. Mit voller Absicht blickte sie nun links und rechts um sich herum. Ach! Sie brauchte nicht mehr zu fürchten, dass sie während eines flüchtig geworfenen Blicks etwa einen Zipfel vom Küstenstreifen gesehen hätte! Um sie herum war nun nichts als die tiefblaue und unermessliche Weite. Wie unglaublich wunderbar war das!

Ihr genügte der bloße Ausblick nicht mehr, sie wollte spielen und Spaß haben. Das waren nur die Spiele aus der Schattenwelt der Geister. Sie begann damit, den ganzen Kopf im Uhrzeigersinn wie einen Kreisel nach rechts zu drehen, über die neunzig Grad hinaus, die gewöhnliche Menschen schaffen, wenn sie ihren Kopf drehen. Sie drehte ihren Kopf immer weiter nach rechts. Huch, jetzt hatte sie eine Drehung von hundertachtzig Grad geschafft! Sie sah ihren eigenen Rücken, immer weiter drehte sie den Kopf, zweihundertsiebzig Grad waren erreicht, aber sie drehte weiter. Huch, dreihundertsechzig Grad, eine volle Drehung! Sie war wieder in frontaler Stellung.

Wie liebte sie den Horizont, das Band, wo Himmel und Erde zusammenstoßen. Spielerisch hob sie den Kopf, bis sie ganz gerade nach oben schaute und den ganzen Himmelsraum mit seinem im Wettstreit mit den Sternen leuchtenden Mond überblickte, weiter bog sie den Kopf nach hinten, und wieder sah sie nur grenzenlosen Himmelsraum.

Wohin das Auge auch sah, war Ozean und Himmelsraum, der Blick schweifte im grenzenlosen Raum von Himmel und Meer, nichts außer der einen Verbindung, einem fast unsichtbaren, irreal anmutenden Berührungsband, sonst nichts.

Dieser lang herbeigesehnte Zeitpunkt war nun Wirklichkeit geworden. Sie konnte es noch gar nicht fassen, da stürzte sie schon. Himmel und Erde drehten sich vor ihren Augen. Von dem fast dreißig Meter hohen Hauptmast der Dschunke stürzte sie jäh in die Tiefe.

Der hauchleichte Geistkörper konnte nirgends aufgeschlagen sein und sich dabei verletzt haben, denn er besaß keinerlei Gewicht. Tatsächlich drehte sich die Geistfrau noch eben, bevor sie das Schiffsdeck berührte, einmal in der Luft und richtete sich wieder auf, um erneut auf den Masttopp zu fliegen.

Immer noch lag das Meer im glitzernden Mondschein, Sterne funkelten auf dem Wasser, und die nur nachts erscheinende Geistfrau sah immer noch, wie sich in weiter Ferne Meer und Himmel berührten. Die unendliche Wasseroberfläche war ohne jede Begrenzung, in der Dreihundertsechzig-Grad-Drehung fühlte es sich für sie so an, als habe das Meer die Krümmung eines Balls, darüber gespannt eine parabolische Kurve, sich in der Mitte wie ein Bogen wölbend, so dass jeder befürchten musste, dass das Meerwasser an beiden Seiten der Kimmung hinunterfloss.

Ein Glück nur, dass sie in der Dreihundertsechzig-Grad-Drehung ihres Gesichtsfelds mittels der speziellen optischen Fähigkeiten von Geistern entdecken konnte, dass der Mittelpunkt überall lag und sich an jedem Punkt nach außen wölbte! (Wie kam es denn sonst, dass das Meerwasser nicht immer zu beiden Seiten hinunterfloss?)

Das Meer mit den kristallen glitzernden Reflexen in den sacht schaukelnden Wellen war nachts, wenn sich der Wind legte und ringsum völlige Stille herrschte und wenn sich die Wellen vom Bug aus, Welle um Welle wie die Falten eines Fächers auf dem Wasser öffneten, von tiefvioletter Farbe. Es war geheimnisvoll dunkel. Dazu ging ein leiser Windzug und die Wellen glucksten – ach! Welch Gefühl, einfach die Seele baumeln zu lassen! Völlige Losgelassenheit zu spüren in einer grenzenlosen Weite! Sie genoss die Unbeschwertheit, das Ungestörtsein ohne jede Beschränkung.

War es nicht so, wie wenn die lang gehegten Träume nun endlich Wirklichkeit würden!

Plötzlich aber wurde ihr wieder schwindelig und schwarz vor Augen, sie stürzte zum zweiten Mal von dem fast dreißig Meter hohen Hauptmast der Dschunke hinab in die Tiefe.

Dieses Mal wehrte sie sich nicht dagegen. Als sie auf dem Deck niederging, machte sie instinktiv einen Purzelbaum und rollte seitlich nach Steuerbord, wo sie sich unten an der Reling versteckte. Eng gegen die Reling gepresst, erhob sie sich langsam, dabei verstand sie urplötzlich den Grund ihres Sturzes und ihres Schwächeanfalls.

Ihr machte das freie Stehen im leeren Raum Angst, noch mehr

ängstigte sie aber die grenzenlose Weite ohne Halt und ohne Raum. (Hatte der Geist wahrhaftig vergessen, dass sich Geister nur im Verborgenen, im Schutze von Mauerfluchten und hinter Toren, eng an die Wand gepresst, fortbewegen?)

Sich mit dem Rücken an der Reling abstützend, richtete sie den Blick nach oben und schaute sich um. Das einzigartige Panorama des freien Himmelsraums, eingeschlossen die Aussicht, die sie gerade noch vom Masttopp aus gehabt hatte, war unbeschreiblich, bot aber keinerlei Zuflucht. Nun schaute sie wieder aus gewohntem Blickwinkel in die Welt. Und in Ruhe und Frieden konnte sie ihren Blick über alle Dinge, die zu den Segeln und zum Schiffskörper gehören und die sich an ihrem angestammten Platz in guter Ordnung befanden, schweifen lassen.

Aiyooh! Sie stieß einen gellenden Schrei aus, der platzte hervor, als wollte er ihr den Brustkorb zerreißen. Der Schrei durchschnitt wie mit messerscharfer Klinge das Dunkel der Nacht, wie eine Axt zerhackte er den Nachtwind, zerriss Raum und Zeit.

Aiyooh!

War es möglich, dass auf dieser Welt (natürlich die Sphären der Geister mit eingeschlossen) der völlig geradeaus nach vorn gerichtete Blick gar nicht existierte? Hatte der Geist, der nicht den verschiedenen Kräften der Gravitation unterworfen war und mit Leichtigkeit in die Höhe fliegen konnte, dabei die Beschränkungen, denen sein Hauchkörper unterworfen war, ignoriert? War er dadurch, dass er in diese Höhen fliegen konnte und entschlossen nach einem Blickpunkt von einem hochgelegenen Ort suchte, in Sphären geraten, die alles bisher gesehene übertrafen, in grenzenlose Weiten, die durch nichts mehr verstellt wurden?

War es vielleicht ohnehin grundsätzlich unmöglich, was sie da zu erzwingen suchte?

Als sie damals, nachdem sie zum Rachegeist geworden war, vom Geomantiker im schwarzen Schirm versteckt, mit über das Meer gefahren war und die gemeine Bluttat gerächt hatte, hatte sie über viele Jahre geglaubt, etwas ganz Wichtiges verpasst zu haben. Obwohl sie doch die Zeit hatte und gute Gelegenheit da war, hatte sie, weil sie im schwarzen Schirm eingeschlossen war und nicht heraus konnte, den Ozean nicht mit eigenen Augen gesehen. Sie hatte den Blick auf die Kimmung, wo Himmel und Meer sich berühren und sonst außer grenzenloser Freiheit gar nichts mehr existiert, verpasst.

Hatte sie nun die großen Mühen auf sich genommen, die verschiedensten Strapazen überwunden, dann endlich die grenzenlose See mit eigenen Augen gesehen und gespürt, nur um schließlich doch zu entdecken, dass diese grenzenlose Freiheit für immer unerreichbar bleiben sollte? Waren denn überall immer nur Schranken, alles immer der Endlichkeit und Beschränktheit unterworfen? Musste sie, die auf und ab in alle Gefilde flog, fliegend in jede Dimension von Raum und Zeit reiste, die blitzgleich überall in Erscheinung treten konnte, sich schließlich dem schrecklichen Schicksal fügen und sich allezeit nur im Verborgenen, im Schutze von Mauerfluchten, in Erkern, hinter Toren, eng an die Wand gepresst fortbewegen, um sicher an Leib und Leben zu sein?

Sie hielt inne, gellend schrie sie wieder und wieder.

Aber reiste sie nicht immer noch auf dem Schiff, trainierte, an der Reling Halt zu finden, und sah, wenn sie den Blick schweifen ließ, das Meer, obgleich nun die Sicht auf der einen Seite durch den Mast und das Segel verdeckt war? Fühlte sie nicht nach wie vor die gleiche leichte Brise, die gleichen silbernen, spärlich leuchtenden Sterne, sorglose Zwanglosigkeit, während rhythmisch die Wellen gegen den Bug klatschten? Laut war ihr Seufzen! Nein! Gar nichts mehr spürte sie! Sie, die darauf bestanden hatte, Rache zu nehmen, und sich nicht gescheut hatte, den Ozean mit all seinen Gefahren zu überqueren, flog natürlich noch unzählige Male hoch auf den Masttopp, um wieder und wieder von oben ohnmächtig in die Tiefe zu stürzen, bis sie plötzlich vollkommen ermattet aufgab und es nicht wieder versuchte.

Die weiß gekleidete Frau mit dem wirren schwarzen Haar wurde noch oft auf den „Weißplanken“, die regelmäßig zwischen Lu und Quanzhou verkehrten, gesehen. Bei Sprühregen und trüber Sicht erschien sie um Mitternacht an Deck, im Nebel und Regen auf dem Mast in klassischer Pose mit dem schwarzen Schirm unter dem Arm. Matrosen, die neu auf dem Schiff waren, meinten irrtümlich, dass es die mächtige Göttin, die den Leuten Schutz vor dem Meer gewährt, sein musste. Ehrfürchtig beteten sie zu ihr, sich mit gefalteten Händen in ihre Richtung verbeugend.

Denn richtig, die Erscheinung der Meeresgöttin Mazu, die von den Gläubigen mit „Himmelsmutter“ angerufen wurde, war nicht leicht zu sehen. Ganz anders dagegen die plötzlich aus dem Verborgenen hervorschwebende, weiß gekleidete Geistfrau mit dem wirren schwarzen Haar und dem schwarzen Schirm in der Hand, der die geheime Botschaft folgte „Ihr Erscheinen bewahrt das Schiff sicher vor dem Untergang“. Sobald die Matrosen sie erkannten, beteten sie um Schutz vor Unheil und baten um Gnade.

Zum zweiten Mal bekam sie die Chance, eine kleine Gottheit zu werden, die die Leute täglich in ihren Gebeten verehrten. Sie musste nur zur richtigen Zeit einige Energien freisetzen. Zum Beispiel für die Schiffe, die vom Kurs abgekommen waren, um sie wieder auf dem richtigen Weg heimwärts zu führen. Oder einige Schiffe, die nachts aufeinandergefahren waren, musste sie auseinander bringen. Sie beschützte das Schiff und die Besatzung vor Unheil, wenn Sturmwind aufkam, hohe Wellenberge das Schiff bedrohten… Manches Mal brauchte sie gar nichts Großes anzustrengen, sondern nur, wenn jemand an Bord krank wurde und Schmerzen hatte, ihn wieder genesen lassen, oder wenn jemand ins Wasser fiel, ihn wieder herausholen. Auch, wenn eine Wohltat ihr gar nicht zuzurechnen war, brauchte sie nur kurz, aber zur rechten Zeit an rechter Stelle zu erscheinen, und schon bekam sie Weihrauch-, Speisen- und Geldopfer. Sogar einen kleinen Tempel bekam sie, damit die Leute zu ihr beten konnten.

Ihr kleiner Tempel war natürlich nicht mit dem Tempel der Mazu zu vergleichen, der der chinesische Kaiser selbst den Titel „Himmelsmutter“ verlieh und deren Tempel sich in mehrere Höfe, verbunden durch Tore, aufteilte. Aber immerhin baute man ihr am Ende einer kleinen Sackgasse nahe der Küste einen kleinen Tempel in der Art eines Tempelchens für den Herzog Stein, wie ein Geistertempel oder Erdgotttempel, wo sie eine Heimstatt fand und ihr allmorgendliches und allabendliches Rauchopfer bekam.

Jedoch stand ihr der Sinn nicht danach.

Sie verschenkte abermals die Chance, durch die Gebete der Menschen eine Wende in ihrem Karma zu erreichen. Sie interessierte einzig und allein, wie sie weiter auf der Dschunke mitfahren konnte. Ihr war auch, was den Zielort ihrer Überfahrt auf den Kontinent betraf, eine ganz neue Idee gekommen.

Denn obschon sie nicht Tag wie Nacht der Heimat des Großvaters wie des Gatten, der sie so ruchlos ermordete, gedachte, wünschte sie sich, noch einmal dorthin zurückzukehren; vor allem deshalb, weil sie schon selbst einmal hingefahren war, als sie in dieser Stadt den Mord rächte und die ruchlose Bestie umbrachte.

Viele Jahre waren inzwischen vergangen, alle möglichen Schwierigkeiten hatte sie ausgestanden und überwunden, als sie schließlich an dem der Insel gegenüberliegenden Ufer an Land ging.

Da sie nun nicht mehr das eine Ziel vor Augen hatte und auch diese alles überschattende, nicht zu bremsende Wut, die sie damals vorwärts zu ihrem Mörder trieb, nicht mehr in sich spürte, war sie, als sie von Bord ging, nicht nur erpicht darauf, sich zurechtzufinden und die Straßen kennen zu lernen, damit sie schnell vorwärts kam. Nun hatte sie Zeit und Muße, sich am Ufer überall umzuschauen.

Sie verspürte keine Lust, sich in kleinlichen Berechnungen im Zeitmaß der Menschen zu verlieren. Sie war darauf gefasst, dass ihr der Hafen nach den vielen Jahren und weil er ihr vorher schon nicht vertraut war, nun gänzlich fremd war. Aber sie hätte nicht gedacht, dass auch ihm die Versandung drohte. Alles war schon zum neuen Hafentor verlegt, von den Straßen im alten Hafenviertel und allem, was es sonst noch dort gegeben hatte, war keine Spur mehr.

Sogar das Stimmengewirr der Hafenarbeiter war anders, der Klang der Stimmen, der Akzent war nicht mehr wie damals. Sie lauschte angestrengt. Es schien noch der Quanzhou-Akzent zu sein. Aber warum war er so gänzlich anders als das chinesische Hokkien aus Lu? War es, weil sie nicht mehr wie früher die Bestie von Mann in seinem Quanzhou-Akzent reden hörte und den Klang nicht mehr dauernd im Ohr hatte? Oder hatten sich die Akzente von Lu und Quanzhou voneinander entfernt?

Sie seufzte leicht und erhob sich. Dann schwebte sie in die Stadt hinein, aber sie musste entdecken, dass einschneidende Veränderungen ganz andere Voraussetzungen geschaffen hatten. Der Opiumkrieg war Jahre vorüber, aber immer noch nahmen die feindlichen Invasionen von außen kein Ende. Der Kaiserhof war zu schwach, den örtlichen Banditenbanden, die alles niedermachten, Einhalt zu gebieten. Nicht nur Menschen und deren gesamter Besitz, nein, ganze Dörfer, ganze Landstriche waren verwüstet und dem Boden gleichgemacht.

Der Geist blickte auf die Trümmer eines durch Bürgerkrieg und feindliche Invasionen völlig zerstörten Landes. Jahrelange Dürre und grassierende Seuchen hatten ihr Übriges getan, die Menschen starben dahin wie die Fliegen oder zogen von dannen. Die einst so prächtige, blühende Hafenstadt, von der Lu immer nur ein Abbild im Kleinen gewesen war, war nicht wiederzuerkennen. Von Quanzhou waren nur Ruinen und Schutt übrig geblieben. Alles, was an neuen Gebäuden da stand, interessierte die Geistfrau nicht.

Sie fand sich in völliger Fremde, nichts war da, keine Landschaft, keine Aussicht, an die sie sich erinnerte oder wodurch ihr wieder etwas eingefallen wäre. Sie hatte immer nur einen schwachen Eindruck von der Gegend um Quanzhou gehabt. Das einzige, was sie noch vor Augen hatte, war das Haus ihres Mörders und Gatten, aber sie fand es nirgends mehr. Sie befürchtete, dass es längst dem Erdboden gleichgemacht war oder an derselben Stelle ein neues Haus stand.

Für einen Augenblick stand sie wie angewurzelt. Sie wusste nicht mehr, was das für ein Ort war, an dem sie sich befand, wohin sie musste, wofür oder warum. Ursprünglich nur angereist, um die Bluttat zu rächen, hatte sie Quanzhou damals nach kurzem Aufenthalt gleich wieder verlassen. Bei ihrer Wiederkehr fand sie nichts mehr wie vorher, fühlte sich völlig entfremdet und ohne Bezug. Ziellos flatterte sie umher und schaute sich um, aber dann zog sie sich zurück, denn sie wollte nichts mehr erzwingen.

Sie verstand nun, dass das andere Ufer, an dem die Schifffahrt zu Ende war, immer wieder vom Schiff angesteuert wurde. Die Wiederkehr diente nur dazu, erneut Abschied zu nehmen, um in ruhigerer Stimmung abzufahren. Es stimmte auch nicht, dass man sich bei der Abfahrt nur von einem Stückchen Erde trennte. Von allem, was eine Bedeutung hatte, vielmehr von allem überhaupt, einfach von allem eben, trennte man sich und nahm Abschied.

Nicht nur der Kontinent, auf dem sie sich ohnehin nicht auskannte, war dem ständigen Wandel unterworfen, auch die Küste der Insel, auf der die Familie des Geistes mit all ihrem Besitz seit Generationen ansässig war. Lu, die Stadt, die der Geist schon über hundert Jahre bewohnte, erlebte in dieser Zeit große, einschneidende Veränderungen.

Die Versandung des ursprünglichen Hafenzugangs von Lu, die dem Wechsel des Flussbettes gefolgt war, und die dicht verstreuten Riffe im Hafenbecken machten es den großen Handelsdschunken und den „Weißplanken", mit denen der Geist über das Meer gefahren war, nun unmöglich, weiterhin in den Hafen einzufahren. Die Schiffe gingen nur noch in der benachbarten Bucht vor Anker, um dann mit Pinassen und Kuttern entladen zu werden.

Deutlich spürte die Geistfrau, dass die neuen Häfen der Stadt Lu immer weiter entfernt lagen. Der erste „Neue Hafen" war vom Markt der Stadt mit seiner großen „Straße der fünf Glückseligkeiten" nur zwei Kilometer entfernt. Nachdem der „Neue Hafen" nach kurzer Zeit auch versandet war, lag der zweite neue Hafen schon vier Kilometer von den Geschäftsstraßen Lus entfernt, an seiner Grenze gar sechs Kilometer. Zuletzt verstopfte der Hafen von Lu ganz, sogar kleine Segelboote liefen nur bei Hochwasser ein und aus. Der Warentransport war auf Flöße angewiesen.

Mit der welkenden Blüte des einst so prächtigen Lu und dem Dahinsterben aller Betriebsamkeit an seiner Küste bekam die Geistfrau immer mehr Freiraum für ausschweifende Freizügigkeiten. Ohne sich länger zu verstecken, ließ sie sich nun von Menschen sehen und immer in ihrer „klassischen Pose":

„Schwebend leichte Frau im reinweißen langen Kleid, die offen getragenen schwarzen Haare im Rücken fast bis zur Taille reichend, ordentlich frisiert und einen schwarzen Tongölschirm aus Bambus in der Hand, den Schirm schräg vor dem Gesicht, das Gesicht verdeckt."

Oft sah man sie nun in dieser wüsten öden Zeit, immer schien sie eiligen Schrittes unterwegs. Manchmal kam sie einem entgegen, und es blieb keine Zeit auszuweichen. Sie stürzte flatterig am Menschen vorbei, nicht ohne ihn versehentlich zu streifen und im allerletzten Moment noch den Schirm herunterzuziehen und ihr Gesicht zu verdecken. Erst wenn sie vorbeigeprescht war, fiel es dem Angerempelten wie Schuppen von den Augen. Sobald sich dieser dann umdrehte, war keine Spur mehr von der Tongölregenschirmfrau, gähnende Leere machte sich breit.

Jetzt erst lief es dem Menschen eiskalt über den Rücken, schweißgebadet schrie er schrill (oder er schrie innerlich, im Geheimen, brachte aber keinen Ton mehr aus trockener Kehle heraus): „Ein Geist, ein Geist, ein Geist … ein Geist!“

Warum war die Geistfrau so in Eile? Mh! Doch nicht, weil sie zu spät dran war! Noch am gleichen Tag ging das Gerücht, nachts sei ein Mann in Lu am Hafen, direkt an der Pier, der Frau mit dem schwarzen Bambusregenschirm über den Weg gelaufen. Später nachts sei die Frau zwei Kilometer weiter draußen im „Neuen Hafen“ (vier Kilometer weiter, sechs Kilometer weiter) gehetzt von vorn gesehen worden, so von panischer Eile getrieben, dass sie jedes Tabu brach und sich offen sehen ließ. Mit einem wirbelnden Windstoß sei sie an Bord einer Dschunke geflogen und entschwunden.

Ah! Obschon Geister nach Geisterart schweben und fliegen, sind sie trotzdem den Gesetzen der Zeit unterworfen. Deswegen geriet der Geist, der zwischen den neuen Häfen, die immer weiter von Lu entfernt lagen, und der Stadt hin- und herflog, unter Druck. Die Entfernung machte ihn panisch. Seit dieser Zeit sah man ihn, wenn er erschien, ohne innezuhalten zwei Kilometer schweben, vier Kilometer. Aber sechs Kilometer waren doch viel weiter, und auch, wenn er es wünschte, reichte seine Energie nicht aus.

In panischer Hast mühte sich die Geistfrau, schnell zu sein. Wie hätte sie eine dunkle, sternenarme Nacht, ohne Mondlicht, undurchsichtig, kalt und windig, tatenlos und ungenutzt vorüberziehen lassen sollen? Wie hätte sie in einer solchen Nacht nicht an die Reling einer Dschunke gelehnt in See stechen sollen! (Sie flog nicht mehr zwanzig Meter hoch hinauf auf den Schiffsmast, um einen Meter über dem Masttopp stehend zu schweben.) Das Schiff durchschnitt die Wellen und glitt mit dem Wind spritzend durch die See, die hohe Geschwindigkeit des Segelschiffs spürte sie durch die klatschenden Wellenbergen. Der hin und her ruckende Schiffskörper drängte stetig vorwärts. In Riesenschritten besetzte er neues Terrain, verließ es und eroberte stetig mehr. Welch Schiff, das über das Wasser glitt, ohne eine Spur zu hinterlassen!

Ganz zu schweigen von der wie ein Tuch zwischen Himmel und Erde gespannten Wasseroberfläche, die den Himmel mit der Erde verband. Zwischen beiden schaukelte das Wasser wie eine riesenhafte Hängematte. In dieser zwanglosen Weite herrschte völliges, entspanntes Losgelassensein.

In dem ständigen Wechsel von Besitzergreifen und wieder Verlassen beim Ritt durch die Wellen erreichte das Schiff schließlich sein Ziel am anderen Ufer. Sie ging lange nicht mehr an Land, sondern begab sich mit dem gleichen Schiff wieder in See oder wechselte auf ein Schiff, welches sofort die Rückreise antrat, um stetig auf Reisen zu sein.

Sie reiste nicht, um anzukommen. Sie wollte auch nichts von den Geistern des gegenüberliegenden Ufers. Sie blieb auf dem Wasser, denn sie liebte es, auf dem Wasser zu schaukeln, wieder und wieder und ohne Ende zwischen beiden Ufern hin und her zu reisen. Sie wollte niemals damit aufhören.

So verging eine lange Zeit. Auf den hin- und herreisenden Schiffen wurde ihr Geist weit, ihre Gedanken strömten frei und tief, schließlich tauchte sie ein in die Meditation über das Blau, sie wurde eins mit dem Urgrund in tiefem Nachtblau. Ein lautstarkes Seufzen entfuhr ihr, welch Schönheit, Urquell ungetrübter Freude…

„Ich bin das Meer."

Wieder verging eine noch längere Zeit. Dazwischen, ohne jemals das Ufer zu erreichen trieb sie haltlos über das Meer, in ihren Meditationen stieg sie hinab in die völlige Leere. Trotzdem war in ihr nur Fülle, die wuchs und wuchs, ihre Gedanken und Wünsche begannen zu rotieren.

„Ich bin die Insel und auch der Kontinent."

Innerhalb eines winzigen Augenblicks hatte sie die geheime Weisheit der zehntausend geheimen Weisheiten erfahren, war aufgestiegen in Sphären unermesslichen Wissens. Sie trieb ohne Halt und Raum, in keinem Moment war sie mehr an einem bestimmtem Ort auf dem Schiff. Denn sie wurde eins mit dem Nichts. Sie verlor ihr Ich, ihr Schiff, ihr Meer, alle mit S e i n gefüllten Bewusstseinsebenen. Wenn da ein winziges Moment wiederkehrenden Bewusstseins war, sprach sie kein Wort.

Die Geistfrau sprach nichts mehr, sie lächelte nur still.

Aber noch hielten das Meer und der Himmel zusammen, das Himmelszelt mit dem Mond und den Sternen, und noch war da der Wind über dem Meer, der das Gesicht streichelte, die klatschenden Wellen und das Sprudeln der Gischt, das die Ohren füllte, und immer noch war es so, dass, wenn Riesenwellen und Sturmböen das Schiff angriffen, es an Land Blasen regnete.

Ach! Wenn sie noch länger, vielleicht sechs oder acht Kilometer weit, zum nächsten Hafen fliegen musste! Nie wollte sie diese Seereise ohne Ankunft und Abfahrt, ohne Anfang und Ende missen! Wie das Schiff Dezimeter um Dezimeter Besitz vom Meer ergriff, um es Meter um Meter wieder loszulassen, wie der Bug die hochspritzenden Wellen durchtrennte, und dann glitt das Schiff über die See, ohne eine Spur zu hinterlassen! Weil sie immer in Hast war, eiligen Weges, um noch rechtzeitig an der Pier zu sein, war ihr egal, dass sie gesehen wurde und sie wich den Blicken nicht mehr aus. Um weiter zur See zu fahren, auf Seereisen zu sein, ohne jemals von Bord zu gehen, brach sie das strenge Tabu. Sie riskierte üble Gerüchte, Tumult und dass man sich ihrer entledigte.

6

Schließlich war sie zum letzten Mal zur See gefahren.

Der neue Hafen versandete auch, der Chinesisch-Japanische Krieg brach aus, die Handelsbeziehungen zwischen der Stadt Lu und Festlandchina wurden eingestellt. Das gesamte Hafengebiet um Lu geriet in Verfall. Der Niedergang lässt sich treffend beschreiben mit „Kein Händler, kein ankerndes Schiff mehr, allein schlafende Möwen auf dem Deich und der Sandbank".

Sie war die einzige, die sich während dieser wüsten, öden Zeit weiter an der Küste herumtrieb. Im Sprühregen, in der Abenddämmerung, in eiskalter Regennacht sah man die Frau mit dem weißen Kleid und dem schwarzen Schirm schwermütig vor Schmerz, voll Kummer und Hass einsam verloren am Ufer entlanglaufen.

Obwohl die Häfen immer mehr versandet waren, kam die Einstellung des Schiffsverkehrs wegen des Ausbruchs des Krieges für alle folgenschwer und unerwartet. Ein Ersatz wurde nicht gefunden. Plötzlich war keine Eile mehr für die Geistfrau, rechtzeitig die nächste Dschunke zu bekommen. Es gab keine Möglichkeit mehr, zur See zu fahren. Die Seereisen ohne jemals von Bord zu gehen, wie ein Vagabund zwischen beiden Ufern auf dem unermesslichen Ozean dahinzutreiben, waren Vergangenheit.

Schlagartig war mit allem Schluss.

Wieder vorbei, nicht möglich! Erinnerungen an den engen Hals der Sanduhr kamen ihr. Einmal war sie in dem Hals, durch den der Sand hindurchrieselte, mit ihrem Körper stecken geblieben. Jetzt fühlte sie sich ähnlich. Das, womit Schluss war, was nicht hindurch passte, war der eigene Leib. Sie begriff genau, dass die Zeit nach wie vor weiter hindurchrinnen würde.

Die Geistfrau, die inzwischen auf verschiedene Art und Weise hart trainiert und eine spirituelle Praxis hatte, war nicht mehr die vor hundert Jahren gerade gestorbene, zum Rachegeist gewordene Totenseele, die am Ort der grausamen Bluttat daheim in der Importwarenhandlung verzweifelt am Tresen vor dem Abakus saß, die nicht wusste, was sie zu berechnen hatte, und trotzdem rechnete und rechnete. Diesmal wusste sie, nachdem sie den anfänglichen Schock und die Orientierungslosigkeit überwunden hatte, nachdem einige Nächte lang ihr lautes Raunen und Heulen die Leere zerriss, sehr schnell einen Ausweg.

Durch den jahrelangen Krieg auf der Insel herrschten keine Sicherheit und Frieden mehr in der Bevölkerung. Die Leute in Lu und in den angrenzenden Orten hielten darum ständig kleine und große Tempelzeremonien ab. Die Geistfrau nahm an jeder einzelnen teil. Während der Tempel vom Rezitieren der Sutren und der Beschwörungsmantren widerhallte, während sie vor dem Götterpantheon aller Buddhas und Bodhisattvas, vor dem Pratyeka Buddha und den Arhats, vor Brahma und Indra, vor den Hütern des Dharma, den Devas, Nāgas, Yakṣas, Grandharvas, Asuras, Garudas, Kinaras, Mahoragas und allen Heiligen dastand, fühlte sie sich wunschlos und erwartete auch keine Vergeltung ihrer guten Taten.

Sie strebte nicht danach, „ein buddhistisches Bekenntnis abzulegen, ihre große Erleuchtung zum unsterblichen Buddha zu feiern", sie wollte auch nicht „aus tiefstem Herzen aufrichtig eigene Fehler äußern und ‚Kṣama' machen, also um Nachsicht bitten". Sie fand nicht, dass sie ein Vergehen zu bereuen habe und dass sie, damit sie wieder in den Kreislauf der Wiedergeburten eingehen und wiedergeboren werden würde, an das andere Ufer gelangen müsse. Aber sie hatte bei den großen und kleinen Tempelzeremonien eine neue, eigene Methode des Reisens herausgefunden. Sie reiste wie kein anderer Geist jemals zuvor gereist war!

Es war so! Um glückliches Schicksal einzufordern, ließ man bei den Tempelzeremonien in der Nacht „Himmelslaternen“ steigen. Diese in den Himmel aufsteigenden Laternen konnten die Gläubigen stiften. Sie erfüllten sich damit wie mit einem Gelübde einen Wunsch. Die „Himmelslaternen“ waren riesengroß, es bedurfte eines Bambusgerüstes, welches mit Xuan-Papier oder Pongéseide zu einem Lampion zusammengeleimt wurde. Für die kleinen brauchte man nur aus Bambusstreifen und Bambusbast einen Reifen zu binden, darüber dünnes Papier zu kleben und eine zylinderförmige Tonne zu formen. Ob die Himmelslaternen nun so groß wie ein ausgewachsener Mann waren oder viele Meter Höhe hatten, die zwingende Voraussetzung für einen weiten Flug war immer ein dünnes federleichtes Material.

Die Geistfrau interessierten die Himmelslaternen, die sich draußen auf freier, weiter Flur in den Himmel erhoben, aber keineswegs zum Fahren für die Geister gemacht waren, sehr. Bei etwas, das flog, regten sich bei ihr keine Ängste, es war keine Bedrohung. Sie war es als Geist gewohnt, mit ihrem hauchleichten Leib schwebend durch die Lüfte zu fliegen. Sie brauchte also nur so eine Himmelslaterne, dann würde sie in der Luft fliegen und Halt finden und gleichzeitig noch nach außen abgeschirmt sein.

Wenn man während der religiösen Zeremonien große Mengen Himmelslaternen steigen ließ, stand sie daneben und schaute zu: Die Himmelslaternen waren mit den „Sechs schützenden Jiazi Göttergenerälen“ beklebt. Die Zaubersprüche der sechs mächtigen Heroen leuchteten auf dem roten Papier. Sie waren vollgeschrieben mit den vier Tugendzeichen 元，亨，利，貞 des ersten Orakelzeichens ☰ aus dem Buch der Wandlungen. Dazu waren noch Wünsche nach Frieden und Sicherheit, nach Reichtum, nach Aufstieg und Reibungslosigkeit daraufgeschrieben.

Die Gläubigen hoffen, dass mit den in den Himmelsraum aufsteigenden Laternen ihre Gebete und Wünsche den Göttern übermittelt werden und so beim Himmel Gehör finden.

Bei den Leuten, die auf diese Art und Weise Sicherheit und Glück einforderten, durfte sie aufrecht stehend in ihrem Leib wohnen. Keiner störte sich daran, auch nicht die Tempeldiener, die die Himmelslaternen steigen ließen (die so etwas konnten). Jeder nahm an, dass wenn ein Geist, noch mehr ein Rachegeist, die Himmelslaternen ausnutzte, um dem Himmel seinen Wunsch zu übermitteln, er ans andere Ufer gelangen wolle, damit er die Welt der Menschen verlassen könne, und dass so ein Geist unter den Menschen keinen Schaden mehr anrichten würde.

Sie stand mit Leichtigkeit auf dem Bambusgerüst in der Himmelslaterne, ihren Leib lehnte sie an den aus leichtem Xuan-Papier oder Pongé gearbeiteten Schirm. Sobald das ölgetränkte Goldpapier im Lampion brannte, schwebte er mit ihr in die Höhe.

Ach! Welch zauberhaft sanftes Gefühl des in die Höhe Fliegens. Das Goldpapier, welches durch die sich entwickelnde Hitze beim Verbrennen die Himmelslaterne aufsteigen ließ, war Opfergold, das der Gottheit als Rauchopfer dargebracht wurde. Das Goldpapier war das Medium, durch welches der betende Gläubige mit der Gottheit in Kontakt trat. Weil es zuvor in Öl getränkt wurde, brannte es, sowie es entzündet wurde, lichterloh. Diese Hitze nutzte die aus Papier geklebte Himmelslaterne, um sacht in die Höhe zu schweben.

Wenn der Lampion vom Boden abhob, war seine Geschwindigkeit hoch, so ein urplötzliches ruckartiges Wegdriften, wie wenn die Leine beim Drachen abreißt. Schwupp, ist er verschwunden! Manchmal musste sie sich an dem Bambusgestell richtig festkrallen, um nicht herunterzuknallen. Am Boden gab es meist keinen Wind, es sei denn, man hatte gerade mit den in Lu berühmten „Neun einfallenden Winden“ zu kämpfen. Aber die Himmelslaternen bekamen gut Wind, genau, wie man es sich bei Meister Chuangs Vogel Rokh vorstellt, stiegen sie „kreisend im Wind empor, viel tausend Meilen weit bis dahin, wo Wolken und Luft zu Ende sind…, immer weiter hinauf bis in die dunkle Leere des unendlichen Raums“.

Anfangs hatte sie Mut, weil es etwas Neues war, mit einer Himmelslaterne in ein unergründliches Schwarz hineinzuschweben. Aber dann machte sie sich Sorgen: „Was passiert, wenn ich nicht zurückkehre? Wenn ich mich nicht mehr auf das Bambusgerüst des Lampions stützen kann, wohin fliege ich dann? Wo komme ich an, oder werde ich für immer wie ein Vagabund durch den leeren Raum schweben?“

Eingedenk ihrer eigenen Fähigkeiten, auf die sie zurückgreifen konnte, kalkulierte sie im Voraus die Höhe, aus der sie sicher wieder herunterkommen konnte. Da stieg sie dann aus der Himmelslaterne aus und schwebte im freien Flug hinab. Im Moment des Aussteigens liebte sie es, den Kopf nach oben zu drehen und den Blick auf den Lampion zu fixieren, der weiter und weiter emporschwebte. Von unten in ihn hineinblickend, sah sie das öldurchtränkte brennende Goldpapier lodern, gelbgold zuckten gespenstische Flammenzungen und ließen den roten Papierschirm der Himmelslaterne in überbordenden Farben der Liebe irisierend erotisch aufleuchten.

Im nächsten Augenblick konnten die Flammenzungen schon den Schirm der Himmelslaterne anlecken, diese ganz verschlingen. Dieser scharfe, blitzend schillernde Lichtstrahl würde im nachtschwarzen Raum verschwinden, einzigartig, nicht wiederholbar.

Sie konnte den Anblick, wenn das nächtliche Schwarz die Himmelslaterne verschlang, nicht leiden. Sie wollte sich schützen, die nächste Himmelslaterne mit einem sicheren, haltbaren Bambusgerüst ausfindig machen, um Genuss und Lust des sachten in die Höhe Schwebens zu spüren.

Sie machte nun wieder neue Erfahrungen beim sich Treibenlassen im freien Raum.

Richtig! Schon wieder fühlte sie sich hineingeworfen in eine unermessliche Weite, wiederum, um nicht an einem anderen Ufer anzukommen. (Es war sogar fraglich, wo oder ob es überhaupt ein anderes Ufer gab.) Das Dahintreiben zu Wasser erforderte einen Schiffsrumpf, der in das Wasser hineinreichte, der sich auf dem Körper aus Wasser bewegte. Das Umherschweifen im Luftraum dagegen war das ultimative Loslassen und Freisein ohne jede Enge und Schranke! Die Seele driftete weg in den freien Flug – den Kopf hinein in die Traumwelt!

Immer wieder versuchte sie mit der Himmelslaterne in noch höhere Gefilde aufzusteigen.

Dann fiel ihr eine andere Zeremonie ein, die die Leute abhielten und die sie einmal so anrührte, dass sie sie nie vergessen konnte. Es hatte etwas mit der See zu tun – Wasserlaternen schwimmen lassen!

Für die in den Seeschlachten zu Tode gekommenen, für die bei Schiffsunglücken Ertrunkenen, für die ins Wasser Gegangenen, die sich ertränkten, für die Wasserleichen … für alle „Einsamen Totenseelen zu Wasser und zu Lande", die nicht ordentlich begraben im dunklen, kalten Wasser liegen und für die nie jemand eine Tempelzeremonie zur „Errettung der Totenseelen aus dem Fegefeuer" veranstaltet, kann man Wasserlaternen entzünden und ihnen in der Schattenwelt den richtigen Weg weisen, damit sie ans Ufer kommen und an der „Allumfassenden Speisung für die Hungergeister" teilhaben.

Der Ozean vor der Küste ist unermesslich groß. Deswegen wird am Vorabend der Zeremonie, damit alle Hungergeister davon erfahren und erscheinen, schon damit begonnen, Wasserlaternen im Meer schwimmen zu lassen, so dass auch die, die noch einen weiten Weg zum Ufer machen müssen, genügend Zeit finden, rechtzeitig zur Speisung zu erscheinen.

Wasserlaternen sind aus Papier geklebt, im Allgemeinen sind es Häuser aus Papier. Die kleineren, niedrigen stellen einfache Häuser aus Holz und Ziegelsteinen dar, große, aufwendig geklebte Häuser haben die Gestalt von mehrstöckigen Prachtbauten, mit geschnitzten Giebeln und aufs Farbenprächtigste bemalt sind sie bis ins kleinste Detail getreu nachgebaut. Nur Türen fehlen, als ob es nicht nötig sei, dass die Hungergeister leicht Einlass finden! Aber tatsächlich würden die Geister ja nicht in die Häuser hineingehen, denn die Wasserlaternen dienen doch vor allem dazu, den Weg zu weisen und zu erleuchten.

Als der taoistische Priester unter lautem Gongschlagen den Gläubigen den Weg wies, wurde am Wasser ein Altar mit Räucherwerk aufgestellt, und es wurden Sutren gesungen. Die Kerzen in den Wasserlaternen wurden entzündet, und man ließ sie ins Wasser gleiten und davontreiben. Das mild schimmernde Kerzenlicht brannte ruhig im Schutz der vier Wände des Laternenhauses. Unempfindlich gegen den Wind trieb das Haus mit der Strömung weit aufs Meer hinaus, den Weg zu weisen. Es verkündete die „Zeremonie der allumfassenden Speisung" und rief die Hungergeister vom dunklen kalten Meeresgrund ans Ufer.

Die zu Häusern zusammengeklebten Wasserlaternen waren nur zu gut geeignet, darin Platz zu nehmen. Wie liebte es die Geistfrau, sich in die allerkleinsten Wasserlaternenhäuschen zu setzen und still die am Wasser vorüberziehende Aussicht zu genießen.

Ach! Wie viele ungezählte Male war sie als Geist über den tosenden Ozean gefahren und verkehrte zwischen beiden Küsten. Wie oft erlebte sie furchtbare Riesenwellen und Orkane. Natürlich segelte sie auch an Tagen mit Windstille und spiegelglatter See, wenn sich auf der blanken Wasseroberfläche das weite Himmelszelt mit Mond und Sternen widerspiegelte.

Welch weite Fernen, welch grandiose Panoramen hatte sie nicht erlebt! Die bezaubernde Aussicht in schönen Nächten, gefährliche Situationen, die jedem die Kehle zuschnürten! Und jetzt? Da schwamm sie in einem klitzekleinen Wasserlaternchen, schaukelte sachte, sachte, obschon doch ihr Leib hauchleicht wie ohne Substanz war, nur eben ganz nah am Ufer auf der Wasseroberfläche dahin. Sie saß bequem in der dreißig, vierzig Zentimeter großen Wasserlaterne und genoss sicher im Häuschen die sich wiegenden Wellen und das Wasser, alles fließend im Fluss, oh welche Entspannung und süßes Nichtstun!

Wenn sie wollte, dann pustete sie in ihrem Häuschen nur ein wenig gegen die Wand aus Papier, im Nu trieb dann das muntere Papierlaternchen weit, weit vorwärts. Sie konnte ihr auf dem Wasser schwimmendes Haus nun selbständig fahren. Sie selbst war es, die Richtung und Geschwindigkeit vorgab. Es waren neue, ungeahnte Freuden, die sie genoss.

Jede frische Fahrt wurde geplant und dann umgesetzt. Sie trieb das kleine Papierlaternchen an Binsen vorüber, an Treibholz und trainierte sich in seltenen, aufregenden Situationen. Endlich steuerte sie eigenmächtig das Schiff ihres Lebens, entschied selbst, welche Stationen sie auf ihrer „Lebensreise"* passierte.

Die Geistfrau konnte noch viel ausprobieren. Unter den Wasserlaternen, die man schwimmen ließ, waren außer den aus Papier geklebten Häusern noch unzählige aus Goldpapier gefaltete Lotusblüten. Deren Blütenblätter waren fächrig geöffnet, im Herz der Blüte, im Lotusherz, flammte die Kerze und leuchtete den Totenseelen auf dem Wasser den Weg.

Wie liebte sie es, über den niedlichen handtellergroßen auf dem Wasser treibenden Lotusblüten zu schweben! Der sanftfeuchte See-

* Titel des vor „Sichtbare Geister" erschienenen Romans über Xiao Xuehong.

wind streichelte ihren Hauchleib, das weiße, lange Kleid bauschte sich im Wind, und ihre Füße traten auf die im Wasser treibenden, ganz mit Sutrenversen bedruckten Lotusblüten. In Sanskrit gesungene Sutrengesänge füllten ihr stetig das Ohr und gingen ihr zu Herzen, mit jedem Schritt prägten sie sich ein, jede neue Blüte erreichte sie nur, um die betretene wieder zu verlassen.

Tatsächlich schwammen da unzählige goldene Lotusblüten, Blüte für Blüte mit einer mild schimmernden Mandorla umkränzt, friedvoll und still auf der schwarzdunklen Wasseroberfläche. Jede Blüte war ein Willkommenheißen, ein winkender Gruß. Auf dem Wasser führte ein Weg aus schwimmenden Lotusblüten den Totengeist Schritt für Schritt dem Ufer zu.

Aber wo war das Ufer? (Und brauchte es wirklich ein Ufer?)

Wenn bei der Zeremonie die Wasserlaternen schwimmen gelassen wurden, kam es immer vor, dass eine Lotusblütenlaterne oder ein Laternenhaus aufs Meer hinaustrieb. Vielleicht verlosch die Kerze, vielleicht auch nicht. Vielleicht gab es andere Gründe, dass die Laterne spurlos verschwand. Mit der nahenden Flut kam die Wasserlaterne wieder zum Vorschein – natürlich schwer zu entscheiden, ob es eben dieselbe oder eine andere war –, schwamm auf dem Wasser. Das schaukelnde Wasserlaternchen kam zurück, als hätte es aus den Tiefen des Ozeans ein ganzes Haus hungernder Totenseelen heraufgezogen. Die Laterne war durch das aufgesogene Wasser schwer geworden. Schließlich fing das Dach des Hauses in der Kerzenflamme Feuer. Es zerstob in einer hübsch leuchtenden Flammenwolke auf der nachtschwarzen Wasseroberfläche nahe dem Ufer.

Die Geistfrau entstieg zusammen mit den hungrigen Totenseelen dem Ozean und kam ans Ufer. Sie kamen zu einem Wasserbottich und einem Paar Holzpantinen, die der Taoist am Ufer aufgestellt hatte. Im Wasserbottich fanden sie Süßwasser, damit sie sich Hände und Füße reinwaschen konnten, die Holzpantinen durften sie zum Laufen anziehen.

Am Bottich mit dem niemals leer werdenden Süßwasser wusch sie sich gründlich Gesicht und Hände rein. Das Gefühl, alles Salzwasser und allen Schmutz und Staub fortzuwaschen, hatte den deutlichen Geschmack von Nachhausekommen.

In einem geheimnisvoll erhabenen Augenblick, wie durch einen

Geistesblitz plötzlich erleuchtet, entfuhr es ihr: „Ich bin es, ich bin die Insel."

7

Der völlige Niedergang der Seehäfen an der Küste vor Lu folgte. In dem versandeten Delta des trüben Flusses entstanden im Schlick die Salzwiesen. Wie eine gierige Hand griff das Land nach dem Meer. Der angeschwemmte Schlick und Schlamm deckten alles zu, nah am Ufer konnte man das Ultramarinblau des Meeres schon gar nicht mehr finden. Die Deiche waren eingebrochen, verfallen. Die Spuren des einstigen Hafens waren verwischt. Noch weniger sah man noch „schlafende Möwen", die einem Wanderer Gesellschaft geleistet hätten.

Nur die Geistfrau weilte ununterbrochen seit Hunderten von Jahren an diesem Ort. Zur Zeit der Dämmerung, in Regennächten, in der Stille der Nacht, immer dann, wenn der Geist dem Menschen leichter auszuweichen vermag, sich ihm aber auch leichter zeigt, schlüpft er in die brachliegenden, aufgegebenen und dunklen Orte des menschlichen Seins.

Die Geistfrau kam wie immer in klassischer Pose: Mit dem schwarzen Regenschirm in der Hand in ihrem bodenlangen, weißen Kleid trieb sie sich einsam verlassen an der menschenleeren Meeresküste umher.

Ach! Hatte der Geist, der sich immer noch und schon seit Hunderten von Jahren an der Küste aufhielt, durch die Wasserlaternen an der Küste vor Lu Erlösung aus dem Fegefeuer gefunden? Hatte er dort Heimat gefunden? Konnte er durch seinen Flug in den Himmelslaternen, die man über der Küste auf weiter Flur steigen lässt, in höhere Sphären aufsteigen und so jeder Beschränkung entfliehen?

Ach! Nein! Nicht im Geringsten! Die Geistfrau war immer noch weltlichen Dingen verhaftet.

Richtig! Als sie das letzte Mal eine Dschunke bestieg und zur See fuhr, sah sie auf dem gewaltigen Ozean in großer Entfernung eines dieser Dampfschiffe, die ohne ein einziges Segel den Wind reiten und vorwärts fahren. Pausenlos stießen sie weißen Qualm aus, als ob ein Feuer brennen würde, und manchmal ertönte aus diesen Dampfern wie ein mächtiger Donner ein ohrenbetäubender Lärm.

Sie hatte von diesen schnellen Dampfern die wildesten Phantasien im Kopf. Ein paar Mal hatte sie schon deutlich bemerken können, dass sie auf dem Meer in weiter Ferne von so einem Schiff überholt worden war. Sie hatte sich vorgenommen, dass sie selbst auch eines Tages auf so einem schnellen Dampfer mitfahren wollte.

Die Seehäfen Taiwans wurden, von Mitteltaiwan ausgehend, immer mehr in den Norden und in den Süden verlegt. Sie wusste genau, dass der Weg zu Lande von den Häfen in Mitteltaiwan bis zu den Seehäfen im Norden einige Hundert Kilometer weit war.

Welch große und dazu noch schwierig zu überwindende Entfernung!

Aber sie ließ den Plan deshalb nicht fallen. So wie sie einstmals allem, was mit den Hochseedschunken zu tun hatte, auf den Grund gegangen war, so brachte sie nun unermüdlich alles über die Dampfschiffe in Erfahrung. Die Dampfer, die den weißen Qualm ausstießen, machten hauptsächlich im Norden der Insel, im Hafen von Danshui, fest. Die ersten wurden noch von der britischen Firma „Douglas“ gefahren, aber durch die veränderten Bedingungen nach den ungleichen Verträgen von Shimonoseki gingen die Schiffe alle in die Hand der die Macht übernehmenden Japaner über.

Sie richtete ihr Augenmerk auf einen 1075-Tonner (was waren 1075 Tonnen?) mit dem Namen Maizuru Maru 舞鶴丸 „Pille des tanzenden Kranichs“. (Was hieß hier denn Pille?)

Während sie begann, darüber nachzudenken, wie sie es wohl schaffen könnte, zu dem einige Hundert Kilometer weit entfernten Seehafen Danshui zu gelangen, da dies die einzige Möglichkeit schien, an Bord des Dampfers Maizuru zu gelangen, entdeckte sie, als sie wieder einmal in einer besonders großen Himmelslaterne mitfliegend in ungeahnte Höhen und nie erreichte Sphären aufstieg, einen riesigen Vogel am Himmel, in dessen Bauch erstaunlicherweise ein Mensch steckte.

Als das Feuer in der Himmelslaterne erloschen, das Goldpapier vollkommen verbrannt war, sank die Laterne rasend schnell in die Tiefe. In diesem Moment hatte sie nicht so schnell sehen können, was das für ein Mensch in diesem großen Vogel war (sie konnte nicht erkennen, ob es sich um einen Geist handelte). Aber sie hatte gerade noch erkennen können, dass er im Inneren des Vogels nach draußen schaute, sie plötzlich vorbeifliegen sah und dann, dass sie plötzlich in die Tiefe fiel und nicht mehr zu sehen war. Während dieses kurzen Blickwechsels sah sie in ein Gesicht mit weit aufgerissenem Mund und Augen, zu Tode erschrocken!

Er wähnte bestimmt, einen Geist gesehen zu haben.

(Wer hätte gewagt, das Gegenteil zu behaupten?)

Eines Tages würde sie diesen großen Vogel mit dem Menschen im Bauch ausprobieren! Bald schon würde das sein.

Ich finde immer, weibliche Geister tun in jedem Fall Sachen, die normale Frauen unmöglich tun können. Die japanische Frauenrechtlerin Chizuru ist der Meinung, dass Frauen, die Grenzen überschreiten, von anderen zum Geist (Fuchsgeist) gemacht werden.

Wirklich lange hat es gedauert, bis in meinem Roman die Geister erscheinen konnten. Nachdem ich im Jahr 2000 meinen „Roman einer Autobiographie" und den Roman „Lebensreise" veröffentlichte, trug ich mich schon mit dem Gedanken, einen Roman in Form einer Parabel über ein „Geisterland" zu schreiben. Dieses „Geisterland" würde natürlich in Anlehnung an meine Heimatstadt Lugang entstehen, im Roman hieße sie dann Lu. Der Grund für die Namensänderung ist meine Angst vor Geistern, denn ich bin, so muss ich gestehen, in ständiger Angst vor Geistern groß geworden.

Früher wimmelte es in Lugangs dunklen Gassen und verfallenen Häusern nur so von sich dort verbergenden Geistern. Solange, bis ich in die Highschool kam, musste ich nach Schulschluss immer eine lange schmale Gasse passieren, und jedes Mal rannte ich den ganzen Weg bis nach Hause. Schon meine eigenen Schritte auf dem Pflaster jagten mir Angst ein …

Man erzählt heute immer noch, dass unter den Steinplatten in den schmalen Gassen Lugangs „Tonkrukengeister" wohnen. Weil hier in Kriegszeiten so viele Menschen ums Leben kamen und man keinen Platz besaß, um sie zu begraben, halfen sich die Leute damit, ihre Toten in Tonkruken zu stecken und direkt in den Gassen unter dem Pflaster zu begraben. Diese Toten kamen ohne ein ordentliches Begräbnis in die Erde. In den Gassen herrschen seit jener Zeit die Geister. Aus diesem Grund hallt jeder Schritt auf den Steinplatten laut „poch, poch, poch, poch" wieder, sobald jemand darüber hinwegläuft.

Noch Jahre, nachdem ich meine Heimatstadt verlassen hatte, erinnerte ich mich lebhaft einer wichtigen, Beachtung verdienenden Wahrheit: „Jede Ecke einer Gasse oder jede Wegbiegung einer Straße oder Kreuzung wird von einem Geist beherrscht, der diesen Ort als sein eigenes Territorium begreift."

Das „Geisterland“ ist also nicht von ungefähr in meinem Kopf entstanden, aber um was für Geister handelt es sich nun eigentlich?

Zuerst einmal habe ich natürlich Frauengeister ausgewählt. Um über das „Geisterland“ zu schreiben, habe ich nach taiwanischen Sagen und im Volk überlieferten Geschichten über Geister von Frauen recherchiert, wobei ich einige grundsätzliche Strukturen ausmachen konnte. Das Gros der Geister von Frauen sind solche, die aus Gründen der Liebe oder des Geldes von Männern grausam ums Leben gebracht wurden. Weil die Umgebrachte sich nach ihrem Tod nicht mit dem Unrecht abfindet und der Hass immer stärker wird, wird sie zum „Bösen Geist“, damit sie die Bluttat rächen kann.

„Weibliche Geister tun in jedem Fall Dinge, die normale Frauen unmöglich tun können.“ Bei den überlieferten Erzählungen kommt außer diesem Grundsatz der Rache für erlittenes Unrecht nichts irgendwie Phantasievolles vor. Das „Geisterland“ aber sollte eine Parabel sein. Deswegen gab ich die bloße Schilderung der überlieferten Geschichten über taiwanische Frauengeister auf und erfand eigene Frauengeister. Dabei sollten alle Geister voneinander unterschiedlich und vollkommen einzigartig sein. Jede Geistergeschichte sollte für sich alleine voller Spannung und gut zu lesen sein.

In meiner für mich typischen Art des langsamen Schreibens hatte ich die erste Geschichte, den Kurzroman „Der reisende Geist“, Ende des Jahres 2001 im Feuilleton der Liberty News veröffentlicht.

Danach schrieb ich den „Markisengeist“, ebenfalls in der Form eines Kurzromans. Das Geisterland hatte damals in meinem Kopf noch keine richtige Form angenommen, mit dem Schreiben ließ ich die Geister sich selbst entwickeln.

Als ich dann „Der das Bambusrohr blasende Geist“ in Angriff nehmen wollte, traf es sich, dass Herr Prof. Shozo Fujii von der Universität Tokio mich einlud, zusammen mit der in Japan sehr populären und mit dem Akutagawa-Preis ausgezeichneten Schriftstellerin Yoko Ogawa je eine Kurzgeschichte zum Thema „Meer“ zu schreiben. Im November 2003 auf dem Literatur-Symposium in Tokio diskutierten wir unsere beiden Kurzgeschichten. Ergebnisse des Symposiums und die Kurzgeschichten selbst sind dann in der japanischen Literaturzeitschrift Shincho erschienen.

„Der das Bambusrohr blasende Geist“ hat folglich eine starke Affinität zum Meer. In das zufällige Zusammentreffen von beidem, meinem Roman und der gewünschten Kurzgeschichte zum Thema Meer, habe ich sehr gern eingewilligt.

Zuletzt stellte ich – im Nachhinein wurde dieses Kapitel das erste Kapitel – „Der Geist vom Wildweiberdach“ fertig.

Wie und nach welchen Kriterien sollte ich die anfangs geplanten fünf Frauengeister in meinem Roman erscheinen lassen? Nachdem die vier Geister fertiggestellt waren, ergab sich die Reihenfolge ganz von selbst. Das Geisterland sollte aus den Landesteilen Osten, Norden, Mitte, Süden und Westen bestehen, und in dieser Reihenfolge erschienen die entsprechenden Geister. Die Aufteilung in die verschiedenen Himmelsrichtungen Osten, Norden, Mitte, Süden und Westen besitzt natürlich eine tiefere Bedeutung.

Zum zuletzt fertig gestellten Kapitel „Der Geist in den Kewrawäldern“ möchte ich noch kurz etwas anfügen: Um dem gewählten Rahmen einer Parabel Respekt zu zollen, brauchte mein Geisterland eine ihre ursprüngliche Form bewahrende volkstümliche, typisch taiwanische, überlieferte Geistergeschichte. Ich wählte dafür die jedem in Taiwan wohlbekannte Geschichte der „Großen Schwester der Kewrawälder“ aus und schrieb diese in dem Kapitel „Der Geist in den Kewrawäldern“ nieder. Das Kapitel ließ ich kurz und knapp. Es umfasst nur 2000 Kanjis.

Alle fünf Geisterkapitel stellte ich 2002 fertig, aber ich ließ mir mit dem Erscheinen des Romans bis Anfang 2004 Zeit, weil es zu Verzögerungen und allem möglichen anderen kam.

Aber war nicht gerade das Jahr 2004, pünktlich zur Präsidentschaftswahl, die passende Zeit und Gelegenheit für das „Geisterland“? Deswegen nun der getreue Bericht!

(Oder erscheint es deshalb so spät, weil ich, wie ich zu Anfang schrieb, in der langen schmalen Gasse Angst vor den Geistern hatte, und ich dort immer den ganzen Weg bis nach Hause rannte. Und es waren in Wirklichkeit doch meine eigenen Schritte auf dem Pflaster, die mir diese schreckliche Angst einjagten – verhält es sich mit meinem „Geisterland“ ganz genauso!?)

Taroko-Schlucht

Taipei 101